Andreas Franke

VERSCHOLLEN IM GARDASEE

Hartingers fünfter italienischer Fall

Coverfotos: Andreas Franke, Rosenheim

ISBN-13: 978-1515079750

ISBN-10: 1515079759

Di' tu se fedele il flutto m'aspetta,
se molle di pianto la donna diletta
dicendomi addio tradì l'amor mio.
Con lacere vele e l'alma in tempesta,
i solchi so franger dell'onda funesta,
l'averno ed il cielo irati sfidar.

Sag mir, Getreuer,
ob die Fluten mich erwarten,
ob nass von Tränen
meine Geliebte mir Lebewohl sagend
meine Liebe verraten hat.
Mit zerfetzten Segeln
und der Seele im Sturm,
brechen die Furchen
die verhängnisvollen Wellen,
trotzen dem Zorn
des Himmels und der Hölle.

Un ballo in maschera, Giuseppe Verdi

1

Die ersten Sonnenstrahlen schoben sich langsam über die grünen Hügel am Ostufer des *Lago di Garda* und spiegelten sich auf der völlig ruhigen Wasseroberfläche. Je mehr die goldene Scheibe der Sonne den anbrechenden Tag erhellte, desto deutlicher war zu erkennen, dass die Einheimischen und Touristen ein Frühsommertag mit wunderbar klarer Sicht erwartete. Weit draußen auf dem See lagen zwei Fischerboote, auf denen die Fischer gerade damit beschäftigt waren, ihre Netze einzuholen und den Fang der letzten Nacht in die bereitstehenden, mit Eis oder Wasser gefüllten Kübel zu werfen. Im kleinen Hafen von *Lazise* unterbrach der Glockenschlag der aus dem zwölften Jahrhundert stammenden und dem Schutzpatron der Fischer geweihten Kirche *San Nicolò* die morgendliche Stille.

In etwa zweihundert Metern Entfernung, am *Lungolago Marconi*, klingelte in einem Bungalow gegen sieben Uhr der Wecker und riss den Münchner Unternehmer Kurt Becker und seine Frau Nina aus dem Schlaf. Nina Becker wälzte sich zur Seite, gab ihrem Mann einen Kuss auf die Wange, stand auf, schob den Vorhang etwas zur Seite und zog den Rollladen nach oben.

„Heute wird sicher ein schöner Tag“, freute sie sich, als sie auf den See, der direkt auf der anderen Straßenseite lag, hinausblickte.

Sie ging hinüber in die Küche, schaltete die Kaffeemaschine ein und verschwand im Bad. Währenddessen war auch ihr Mann aufgestanden, hatte den Schrank geöffnet, seinen dunkelbraunen Aktenkoffer hervorgeholt und sich damit aufs Bett gesetzt. Er ließ die Schlösser aufschnappen, klappte den Deckel hoch und nahm einen Aktenordner und mehrere Klarsichthüllen heraus. Schnell hatte er festgestellt, dass er alles, was er für den am Vormittag bevorstehenden Termin brauchte, beisammen hatte.

„Das Bad ist frei“, rief Nina, als sie wieder in die Küche zurückging, um das Frühstück herzurichten.

Kurt Becker legte sämtliche Unterlagen in seinen Koffer zurück, stellte ihn in der Garderobe ab, ging duschen und setzte sich zehn Minuten später zu seiner Frau an den gedeckten Frühstückstisch. Obwohl er seit ein paar Tagen Urlaub hatte, wollte er am Vormittag in *Verona* einen Geschäftspartner treffen.

„Wann müssen wir los?“, fragte ihn seine Frau.

„Ich habe den Termin um halb zehn, wenn wir gegen halb neun losfahren, sollte das locker reichen, auch wenn in *Verona* sehr viel Verkehr sein sollte.“

Kurt Becker hatte Betriebswirtschaft studiert, bei einem Praktikum und nach dem Studium bei zwei verschiedenen Firmen erste Berufserfahrungen gesammelt, war dann in den väterlichen Betrieb eingestiegen und musste schon vier Jahre später die Leitung übernehmen, da sich sein Vater aufgrund gesundheitlicher Probleme aus dem Berufsleben zurückziehen musste. Seitdem war Kurt geschäftsführender Gesellschafter der BBA GmbH, der Becker Batterien und Akkumulatoren GmbH, mit Sitz in Unterhaching bei München. Mittlerweile war er achtundvierzig Jahre alt und schon seit sechzehn Jahren mit seiner vierundvierzigjährigen Frau Nina verheiratet. Kennen gelernt hatten sich die beiden bei einem Weinfest in *Bardolino*, deshalb verbrachten sie seitdem regelmäßig ihre Urlaube am *Lago*. Im Laufe der Jahre hatten sie auch schon ganz gut Italienisch gelernt, was den regen Kontakt zu den Einheimischen natürlich begünstigte. Lange hatten sie vergeblich nach einer Eigentumswohnung oder einem kleinen Häuschen Ausschau gehalten, bis sich acht Jahre zuvor die Gelegenheit ergeben hatte, in *Lazise* in zentraler Lage direkt am See einen Bungalow zu erwerben. Das nur siebentausend Einwohner zählende Städtchen *Lazise* liegt am sogenannten Veroneser Südostufer des Gardasees zwischen *Bardolino* und *Peschiera* und ist bei Urlaubern besonders durch die im Süden des Ortes liegenden riesigen Campingplätze und Vergnügungsparks bekannt. Wahrzeichen der Stadt ist die sehr gut erhaltene Scaliger-Burg mit der ebenfalls von den Scaligern errichteten, massiven Stadtmauer. Durch drei große Stadttore erreicht man die historische Altstadt, die für den Autoverkehr gesperrt ist.

Nach dem Frühstück räumte Nina Becker das Geschirr in die schmale Spülmaschine, unterdessen beantwortete ihr Mann einige Mails, die ihm sein Prokurist Heinrich Schaller, der ihn während seiner Abwesenheit in der Firma vertrat, am Vorabend geschickt hatte. Gegen halb neun verließen sie ihren Bungalow. Beckers schwarzer Audi A6 parkte auf dem Grundstück direkt hinter dem zweiflügligen Gartentor, wo eine etwa drei mal fünf Meter große Fläche gepflastert war. Während Becker seinen Aktenkoffer hinter den Fahrersitz stellte und einstieg, öffnete seine Frau das Gartentor und wartete, bis er rückwärts rausgefahren war, um es dann wieder zu schließen.

„Tuuuuuuuuut", tönte ein Schiffshorn vom See her.

Das Passagierschiff, das von *Peschiera* über *Lazise, Bardolino, Garda, Torri del Benaco* und *Brenzone* nach *Malcesine* fährt, hatte den Hafen von *Lazise* soeben verlassen. Der Kapitän Lorenzo di Salvo kannte die Beckers sehr gut, weil sie schon oft bei ihm an Bord gewesen waren und er mit ihnen schon so manches Mal geplaudert hatte. Außerdem waren sie sich mehrfach bei Festen am See begegnet, weil er ebenfalls in *Lazise* wohnte. Nach seinem Gruß mit dem Schiffshorn winkte er von seinem Schiff herüber. Nina Becker winkte ihm freundlich zurück und stieg dann ins Auto ein.

„Lorenzo hat herübergegrüßt", sagte sie zu ihrem Mann und deutete auf den See, weil sie nicht wusste, ob er im Auto das Signalhorn gehört oder ihr Winken gesehen hatte.

„Jetzt wo er weiß, dass wir wieder hier sind, wird er bestimmt jeden Tag darauf warten, dass wir einmal zu ihm an Bord kommen. Sollen wir am Samstag zum Markt nach *Malcesine* fahren, Nina?"

„Das ist eine gute Idee, der Markt in *Malcesine* ist für mich hier in der Umgebung sowieso einer der schönsten."

Über die *Viale Roma* erreichten sie die *Via Gardesana Occidentale*, die die Ortschaften auf der Ostseite des Gardasees miteinander verbindet. Aber schon nach einem kurzen Stück Richtung Süden mussten sie von einem großen Kreisverkehr auf die *Strada Provinciale 5* abbiegen, die bis zur Brenner-Autobahn hinüberführt, diese überquert und dann parallel zur *Autostrada* südwärts weiterverläuft. In der Nähe der Autobahnausfahrt *Verona Nord* zweigten sie in Richtung *Verona*

Centro ab. In *Verona* überquerte Becker die Etsch auf der *Ponte San Francesco* und fuhr dann den *Lungadige Galtarossa* und den *Lungadige Porta Vittoria* entlang. An der *Ponte delle Navi* scherte er nach rechts aus und hielt am Straßenrand, um seine Frau aussteigen zu lassen. Während er seinen geschäftlichen Termin wahrnahm, wollte sie im Zentrum von *Verona* einen Einkaufsbummel machen und sich mit ihrem Mann zum Mittagessen wieder treffen.

„Viel Spaß beim Shoppen“, rief er ihr nach.

„Viel Erfolg bei deinem Termin“, entgegnete sie ihm, als sie ausstieg und die Beifahrertür hinter sich zuwarf, bevor er wieder losfuhr und sich in den fließenden Verkehr einordnete.

Nina Becker überquerte auf der *Ponte delle Navi* wieder die Etsch und marschierte über die *Via Leoni* und die *Via Capelli* in Richtung *Piazza delle Erbe*, wo sie auf dem grünen Markt frisches Obst und Gemüse einkaufen wollte. Da sie während ihrer Urlaube am Gardasee regelmäßig auch nach *Verona* kam, wusste sie, dass sich ganz in der Nähe der *Piazza delle Erbe*, etwas versteckt hinter einem langgezogenen Torbogen, der *Palazzo Capuleti* befindet. Dieser *Palazzo* war der Wohnsitz der Familie Capuleti und soll der Schauplatz eines Großteils der Geschichte von Romeo und Julia gewesen sein, weshalb der *Palazzo* heute meist nur noch als *Casa di Giulietta* bezeichnet wird. An dem Torbogen, der den *Palazzo* mit der *Via Capelli* verbindet, blieb Nina stehen. Dort hielten sich um diese frühe Uhrzeit nur relativ wenige Touristen auf, die eifrig den berühmten Balkon sowie die Bronzestatue der Julia im Hof fotografierten. Die Wände des Torbogens waren praktisch vollständig mit Herzen bemalt, mit kurzen Texten beschrieben oder mit kleinen Zetteln beklebt, auf diese Weise hatten hier unzählige Verliebte ihre Wünsche, Träume und Sehnsüchte hinterlassen. Auf der *Piazza delle Erbe* schlenderte Nina zuerst ein wenig zwischen den Marktständen und ärgerte sich, dass im Vergleich zum Vorjahr die Obst- und Gemüsehändler schon wieder weniger geworden waren. Mehr und mehr wurden diese von Händlern verdrängt, die allerlei Touristen-Krimskrams verkauften. Damit war anscheinend mehr Geld zu verdienen als mit Lebensmitteln. Umso mehr genoss sie den intensiven Duft der frischen Produkte an den ursprünglichen Ständen. Wie sie es vorgehabt hatte, kaufte sie dort Tomaten, einen

Bund *Basilico*, Knoblauch, einen Kopfsalat sowie Äpfel und Birnen. Anschließend bummelte sie weiter durch die *Via Giuseppe Mazzini* mit den edlen Boutiquen einiger namhafter Luxusmarken. Immer wieder blieb sie vor den aufwändig gestalteten Schaufenstern stehen und kaufte sich schließlich in einem kleinen Laden zwei Blusen und einen Rock, sowie eine Tür weiter ein paar Sandalen. Mit ihren Einkäufen bepackt erreichte sie am Ende der *Via Giuseppe Mazzini* die *Piazza Brà* mit der alles überragenden *Arena di Verona*.

„*Buongiorno Signora*“, begrüßte sie der *Cameriere*, als sie sich auf der *Piazza* im Freien vor ein *Café* setzte und sich einen *Cappuccino* bestellte.

Nina Becker lehnte sich auf ihrem Stuhl zurück, genoss die warme Sonne und beobachtete die Menschen, die auf der riesigen *Piazza* unterwegs waren. Nach einer Weile holte sie den E-Book-Reader, den sie im April von ihrem Mann zum Geburtstag geschenkt bekommen hatte, aus ihrer Handtasche. Vor dem Urlaub hatte sie sich noch mehrere Romane auf den Reader geladen, so dass sie nun mit genügend Lesestoff für die freien Tage in Italien versorgt war. Schnell war sie so sehr in ihren Roman vertieft, dass sie um sich herum kaum noch etwas wahrnahm und völlig die Zeit vergaß, bis sie der Klingelton ihres Handys in die Realität zurückholte.

„Hallo Kurt, wo bist du?“

„Ich bin gerade losgefahren.“

„Ich sitze im *Café Verdi*.“

„Gut, ich schätze, dass ich bis in zehn Minuten da bin.“

Die zehn Minuten waren etwas zu optimistisch geschätzt, erst nach gut zwanzig Minuten sah Nina ihren Mann endlich über die *Piazza* auf sich zukommen.

„Kurz nachdem ich vorhin aufgelegt hatte, hat es direkt vor mir gekracht. Und anstatt dass die beiden Autofahrer gleich die Straße geräumt hätten, haben sie sich erst einmal ein paar Minuten lautstark beschimpft und sich gegenseitig die Schuld an dem Unfall zugeschoben. Sonst wäre ich schon viel eher da gewesen. Ich bin gleich in das nagelneue Parkhaus direkt beim *Cimitero Monumentale* gefahren, da war noch massig Platz.“

Er bestellte sich ein *Acqua minerale* und auch seine Frau ließ sich noch ein Wasser bringen.

„Wie war dein Termin?"
„Unterschiedlich. Positiv war, dass die Lieferverträge, so wie wir sie bereits ausgehandelt hatten, unterzeichnet wurden."
„Aber?"
„Danach haben sie mich wieder ordentlich unter Druck gesetzt. Die wollen einfach nicht kapieren, dass ich meine Firma nicht verkaufen werde."
„Das hast du denen doch jetzt schon oft genug gesagt, oder?"
„Natürlich. Seit sie vor einem Jahr damit angefangen haben, habe ich ihr Vorhaben schon mindestens fünfmal abgelehnt. Heute habe ich ihnen noch einmal deutlich gemacht, dass mir ihre finanziell durchaus reizvollen Angebote egal sind, weil ich einfach das Lebenswerk von meinem Vater nicht in andere Hände geben will. Zudem habe ich den Eindruck, dass sie, was die Übernahme angeht, nicht mit offenen Karten spielen."
„Inwiefern?"
„Sie reden immer nur von dem alteingesessenen Betrieb, der durch den Schritt von der mittelständischen Firma in die Organisation eines größeren Konzerns seine Zukunft sichern müsste, dabei bin ich überzeugt davon, dass es ihnen in erster Linie um meine neuesten Patente für die Hochleistungs-Akkus und die Wallbox geht."
Die Becker Batterien und Akkumulatoren GmbH hatte sich unter der Federführung von Kurt Becker in den vorangegangenen Jahren bei der Entwicklung neuer Produkte auf die Akkus für Elektroautos sowie die als Wallbox bezeichneten Schnellladestationen für diese Akkus konzentriert und hatte dabei bemerkenswerte Entwicklungserfolge erzielt. Die Akkus waren leichter und leistungsfähiger als diejenigen, die bisher schon am Markt eingeführt waren. Außerdem konnte durch die neueste Generation der Wallbox noch einmal eine erhebliche Reduzierung der Ladezeit für die Elektroautos erreicht werden.
„Glaubst du, dass du dafür mit deiner Firma allein genügend Abnehmer findest, damit sich die Vermarktung rechnet?"
„Ganz sicher. Du weißt doch, wie die Elektromobilität immer mehr in den Fokus rückt und in der Automobilindustrie wird sich langfristig der durchsetzen, der Elektroautos mit der größten Reichweite und damit der größtmöglichen Alltagstauglichkeit bieten kann. Das ist ein Milliardengeschäft und

den Trumpf, den ich durch unsere Produkte nun in der Hand habe, will ich nicht leichtfertig hergeben."

Kurt Becker wollte das Thema nicht länger breittreten, relativ schnell hatte er sein Wasser ausgetrunken und die Rechnung bezahlt. Bevor die beiden dann in ein *Ristorante* in der Nähe der *Piazza Brà* zum Mittagessen gingen, wollten sie am Ticket-Schalter der *Arena* ihre Eintrittskarten abholen. Übers Internet hatten sie sich bereits lange vor ihrem Urlaub jeweils zwei Eintrittskarten für die Prämieren von *Aida* und *Nabucco* für die Mitte Juni beginnenden Opernfestspiele reserviert. Die Aufführungen waren am Freitag- und Samstagabend, am Sonntag war dann nach knapp zwei Wochen in *Lazise* die Heimfahrt nach München geplant.

Im Schatten von einigen großen, in schweren *Terracotta*-Töpfen eingepflanzten Palmen genossen sie ein vorzügliches Mittagessen. Als ersten Gang hatten sie *Risi e bisi*, ein *Risotto* mit Erbsen, gewählt und sich dann auf Empfehlung des *Cameriere* für ein *Petto di tacchino all'uva bianca* entschieden. Die mit Schinken und verschiedenen Kräutern gefüllte Truthahnbrust war so weich, dass sie kaum das Messer benutzen mussten und die Soße mit den weißen Trauben passte hervorragend dazu. Nach dem abschließenden *Espresso* brachen sie auf, schlenderten durch die Altstadtgassen bis hinüber zum Parkhaus auf der anderen Seite der Etsch, um nach *Lazise* zurückzufahren und den Rest des Tages am See zu verbringen.

2

Max Hartinger saß an seinem Schreibtisch im Rosenheimer Polizeipräsidium und sortierte seine Akten auf zwei verschiedene Stapel. Auf den einen legte er alle Arbeiten, die während seiner bevorstehenden vierwöchigen Abwesenheit nicht unbedingt erledigt werden mussten, auf den zweiten, wesentlich höheren Stapel kamen alle Akten, die er seinem Kollegen Ludwig Maler, der ihm direkt gegenübersaß, zur weiteren Bearbeitung hinterlassen musste.

„Wann sollen wir die Übergabe machen, Wiggerl?"

„Gib mir noch eine halbe Stunde Zeit, dann bin ich hier fertig und wir können alles in Ruhe besprechen."

Schon seit mehr als zehn Jahren teilten sich Max und Wiggerl ein Büro und arbeiteten bei den meisten Fällen auch direkt zusammen. Sie ergänzten sich gegenseitig sehr gut bei ihrer Arbeit und ihre gemeinsame Aufklärungsquote konnte sich durchaus sehen lassen.

Ungefähr einen Monat vorher war Max Hartinger zu seinem Chef, dem Rosenheimer Polizeipräsidenten, gerufen worden. Max hatte erwartet, dass er ihn über den Stand der Ermittlungen bei einem Aufsehen erregenden Mordfall unterrichten sollte, aber der Polizeipräsident hatte eine Überraschung für ihn parat.

„Hartinger, was halten Sie davon, endlich einmal ganz offiziell in Italien ermitteln zu dürfen?", hatte er ihn gefragt.

Sein Chef wusste natürlich, dass Max, der bereits seit vierundzwanzig Jahren mit einer Italienerin verheiratet war, perfekt italienisch sprach und bei seinen zahlreichen Italienreisen schon mehrere Kriminalfälle vor Ort gelöst hatte. Zudem war er mit der Arbeit der *Carabinieri* bestens vertraut, weil Francesco, der einzige Bruder seiner Frau Chiara, schon mehr als zwanzig Jahre bei den *Carabinieri* tätig war. Francesco war auf *Ischia* im Golf von Neapel stationiert, wo die Hartingers schon sehr oft ihren Urlaub verbracht hatten. Neugierig fragte Max seinen Chef, was es mit diesem Angebot auf sich hatte.

„Im Rahmen eines EU-weiten Programms zur Verbesserung der inneren Sicherheit ist ein befristeter internationaler Austausch von Polizisten vorgesehen. Das bayerische Innenministerium hat deshalb vorgeschlagen, dass ein Kriminaler unserer Dienststelle für vier Wochen in unsere Partnerstadt *Lazise* abkommandiert wird, während zur gleichen Zeit einer der *Carabinieri* vom Gardasee hier in Rosenheim eingesetzt wird.“

Max freute sich riesig über die unverhoffte Gelegenheit, vier Wochen am Gardasee zu arbeiten und nicht nur Chiara, sondern auch seine beiden Töchter Martina und Elena planten sofort, wie und wann sie Max in *Lazise* besuchen würden.

Die Partnerschaft zwischen Rosenheim und *Lazise* besteht bereits seit 1979. Erste Kontakte waren durch die Rosenheimer, die regelmäßig dort ihren Urlaub verbrachten, zustande gekommen. Insbesondere die relative Nähe zwischen beiden Städten gab den Ausschlag dafür, dass im August 1979 im Ferienausschuss des Stadtrates ein erster positiver Beschluss zur Partnerschaft gefasst wurde. Ende September war dann eine Rosenheimer Delegation nach *Lazise* aufgebrochen, um vor Ort einen Freundschaftsvertrag zu ratifizieren. Im Anschluss daran war schließlich am dreizehnten Oktober 1979 im Rosenheimer Stadtrat die Städtepartnerschaft einstimmig beschlossen und besiegelt worden.

Die Übergabe der offenen Fälle nahm doch mehr Zeit in Anspruch als von Max angenommen. Er hatte vorgehabt, am frühen Donnerstagnachmittag nach Hause zu fahren, um in Ruhe seinen Koffer für die am nächsten Morgen bevorstehende Abreise nach Italien packen zu können. Bis er aber Wiggerl alles Notwendige erklärt und übergeben hatte, war es schon nach vier.

„So, nun muss ich aber heim, sonst wird das Packen heute noch eine Hetzerei.“

„Ich wünsch dir viel Vergnügen am Gardasee.“

„Wiggerl, ich fahre doch nicht zum Spaß nach *Lazise*, sondern zum Arbeiten.“

„Sicher, aber am Abend und am Wochenende kannst du das *dolce far niente* genießen.“

„Verschrei es nicht. Wer weiß, an welchen zeitaufwändigen Fällen die *Carabinieri* in *Lazise* gerade arbeiten? Da kann es leicht vorkommen, dass der Feierabend oder auch das Wochenende zum Ermitteln hergenommen werden muss."

„Und falls am Gardasee noch nichts Großartiges vorgefallen ist, dann wird sicher etwas passieren, sobald du dort angekommen bist. Wäre ja nicht das erste Mal", lachte Wiggerl laut.

Max Hartinger hatte bei seinen Kollegen den Ruf, das Verbrechen geradezu magisch anzuziehen, weshalb es auch niemanden verwunderte, dass er bei seinen regelmäßigen Italienurlauben schon mehrfach mit spektakulären Mord- oder Entführungsfällen konfrontiert worden war. Er ging aber auf die spitze Bemerkung seines Kollegen gar nicht ein.

„Wiggerl, dir wünsche ich viel Spaß mit dem italienischen Kollegen, der dich ab Montag unterstützen wird."

„Auf den bin ich wirklich gespannt. Hoffentlich spricht er tatsächlich so gut Deutsch, wie uns angekündigt worden ist."

„Bestimmt. Lass uns Anfang nächster Woche mal telefonieren, dann kann ich dir auch schon die ersten Eindrücke aus *Lazise* schildern."

„Wann geht es morgen bei dir los?"

„Der Zug fährt um kurz nach acht, dann bin ich gegen eins in *Verona*. Dort werde ich von einem der *Carabinieri* abgeholt. Es ist derselbe Zug, mit dem ich letztes Jahr im Mai in Richtung *Assisi* aufgebrochen bin."

Im Vorjahr war Max Hartinger längere Zeit krankgeschrieben gewesen, nachdem er im Dienst einen mutmaßlichen Mörder erschossen hatte. Der Polizeipsychologe hatte ihm damals zu einer längeren Auszeit geraten, die er nach einem Tipp von seinem Schwiegervater in einem Kloster in der Nähe des berühmten Wallfahrtsortes in Umbrien verbringen wollte. Er hatte sich mit dem Zug auf den Weg gemacht und auf ein paar ruhige Wochen fernab des Polizeialltages eingestellt. Doch kaum angekommen, erschütterte ein Mord das beschauliche Klosterleben und ehe er sich versah, war er schon mitten in den Aufklärungsarbeiten der *Carabinieri* gesteckt.

„Was passiert morgen Nachmittag noch in *Lazise*?"

„Da lass ich mich überraschen. Offiziell startet meine Arbeit dort auch erst am Montag, bis dahin soll ich mich übers

Wochenende erst einmal akklimatisieren. Es kann schon sein, dass die italienischen Kollegen gleich ein Freizeitprogramm für mich geplant haben."

„Wann bekommst du Besuch von deinen drei Damen?"

„Wahrscheinlich in zwei Wochen. Chiara will dann auf alle Fälle kommen, Elena wird auch ziemlich sicher mitfahren, nur bei Martina steht es noch nicht genau fest. Sie wollen am frühen Freitagnachmittag starten, sobald Elena aus Fürstenfeldbruck zurück ist."

Hartingers knapp einundzwanzigjährige Tochter Elena war dabei, beruflich in seine Fußstapfen zu treten und studierte in Fürstenfeldbruck im vierten Semester an der Fachhochschule für öffentliche Verwaltung und Rechtspflege in Bayern, Fachbereich Polizei. Ihre gut zwei Jahre ältere Schwester Martina dagegen befand sich bei ihrem Betriebswirtschafts-Studium an der Rosenheimer Fachhochschule mittlerweile bereits im achten Semester. Während Elena am Wochenende und in den Semesterferien noch zuhause bei ihren Eltern wohnte, war Martina bereits kurz nach dem Abitur mit ihrem Freund Robert in eine gemeinsame Wohnung gezogen.

Max verabschiedete sich nun endgültig in seinen vierwöchigen Auslandseinsatz.

„Servus Wiggerl, halte hier die Stellung, dass mir keine Klagen kommen", lachte er.

„Gute Reise, Max. Bring du nicht das ganze Revier der *Carabinieri* durcheinander", schoss Wiggerl zurück.

„Das habe ich doch noch nie gemacht. Ich habe ihnen immer nur geholfen, ihre schwierigsten Fälle aufzuklären."

„...die es ohne deine Anwesenheit gar nicht gegeben hätte."

Max verkniff es sich, seinem Kollegen noch einmal Kontra zu geben, und machte sich endlich auf den Heimweg.

Die Hartingers wohnten schon viele Jahre in einer Eigentumswohnung am südlichen Stadtrand von Rosenheim. Am Wochenende vor Hartingers Abreise waren sie nur knapp der Hochwasserkatastrophe entkommen, die nach tagelangen wolkenbruchartigen Regenfällen in mehreren Stadtteilen Rosenheims und im benachbarten Kolbermoor verheerende Schäden angerichtet hatte. Etliche Sperrmüllhaufen am Straßenrand zeigten, bei welchen Häusern die Keller vollgelaufen und teilweise sogar die Erdgeschosse überflutet gewesen waren. Zuhause angekommen konnte sich Max ungestört an seine Reisevorbereitungen machen. Seine Frau, die in Rom Germanistik studiert und in Italien als Dolmetscherin, Reiseleiterin und Sprachlehrerin gearbeitet hatte, unterrichtete nachmittags und an zwei Abenden mehrere Italienischkurse an der Volkshochschule in Rosenheim. Als Chiara eineinhalb Stunden nach ihm zuhause eintraf, war sein Koffer fast fertig gepackt. Max stand am Wohnzimmerschrank und zog aus einer Schublade gerade seinen Reisepass und sein Zugticket heraus.

„Hallo mein Schatz, wie war dein Kurs heute?"

„Im Prinzip wie immer, allerdings war die Gruppe heute etwas dezimiert. Zwei jugendliche Schüler sind bei der Feuerwehr und immer noch im Hochwassereinsatz, außerdem haben drei Damen gefehlt, die zuhause mit dem Aufräumen ihrer am Wochenende überfluteten Keller beschäftigt sind. Das ist im Moment natürlich wichtiger, als Italienisch zu lernen."

„Das ist leicht nachvollziehbar. Beim Heimfahren habe ich gesehen, dass die Sperrmüllhaufen überall immer noch weiter wachsen."

„Ja, wir haben wirklich Glück gehabt, dass wir nur für einen Tag vorsorglich unser Auto aus der Tiefgarage fahren mussten und nur einige Stunden ohne Strom waren."

„Richtig. Ich glaube, noch ein halber Tag länger dieser Starkregen, dann hätte es unseren Keller auch erwischt."

In ihrer Wohnung im ersten Stock wären die Hartingers zwar relativ sicher gewesen, aber in der Kürze der Zeit hätten sie kaum eine Chance gehabt, all ihre Habseligkeiten aus dem Keller in die Wohnung hinaufzutragen, falls das Hochwasser tatsächlich auch noch ihr Haus erreicht hätte.

„In den nächsten vier Wochen muss ich hoffentlich nicht mehr an Regen denken."

„Du bist wirklich zu beneiden, Max. Wenn ich könnte, würde ich sofort mit dir mitfahren. Außerdem mag ich gar nicht daran denken, dass ich nun einen ganzen Monat allein daheim sein werde."

Max sah, dass sie vergeblich versuchte, ihre Tränen zurückzuhalten. Er machte einen Schritt auf sie zu und nahm sie in den Arm. Nun gab es für ihre Tränen erst recht kein Halten mehr.

„Wir sehen uns doch schon in zwei Wochen wieder, wenn du mit Elena nach *Lazise* kommst."

„Trotzdem", schniefte sie. „Nacht für Nacht alleine einschlafen zu müssen, damit kann ich mich einfach gar nicht anfreunden. Vorletztes Jahr, als ich in *Tropea* war oder letztes Jahr während deines *Assisi*-Aufenthaltes habe ich mich schrecklich einsam gefühlt und jedes Mal ungeduldig die Tage gezählt, bis ich dich endlich wiedersehen würde."

Mittlerweile war es sechsundzwanzig Jahre her, dass sich Chiara und Max auf dem Oktoberfest in München kennen gelernt hatten. Nach ihrer Hochzeit nur zwei Jahre später waren sie kaum einmal länger als eine Woche am Stück getrennt gewesen. Meistens war das nur der Fall, wenn Max für ein paar Tage auf Fortbildung war. Einmal allerdings war Chiara mit den Kindern die gesamten Osterferien alleine in Rom gewesen, weil Max ein Mord in Rosenheim in Atem hielt und einmal hatte er seine Familie vorerst alleine in den Urlaub schicken müssen, weil er wegen eines aktuellen Mordfalles zuhause unabkömmlich gewesen war. Chiara war damals mit Martina und Elena nach *Ischia* voraus gereist und Max war ihnen dann knapp eine Woche später hinterher geflogen. Erst ein kurzfristiger Einsatz von Chiara als Sprachlehrerin in Kalabrien sowie die *Assisi*-Reise von Max hatten in den beiden Vorjahren dafür gesorgt, dass sie gleich mehrere Wochen am Stück getrennt gewesen waren.

„Wenn dir die Fahrerei nicht zu viel wird, könntest du doch auch an den anderen Wochenenden zu mir nach *Lazise* kommen, das sind doch von hier gerade einmal dreihundertfünfzig Kilometer", wollte er sie etwas aufmuntern.

„Meinst du, das geht?"

„Bestimmt. Ich hoffe doch, dass ich die Wochenenden frei haben werde und mich nicht auch noch am Gardasee mit sehr zeitaufwändigen Fällen herumschlagen muss. In erster Linie soll mein Aufenthalt dort doch dem gegenseitigen Erfahrungsaustausch dienen."

Er wollte die Umarmung lösen, aber Chiara klammerte sich nur noch fester an ihn.

„Dennoch werde ich jetzt erst einmal mindestens eine Woche allein sein."

„Vielleicht kann ich dir den Abschied etwas versüßen", hauchte er ihr ins Ohr, nahm sie bei der Hand und zog sie hinter sich ins Schlafzimmer.

Am nächsten Morgen hätte er seinen Wecker gar nicht gebraucht, schon eine halbe Stunde, bevor er aufstehen wollte, wälzte er sich unruhig im Bett hin und her. Nun spürte er doch eine gewisse Anspannung. Chiara hatte wie fast immer einen sehr ruhigen und tiefen Schlaf und war dann sofort hellwach, als sich der Radiowecker einschaltete. Zu diesem Zeitpunkt lief in der Küche bereits die Kaffeemaschine, während Max unter der Dusche stand. Nachdem anschließend auch Chiara im Bad gewesen war, frühstückten sie in Ruhe gemeinsam und machten sich dann mit dem Auto auf den kurzen Weg Richtung Bahnhof. Als sie wenig später am Bahnsteig standen und die Einfahrt des Zuges nach *Verona* bereits angekündigt wurde, umarmte Chiara ihren Max und drückte ihn fest. Sie kam nicht mehr dazu, etwas zu sagen, weil ihr wieder die Tränen übers Gesicht kullerten. Er wollte sie etwas aufmuntern und erinnerte sie daran, wie sie vor gut einem Jahr an gleicher Stelle gestanden waren.

„Denk daran mit welcher Ungewissheit du mich damals auf die Reise nach *Assisi* geschickt hast. Du wusstest nicht, wann und in welcher Verfassung ich zurückkommen würde, das ist doch heute völlig anders."

Sie nickte stumm und lächelte ihn an.

„Ich freue mich darauf, endlich einmal ganz offiziell in Italien zu arbeiten, auch wenn ich dich natürlich nicht gerne alleine lasse. Aber die vier Wochen werden bestimmt sehr schnell vorbei sein und dann bekommst du deinen alten Max wieder zurück."

„Hoffentlich", sagte sie leise.

Ihre Antwort ging fast im Lärm des einfahrenden Zuges unter. Max gab Chiara einen langen, innigen Kuss, nahm seinen Koffer, stieg ein und ging im Zug bis zu dem Abteil mit seinem reservierten Platz. Chiara war parallel dazu außen am Zug entlang gegangen und beobachtete Max, wie er seinen Koffer auf der Gepäckablage verstaute und den Rucksack vor seinem Sitz auf den Boden stellte. Kaum hatte er sich zu Chiara umgedreht, setzte sich der Zug in Bewegung. Chiara warf ihrem Max eine Kusshand zu und wischte sich mit dem Handrücken einige Tränen aus dem Gesicht. Max erwiderte die Kusshand und winkte ihr, solange er sie noch sehen konnte.

Max hatte das Abteil für sich allein und packte sofort seinen mitgebrachten Lesestoff aus: die aktuelle Rosenheimer Tageszeitung, zwei Ausgaben einer Sportzeitung sowie die letzten drei Ausgaben eines Fußballmagazins. Er hatte einiges zum Nachlesen, denn in den zwei Wochen vor seiner Abreise hatte er abends jeweils sehr lange gearbeitet und deshalb keine Zeit gehabt, die Berichte über die Endphase der abgelaufenen Fußball-Saison zu lesen. Für ihn als Bayern-Fan waren die letzten Spiele aufregend und erfolgreich zugleich gewesen. Natürlich hatte er vor dem Fernseher mitgefiebert, als sein FC Bayern im Londoner Wembley-Stadion das Finale der Champions-League durch das Tor von Arjen Robben gewonnen hatte. Eine Woche später wäre die Freude über den Sieg im DFB-Pokalfinale in Berlin und dem damit verbundenen, historischen Triple-Gewinn beinahe in den Fluten des immer weiter ansteigenden Hochwassers untergegangen. Bis *Verona* hatte er alle Hintergrundberichte, Sieger-Interviews und Lobenshymnen über diese einmalige Bayern-Saison gelesen. Sein Zug rollte mit einigen Minuten Verspätung in die *Stazione Porta Nuova* ein. Während der Fahrt war Max, weil er durch die Fußball-Berichte abgelenkt war, relativ ruhig gewesen, aber nun war er doch etwas nervös und gespannt darauf, wer ihn abholen und was ihn in *Lazise* alles erwarten würde. Noch während der Zug rollte, war er von seinem Abteil in Richtung Tür gegangen und konnte so als einer der Ersten aussteigen. Auf dem Bahnsteig sah er sich um, konnte aber auf Anhieb nirgends einen *Carabiniere* entdecken. Weil ausgemacht war, dass er direkt am Gleis abgeholt werden würde, blieb er einfach stehen, wo er ausgestiegen war. Nach und nach leerte sich der Bahnsteig, die Ankommenden verschwanden über die Treppe in der Unterführung zur Bahnhofshalle, während die Abreisenden längst in den Zug eingestiegen waren. Schon schlossen sich die Türen und der Eurocity setzte sich für die Weiterfahrt nach Venedig in Bewegung. Max nutzte die Wartezeit, um kurz Chiara anzurufen, damit sie wusste, dass er gut angekommen war. Fast fünf Minuten stand Max alleine da, bis er auf der anderen Seite des

Gleises einen uniformierten *Carabiniere* aus der Bahnhofshalle herauslaufen und die Treppe zur Unterführung heruntersprinten sah. Ziemlich atemlos kam er beim Bahnsteig von Max wieder aus dem Untergrund hervor.

„*Benvenuto a Verona, Signor* 'artinger", schnaufte er. "Ich bin leider nicht pünktlich in *Lazise* weggekommen."

„Kein Problem", antwortete ihm Max.

Der *Carabiniere* stellte sich ihm als *Vice Brigadiere* Ignazio Castellano vor und gab ihm die Hand.

„Ich freue mich, dass Sie uns in den nächsten vier Wochen unterstützen werden, *Signor* 'artinger."

Max bot ihm gleich an, ihn beim Vornamen zu nennen, damit er sich das für Italiener so schwierige „H" sparen konnte.

„Einfach nur Ignazio ist mir auch lieber, auf unserem Revier duzen wir uns sowieso alle."

Ignazio hatte seinen Dienstwagen vor dem Bahnhof auf dem großen *Piazzale XXV. Aprile* geparkt. Max hievte sein Gepäck in den Kofferraum des dunkelblauen *Fiat Bravo* und stieg vorne zu Ignazio in den Wagen.

„Hier sieht es im Moment furchtbar aus, bis vor kurzem war mitten auf der *Piazza* eine runde Grünanlage, um die herum im Kreis die Autos geparkt waren. Nun soll der ganze Bereich vor dem Bahnhof neu gestaltet werden, bisher sieht man aber nichts als Dreck und Baufahrzeuge."

Auf der Fahrt Richtung *Lazise* erzählten sie sich gegenseitig einiges über ihren beruflichen Werdegang. So erfuhr Max, dass Ignazio sechsunddreißig war, aus *Rovereto* stammte und dort seine Ausbildung absolviert hatte. Bis zu seiner Versetzung nach *Lazise* hatte er auch in seiner Heimatstadt gearbeitet, mittlerweile war er aber schon das achte Jahr am Gardasee eingesetzt. Natürlich kam auch ihr Privatleben zur Sprache. Ignazio hatte sehr jung geheiratet, seine Frau Eleonora, die ebenfalls in *Rovereto* geboren war, arbeitete in *Lazise* als Lehrerin an der *Scuola Elementare*.

„Wir haben drei Kinder, Anna ist dreizehn, Caterina zehn und Ignazio Junior wird demnächst acht."

„Ach, das waren noch Zeiten, als meine beiden Mädchen noch so jung waren", seufzte Max übertrieben laut und musste über sich selbst lachen.

„An den Kindern sieht man, wie schnell die Zeit vergeht", pflichtete ihm Ignazio bei.

„Genau. Inzwischen studieren die beiden schon."

In *Lazise* steuerte Ignazio direkt das Revier der *Carabinieri* an. Der flache zweistöckige gelbe Bau lag am Beginn der *Via Salvo D'Acquisto*, einer Seitenstraße der *Strada Provinciale* 5.

„Ich will dir gleich meine Kollegen vorstellen, danach fahre ich dich zu deiner Wohnung, die ganz in der Nähe liegt."

An diesem Freitagnachmittag waren außer Ignazio noch *Maresciallo* Emilio Brentani, der Leiter der *Carabinieri*-Einheit von *Lazise*, sowie der noch recht junge Arturo Mazzurega im Dienst. Beide begrüßten Max auch sehr herzlich und wünschten ihm, dass er sich übers bevorstehende Wochenende schon ein wenig eingewöhnen würde.

„Kennen Sie sich in *Lazise* bereits ein bisschen aus?", fragte der *Maresciallo*.

„Nein, ich muss gestehen, dass ich noch nie hier war. Einmal habe ich mit meiner Frau eine Woche am See verbracht, allerdings am Westufer, in *Toscolano Maderno*. Sonst bin ich auf dem Weg in den Italien-Urlaub immer nur im Auto am See vorbeigefahren oder Richtung Süditalien drüber hinweggeflogen."

„Dann sehen Sie sich heute erst einmal um und wenn Sie morgen noch nichts vorhaben, würde ich Sie gerne zum Mittagessen einladen", schlug Brentani vor.

„Sehr gerne. Ich freue mich schon seit Tagen auf ein Essen im Freien, bei uns war daran in diesem Jahr noch überhaupt nicht zu denken."

Brentani nickte.

„Das schlechte Wetter und vor allem am letzten Wochenende die Hochwasserkatastrophe in unserer Partnerstadt waren natürlich auch ein Thema in der hiesigen Presse. Waren Sie von den Überschwemmungen auch direkt betroffen?"

„Zum Glück nicht, aber viel hat nicht gefehlt."

„Bei uns war die zweite Maihälfte auch ungewöhnlich kühl, aber die Aussichten für den Juni sind bis jetzt sehr gut. Nächstes Wochenende soll es sogar schon richtig heiß werden."

„Ich hätte nichts dagegen, mir kann es eigentlich nie warm genug sein", meinte Max, der sich auf der Fahrt von *Verona* schon darüber gefreut hatte, dass das Autothermometer bereits siebenundzwanzig Grad angezeigt hatte.

Nachdem sie vereinbart hatten, dass Brentani Max am Samstag um eins bei seiner Unterkunft abholen würde, brachte ihn Ignazio zu seiner Wohnung, die absichtlich so nah beim Revier lag, dass Max in den folgenden vier Wochen zu Fuß zum Dienst erscheinen konnte. Die kleine Zwei-Zimmer-Wohnung lag im *Vicolo Casara*, entlang der *Strada Provinciale* nur zwei Querstraßen weiter Richtung Ortsmitte. Von dort waren es gerade einmal einhundert Meter bis zu einem großen Kreisverkehr, bei dem die *Strada Provinciale* in die *Via Gardesana* mündet. Ignazio übergab Max die Wohnungsschlüssel sowie einen Stadtplan von *Lazise*.

„Wir sehen uns dann am Montag um acht auf dem Revier. Ich hätte dich gerne heute Abend zu uns zum Essen eingeladen, aber ausgerechnet heute ist der Geburtstag von meiner Schwiegermutter, deswegen werde ich am Spätnachmittag mit der ganzen Familie noch nach *Rovereto* fahren und bis Sonntag dort bleiben."

„Kein Problem, Ignazio. Ich werde heute Abend bestimmt nicht verhungern."

Ignazio nannte ihm noch ein paar empfehlenswerte *Ristoranti* in *Lazise* und verabschiedete sich von ihm. Max machte einen Rundgang durch die Wohnung und trat auf den kleinen Balkon hinaus, von dem aus man bis zum See blicken konnte. Danach packte er seinen Koffer aus und legte sich aufs Bett. Mit dem Stadtplan in der Hand überlegte er sich, auf welchem Weg er gleich eine erste Runde durch *Lazise* spazieren sollte, um sich einen Überblick von seinem neuen Einsatzort zu verschaffen. Dann legte er den Stadtplan beiseite, streckte sich auf dem Bett aus und schloss die Augen. So war er innerhalb weniger Minuten eingeschlafen.

3

Am Samstagmorgen waren Nina und Kurt Becker beizeiten aufgestanden, weil sie für die Fahrt nach *Malcesine* das Schiff erreichen wollten, auf dem Lorenzo di Salvo als Kapitän tätig war. Am Freitagabend hatten sie ihn in einer *Pizzeria* in *Lazise* zufällig beim Abendessen getroffen, deshalb wusste er, dass sie am Samstag seine Fahrgäste sein würden und bis nach *Malcesine* mit ihm mitfahren wollten. Nina hatte unter anderem erzählt, dass sie bereits am vergangenen Montag angekommen waren und noch mehr als eine Woche, bis zum übernächsten Sonntag, bleiben konnten.

Rechtzeitig um halb neun standen sie nun am Anleger, der nicht mehr als zweihundert Meter von ihrem Bungalow entfernt war. Lorenzo winkte ihnen zu, als sich die MS *Vicenza*, die wie die anderen Schiffe am See nach norditalienischen Städten benannt war, langsam dem gepflasterten Steg mit dem kleinen Holzhäuschen, in dem der Ticketverkauf untergebracht war, näherte. Außer den Beckers warteten dort an diesem Morgen nur zwei ältere Damen, die offensichtlich auf dem Weg zum Einkaufen in einem der Orte nördlich von *Lazise* waren. Gekonnt manövrierte Lorenzo die *Vicenza* an den Anleger, einer seiner Mitarbeiter warf ein dickes Tau um den massiven Holzpfosten am Ende des Stegs und befestigte das Schiff so, dass die schmale mobile Brücke aus Aluminium für die wartenden Fahrgäste hinübergeschoben werden konnte. Schnell waren die Fahrkarten der vier Zusteigenden kontrolliert, die Brücke und das Tau wieder eingeholt und das Schiff konnte seine Fahrt in Richtung *Bardolino*, dem nächsten Haltepunkt, fortsetzen. Nina und Kurt Becker gingen wie fast immer durch den Fahrgastraum nach hinten, um sich am offenen Heck des kleinen Schiffes an die Reling zu setzen und den Ausblick auf das vorbeiziehende Ostufer des Sees zu genießen. Kaum hatten sie Platz genommen, kam auch schon Lorenzo zu ihnen, um Nina mit einem *Bacino* links und rechts auf die Wange und Kurt mit einem kräftigen Händedruck zu begrüßen.

„*Benvenuto a bordo* – schön, dass es heute tatsächlich geklappt hat.“

Sie bedankten sich für die freundliche Begrüßung.

„Ich wünsche euch eine gute Fahrt und viel Spaß in *Malcesine*. Wenn ihr wollt, könnt ihr gerne bei mir auf der Brücke vorbeischauen.“

„Danke, das werden wir später gerne machen, Zeit dazu haben wir genug“, antwortete ihm Kurt, der natürlich wusste, dass sie bis *Malcesine* gut zwei Stunden unterwegs sein würden.

Lorenzo ging auf seinen Kommandostand zurück. Die Beckers saßen ganz alleine am Heck, die wenigen Passagiere, die bereits bei der Abfahrt in *Peschiera* an Bord gegangen waren, hatten alle am offenen Oberdeck Platz genommen. In dem verglasten Fahrgastraum in der Mitte des Schiffes, in dem sich eine kleine Bar befand, hielt sich kein einziger Passagier auf. Deshalb war die Bar auch nicht besetzt. Kurt Becker lehnte sich auf seiner Sitzbank zurück und ließ sich den warmen Wind durch die Haare fahren.

„So kann man es aushalten“, stellte er zufrieden fest. „Vielleicht sollten wir irgendwann doch einmal eine Kreuzfahrt machen, Nina.“

Schon öfters hatten sie sich darüber unterhalten, ob sie nicht anstatt des regelmäßigen Aufenthaltes in *Lazise* einmal eine Kreuzfahrt buchen sollten, aber vor allem Nina hatte sich immer davor gescheut, weil sie befürchtete, sie würde sich langweilen.

„Auf einem Schiff voller Rentner können wir in zehn oder fünfzehn Jahren auch noch einchecken“, meinte sie mit dem Vorurteil, nur ältere Semester würden eine Kreuzfahrt unternehmen.

Ihr Mann hatte sich dem immer gebeugt, obwohl er das Vorurteil seiner Frau nicht uneingeschränkt teilte. Anderseits zog es ihn gar nicht so sehr in ferne Länder, weil er sich am Gardasee immer sehr wohl fühlte und es auch sehr praktisch fand, dass er im Notfall innerhalb weniger Stunden mit dem Auto vom Gardasee nach München zurückfahren konnte, falls in seiner Firma etwas Außergewöhnliches passieren sollte und er dringend vor Ort sein müsste. Nina ging auf Kurts neuerliche Bemerkung zur Kreuzfahrt nicht ein, sondern stand plötzlich auf.

„Ich glaube, ich habe zum Frühstück ein bisschen zu viel Kaffee getrunken."

Sie verschwand in Richtung Fahrgastraum, wo sich etwa in der Mitte neben den seitlichen Ausgängen des Schiffes die Toiletten befanden. Als sie wenige Minuten später zurückkam, war das Heck völlig leer.

„Kurt?"

Sie drehte sich um, konnte ihren Mann aber nirgends entdecken.

„Womöglich ist er auch schnell zur Toilette", sagte sie zu sich selbst und setzte sich an ihren ursprünglichen Platz zurück.

Eine Weile schaute sie der weiß schäumenden Gischt zu, die das Schiff hinter sich her zog. Als Kurt nach fünf Minuten immer noch nicht zurück war, wunderte sie sich doch etwas, weil es nicht seine Art war, wegzugehen, ohne ihr vorher Bescheid zu sagen. Sie stand auf und ging zu den beiden Herrentoiletten, um nachzusehen, ob er sich dort befand und eventuell aus irgendeinem Grund Hilfe brauchen würde. Allerdings waren beide Herrentoiletten unverschlossen und leer.

„Vielleicht ist er schon zu Lorenzo auf die Brücke hinauf."

Nina stieg aus dem immer noch leeren Fahrgastraum die Treppe zum Oberdeck hinauf, hielt aber auch hier vergeblich Ausschau nach ihrem Mann. Mit schnellen Schritten marschierte sie vor bis zur Brücke.

„Lorenzo, ist Kurt bei dir?"

„Nein, er ist bisher noch nicht heraufgekommen."

„Eigenartig, er ist verschwunden!"

Außer dem Kapitän befand sich nur ein weiterer Mitarbeiter der *Navigarda*-Schifffahrtslinie am Kommandostand.

„Verschwunden? Wie soll er denn von hier einfach so verschwunden sein?"

„Ich weiß es nicht, ich war nur kurz auf der Toilette und als ich zurückkam, war er weg. Ich habe ihn schon überall gesucht."

Plötzlich schoss ihr ein furchtbarer Gedanke durch den Kopf.

„Hoffentlich ist er nicht ins Wasser gefallen."

Lorenzo schüttelte den Kopf.

„Das kann ich mir nicht vorstellen, dazu müsste er doch fast auf die Reling gestiegen sein.“

Trotzdem stoppte er kurzerhand die Motoren.

„Maurizio, übernimm du inzwischen das Ruder“, forderte er seinen Stellvertreter auf und wandte sich wieder Nina zu.

„Komm, lass uns noch einmal überall nachschauen.“

Lorenzo nahm ein Fernglas aus dem Wandschrank und verließ mit Nina die Brücke. Am Oberdeck saßen nur acht Fahrgäste, deshalb war leicht zu erkennen, dass Kurt Becker nicht darunter war.

„Es geht gleich weiter“, antwortete Lorenzo auf die fragenden Blicke der Passagiere. „Wir haben dann nur noch wenige Minuten bis zum nächsten Halt in *Bardolino*.“

Im Fahrgastraum ging er von Toilettentür zu Toilettentür, alle waren offen und niemand befand sich dahinter. Bevor er mit Nina zum Heck ging, sperrte er die Glastür zum Bug des Schiffes auf, die nur vom Personal geöffnet werden durfte, weil sich während der Fahrt niemand am Bug aufhalten durfte.

„Hier ist er auch nicht“, stellte Lorenzo fest.

Anschließend überprüfte er neben der Tür zum Heck die Metalltür, die zum Maschinenraum hinunterführte. Sie war fest verschlossen. Als sie dann zum offenen Heck hinausgingen, rief Nina sofort:

„Hier ist er gesessen, als ich zur Toilette gegangen bin.“

Sie deutete auf Kurts Sitzplatz.

„Wenn er auf dem Schiff nirgends zu finden ist, muss er doch über Bord gegangen sein, oder?“

Lorenzo zuckte mit den Schultern.

„Selbst wenn er aufgestanden sein sollte, kann er doch bei dem ruhigen See heute kaum über die Reling gefallen sein.“

Trotz dieser Feststellung stellte er sich an die Reling am Heck, nahm sein Fernglas und blickte über den See zurück in Richtung *Lazise*. Der vorher von der Schiffsschraube aufgewühlte See hatte sich längst beruhigt, auf der Wasseroberfläche tanzten nur kleine, vom leichten Wind verursachte Wellen.

„Wann genau ist er verschwunden?“

„Wir waren erst ganz kurz unterwegs. Vom Zeitpunkt, als ich zur Toilette ging bis zu dem Stopp der Motoren dürften es etwa zehn Minuten gewesen sein.“

Lorenzo blickte weiter durch sein Fernglas und suchte die Wasseroberfläche ab.

„In zehn Minuten können wir nicht so weit gefahren sein, dass ich ihn nicht mehr sehen würde, falls er im Wasser schwimmen würde."

Nina wurde immer unruhiger und verzweifelter.

„Aber er muss ins Wasser gefallen sein, er kann sich doch schließlich nicht in Luft aufgelöst haben. Können wir nicht ein Stück zurückfahren?"

„Natürlich, das wollte ich jetzt sowieso machen. Zusätzlich werde ich über Funk auch noch die Küstenwache verständigen und ein Boot anfordern."

„Lass mir bitte das Fernglas da."

Er reichte es ihr und ging zur Brücke zurück. Das Heck erzitterte kurz darauf, als die Motoren wieder angeworfen wurden. Während sich die *Vicenza* langsam umdrehte, kam über die Lautsprecher Lorenzos Durchsage, dass ein Fahrgast abgängig war und sie deshalb umdrehen und ein Stück zurückfahren müssten. Nina starrte unentwegt durch das Fernglas auf den See, erst als das Schiff komplett gewendet hatte, lief sie hinauf auf die Brücke, um von dort aus mit Hilfe des Fernglases den See nach ihrem Mann abzusuchen. Lorenzo hatte inzwischen schon die Küstenwache alarmiert.

„Ich habe ihnen die Koordinaten von dem Punkt durchgegeben, an dem wir etwa gewesen sein dürften, als du zur Toilette gegangen bist."

„Woher kommt die Küstenwache?"

„Rings um den See sind mehrere Schiffe stationiert, eins davon zum Glück in *Bardolino*, das hat deswegen den kürzesten Weg."

Nach einer Fahrt von ungefähr zehn Minuten stoppte Lorenzo erneut die Motoren. Nina Becker saß mittlerweile in Tränen aufgelöst am Oberdeck. Eine der älteren Damen, die mit den Beckers in *Lazise* zugestiegen waren, versuchte vergeblich, sie etwas zu beruhigen.

„Es muss etwas Schreckliches passiert sein", schluchzte Nina.

Mittlerweile beteiligten sich auch alle anderen Passagiere an der Suche nach Kurt Becker, aber niemand konnte ihn vom Oberdeck aus im See entdecken.

„Hinter uns kommt schon die Küstenwache", rief Maurizio Cascina, der mit Lorenzo di Salvo und Graziano Olivieri, der beim Einsteigen die Fahrkarten kontrolliert hatte, die gesamte Besatzung der *Vicenza* darstellte.

Als auch das Schiff der *Guardia Costiera* die vermeintliche Unglücksstelle erreicht hatte, wurde ein kleines Beiboot ins Wasser gelassen, mit dem zwei Beamte zum Linienschiff herüberruderten und an Bord kamen. Di Salvo und Olivieri nahmen sie im Fahrgastraum in Empfang. Der Ältere stellte sich als *Ispettore* Canobbio vor, der jüngere hieß Rinaldi. Olivieri holte Nina vom Oberdeck, währenddessen berichtete der *Capitano*, dass sie bereits das gesamte Schiff vergeblich nach dem Vermissten abgesucht hätten.

„Ich kann mir zwar nicht vorstellen, wie jemand bei einer absolut ruhigen Fahrt über Bord gegangen sein sollte, aber letztlich müssen wir doch genau das annehmen, wenn sich *Signor* Becker nicht mehr auf dem Schiff befindet."

Canobbio nickte mit ernster Miene. Als Olivieri mit Nina dazu kam, erzählte sie noch einmal, wie sie zur Toilette gegangen und danach den Platz von ihrem Mann leer vorgefunden hatte.

„Ich kann mir das nicht erklären", schluchzte sie mit tränenerstickter Stimme. „Was wollen Sie jetzt unternehmen?", fragte sie in Richtung von Canobbio und Rinaldi.

„Wir haben zwei Taucher dabei", erklärte ihr Rinaldi, der neben ihr stand und ihr beruhigend die Hand auf den Arm legte. „Nach dem Funkspruch von *Capitano* di Salvo haben wir sie gleich mit an Bord genommen, um keine Zeit zu verlieren. Sie machen sich drüben schon bereit für ihren Einsatz und werden gleich ins Wasser gehen."

Canobbio wollte ihr allerdings nicht zu viel Hoffnung machen.

„Nachdem wir nicht exakt wissen, wo ihr Mann vermutlich ins Wasser gefallen ist, wird die Suche nach ihm schon etwas schwierig werden, aber wir werden unser Möglichstes tun."

„Vielen Dank", schniefte Nina und holte sich ein frisches Papiertaschentuch aus ihrer Handtasche.

Rinaldi verlangte noch nach genaueren Infos über Kurt Becker.

„Welche Kleidung trägt Ihr Mann heute?"

„Eine dunkelblaue Shorts und ein leicht hellblaues, fast weißes Polohemd."

„Das helle Shirt könnte weiterhelfen", stellte Rinaldi fest.

Rinaldi und Canobbio ruderten zum Schiff der Küstenwache zurück, Lorenzo gab an, er müsse sich auf der Brücke um die Weiterfahrt der anderen Passagiere kümmern und Graziano ging mit Nina Becker zu dem ansonsten gesperrten Bug der *Vicenza*, um das weitere Vorgehen der Küstenwache zu beobachten. Als Canobbio und Rinaldi bei ihrem eigenen Schiff wieder an Bord gingen, waren die beiden Taucher bereits startklar. Nina sah, wie sie von Canobbio noch einige Anweisungen bekamen, sich dann auf die Reling setzten und rückwärts ins Wasser fallen ließen.

„Wie tief ist der See hier?", fragte sie Graziano.

„An seiner tiefsten Stelle sind es dreihundertfünfundvierzig Meter, durchschnittlich sind es etwa hundertsechsunddreißig Meter. Aber weil wir nicht so weit vom Ufer entfernt sind, dürfte es hier bei Weitem nicht so tief sein."

Mit dieser Antwort konnte Nina wenig anfangen. Sie beobachtete, wie die Taucher einige Schwimmbewegungen machten, um sich über Wasser zu halten, ihre Taucherbrillen zurechtrückten und überprüften, ob sie durch das Mundstück aus der Pressluftflasche auf ihrem Rücken ausreichend Luft bekamen. Beide streckten den Daumen nach oben, beugten dann den Oberkörper nach vorne und tauchten kopfüber ab. Nur ein paar Luftblasen zeigten noch kurz, wo sie in der Tiefe verschwunden waren. Nina hatte sich mittlerweile auf den Rand eines der beiden Rettungsboote gesetzt, die links und rechts direkt neben der Reling befestigt waren. Tausend Gedanken schossen ihr durch den Kopf. Was konnte mit ihrem Mann passiert sein? Er war doch ein sehr guter Schwimmer. Wenn er tatsächlich ins Wasser gefallen sein sollte, warum schwamm er dann nicht hier im See? War er vielleicht aufgestanden und hatte einen Schwächeanfall oder ähnliches erlitten und war deshalb über die Reling gestürzt? Irgendwie konnte sie sich das alles nicht so recht vorstellen.

„*Signore e Signori*", meldete sich plötzlich Lorenzo über den Lautsprecher.

Über Funk hatte er seinen Kollegen, der fahrplangemäß eine Stunde nach ihm in *Peschiera* mit dem nächsten Schiff gestartet war, informiert, was vorgefallen war. Nun konnte er seinen Fahrgästen mitteilen, dass sie in etwa zwanzig Minuten von der MS *Padova* übernommen würden und so ihre Fahrt fortsetzen konnten. Anschließend kam er wieder herunter und stellte sich neben Graziano.

„Tut sich hier etwas?"

„Nein", antwortete ihm Graziano. „Sie sind bisher noch nicht wieder aufgetaucht."

Nina saß weiter auf dem Rettungsboot, war kreidebleich und starrte auf die Stelle im Wasser, an der die Taucher verschwunden waren.

„Kurt, wo bist du bloß?", stammelte sie leise.

Über eine Viertelstunde sagten alle drei nichts, bis der kurze, durchdringende Ton eines Signalhorns ankündigte, dass sich das nachfolgende Schiff von Süden her näherte.

„Bleib du hier, Graziano", bat ihn Lorenzo. „Ich kümmere mich darum, dass unsere Fahrgäste ohne Probleme umsteigen können."

Als er gegangen war, sagte Nina zu Graziano:

„Du kannst mich ruhig alleine lassen und den anderen Leuten helfen, die haben wegen uns ohnehin schon genug Zeit verloren."

„Wir sind in ein paar Minuten wieder da", entgegnete ihr Graziano und verschwand ebenfalls in Richtung Fahrgastraum.

Kurz darauf meldete sich Lorenzo abermals über den Lautsprecher und bat alle Fahrgäste, sich nach unten zum Ausstieg auf der rechten Seite zu begeben. Die *Vicenza* begann etwas mehr zu schaukeln, je näher die *Padova* kam. Deren Kapitän hatte die Geschwindigkeit rechtzeitig so reduziert, dass er sich ganz langsam dem vor Anker liegenden, baugleichen und deshalb gleich hohen Schiff nähern konnte. Nachdem dann gegenseitig die dicken Taue hinübergeworfen und befestigt worden waren, konnte die kleine Alubrücke zwischen den seitlichen Ausgängen der beiden Schiffe platziert werden. Weil der See immer noch ziemlich in Bewegung war, wurde das Hinübergehen von einem Schiff zum anderen doch eine etwas wackelige Angelegenheit, weshalb man jeden Passagier nur einzeln über die Brücke ließ. Nachdem alle umgestiegen waren, kam *Capitano* Giulio Rosaro von der *Padova* herüber.

„Wir haben auf der gesamten Strecke von *Lazise* bis hierher den See so gut es ging abgesucht, leider haben wir weder auf dem Wasser, noch unter der Wasseroberfläche jemanden entdecken können."

„Danke für eure Hilfe."

Lorenzo schüttelte ihm die Hand, Rosaro ging auf sein eigenes Schiff zurück, die Brücke wurde eingeholt, die *Padova* setzte ihre Fahrt fort und auf der *Vicenza* blieben die Besatzung und Nina Becker allein zurück.

Lorenzo und Graziano kamen wieder zum Bug, um die Suche der Küstenwache weiter zu beobachten. Einige Minuten später sahen sie etwas abseits von der Stelle, an der die Taucher im Wasser verschwunden waren, viele Luftblasen aufsteigen.

„Einer ist wieder da", rief Nina und sprang auf.

Tatsächlich streckte einer der Taucher den Kopf aus dem Wasser und blickte sich nach seinem Schiff um, das sich hinter ihm befand. Canobbio und Rinaldi hatten ihn natürlich auch längst entdeckt und als er sich zu ihnen umdrehte, war eindeutig zu sehen, wie er den Kopf schüttelte.

„Er hat ihn nicht gefunden", stellte Nina resignierend fest und setzte sich wieder hin.

Der Taucher schwamm zum Schiff der Küstenwache zurück und kletterte an der Leiter, die Rinaldi inzwischen an der Außenseite der Reling befestigt hatte, wieder an Bord. Canobbio und Lorenzo hatten zuvor ihre Handy-Nummer ausgetauscht, damit sie nicht beide zum Funken zum jeweiligen Kommandostand hinaufgehen mussten. Nachdem er seinem Taucher einige Fragen gestellt hatte, griff Canobbio zum Handy und rief auf der *Vicenza* an.

„*Signor* Canobbio, was können Sie mir berichten?", meldete sich di Salvo.

„Leider nicht viel. Unser Taucher hat keine Spur von Ihrem Fahrgast entdeckt, obwohl er bereits ein ziemlich großes Gebiet rings um unseren derzeitigen Standort abgesucht hat."

„Wie tief war er unten?"

„Sie sind beide bis am Grund bei über dreißig Metern gewesen. Derjenige, der jetzt schon aufgetaucht ist, hatte das

Gefühl, das mit seiner Pressluftflasche etwas nicht ganz in Ordnung ist, deshalb hat er die Suche vorsorglich relativ schnell abgebrochen und ist langsam wieder nach oben gekommen. Unser zweiter Mann wird sicher noch längere Zeit unten weitersuchen. Bei dieser großen Tiefe muss natürlich auch er aufpassen, dass er nicht zu schnell auftaucht. Wir können also weiterhin nur abwarten, aber wie ich vorhin schon erwähnte, sind die Erfolgsaussichten relativ gering."

„Könnten wir irgendwie helfen?"

„Nein, im Moment leider gar nicht."

„Eine Verstärkung für die beiden Taucher können Sie nicht noch anfordern?"

„Theoretisch schon, aber es wäre problematisch, das bei meinen Vorgesetzten zu rechtfertigen. Auch wenn es sich etwas hart anhört, aber wenn dieser *Signor* Becker vor mehr als einer Stunde tatsächlich ins Wasser gefallen und untergegangen sein sollte, dann geht es längst nur noch darum, seine Leiche zu suchen. So leid es mir tut, aber so lange Zeit kann er unter Wasser unmöglich überlebt haben. Wahrscheinlich ist es am besten, wenn Sie die *Signora* zurück nach *Lazise* bringen."

„Ich kann mir nicht vorstellen, dass sie damit einverstanden wäre."

„Dann überzeugen Sie sie, dass es das Beste für sie ist. Einen Leichnam aus dem Wasser zu bergen ist für uns schon keine angenehme Sache, deshalb ist es auf alle Fälle sinnvoller, einem Angehörigen diesen Anblick zu ersparen."

„Okay."

Als Lorenzo eingehängt hatte, stand Nina sofort neben ihm.

„Was hat er gesagt?"

„Der zweite Taucher wird noch längere Zeit unter Wasser bleiben, um nach deinem Mann zu suchen. Außerdem meint er, es wäre besser, dich nach Hause zu fahren."

„Nein", sagte sie sofort energisch. „Ich bleibe solange hier, bis sie Kurt gefunden haben."

„Das kann dauern."

„Was willst du damit sagen? Haben sie ihn etwa schon aufgegeben?"

Lorenzo fand, dass es keinen Sinn machte, ihr etwas vorzuspielen.

„Natürlich nicht", versuchte er sie zu beruhigen. „Sonst wäre doch der zweite Taucher auch schon längst wieder nach oben gekommen. Aber realistisch betrachtet sind die Chancen, Kurt noch lebend zu finden, wahrscheinlich sehr gering."

„Also haben sie ihn doch schon aufgegeben."

Lorenzo konnte sie gerade noch auffangen, als sie, kaum dass sie den letzten Satz ausgesprochen hatte, in sich zusammensackte. Graziano half ihm dabei, Nina in den Fahrgastraum zu tragen und auf eine der langen Sitzreihen zu legen. Graziano hielt ihre Beine in die Höhe und Lorenzo lief zur Bar, um eine Flasche *Acqua minerale* für sie zu holen. Er war bereits zurück und hatte ein Glas Wasser eingeschenkt, als sie langsam wieder zu sich kam und ihn mit großen Augen ansah.

„Was ist passiert?"

„Du bist ohnmächtig geworden, Nina. Hier, trink erst einmal etwas."

Er reichte ihr das Wasserglas und Nina richtete ihren Oberkörper leicht auf, um besser trinken zu können.

„Ich glaube, es ist doch besser, wenn wir dich jetzt nach *Lazise* zurückfahren."

Diesmal widersprach sie Lorenzos Vorschlag nicht, sondern ließ ihren Kopf auf die Bank zurücksinken und schloss die Augen.

„Graziano, gib Maurizio Bescheid, dass wir zurückfahren."

Olivieri, der immer noch Ninas Beine in die Höhe hielt, legte sie vorsichtig auf der Sitzbank ab und ging zur Brücke hinauf. Kurz darauf erzitterte die *Vicenza*, als die Motoren angeworfen wurden. Vom Schiff der Küstenwache aus hatte Canobbio gesehen, wie Nina zusammengebrochen war. Die Abfahrt der *Vicenza* veranlasste ihn nun, nochmals bei Lorenzo anzurufen.

„Wie geht es der *Signora*?"

„Sie ist schon wieder bei Bewusstsein. Trotzdem werde ich gleich noch den Rettungsdienst alarmieren, damit sofort ein Arzt bereitsteht, wenn wir in *Lazise* ankommen."

„Soll ich die *Carabinieri* informieren oder übernehmen Sie das auch selbst?"

Lorenzo stutzte einen Moment, weil er nicht daran gedacht hatte, auch bei den *Carabinieri* anzurufen, aber Canobbio hatte natürlich Recht. Der mutmaßliche Unfall von Kurt Becker musste selbstverständlich den Behörden gemeldet werden.

„Ich rufe dort selbst an."

„Gut. Sobald wir auch nur den kleinsten Hinweis auf *Signor* Becker finden, gebe ich Ihnen natürlich sofort Bescheid."

„Vielen Dank. Hoffentlich klärt sich das alles ganz schnell auf."

Nachdem er eingehängt hatte, schlug Nina die Augen wieder auf.

„Sucht der zweite Taucher immer noch nach Kurt?"

„Ja, er ist immer noch unter Wasser und wir bekommen sofort Nachricht, wenn sie ihn finden sollten."

„Mir ist kalt."

Lorenzo lief sofort zur Brücke hinauf, wo in einer großen Metallkiste neben einer Reihe von Rettungswesten auch mehrere dünne Decken verwahrt wurden. Er nahm gleich zwei Decken mit nach unten und deckte Nina damit zu. Dann alarmierte er den Rettungsdienst in *Lazise* und informierte auch die örtlichen *Carabinieri* über den Unglücksfall. *Maresciallo* Brentani wollte sich sofort auf den Weg zum Anleger in *Lazise* machen.

„Wir kommen schon in ein paar Minuten an, *Maresciallo*. Ich hoffe, der Rettungsdienst ist schnell da."

„Ich brauche auch nur wenige Minuten. Bitte bleiben Sie auf alle Fälle dort, bis ich da bin."

„Selbstverständlich. Meine laufende Tour von heute Vormittag ist ohnehin abgebrochen und ob ich heute am Nachmittag von *Peschiera* aus zur üblichen zweiten Rundfahrt überhaupt starten werde, muss ich erst noch mit der *Navigarda*-Geschäftsleitung klären."

„Also dann bis gleich."

Während er telefoniert hatte, war Lorenzo nach vorne in Richtung Bug gegangen, der Anleger von *Lazise* war bereits in Sichtweite. In wenigen Minuten sollte die ungewöhnliche Fahrt der *Vicenza* vorerst zu Ende sein.

4

Max Hartinger hatte in der ersten Nacht in *Lazise* gut geschlafen. Gegen acht war er aufgestanden und nach einer ausgiebigen Dusche zum Frühstück in eine nahegelegene Bar direkt an der *Via Gardesana* gegangen, die er am Vorabend bei seinem ersten Spaziergang durch *Lazise* entdeckt hatte. Nach dem Frühstück wollte er einen gemütlichen Vormittag am See verbringen. Er war bis zu dem großen Kreisverkehr zurückgegangen, hatte von dort aus die Stadtmauer und das Wahrzeichen von *Lazise*, die imposante Scaliger-Burg, bewundert und war über die *Via Rosenheim* und durch die *Porta del Lion* in die Fußgängerzone hineingegangen. Über die *Piazza Vittorio Emanuele II.* war er dann zu dem *Porticciolo* genannten kleinen Hafen gelangt, an dessen rechtem, befestigten Ufer der Steg für den Schiffsverkehr in den See ragte. Auf dem angrenzenden *Lungolago Marconi* waren schon viele Touristen unterwegs gewesen, Max war am See entlang spaziert, hatte sich die vielen Boote, die im *Porto Nuovo* lagen, angeschaut, sich gegenüber an einem Kiosk eine aktuelle italienische Tageszeitung gekauft, war noch ein ganzes Stück am *Lungolago Cavazzocca Mazzanti* weitermarschiert und hatte sich dann auf eine Bank direkt am Ufer gesetzt. Nachdem er ausführlich den Sportteil und einige Artikel zur italienischen Innenpolitik gelesen hatte, klingelte sein Handy. Sofort dachte er, es wäre Chiara, die nachfragen wollte, wie es ihm an seinem neuen Einsatzort gehen würde, auf dem Display las er allerdings eine italienische Handy-Nummer, die er nicht kannte.

„*Pronto*."

„Max? Hier ist *Maresciallo* Brentani."

Er wunderte sich, dass ihn der *Carabiniere* mit dem Vornamen ansprach, am Vortag hatte er nur Ignazio, der ihn vom Bahnhof abgeholt hatte, das Du angeboten.

„*Buongiorno*. Klappt es nicht mit unserem Mittagessen?"

„Doch, doch, im Prinzip schon. Wo stecken Sie gerade?"

„Ich sitze am See und lese Zeitung."

„Wissen Sie schon, wo hier in *Lazise* die Anlegestelle für die Seeschifffahrt ist?"

„Ja, dort bin ich vorhin gerade vorbeigegangen, bevor ich mich zum Zeitunglesen in die Sonne gesetzt habe."

„Gut", antwortete ihm Brentani und schilderte ihm kurz, was auf der *Vicenza* passiert war und dass das Schiff mit der Ehefrau des Vermissten an Bord in Kürze ankommen würde. „Wäre es möglich, dass Sie auch gleich dorthin kommen?"

So ganz konnte sich Brentani anscheinend noch nicht zwischen dem Du und dem Sie entscheiden.

„Natürlich", antwortete ihm Max. „Das Schiff ist hier gerade an mir vorbeigefahren. Ich mache mich sofort auf den Weg."

„Vielen Dank."

Max hängte ein und faltete die Zeitung zusammen. Sein Gefühl sagte ihm, dass er an diesem Tag wohl kaum mehr Zeit haben würde, weiter darin zu lesen. Deshalb warf er die Zeitung in den Papierkorb, der neben seiner Bank angebracht war, stand auf und marschierte schnurstracks in Richtung Schiffsanleger zurück. Schon von weitem war zu erkennen, dass dort etwas Ungewöhnliches vorgefallen war. Am Beginn des Steges stand ein Rettungswagen des *Croce Rossa Italiana* mit blinkendem Blaulicht. Dahinter war, ebenfalls mit eingeschaltetem Blaulicht, ein dunkelblauer *Fiat Bravo* der *Carabinieri* geparkt. Um diese Autos herum standen viele Schaulustige, die neugierig waren, zu erfahren, warum die Sanitäter auf das gerade eingelaufene Schiff gesprintet waren. Max bahnte sich einen Weg durch die Menge. Auf der Alubrücke am Eingang der *Vicenza* stand Graziano Olivieri, um niemanden Unbefugten aufs Schiff zu lassen.

„*Buongiorno*, ich gehöre zu *Maresciallo* Brentani."

Olivieri sah Max skeptisch an.

„Können Sie sich ausweisen?"

„Einen Dienstausweis der *Carabinieri* habe ich nicht, ich bin von der Kriminalpolizei in Deutschland und nur vorübergehend hier in *Lazise* tätig."

Max sah seinem Gegenüber an, dass er ihm nicht so recht glaubte, aber zum Glück hatte ihn Brentani, der im Fahrgastraum neben den Sanitätern und *Capitano* di Salvo stand, entdeckt.

„Sie können ihn ruhig hereinlassen, er ist einer meiner Mitarbeiter", rief er herüber.

Olivieri gab ihm den Weg frei.

Max erfuhr, dass die Sanitäter in Begleitung eines Notarztes gekommen waren, der Nina Becker nach einer kurzen Untersuchung eine kreislaufstabilisierende Spritze verabreicht hatte. Seinen Vorschlag, sie ins Krankenhaus einzuweisen, lehnte sie kategorisch ab. Lieber wollte sie, dass man sie zu ihrem nahegelegenen Bungalow bringen solle, damit sie sich dort in ihrer gewohnten Umgebung von den dramatischen Ereignissen des Vormittags erholen und auf Nachrichten der Küstenwache warten könne. *Maresciallo* Brentani schaltete sich ein und bot an, Nina Becker nach Hause zu fahren.

„In Ordnung", stimmte der Arzt schließlich zu und packte seine gesamten Utensilien wieder in seinen Notfallkoffer.

Nachdem er mit seinen Sanitätern das Schiff verlassen hatte, wandte sich Brentani an Nina Becker.

„Bleiben Sie noch einen Moment liegen, *Signora*. Bevor ich Sie nach Hause bringe, möchte ich mich noch kurz mit *Capitano* di Salvo unterhalten."

Sie nickte stumm. Brentani ging mit Max und dem Kapitän hinauf an den Kommandostand der *Vicenza*, während Olivieri weiterhin auf seinem Posten am Eingang des Schiffes stehen blieb. Oben angekommen, forderte Brentani den *Capitano* auf, noch einmal in allen Einzelheiten zu erzählen, was genau vorgefallen war. Di Salvo schilderte, wie er die Beckers in *Lazise* auf seinem Schiff begrüßt hatte, dann zurück auf die Brücke gegangen war und wie Nina Becker wenig später auf der Suche nach ihrem Mann nach oben gekommen war.

„Was wir tun konnten, haben wir getan. Weil *Signor* Becker auf dem Schiff nirgends zu finden war und wir deshalb leider davon ausgehen mussten, dass er unbemerkt über Bord gegangen sei, habe ich die *Guardia Costiera* alarmiert, die im Moment wohl noch damit beschäftigt ist, mit Hilfe von zwei Tauchern nach Becker zu suchen."

Sein Fernglas lag neben dem großen Steuerrad des Schiffes. Di Salvo nahm es und blickte damit über den See in Richtung *Bardolino*.

„Die *Guardia Costiera* ist immer noch an der Stelle, an der wir wahrscheinlich waren, als *Signor* Becker vermutlich in den See gefallen ist."

Max, der bisher nur zugehört hatte, wollte noch mehr Details hören.

„Wie groß ist Ihre Besatzung?"

„Außerhalb der Hauptsaison sind wir nur zu dritt unterwegs", erklärte ihm der *Capitano*.

„Und wo waren Sie drei, als Ihr Fahrgast vermutlich ins Wasser gefallen ist?"

„Maurizio war hier bei mir am Kommandostand."

Um das zu bestätigen, nickte Cascina, der neben ihnen die Befragung seines Kapitäns bisher wortlos verfolgt hatte.

„Und Ihr dritter Mann?"

„Graziano war hier hinten am offenen Oberdeck. Normalerweise ist er, nachdem er von den zusteigenden Passagieren die Fahrkarten kontrolliert hat, unten an der Bar. Aber heute Morgen hatten wir so wenige Leute an Bord, der Fahrgastraum unten war zum Beispiel heute völlig leer, deswegen wäre er nur bei einer entsprechenden Nachfrage eines Fahrgastes an die Bar gegangen."

Max hatte im Moment keine weiteren Fragen und auch Brentani hatte vorerst genug gehört.

„*Signor* di Salvo, Ihre Handy-Nummer habe ich bereits, gegebenenfalls werde ich mich heute oder in den nächsten Tagen noch einmal bei Ihnen melden", meinte Brentani abschließend.

Sie verabschiedeten sich und gingen wieder hinunter. Nina Becker lag mit geschlossenen Augen auf der Bank, während Graziano Olivieri seinen Posten am Eingang der *Vicenza* noch immer nicht verlassen hatte. Max überließ es Brentani, ihm die erste Frage zu stellen.

„Was können Sie uns zu dem vermeintlichen Unfall von *Signor* Becker erzählen?"

„Eigentlich gar nichts. Ich war oben an Deck, als seine Frau auf der Suche nach ihm hinaufgekommen ist."

Max wollte noch einen Schritt zurückgehen.

„Haben Sie ihn und seine Frau beim Einsteigen gesehen?"

„Natürlich, ich kontrolliere von jedem Passagier die Fahrkarte."

„Wie viele sind heute mit den Beckers hier in *Lazise* zugestiegen?"

„Nur zwei ältere Damen, die sind gleich aufs Oberdeck, während die Beckers sich ans Heck gesetzt haben. Kurz nachdem wir wieder abgelegt hatten, bin ich dann auch rauf."

„Hätte man vom Oberdeck aus sehen können, wenn jemand am Heck des Schiffes ins Wasser gefallen wäre?"

Brentani war erstaunt, welche Überlegungen Max gleich anstellte.

„Theoretisch würde man das von dort oben schon sehen können, von der letzten Bank am Oberdeck kann man zum Heck hinunterschauen.

„Saß dort heute jemand?"

„Nein, die Fahrgäste saßen alle weiter vorne. Ich auch."

Brentani, der natürlich auch schon oft mit einem der Passagierschiffe unterwegs gewesen war, nahm die Antwort auf die Frage, die Max als nächstes stellen wollte, bereits vorweg.

„Am Oberdeck hören kann man es sicher nicht unbedingt, wenn jemand dort hinten ins Wasser fällt, dazu sind die Motoren und das von der Schiffsschraube aufgewühlte Wasser zu laut."

„Trotzdem wäre es nicht schlecht gewesen, wenn wir die anderen Fahrgäste jetzt auch noch an Bord gehabt hätten", merkte Max mit einem etwas ärgerlichen Unterton an. „Ich hätte sie gerne befragt, ob nicht doch irgendeiner etwas mitbekommen hat."

„Das hat Lorenzo so geregelt", verteidigte sich Olivieri sofort. „Er hat mit dem *Capitano* der *Padova* besprochen, dass die alle unsere Passagiere in Richtung *Bardolino* mitnehmen."

Nachdem sie vorerst keine weiteren Fragen an Olivieri hatten, wandten sie sich anschließend Nina Becker zu.

„*Signora* Becker, schlafen Sie?", fragte Brentani leise.

Sofort schlug sie die Augen auf.

„Nein, ich kann jetzt nicht schlafen, mir schwirren dazu viel zu viele Gedanken durch den Kopf."

„Meinen Sie, dass Sie schon aufstehen können?"

Nina Becker setzte sich langsam auf, stellte die Füße auf den Boden und blieb noch einige Augenblicke zusammengesunken sitzen. Dann hob sie den Kopf und stand auf.

„Ich glaube, bis zum Auto geht es schon."

Weil sie doch noch recht wackelig auf den Beinen war, blieben Max und Brentani dicht neben ihr, verabschiedeten sich im Vorbeigehen von Olivieri und verließen die *Vicenza*. Hinter ihnen zog Olivieri die Alubrücke an Bord und schloss die Tür. Von oben sah di Salvo zu, wie Max die Beifahrertür des *Carabinieri*-Einsatzfahrzeuges aufhielt und Nina Becker einsteigen ließ. Noch bevor Max selbst hinten Platz nahm, hörte er, wie die Motoren der *Vicenza* angeworfen wurden. Brentani wendete den *Fiat Bravo* und fuhr langsam am See den *Lungolago Marconi* entlang bis zum Bungalow der Beckers, der kurz hinter dem Ende der Fußgängerzone lag. Er hielt direkt vor dem breiten Gartentor, hinter dem Kurt Beckers Audi A6 geparkt war.

„Hier haben wir seit acht Jahren unser zweites Zuhause", erzählte Nina Becker, als sie das unverschlossene Gartentor öffnete und den *Carabiniere* sowie dessen Mitarbeiter eintreten ließ.

Plötzlich stiegen ihr die Tränen in die Augen, als ihr bewusst wurde, dass sie ihre zukünftigen Urlaube hier wahrscheinlich alleine verbringen müsse.

„Ist es Ihnen recht, wenn wir uns auf die Terrasse setzen?", fragte sie mit leiser Stimme und Max und Brentani stimmten gerne zu.

Während sich die beiden schon einmal auf die bequemen gepolsterten Gartenstühle setzten, ging Nina Becker bei der Haustür hinein, um kurz darauf mit einem Tablett mit drei Gläsern und zwei Flaschen *Acqua minerale* in der Hand bei der Terrassentür wieder heraus zu kommen. Max nahm ihr das Tablett ab, verteilte die Gläser und goss in jedes etwas Wasser ein.

„*Signora* Becker", begann Brentani dann. „Wir haben auf der *Vicenza* von verschiedenen Seiten die Vorfälle des heutigen Vormittags geschildert bekommen, würden aber gerne auch noch von Ihnen hören, was da passiert ist."

Bevor sie antworten konnte, ergänzte Max:

„Sie sprechen sehr gut italienisch, gerne können Sie aber auch Einzelheiten auf Deutsch schildern, wenn Sie sich im Italienischen unsicher sein sollten."

„Sie sprechen deutsch?", fragte sie erstaunt.

„Ja, ich heiße Max Hartinger und bin bei der Kripo in Rosenheim tätig. Im Rahmen eines internationalen Austauschprogrammes bin ich allerdings jetzt für vier Wochen hier in *Lazise* eingesetzt."

„Danke für das Angebot, aber ich denke, ich bringe das schon auf Italienisch hin."

Brentani nickte zustimmend.

„Leider kann ich Ihnen gar nicht viel erzählen, *Signori*. Wir wollten heute zum Markt in *Malcesine* fahren. Das haben wir bei unseren Aufenthalten am *Lago* immer wieder einmal gemacht und haben dabei gerne das Schiff genommen, weil das viel gemütlicher ist, als sich im Wochenend-Verkehr über die *Via Gardesana* zu quälen."

„War heute beim Warten auf das Schiff oder beim Einsteigen etwas ungewöhnlich?", hakte Max ein.

Nina Becker schüttelte den Kopf.

„Nein, das war alles wie immer. Wir sind sofort zum Heck hinausgegangen und als wir dann erst wenige Minuten unterwegs waren, musste ich zur Toilette. Als ich aufgestanden bin, habe ich meinen Mann zum letzten Mal gesehen."

Nun konnte sie die Tränen überhaupt nicht mehr zurückhalten, immer wieder wischte sie sich mit der Hand übers Gesicht. Schließlich zog sie ein Taschentuch aus ihren Shorts, dreimal musste sie sich die Nase putzen, bis sie weitersprechen konnte.

„Länger als drei oder vier Minuten war ich sicher nicht weg, aber selbst das war offenbar schon zu lang."

Max versuchte, sich vorzustellen, was in dieser kurzen Zeit passiert sein könnte.

„Hatte Ihr Mann gesundheitliche Probleme?"

„Nein. Wie kommen Sie darauf, Herr Hartinger?"

„Wenn Ihr Mann über die Reling ins Wasser gefallen sein sollte, dann sehe ich dafür zwei Gründe. Entweder hat er sich leichtsinnigerweise zu weit über die Reling gebeugt oder ihm ist schwindelig geworden. In beiden Fällen müsste er aber vorher aufgestanden sein."

„Und was halten Sie für wahrscheinlicher, Max?", wollte Brentani wissen.

„Wenn er nur wegen einer Unachtsamkeit in den See gefallen wäre, dann hätte er doch wenigstens laut um Hilfe schreien können. Das hätten diejenigen, die auf dem Schiff relativ weit hinten saßen, bestimmt hören können, trotz des Motorenlärms."

Brentani stimmte ihm zu.

„Dann bleibt nur die zweite Möglichkeit, dass er aufgrund eines akuten gesundheitlichen Problems, etwa eines Kreislaufkollapses, über Bord gegangen ist."

„Mein Mann hatte mit dem Kreislauf noch nie Probleme, im Gegenteil, er hat regelmäßig Sport getrieben und war deshalb sehr durchtrainiert. Jedes Jahr im Frühling hat er sich bei seinem Arzt einmal komplett durchchecken lassen, das letzte Mal erst vor ungefähr einem Monat, also Anfang Mai."

„Haben Sie die Untersuchungsergebnisse gesehen oder selbst mit seinem Arzt gesprochen?", fragte Max.

„Nein, aber wenn der Arzt etwas Auffälliges oder Besorgniserregendes festgestellt hätte, dann hätte es mir Kurt in jedem Fall erzählt."

„Sind Sie sich da hundertprozentig sicher, Frau Becker?"

„Worauf wollen Sie hinaus, Herr Hartinger? Warum hätte mir Kurt etwas so Wichtiges verschweigen sollen?"

„Vielleicht, um Sie nicht zu beunruhigen?"

Nina Becker überlegte eine Zeit lang, mit seiner Frage hatte Max sie doch etwas verunsichert.

„Ich kann es mir beileibe nicht vorstellen, dass es so gewesen sein könnte, aber das lässt sich leicht mit einem Anruf bei seinem Arzt klären. Allerdings erst am Montag."

„Natürlich."

„Wie geht es jetzt weiter?", fragte sie in Richtung Brentani.

Ihm war bewusst, dass es wahrscheinlich nur eine Frage der Zeit war, bis die Küstenwache die Leiche von Kurt Becker finden würde. So direkt wollte er ihr das aber nicht sagen.

„Zum einen müssen wir auf dem Revier noch ein Protokoll mit Ihren Aussagen verfassen, das Sie dann auch noch unterschreiben müssten. Zum anderen werde ich mich hernach gleich mit der *Guardia Costiera* in Verbindung setzen, um zu erfahren, wer dort draußen auf dem See für die Suche nach Ihrem Mann zuständig ist und inwieweit man dabei schon vorangekommen ist. Falls sich etwas Konkretes ergibt, werde ich Sie natürlich sofort verständigen."

„Wann soll ich das Protokoll unterschreiben?"

„Sobald es erstellt ist, wird einer meiner Kollegen bei Ihnen vorbeikommen. Wie lange wollten Sie hierbleiben?"

„Noch eine Woche. Für Freitag und Samstag haben wir Eintrittskarten für die *Arena di Verona*, am Sonntag sollte es wieder zurück nach München gehen. Aber solange ich nicht weiß, was mit Kurt passiert ist, bleibe ich auf alle Fälle hier."

„Das ist nachvollziehbar."

Brentani stand auf, Max aber wollte nicht so einfach gehen.

„Können wir Sie schon alleine lassen?"

„Ja, Herr Hartinger, das geht schon. Ich werde mich drinnen gleich noch hinlegen, später muss ich aber noch Lebensmittel einkaufen. Das wollte ich eigentlich in *Malcesine* machen."

„Scheuen Sie sich aber nicht, uns oder auch den Rettungsdienst noch einmal anzurufen, wenn es notwendig ist."

„Ich glaube nicht, dass das nötig sein wird, aber trotzdem danke für das Angebot."

Brentani und Max gaben Nina Becker ihre beiden Handy-Nummern, schüttelten ihr die Hand und marschierten von der Terrasse quer über den Rasen zum Gartentor.

„Jetzt ist genau die richtige Zeit, um zum Mittagessen zu gehen", meinte Brentani, als sie das Grundstück der Beckers wieder verließen.

Max, der schon einen Mordshunger hatte, hörte das natürlich gern.

„Das Auto können wir hier stehen lassen, denn das *Ristorante,* in dem ich einen Tisch reserviert habe, liegt gleich dort vorne."

Er deutete in Richtung Hafen.

Das *Ristorante L'Angolo del Pescatore* lag direkt an der zur Fußgängerzone ausgebauten Uferpromenade, die in unmittelbarer Nähe des Beckerschen Grundstücks begann. Auf der kurzen Fahrt vom Hafen zum Bungalow hatte Max bereits mehrere Schilder mit der Aufschrift *Gelateria, Pizzeria* oder *Ristorante* gesehen. Die Uferpromenade war sehr schön mit wellenförmigen weißen und grauen Streifen gepflastert, mit kleinen Palmen bepflanzt und mit kunstvoll gestalteten Straßenlaternen versehen. Im *L'Angolo del Pescatore* war für sie ein Tisch im Freien reserviert. Die Terrasse lag etwas erhöht zur Promenade, ein großer Baum spendeten vielen Plätzen Schatten.

„*Buongiorno Maresciallo.*"

Der Kellner kam sofort auf Brentani zu und schüttelte ihm erfreut die Hand.

„Ihr Stammplatz ist natürlich frei."

„Vielen Dank, Angelo. Darf ich dir meinen deutschen Kollegen, *Commissario* Max vorstellen? Er unterstützt mein Team in den nächsten vier Wochen."

Nun begrüßte Angelo auch Max mit einem festen Händedruck und führte ihn zusammen mit Brentani zu einem Tisch, der direkt an dem schmiedeeisernen Geländer der Terrasse stand und von dem man auf die Uferpromenade und den See hinuntersehen konnte. Angelo nahm das kleine Schild mit der Aufschrift „*Riservato*" vom Tisch und ließ sie allein.

„Das ist wirklich eine wunderbare Aussicht", stellte Max fest. „Ich kann verstehen, warum dieser Tisch zu Ihrem Stammplatz geworden ist, *Maresciallo*."

„Den *Maresciallo* kannst du ruhig weglassen, Max, sag einfach Emilio zu mir."

„Gerne, Emilio."

Im nächsten Augenblick stand Angelo schon wieder bei ihnen und stellte ein Körbchen mit frischem, knusprigem Weißbrot, eine Flasche *Acqua minerale* und eine Flasche *Vino bianco* auf den Tisch. Er öffnete die Wasserflasche, goss jedem ein Glas voll und entkorkte dann die Weißweinflasche.

„*Benissimo*", schwärmte Emilio, als er den kleinen Schluck, den ihm Angelo eingeschenkt hatte, probiert hatte.

Anschließend füllte der Kellner das Weinglas von beiden halbvoll.

„Angelo, was kannst du uns heute empfehlen?"

Wie üblich fragte Emilio nach den Tagesgerichten, bevor er sich die komplette Speisekarte bringen ließ.

„Als *Primo* hätten wir heute *Tortelli ricotta e spinaci con pesto e pinoli tostati* oder eine *Polenta al gorgonzola*, als *Secondo* kann ich Ihnen eine frische Seeforelle mit Zitronensoße oder *Sarde del Garda grigliate* empfehlen."

Während Emilio für den ersten Gang die *Polenta* wählte, wollte Max lieber die mit *Ricotta* und Spinat gefüllten *Tortelli*. Beim Hauptgericht entschieden sie sich beide für die gegrillten Gardasee-Sardinen. Nachdem der Kellner gegangen war, prostete Emilio seinem Gegenüber mit dem Weinglas zu.

„*Salute*, Max, auf gute Zusammenarbeit."

„*Salute*. Ich freue mich wirklich auf die kommenden vier Wochen. Ist mein Pendant heute nach Rosenheim gefahren?"

„Ja, Arturo hat ihn heute Morgen nach *Verona* zum Bahnhof gebracht. Rocco war natürlich auch sehr gespannt darauf, was ihn in Bayern erwarten wird."

„Ich bin mir sicher, dass er mit meinem Kollegen Wiggerl gut auskommen wird. Am Montag werde ich im Laufe des Tages in Rosenheim anrufen, um zu hören, wie es ihm geht."

Während sie aufs Essen warteten, zog Emilio das dunkelblaue Sakko seiner Uniform aus, denn mittlerweile war es sehr warm, das Thermometer zeigte fast dreißig Grad. Max, der sich auf einen gemütlichen Tag am See eingestellt hatte, war ohnehin im kurzärmligen Hemd unterwegs.

„Wolltest du nicht bei der *Guardia Costiera* anrufen, Emilio?"

„Das hat bis nach dem Essen Zeit. Wenn sie Becker finden sollten, müssten sie sowieso uns als nächstgelegene *Carabinieri*-Dienststelle informieren."

„Habt ihr oft tödliche Unfälle am See?"

„Nein, zum Glück sehr selten, meistens sind das Unfälle beim Baden. Leider sind viele Urlauber zu leichtsinnig und gehen überhitzt oder mit vollem Magen ins Wasser. Wenn sie dann ihr Kreislauf im Stich lässt und sie schon zu weit vom Ufer weg sind, dann ist das Ertrinken meist unvermeidlich."

„Das ist wohl generell das Hauptproblem bei Badeunfällen?"

„Richtig. Im Norden vom See, vor allem bei *Torbole,* gibt es noch ein spezielles Problem. Dort sind meistens unzählige Surfer auf dem Wasser, da passiert es teilweise schon, dass sich Schwimmer und Surfer in die Quere kommen. Aber dass ein Urlauber von einem der Linienschiffe in den See gefallen wäre, daran kann ich mich überhaupt nicht erinnern."

Brentani erzählte, dass er aus *Sirmione* am Südufer des Gardasees stammte und dort auch bis zu seiner Beförderung zum *Maresciallo* und der gleichzeitigen Versetzung nach *Lazise* gelebt und gearbeitet hatte. Er war verheiratet, hatte aber keine Kinder.

Angelo brachte den ersten Gang. Sowohl die *Tortelli* als auch die *Polenta* schmeckten hervorragend.

„Dieses *Ristorante* kann man nicht nur wegen seiner sehr schönen Lage, sondern auch wegen der ausgezeichneten Küche empfehlen", schwärmte Max bereits, nachdem er sich die erste gefüllte Nudeltasche in den Mund geschoben hatte. „Die *Pesto-*

Soße und die gerösteten Pinienkerne passen wirklich gut zu der Füllung der *Tortelli*. Das beste Zeichen für eine gute Küche ist sowieso, wenn viele der Einheimischen in ein *Ristorante* gehen, dann kann man sich auch als Urlauber ziemlich sicher sein, dass man keinen Reinfall erlebt."

Emilio nickte mit vollem Mund. Er war ein stiller Genießer, denn er sagte kaum etwas, bis sein Teller leer war. Max hielt sich deshalb auch solange mit einer Frage zurück.

„Vorhin, als ich zu euch auf das Schiff wollte, wäre es hilfreich gewesen, wenn ich einen Dienstausweis gehabt hätte. Ist vorgesehen, mir für die nächsten vier Wochen einen auszustellen?"

„An einen Dienstausweis für dich haben wir ehrlich gesagt gar nicht gedacht, aber das ist natürlich eine berechtigte Frage. Unsere Ausweise werden jeweils von Kollegen in der Zentrale der *Arma dei Carabinieri* in Rom ausgestellt und die sind leider bekannt dafür, dass sie dabei nicht die Schnellsten sind", lachte er. „Deshalb weiß ich nicht, ob es sich überhaupt lohnt, jetzt noch einen anzufordern."

„Klar, wenn sie ihn erst in vier Wochen schicken, brauche ich keinen mehr."

„Ich würde das ohnehin nicht so eng sehen, Max. In der Regel wirst du doch sowieso mit einem von uns *Carabinieri* unterwegs sein, da brauchst du sicher keinen Ausweis."

Angelo hatte inzwischen die leeren Teller abgeräumt und ihnen dann die gegrillten Sardinen serviert. Auch beim Hauptgericht redete Emilio nicht viel. Er fragte Max nur nach seiner Familie und seiner bisherigen Arbeit bei der Kripo. Darüber konnte ihm Max natürlich einiges berichten, angefangen damit, wie er seine italienische Frau auf dem Oktoberfest kennen gelernt hatte, was seine beiden Töchter derzeit studierten, dass sein Schwager als *Carabiniere* auf *Ischia* tätig war und welche teils spektakulären Fälle er nicht nur in Rosenheim, sondern auch während seiner zahlreichen Italien-Aufenthalte gelöst hatte. Emilio hatte aufmerksam zugehört und, nachdem er mit dem Essen fertig war, die eine oder andere Frage zu den Kriminalfällen gestellt.

„Darf ich Ihnen noch einen Nachtisch bringen, *Signori*?"

Angelo hatte das leere Geschirr vom Tisch genommen und sah Max fragend an.

„Was können Sie mir denn empfehlen?"

„Wir hätten heute *Profiteroles* oder frischen Apfelkuchen, daneben natürlich viele verschiedene Eisbecher."

„Nimmst du auch noch etwas Süßes, Emilio?"

„Nein, mir reicht ein *Espresso*, aber lass du dich deswegen nicht davon abhalten, einen Nachtisch zu bestellen."

Gut, dann nehme ich die *Profiteroles* und natürlich auch einen *Espresso*."

Nur zwei Minuten später standen zwei heiße, starke *Espressi* in gut vorgewärmten Tassen auf dem Tisch.

„Max, was hast du heute noch vor?"

„Bisher noch nichts, am liebsten würde ich mir heute Nachmittag ein schattiges Plätzchen am See suchen. Meinst du, wir bekommen in Sachen Becker heute noch etwas zu tun?"

„Das glaube ich kaum. Wenn die Leiche vom Taucher der *Guardia Costiera* gefunden werden sollte, muss sie doch erst obduziert werden. Uns bleibt dann fürs Erste nur die Aufgabe, seiner Frau die traurige Nachricht zu überbringen."

„Außer wenn der Leichnam nicht sofort erklärbare Anzeichen dafür liefert, dass wir es hier auch mit einem Fremdverschulden zu tun haben könnten. Dann müssten wir noch anderweitig tätig werden."

„Fremdverschulden? Du meinst, es könnte ihn auch jemand ins Wasser gestoßen haben?"

„Sicher. Warum nicht?"

Emilio schaute skeptisch.

„Hast du dafür irgendeinen Anhaltspunkt?"

„Nein, aber möglich wäre es doch trotzdem. Solange wir fast nichts aus seinem privaten Umfeld wissen, zum Beispiel ob die Ehe wirklich so intakt war, wie Nina Becker vorhin vorgegeben hat, solange dürfen wir doch keine Ursache für seinen vermeintlichen Sturz ins Wasser ausschließen."

„So gesehen wäre sie aber unsere einzige Verdächtige, denn den anderen auf dem Schiff war er doch völlig unbekannt."

„Du vergisst den Kapitän. Er hat selbst gesagt, dass er die Beckers begrüßt hat, nachdem sie an Bord gegangen waren."

„Stimmt, das hatte ich jetzt ganz vergessen."

„Außerdem wissen wir nicht, ob ihn nicht doch einer der anderen Fahrgäste gekannt hat. Im Zweifelsfall würde es für uns bestimmt nicht ganz einfach werden, alle ausfindig zu machen, die mitten auf dem See auf das andere Schiff umgestiegen sind. Die Besatzung der *Vicenza* wird wahrscheinlich auch nicht alle persönlich kennen."

„Lass uns einfach mal abwarten, bis Kurt Becker wirklich gefunden wurde. Gefühlsmäßig ist seine Frau für mich nicht verdächtig und der Kapitän erst recht nicht."

Max kommentierte das nicht, sondern schob sich den ersten der kleinen, mit Sahnecreme gefüllten und mit viel dickflüssiger Schokoladensoße übergossenen Windbeutel in den Mund, die ihm Angelo gerade serviert hatte.

„Unbeschreiblich gut! Ich kann gar nicht verstehen, dass du dir diesen Genuss entgehen lässt, Emilio."

„Ich mache mir nicht so viel aus Süßigkeiten, hin und wieder mal ein Eis, das reicht mir schon. Außerdem setzen die süßen Sachen bei mir immer sofort an."

Um das zu unterstreichen legte er sich die Hand auf seinen Bauch, über dem das blaue Hemd sichtlich spannte.

„Du wirst wohl deswegen von deiner Frau auch ab und zu aufgezogen, oder?", lachte Max, der das zur Genüge kannte.

Emilio sagte nichts, aber sein verschmitztes Grinsen sprach Bände.

„Ich bin das schon gewohnt und oft bekommt Chiara dann auch noch Unterstützung von Martina und Elena, die natürlich nichts lieber tun, als sich über ihren zu dicken Papa lustig zu machen."

„Ich glaube, das kannst du schon aushalten."

„Genau. Und meinen Appetit lasse ich mir dadurch auch nicht verderben."

Schnell hatte Max seinen süßen Nachtisch aufgegessen, Emilio bezahlte die Rechnung und nach einer herzlichen Verabschiedung von Angelo gingen sie gemeinsam am Seeufer entlang zurück zu Emilios Dienstwagen.

„Soll ich dich auf dem Rückweg zum Revier bis zu deiner Wohnung mitnehmen?"

„Danke, ich werde lieber einen Spaziergang machen, etwas Bewegung tut mir bestimmt gut. Was unternimmst du jetzt?"

„Ich werde mich auf dem Revier gleich mit der *Guardia Costiera* in Verbindung setzen, mehr kann ich im Moment im Fall Becker nicht machen."

„Ruf mich an, falls es Neuigkeiten gibt."

„Mach ich. Ansonsten sehen wir uns dann am Montag auf dem Revier. Genieß das Wochenende."
„Das werde ich auf alle Fälle tun."

Beim Bungalow der Beckers war alles ruhig, die Terrassentür war geschlossen, deshalb wussten sie nicht, ob sich Nina Becker im Haus aufhielt und sich von dem morgendlichen Schock erholte oder ob sie bereits zum Einkaufen unterwegs war. Emilio fuhr mit seinem Dienstwagen davon, Max machte kehrt und spazierte an der Uferpromenade entlang zurück bis zum Hafen, von dort über die *Piazza Vittorio Emanuele II.* und die *Via Porta di San Zeno* bis zur *Via Gardesana* und dann an dieser entlang zurück zu seiner Unterkunft. Er überlegte, ob er sich eine Weile aufs Bett legen sollte, entschied sich dann aber dafür, gleich an den See zu gehen. Deswegen schlüpfte er in Shorts und Sandalen, klemmte sich ein zusammengerolltes Strandtuch unter den Arm und schlenderte zurück zum See.

Auf dem Revier setzte sich *Maresciallo* Emilio Brentani gleich ans Telefon und rief bei der Küstenwache an. Dort erfuhr er, dass der Einsatz zur Suche von Kurt Becker von *Ispettore* Canobbio geleitet wurde. Auch der zweite Taucher war nach erfolgloser Suchaktion mittlerweile wieder an Bord gegangen. Das Boot befand sich bereits wieder auf der Rückfahrt nach *Bardolino*, wo die leeren Pressluftflaschen gegen zwei volle ausgetauscht und auch zwei neue Taucher an Bord genommen werden sollten.
„Bitte richten Sie *Ispettore* Canobbio aus, dass er sich bei mir meldet, sobald er zurück ist", bat Brentani.
„Das mache ich gerne. Ich schätze, sie sind spätestens in einer Viertelstunde zurück", antwortete ihm der Kollege von der *Guardia Costiera*."
„Danke. *Arrivederci*."
Brentani hatte sich die Akte zu einem Betrugsfall, der ihn seit einiger Zeit beschäftigte, zur Hand genommen. Aber schon ein paar Minuten später klingelte sein Telefon.
„*Salve* Emilio, hier ist Federico Canobbio."
„*Salve* Federico, danke für deinen Rückruf. Ich habe vorhin schon gehört, dass die beiden Tauchgänge bisher nicht zu einem Erfolg geführt haben."

„Ja, leider. Ich vermute, die Angabe der Koordinaten zu dem Punkt, an dem *Signor* Becker ins Wasser gefallen sein soll, waren doch zu ungenau.“

„Wie geht ihr jetzt weiter vor?“

„Wir wechseln die Taucher aus, ersetzen die gebrauchte Ausrüstung, also die Pressluftflaschen, gegen frische und fahren zurück Richtung *Lazise*, um die Suche fortzusetzen.“

„Können wir euch irgendwie unterstützen?“

„Nein, denn außer die Taucher ins Wasser zu schicken können wir ohnehin nicht viel unternehmen. Beim nächsten Tauchgang werden wir ihnen allerdings zusätzlich eine Wärmebildkamera mitgeben. Die hilft aber natürlich wenig, wenn wir an einer völlig falschen Stelle suchen.“

„Großartig eingrenzen lässt sich das Suchgebiet wohl auch nicht?“

„Eben. Zumindest wissen wir, auf welcher Route die Schiffe zwischen *Lazise* und *Bardolino* gewöhnlich unterwegs sind, somit können wir von dem Punkt aus, wo wir vorhin waren, die Suche in Richtung Norden und Süden ausweiten. Die Taucher von der Schiffsroute aus in Richtung Osten und Westen zu schicken, dürfte wenig Sinn machen.“

Brentani wünschte ihm viel Erfolg bei der weiteren Suche und erzählte ihm anschließend noch, dass er zusammen mit Max Hartinger die Frau des Vermissten nach Hause gebracht hatte.

„Ich melde mich sofort bei dir, falls wir ihn gefunden haben, damit du sie zeitnah informieren kannst.“

„Danke, aber ich könnte gerne darauf verzichten, solche Nachrichten zu überbringen.“

Canobbio verabschiedete sich von ihm und hängte ein. Brentani, der an diesem Samstag den ganzen Tag im Dienst war, schnappte sich wieder die Akte des Betrugsfalles und setzte seine Arbeit daran fort.

5

Nach einem sehr erholsamen Nachmittag am See war Max Hartinger gegen Abend zu seiner Wohnung zurückgegangen, hatte sich umgezogen, Chiara am Handy erzählt, was er an seinem ersten Tag in *Lazise* schon alles erlebt hatte und war dann zu der nahegelegenen *Pizzeria* spaziert, an der er auf dem Rückweg vom See vorbeigekommen war. Im Freien sitzend ließ er sich seine *Pizza prosciutto e funghi* schmecken und trank dazu, im Gegensatz zu den Italienern, die zur *Pizza* in der Regel Bier trinken, einen kräftigen *Vino rosso*. Weil dann scheinbar ein Gewitter aufzog, machte er sich bald auf den Heimweg, legte sich aufs Bett und zappte durch die unzähligen italienischen Fernsehsender. Bei keiner der Samstagabend-Shows hielt er es länger als fünf Minuten aus, schließlich landete er bei einem Hollywood-Streifen, den er schon mehrfach in der deutschen Version, mit italienischer Synchronisation aber noch nie gesehen hatte. Da im Abendprogramm des italienischen Fernsehens die Spielfilme in der Regel erst nach neun beginnen, hatte er nur wenige Minuten versäumt. Kurz vor zehn klingelte sein Handy.

„Jetzt haben sie Becker gefunden", schoss es ihm sofort durch den Kopf, als er auf dem Display Emilios Nummer las.

„*Pronto.*"

„*Ciao* Max, entschuldige, dass ich dich so spät noch störe. Bist du unterwegs oder in deiner Wohnung?"

„Ich liege auf dem Bett und schaue mir einen Spielfilm an. Hast du von der *Guardia Costiera* etwas gehört?"

„Ja, ich konnte heute Nachmittag mit *Ispettore* Canobbio sprechen, als sie von dem ersten Tauchgang an der vermeintlichen Unglücksstelle zurückgekommen sind. Anschließend ist er mit zwei anderen Tauchern und neuer Ausrüstung erneut auf den See hinausgefahren, doch das Ergebnis war leider das gleiche – von Kurt Becker keine Spur. Canobbio hat mich um acht angerufen, dass die Suche für heute abgebrochen worden ist. Aber eigentlich rufe ich jetzt aus einem ganz anderen Grund an."

„Was ist passiert?"

„Nina Becker hat sich gerade bei mir gemeldet. Sie hat vor ein paar Minuten festgestellt, dass das Auto von ihrem Mann verschwunden ist."

„Oha."

Mit dieser Nachricht hatte Max nun wirklich nicht gerechnet. Bevor er etwas sagen konnte, fuhr Emilio fort.

„Ich will natürlich sofort zu ihr hinfahren. Kann ich dich gleich abholen?"

„Sicher, ich brauche nur meine Schuhe und eine Jacke anziehen, dann bin ich startklar."

„Gut, ich bin in fünf Minuten bei dir."

Max war sofort auf Betriebstemperatur. Wie immer, wenn es bei einem Fall eine unvorhergesehene Entwicklung gab, spielte er gedanklich sofort viele verschiedene Ursachen dafür durch. Als er dann wenig später zu Emilio ins Auto stieg, konnte er ihn sofort mit seinen Überlegungen konfrontieren.

„Ich sehe für das Verschwinden des Autos momentan vier Möglichkeiten. Die erste ist, dass der Audi heute Abend rein zufällig geklaut wurde. Allerdings glaube ich nicht an Zufälle."

„Und welche drei anderen Möglichkeiten siehst du noch?"

„Es könnte natürlich sein, dass jemand, der heute im Laufe des Tages von der Suche nach Becker erfahren hat, diese Situation ausnutzen wollte und sich relativ spontan dazu entschlossen hat, Beckers Auto zu klauen."

„Das halte ich aber auch eher für unwahrscheinlich."

„Ich auch. Bleiben also noch zwei Varianten: Zum einen könnte es sich um einen Raubmord handeln. Man hat Becker ausgeraubt, womöglich bewusstlos geschlagen, anschließend über Bord geworfen und nun bis zum Abend gewartet, um sich auch noch das Auto unter den Nagel zu reißen."

Emilio war inzwischen von der *Via Gardesana* links in den *Corso Cangrande* abgebogen, der bis zum See, bis zum *Lungolago Marconi,* führte. Sie hatten den Bungalow der Beckers fast schon erreicht, deshalb beeilte sich Max, Emilio auch noch die vierte Variante zu erläutern.

„Schließlich könnte Becker seinen Abgang heute Vormittag selbst inszeniert haben und jetzt, im Schutz der Dunkelheit, hat er sich sein Auto geholt, um sich, warum auch immer, endgültig aus dem Staub zu machen."

„Respekt, Max. Man merkt, dass du schon viele ungewöhnliche Fälle bearbeitet hast, sonst würdest du nicht gleich auf solche zum Teil schon sehr abwegige Ideen kommen."

„So abwegig finde ich meine Überlegungen gar nicht. Mit dem, was wir bisher über Becker wissen, wäre das doch alles möglich."

„Theoretisch natürlich schon. Ohne ausführliche Informationen von seiner Frau werden wir aber nicht weiterkommen. Hoffentlich ist sie jetzt dazu überhaupt in der Lage, am Telefon hat sie sich vorher völlig verstört angehört."

„Kein Wunder, dass die mit den Nerven fertig ist. Sie wird sich doch genauso Gedanken darüber machen, was es bedeutet, dass nach ihrem Mann auch noch dessen Auto verschwunden ist."

Emilio parkte den *Fiat Bravo* wieder direkt vor dem Gartentor, das nun einen Spalt breit offen stand. Max drückte das Tor mit dem Fuß auf, um mögliche Fingerabdrücke des Autodiebs am Griff des Tores nicht zu verwischen.

„Hast du die Spurensicherung schon informiert, Emilio?"

„Nein, an das Gartentor habe ich nicht gedacht. Ich werde die Kollegen in *Verona* sofort anrufen."

Während Emilio telefonierte, sah sich Max im Garten um. Es sah auf den ersten Blick alles so aus wie gegen Mittag, als sie mit Nina Becker auf der Terrasse gesessen waren. An der Wand neben der Terrassentür brannte eine elektrische Lampe, die Rollläden waren allerdings schon alle heruntergelassen.

„Zwei Mann von der Spurensicherung machen sich sofort auf den Weg", berichtete Emilio, nachdem er eingehängt hatte. „Bis sie von *Verona* aus hier sein werden, wird es natürlich noch ein bisschen dauern."

Sie gingen zur Haustür auf der rechten Seite des Bungalows und klingelten. Sofort ging in der Diele das Licht an und Nina Becker öffnete die noch mit einer Kette gesicherte Haustür.

„Gott sei Dank, dass Sie da sind", seufzte sie erleichtert, als sie sah, dass es Max und Emilio waren, die geklingelt hatten.

Sie schloss die Tür, löste die Kette, machte die Haustür wieder auf und ließ die beiden eintreten.

„Bitte gehen Sie gleich links ins Wohnzimmer."

Sobald sie das Haus betreten hatten, ließ Max routinemäßig seinen Blick umherschweifen. Schon in der Diele konnte er erkennen, dass der Bungalow relativ aufwändig und luxuriös eingerichtet war. Auf dem edlen Steinfußboden lag ein sehr teuer aussehender Teppich, an der Wand gegenüber der Wohnzimmertür stand eine massive Kommode über der ein silbern eingefasster, großer Spiegel angebracht war.

„Darf ich Ihnen etwas zu trinken anbieten?"

Emilio, der bereits in der Tür zum Wohnzimmer stand, drehte sich um.

„Machen Sie sich keine Umstände, *Signora* Becker, ein Glas *Acqua minerale* reicht."

„Für mich auch, bitte", ergänzte Max.

Auch im Wohnzimmer sah die Einrichtung sehr kostspielig aus. Eine Wand wurde vollständig von einer Schrankwand eingenommen, die etwa zu zwei Dritteln mit Büchern bestückt war. Hinter mehreren Glastüren waren Kristallgläser und weiteres teures Geschirr zu sehen. Max und Emilio nahmen auf einer langen Eckcouch aus Leder Platz. Nina Becker holte drei Gläser aus dem Wohnzimmerschrank und stellte sie auf den Glastisch, der vor der Couch stand. Dann nahm sie von einem Sideboard eine Karaffe mit Wasser, goss die Gläser voll, stellte die Karaffe ebenfalls auf den Tisch und ließ sich in einen der beiden Ledersessel fallen, so dass sie Max und Emilio gegenüber saß. Ihr war anzusehen, dass sie nervlich am Ende war, trotzdem begann Emilio mit einer Frage zu ihrem Gesundheitszustand.

„Wie geht es Ihnen, *Signora* Becker?"

„Ich fühle mich, als hätte sich heute vor mir ein riesiges Loch aufgetan, in das ich ungebremst hineingefallen bin. Der Aufschlag auf dem Boden dieses Lochs war unheimlich hart."

„Können Sie uns trotzdem ein paar Fragen beantworten?"

Sie nickte stumm und Max ergriff das Wort.

„Die Küstenwache hat bis zum Abend nach Ihrem Mann gesucht, ihn aber bisher leider nicht finden können. Durch das Verschwinden seines Autos stellt sich der Vorfall von heute Vormittag natürlich in einem völlig anderen Licht dar. Wir gehen nicht davon aus, dass das Auto zufällig entwendet wurde."

Max wollte ihr nicht gleich seine verschiedenen Überlegungen darlegen, vor allem weil er trotz ihres desolaten Zustandes nicht wusste, ob Nina Becker bei der ganzen Angelegenheit nicht auch in irgendeiner Weise beteiligt war. Da sie noch immer nichts sagte, wollte Max erst einmal einige generelle Informationen von ihr haben.

„Was macht Ihr Mann beruflich?"

Anscheinend war sie froh, dass sie nicht direkt über das Verschwinden ihres Mannes sprechen musste, denn diesmal begann sie sofort zu reden.

„Kurt hat in München eine Firma, die Batterien und Akkus herstellt."

„Gehört ihm die Firma allein?"

„Ja, er hat sie von seinem Vater übernommen, der hatte sie 1970 gegründet. Mittlerweile gehört sie aber schon seit siebzehn Jahren meinem Mann, unter dessen Leitung sie besonders in den letzten Jahren erheblich gewachsen ist."

„Gab es dort in der letzten Zeit Probleme?"

„Nein, nicht dass ich wüsste. Die Geschäfte laufen sehr gut, Kurt bekommt sogar immer wieder Übernahmeangebote und die gäbe es bestimmt nicht, wenn die Firma schlecht laufen würde."

„Bei meiner Frage hatte ich eher an Probleme mit Angestellten, Geschäftspartner oder Konkurrenzunternehmen gedacht."

„Ach so, dazu ist mir aber auch nichts bekannt. Allerdings hat sich Kurt Mitte der Woche über ein italienisches Unternehmen geärgert, das ihn zum wiederholten Mal zum Verkauf seiner Firma drängen wollte, obwohl er das schon mehrfach abgelehnt hat."

„Mitte der Woche? Waren Sie da nicht schon in Urlaub?"

„Doch, aber das Unternehmen hat seinen Sitz in *Verona*, deshalb hat Kurt persönliche Termine dort meistens wahrgenommen, wenn wir hier in Urlaub waren."

„Wie heißt diese Firma?"

„Spontini Pile SpA."

„Gab es mit denen schon öfter Probleme?"

„Ich glaube nicht. Sie haben bei dem Termin in der letzten Woche sogar einen neuen Liefervertrag unterschrieben, den hätte Kurt ihnen bestimmt nicht vorgelegt, wenn er mit dieser Firma ständig Schwierigkeiten gehabt hätte."

Max sah vorerst keinen Anlass, auf die Geschäfte von Kurt Beckers Firma noch näher einzugehen.

„Seit wann kommen Sie schon regelmäßig hierher?"

„Wir haben uns 1994 in *Bardolino* kennen gelernt, seitdem waren wir praktisch jedes Jahr hier. Seit wir vor nunmehr acht Jahren unser Häuschen gekauft haben, sowieso mehrmals pro Jahr."

Max merkte, dass sie inzwischen etwas ruhiger geworden war. Er schaute Emilio an, der sofort verstand, wie der Blick von Max gemeint war. Deshalb übernahm er den nächsten Part.

„Da wir noch immer nicht wissen, was mit Ihrem Mann passiert ist, *Signora* Becker, können wir über seinen Verbleib nur spekulieren."

Sie richtete sich in ihrem Sessel abrupt auf.

„Sie sehen also eine Möglichkeit, dass Kurt doch noch lebt?"

„Ich will Ihnen keine falschen Hoffnungen machen, aber wir können momentan natürlich nichts ausschließen, nicht einmal, dass Ihr Mann selbst mit seinem Auto davongefahren ist."

„Kurt?", rief sie entsetzt. „Niemals. Wie kommen Sie denn auf so einen Gedanken?"

„Wir müssen einfach alle Möglichkeiten durchspielen und eine davon ist eben, dass da heute Vormittag auf dem Schiff kein Unfall passiert ist, sondern dass Ihr Mann Ihren Gang zur Toilette genutzt hat, um von der Bildfläche zu verschwinden."

Für diese Bemerkung erntete Emilio heftiges Kopfschütteln von ihr.

„Sagen Sie mir einen vernünftigen Grund, warum Kurt das getan haben sollte."

Emilio sah Max fragend an, aber der hatte auch noch keine Erklärung dafür, obwohl die Theorie des selbst inszenierten Verschwindens von ihm stammte.

„Frau Becker, wie *Maresciallo* Brentani gesagt hat, ist dies eine Möglichkeit von mehreren, die wir einfach nicht ausschließen können, solange wir noch so wenig über Ihren Mann wissen. Wann ist Ihnen aufgefallen, dass der Audi weg ist?"

„Wie heute Mittag erwähnt, musste ich noch zum Einkaufen. Als ich gegen halb sieben zurückkam, war das Auto noch da. Der Fußmarsch zu mehreren Geschäften hatte mich doch mehr angestrengt als ich dachte, deshalb habe ich meine Einkäufe nur schnell aufgeräumt und mich noch einmal hingelegt, allerdings auf die Schlafcouch in unserem kleinen

Gästezimmer, das die Fenster auf der anderen Seite des Hauses hat. Ich bin eingeschlafen und erst kurz nach halb zehn wieder aufgewacht. Um die Rollläden zu schließen bin ich ins Wohnzimmer herüber, dabei ist mir dann aufgefallen, dass das Auto weg ist."

„Haben Sie schon nachgeschaut, ob der Autoschlüssel da ist?"

„Nein, aber das werden wir gleich sehen."

Sie stand sofort auf, verließ das Wohnzimmer und kam kurz darauf mit einem Autoschlüssel in der Hand zurück.

„Er lag wie immer in Kurts Nachtkästchen, also wurde das Auto doch geklaut", sagte sie voller Überzeugung.

Max wollte sich damit noch nicht zufrieden geben.

„Liegt der Zweitschlüssel in München oder haben Sie ihn jeweils mit hierher genommen?"

„Den lassen wir immer in München."

„Damit ist aber nicht ausgeschlossen, dass Ihr Mann den Zweitschlüssel, von Ihnen unbemerkt, mitgenommen und damit den Audi geholt haben könnte."

Nina Becker seufzte laut.

„Das ist für mich einfach unvorstellbar."

Emilio wollte die Diskussion wieder auf eine etwas sachlichere Ebene bringen.

„An diesem Punkt kommen wir im Moment nicht weiter und nur spekulieren bringt nichts. *Signora* Becker, welches Kennzeichen hat das Auto?"

„M – KB 1965"

„Danke."

Er griff zum Handy und wählte eine eingespeicherte Nummer des *Comando Provinciale* der *Carabinieri* in *Verona*. Dem Kollegen, der dort Nachtdienst hatte, gab er Kennzeichen, Modell und Farbe des verschwundenen Autos durch und bat ihn, die Daten auch an die *Polizia dello Stato* weiterzugeben.

„So, das Auto ist zur Fahndung ausgeschrieben", fasste er sein Telefonat zusammen. „Wenn der Audi irgendwo auffällt und gestoppt werden kann, dann werden wir schnell wissen, ob es ein einfacher Diebstahl war oder ob sich irgendein Zusammenhang mit dem Verschwinden Ihres Mannes herstellen lässt."

Emilio hatte sein Handy kaum in die Hosentasche gesteckt, da musste er es auch schon wieder herausholen, weil es klingelte. Seine beiden Kollegen aus *Verona* waren bereits in *Lazise* und hatten den Bungalow der Beckers schon fast erreicht.

„Ich komme gleich raus."

Als er eingehängt hatte, trafen ihn die fragenden Blicke von Nina Becker.

„Die Spurensicherung ist da, um sich das Gartentor und den Abstellplatz des Autos genau anzusehen."

Während Emilio nach draußen ging, um seine Kollegen in Empfang zu nehmen, blieb Max sitzen, um die Befragung fortzusetzen.

„Frau Becker, Sie haben uns erzählt, dass Sie schon viele Jahre Ihren Urlaub am *Lago* verbringen. Dann haben Sie bestimmt auch schon regen Kontakt zu den Einheimischen."

„Das ist ganz unterschiedlich. Natürlich kennen wir insbesondere die Inhaber der Geschäfte, in denen wir regelmäßig einkaufen oder auch das Personal unserer bevorzugten *Ristoranti*, aber der Kontakt beschränkt sich schon aufs Einkaufen und Essen gehen."

„Wie sieht es mit Ihren direkten Nachbarn aus?"

„Die Nachbarn aus den beiden Häusern, die hinter unserem in zweiter Reihe stehen, sind sehr nett. Man grüßt sich, wenn man sich über den Weg läuft oder sich im Garten sieht. Nur der Nachbar rechts von uns macht immer wieder mal Ärger."

„Was ist dafür der Anlass?"

„Er nimmt immer Kleinigkeiten als Aufhänger, um sich furchtbar aufzuregen und meinen Mann zu beschimpfen, einmal ist angeblich unsere Hecke nicht weit genug gestutzt worden, ein anderes Mal hätten wir spätabends auf der Terrasse viel zu laut gelacht. Der eigentliche Grund ist aber wohl ein ganz anderer."

„Welcher denn?"

„*Signor* Monticelli, so heißt er, ist Unternehmer aus *Verona*, hat das Haus schon seit fast fünfzehn Jahren und kommt mit seiner Frau regelmäßig übers Wochenende her. Als unser Häuschen zum Verkauf stand, wollte er es unbedingt haben, damit die Familie von seinem Sohn ebenfalls ein Domizil direkt am See hat."

„Und warum bekamen Sie den Zuschlag und nicht er?"

„Der Verkäufer war Mitglied im Gemeinderat und befürchtete, wenn Monticelli den Bungalow kaufen würde, dass er dann sofort anfangen würde, die Hecke wegzureißen und im Garten und womöglich sogar auch noch am Haus bauliche Veränderungen vornehmen würde, um die beiden Grundstücke und Häuser in irgendeiner Weise praktisch zu einem zu verbinden. Das wollte er ganz einfach verhindern, um das bestehende Gesamtbild am See zu erhalten."

„Haben Sie ihn dieses Wochenende schon gesehen?"

„Monticelli? Ja, gestern Abend. Wir waren zum Essen aus und als wir zu Fuß nach Hause gekommen sind, waren unsere Nachbarn offenbar gerade angekommen. Wir sind in den Garten rein, da hat Monticelli herübergebrüllt, Kurt solle endlich dafür sorgen, dass die Hecke zurechtgestutzt wird."

„Wie hat Ihr Mann darauf reagiert?"

„Zuerst hat er gemeint, dass er auf Monticellis Schimpftiraden am besten gar nicht antworten solle. Nachdem der aber überhaupt nicht zum Schimpfen aufhören wollte, ließ sich Kurt dann doch dazu hinreißen, zurückzurufen, dass der Gärtner, der die Hecke im April geschnitten hatte, wohl besser Bescheid wüsste, wie weit sie gestutzt werden musste. Das hat Monticelli erst Recht auf die Palme gebracht. Es hat sich dann am Gartenzaun eine heftige Diskussion entwickelt, Kurt hat sich auch immer mehr in Rage geredet, schließlich haben sie sich nur noch laut angebrüllt."

„Wie ist der Streit ausgegangen?"

„Ich habe zu meinem Mann immer wieder gesagt, dass er endlich Ruhe geben solle, weil das Herumbrüllen doch nichts bringt. Er aber war so richtig in Fahrt und sogar ganz froh darüber, dass er Monticelli endlich einmal all das sagen konnte, was er sonst immer runtergeschluckt hatte."

„Und Monticelli?"

„Seine Frau konnte ihn auch überhaupt nicht mehr bremsen. Letztlich hat er Kurt sogar bedroht."

„Tatsächlich? Mit was hat er ihm gedroht?"

„Zuerst hat er ihn angefaucht, es sei eine Schande, dass die Touristen den Einheimischen die Häuser wegkaufen würden, außerdem hat er gemeint, es würden sich schon Mittel und Wege finden, dass er endlich ordentliche Nachbarn bekommt."

„In diese Aussage des wütenden Nachbarn könnte man natürlich sehr viel hineininterpretieren", dachte sich Max.

Auch wenn die Drohung vermutlich nur im Affekt ausgesprochen worden war, mussten sie aufgrund der Ereignisse des Tages dem streitsüchtigen Nachbarn doch auch einmal ein wenig auf den Zahn fühlen.

„Haben Sie ihn nach dem Streit noch einmal gesehen?"

„Nein. Als wir heute in der Früh los sind, waren drüben die Rollläden noch geschlossen. Weder heute Mittag, als Sie mich heimgebracht haben, noch abends, als ich zum Einkaufen unterwegs war, habe ich drüben im Garten jemanden gesehen."

Der nächsten Frage von Max kam ein Klingeln an der Haustür dazwischen. Emilio war die Tür zugefallen, als er zu seinen Kollegen hinausgegangen war. Jetzt kam er mit den Ergebnissen der Tatortuntersuchung wieder herein.

„Am Gartentor haben wir drei verschiedene Fingerabdrücke gefunden. Anzunehmen ist, dass Sie, *Signora* Becker, sowie Ihr Mann das Tor beim Öffnen und Schließen angefasst haben. Demnach müssen wir also davon ausgehen, dass noch ein Außenstehender seine Spuren an dem Tor hinterlassen hat. Um genau prüfen zu können, wem die Fingerabdrücke zuzuordnen sind, benötigen meine Kollegen von der Spurensicherung jetzt brauchbares Vergleichsmaterial."

„An was hätten Sie dabei gedacht, *Maresciallo*?"

„Zum Beispiel an Ihr Wasserglas, aus dem Sie vorhin getrunken haben, da sind Ihre Fingerabdrücke am frischesten. Haben Sie das Frühstücksgeschirr schon gespült?"

„Nein, das haben wir nur in die Spülmaschine hineingestellt, bevor wir zum Hafen sind."

„Gut, dann geben Sie mir doch bitte die Tasse, die Ihr Mann heute beim Frühstück benutzt hat."

Während sie in die Küche ging, ließ Emilio seine Kollegen herein, die sofort am Wasserglas und anschließend auch an Kurt Beckers Tasse die Fingerabdrücke sicherten.

„Auf den ersten Blick würde ich sagen, wir haben zwei Übereinstimmungen", stellte Rodolfo Vigasio, der ältere der beiden Veroneser, fest. „Natürlich müssen wir das aber noch in unserem Labor überprüfen, um hundertprozentige Sicherheit zu haben."

„Dann könnten die dritten Fingerabdrücke also von demjenigen stammen, der das Auto hier weggefahren hat“, resümierte Max. „Oder haben Sie eine Idee, wer sonst noch an dem Tor gewesen sein könnte, Frau Becker?“

Sie zuckte mit den Schultern.

„Normalerweise hat da niemand etwas zu suchen. Wir hatten seit unserer Ankunft Anfang der Woche noch keinen Besuch, so dass auch kein Bekannter das Tor geöffnet haben könnte.“

Max wandte sich an Vigasio.

„Haben Sie rings um den Autoabstellplatz brauchbare Fußspuren oder ähnliches gefunden?“

„Nein, leider nicht. Auf dem Pflaster gäbe es die sowieso höchstens bei Regenwetter und auch auf dem Rasen ringsherum konnten wir keinerlei Fußabdrücke oder andere Spuren feststellen. Auf der Suche nach dem Autodieb könnten also nur die dritten Fingerabdrücke weiterhelfen.“

„Wenn wir entsprechendes Vergleichsmaterial hätten“, ergänzte Max.

„Richtig. Wir werden zwar einen Abgleich mit unserer Verbrecherdatei durchführen, aber so wie Emilio den Fall geschildert hat, halte ich es für eher unwahrscheinlich, dass wir da einen Treffer landen werden.“

„Bis wann hast du ein Ergebnis, Rodolfo?“, fragte Emilio.

„Ich rufe dich morgen Vormittag an.“

Rodolfo Vigasio und sein junger Kollege verabschiedeten sich. Max und Emilio gingen bis zur Haustür mit und als die beiden *Carabinieri* weg waren, stimmten sie sich über die weitere Vorgehensweise ab.

„Ich glaube, es hat wenig Sinn, Nina Becker jetzt noch weiter mit Fragen zu löchern, heute können wir ohnehin nichts mehr ausrichten. Oder siehst du das anders, Emilio?“

„Nein, du hast Recht, für heute reicht es.“

Als sie ins Wohnzimmer zurückkehrten, saß Nina Becker erwartungsvoll in ihrem Ledersessel. Max und Emilio setzten sich erst gar nicht mehr hin, sondern wollten sich wie besprochen gleich auf den Heimweg machen.

„*Signora* Becker, Sie können mich jederzeit anrufen, wenn Ihnen etwas einfällt, was für die Suche nach Ihrem Mann oder dem Autodieb von Bedeutung sein könnte.“

„Vielen Dank, *Maresciallo* und auch Ihnen vielen Dank, Herr Hartinger."

Sie gab beiden die Hand und begleitete sie bis zur Haustür.

Auf der kurzen Fahrt zur Wohnung von Max erzählt er Emilio von dem andauernden Nachbarschaftsstreit der Beckers und der von Monticelli ausgesprochenen Drohung gegenüber Kurt Becker. Emilio wollte das aber nicht überwerten.

„Im Affekt ist schnell einmal so eine Drohung ausgesprochen. Außerdem war dieser Nachbar doch heute sicher nicht auf dem Schiff dabei, sonst hätte ihn Nina Becker dort doch gesehen."

Als Emilio dann vor dem Haus im *Vicolo Casara* anhielt und den Motor abstellte, fragte ihn Max:

„Was hältst du von der ganzen Geschichte?"

„Ich kann das im Moment überhaupt nicht einschätzen, Max, ich kann weder die eine noch die andere Variante ausschließen."

„Mir geht es ähnlich. Vom Ablauf her könnte es natürlich gut sein, dass sich Becker selbst aus dem Staub gemacht hat, allerdings sehe ich bisher noch keinen plausiblen Grund dafür."

Emilio nickte zustimmend und Max führte seine Überlegungen weiter aus.

„Falls es ein Überfall mit Todesfolge oder ein Raubmord gewesen sein sollte, dann glaube ich nicht, dass Becker ein zufälliges Opfer war. Aber auch dafür gibt es für mich noch keine nachvollziehbare Begründung. Ein Puzzleteil passt nicht in dieses Schema."

„Was für eins denn, Max?"

„Derjenige, der ihn überfallen wollte, hätte doch wissen müssen, dass er auf dem Schiff wahrscheinlich nicht allzu viele Wertsachen dabei haben würde. Wenn es also nur um das Auto ging, dann hätte der Dieb doch nach der Abfahrt der Beckers in Ruhe in den Bungalow einsteigen, sich den Autoschlüssel holen und mit dem Audi wegfahren können. Wahrscheinlich wäre das dann auch erst bei der Rückkehr der Beckers entdeckt worden, weshalb der Dieb einen viel größeren Vorsprung gehabt hätte, als er ihn nun hat."

„Stimmt, das passt überhaupt nicht zusammen."

„Eben. Und deswegen könnte der Diebstahl eventuell auch nur eine Inszenierung gewesen sein, um davon abzulenken, dass Becker ganz gezielt ermordet wurde."

„Ein geplanter Mord? Aber aus welchem Grund denn?"

„Das weiß ich noch nicht, aber das werden wir in den nächsten Tagen schon herausfinden."

„Und wenn es doch einfach nur ein Unfall war und der Autodiebstahl damit gar nichts zu tun hat?"

„Dann würde mich mein Bauchgefühl zum ersten Mal seit langem gewaltig im Stich lassen. Wie wollen wir morgen weiter vorgehen?"

„Eigentlich hätte ich morgen frei, meine Frau wird hocherfreut sein, wenn sie den Sonntag alleine verbringen darf", meinte Emilio mit einem mehr als ironischen Unterton. „Am Vormittag warte ich auf die Ergebnisse der Spurensicherung und werde mit Canobbio telefonieren, um zu hören, was die *Guardia Costiera* morgen unternehmen wird, um Kurt Becker zu finden."

„Darüber hinaus werden wir morgen wahrscheinlich nicht allzu viel recherchieren können. Beckers Geschäftspartner in *Verona*, seine Angestellten in der Firma und seinen Arzt in München können wir erst am Montag befragen."

„Wie willst du deren Vernehmung organisieren? Hast du einen Kollegen in München, den du da hinschicken könntest?"

„Ich kenne natürlich viele meiner Münchner Kollegen, die diese Aufgabe sicher auch gerne für uns übernehmen würden. Aber vielleicht ist es sinnvoller, wenn ich meinen Rosenheimer Kollegen Wiggerl in den Fall einweihe und er zusammen mit Rocco am Montag nach München fährt."

„Das ist eine gute Idee, dann wären wir also diesseits und jenseits der Alpen jeweils mit einem deutsch-italienischen Tandem unterwegs."

„Genau, ich denke, das ist für diesen Fall die perfekte Kombination. Wer hat morgen bei euch Dienst?"

„Eingeteilt ist Arturo, aber nachdem ich sicher da bin, werde ich ihn gleich anrufen, dass er zuhause bleiben kann, wenn es außer unserem neuen Fall nichts zu tun geben wird. Was hast du für morgen geplant?"

„Gestern am Spätnachmittag habe ich mir bei meinem ersten Rundgang durch *Lazise* die Kirche *Santi Zenone e Martino* angeschaut, da will ich morgen Vormittag in den Sonntagsgottesdienst gehen, sonst habe ich noch nichts vor."

„Ich melde mich bei dir, sobald ich mit Rodolfo und Canobbio gesprochen habe."

„Gut. Ich lasse mein Handy auf alle Fälle die ganze Zeit eingeschaltet. Gute Nacht, Emilio."

„Gute Nacht und vielen Dank, dass du gleich deinen ersten Samstag hier für die Arbeit geopfert hast."

„Kein Problem, hab ich doch gerne gemacht."

Max stieg aus und sah Emilio nach, wie er mit seinem Dienstwagen davonfuhr. Inzwischen war es schon nach Mitternacht. In seiner Wohnung schaltete Max den Fernseher nicht mehr ein, sondern ging noch kurz ins Bad und legte sich dann sofort ins Bett. Obwohl er schon richtig müde war, dauerte es noch eine ganze Weile, bis er einschlafen konnte, zu sehr schwirrten ihm die Gedanken über die möglichen Hintergründe des Verschwindens von Kurt Becker durch den Kopf.

6

Die Sonne schien bereits, als Max am nächsten Morgen aufwachte. Sofort waren die Ereignisse des Vortages wieder präsent. Max widerstrebte es, einen Tag lang die Hände untätig in den Schoß zu legen und zu warten, bis sie am Montag die Ermittlungen fortsetzen würden. Was konnten sie schon am Sonntag unternehmen?

„Monticelli", schoss es ihm durch den Kopf. „Den Nachbarn der Beckers können wir uns heute gleich vorknöpfen. Warum habe ich gestern Abend nicht daran gedacht?"

Er meinte aber, dass er nicht von sich aus bei Emilio anrufen müsse, sondern dass es ausreichen würde, auf dessen versprochenen Anruf zu warten. Ein Blick auf seine Uhr zeigte ihm, dass es Zeit war, aufzustehen, wenn er vor dem Sonntagsgottesdienst noch frühstücken wollte. Wie am Vortag wollte er dazu in eine Bar an der *Via Gardesana* gehen, der *Cappuccino* und die *Cornetti* dort waren nämlich hervorragend.

Bei seinem Frühstück unterhielt er sich länger mit dem *Barista*, dann machte er sich sofort auf den Weg zur Kirche. Dazu musste er nur ein kleines Stück die *Via Gardesana* entlang gehen und von dort durch die *Porta di San Zeno* in die dahinterliegende *Via Porta di San Zeno* abbiegen. Keine hundert Meter weiter lag rechts die *Chiesa dei Santi Zenone e Martino*, die aus dem neunzehnten Jahrhundert stammt und an der Stelle erbaut ist, an der früher die *Chiesa San Zeno* stand, deren Ursprünge bis ins dreizehnte Jahrhundert zurückreichten. Nach dem Gottesdienst schlenderte Max die wenigen Schritte bis zur *Piazza Vittorio Emanuele II.*, wo er sich im Freien vor das *Café del Lago* setzte und sich wie beim Frühstück einen *Cappuccino* und ein mit Vanillecreme gefülltes *Cornetto* bestellte. Auf der *Piazza* tummelten sich schon viele Touristen, die Sitzplätze bei den Cafés waren fast alle belegt. Max wollte Chiara anrufen und davon erzählen, wie weit er inzwischen schon mitten in dem Kriminalfall stecken würde. Bei seinen bisherigen italienischen Fällen hatte sie ihm immer vorgehalten, dass er doch in Italien sei, um Urlaub zu machen und um sich zu erholen und nicht, um seine tagtägliche Arbeit auch noch in seiner Freizeit fortzusetzen. Aber diesmal war sein Engagement doch etwas anders gelagert, schließlich war er hier, um vier Wochen lang aktiv bei den *Carabinieri* mitzuarbeiten. Mit seinem Anruf bei Chiara wollte er aber noch solange warten, bis er sich irgendwo am See einen etwas ruhigeren Ort gesucht hatte, mitten unter den vielen Touristen auf der *Piazza* wollte er nicht laut über das Verschwinden von Kurt Becker reden. Das *Cornetto* und der *Cappuccino* waren genauso gut wie in seiner Frühstücksbar.

„*Il conto per favore*", rief er dem Kellner zu, der zwei Tische weiter einem Ehepaar gerade zwei Gläser *Prosecco* servierte.

Nach dem Bezahlen spazierte er über die *Piazza* bis zum *Porticciolo*, ging zwischen der *Chiesa San Nicolò* und dem kleinen Hafenbecken bis zum Seeufer und fand dort eine der steinernen Bänke frei. Er setzte sich und rief sofort bei Chiara an. Nachdem es eine halbe Minute geklingelt hatte, wollte er fast schon wieder einhängen, aber dann nahm Chiara doch noch ab.

„Hallo, mein Schatz, ich dachte schon, du bist gar nicht daheim."

„*Ciao* Max, ich war in der Küche und habe gerade angefangen, für heute Mittag den *Pasta*-Teig zu kneten, deswegen musste ich mir erst meine Hände ein bisschen sauber machen."

„Wer ist denn zum Mittagessen da?"

„Martina und Robert kommen und Elena ist sowieso da. Wie geht's dir?"

„Ich habe mir gerade ein zweites Frühstück gegönnt und jetzt sitze ich bei fast fünfundzwanzig Grad direkt am See."

„Beneidenswert. Bei uns ist es immer noch viel zu kalt für Anfang Juni, in der Zeitung sind gestern das nasskalte Wetter und die Hochwasserschäden immer noch das alles beherrschende Thema gewesen."

„Die Betroffenen werden damit sicherlich auch noch lange zu tun haben."

„Was hast du heute noch vor, außer am See herumzusitzen?"

Die Frage nahm Max als Aufhänger, um Chiara ausführlich von Kurt Becker zu erzählen.

„Emilio wollte sich bei mir melden, sobald ihm Informationen von der Spurensicherung und der *Guardia Costiera* vorliegen. Dann werden wir uns vielleicht gleich mal den streitsüchtigen Nachbarn vorknöpfen."

„Die arme Frau, diese Ungewissheit muss wirklich schrecklich sein."

„Dazu kommen noch die Zweifel, ob sich ihr Mann nicht sogar freiwillig aus dem Staub gemacht hat, das geht ihr ganz schön an die Nieren."

„Glaubst du wirklich, der ist einfach so untergetaucht, Max? Das ist für mich eigentlich unvorstellbar."

„Genau das gleiche hat Frau Becker auch gesagt."

„Siehst du, hör auch mal auf mich", lachte Chiara.

„Auch mal", äffte er sie nach. „Ich höre doch immer auf dich, mein Schatz."

„Das wüsste ich aber."

Mehrfach schossen sie sich gegenseitig an, bis Max schließlich das lustige Hin und Her unterbrach.

„Im Ernst, Chiara, uns liegen noch so wenige Erkenntnisse vor, dass es fahrlässig wäre, wenn wir von vornherein ausschließen würden, dass sich Kurt Becker womöglich aus freien Stücken abgesetzt hat. Ich glaube, in den nächsten Tagen wird noch sehr viel Arbeit auf uns zukommen."

„Dann kommst du in *Lazise* wenigstens nicht auf dumme Gedanken."

Max hatte ihr übliches, schnippisches Grinsen vor Augen.

„Hast du Papa dran?", hörte er dann seine Tochter im Hintergrund.

Elena war bei Chiaras letztem Satz aus dem Bad gekommen und hatte aus dem, was sie hörte, natürlich sofort geschlossen, dass ihre Mama gerade mit ihrem Papa telefonierte. Chiara reichte den Hörer weiter und Elena erzählte Max in einem lang anhaltenden Redeschwall ihre Studieninhalte der vergangenen Tage. Max kam kaum zu Wort bis Elena ihn am Ende fragte, ob er Chiara noch einmal sprechen wolle.

„Ja, wir haben uns noch nicht voneinander verabschiedet."

Elena ging mit dem schnurlosen Telefon in die Küche, in der Chiara bereits mit den Essensvorbereitungen weitergemacht hatte.

„Was gibt es zu deiner *Pasta*?"

„Ich mache eine Soße aus frischen Champignons. Wie wird dein Mittagessen heute aussehen?"

„Weiß ich noch nicht genau. Am Freitagabend habe ich in der Nähe meiner Wohnung eine *Pizzeria* entdeckt, in der man sehr gut essen kann. Vielleicht marschiere ich hernach dorthin. Aber wenn Emilio sich vorher meldet, könnte es auch sein, dass wir gemeinsam woanders hingehen. Das *Ristorante,* das er gestern für unser Mittagessen ausgesucht hatte, war eine ausgezeichnete Wahl. Was hast du heute noch vor?"

„Mal sehen, wie lange Martina und Robert bleiben. Wenn sie weg sind, werde ich mich gemütlich auf die Couch legen und lesen."

„Gut. Ich melde mich spätestens morgen Abend wieder. Sag liebe Grüße an Martina und natürlich auch an Robert. *Ciao, ciao.*"

„*Ciao* Max."

Während seines Telefonats hatte Max gesehen, dass sich von Süden eines der Linienschiffe näherte. Als er dann eingehängt hatte, war es schon so nahe, dass er den Namen des Schiffes erkennen konnte. Es handelte sich aber nicht um die MS *Vicenza,* sondern die MS *Verona,* die immer langsamer werdend auf den Anleger von *Lazise* zusteuerte. Max grübelte über die Ereignisse des Vortages. Was hätten sie am Samstag auf der *Vicenza* noch alles unternehmen können, um mehr über den vermeintlichen Unfall und das Opfer zu erfahren? Für die Ermittlungen war es sehr ungünstig gewesen, dass alle Passagiere an der Stelle, an der die *Guardia Costiera* nach Becker tauchte, auf die *Padova* umgestiegen waren. Vielleicht hätte einer der Fahrgäste etwas zur Aufklärung des Falles beitragen können. Wie sollten sie jetzt noch an die Passagiere herankommen? Schließlich könnte darunter auch ein Schwerverbrecher sein, der Becker vorsätzlich oder fahrlässig ermordet hat, um ihn auszurauben.

„Wir müssen die ganze Besatzung noch einmal eingehend befragen", sagte er zu sich selbst. „Zumindest die einheimischen Stammfahrgäste, die auf dem Schiff waren, müsste die Besatzung doch kennen, wenn ihnen sogar die Beckers namentlich bekannt waren."

Am Anleger stand ungefähr ein Dutzend Fahrgäste, die sich aufs Schiff drängelten, sobald die Alubrücke von der *Verona* hinüber zum Steg herausgeschoben worden war. Ohne dass ein Passagier ausgestiegen war, setzte das Linienschiff seine Fahrt fort. Max sah ihm hinterher, wie es in Richtung *Bardolino* davonfuhr und entdeckte dabei ein kleines weißes Boot auf dem See, bei dem es sich um das Einsatzboot der *Guardia Costiera* an der vermuteten Unglücksstelle handeln konnte. Er überlegte kurz, ob er sich schön langsam auf den Weg in Richtung *Pizzeria* machen sollte. Die Entscheidung darüber nahm ihm Emilio ab, der ihn wie vereinbart auf dem Handy anrief.

„*Buongiorno* Emilio, hast du interessante Neuigkeiten?"

„*Buongiorno* Max, leider gibt es noch nicht so viel zu berichten. Die Spurensicherung hat nun zweifelsfrei festgestellt, dass die Fingerabdrücke von drei verschiedenen Personen stammen, unter denen wie erwartet Kurt und Nina Becker sind."

„Haben sie auch herausgefunden, von wem die dritten sind?"

„Nein, der Abgleich mit unseren Verbrecherdateien war negativ."

„Schade."

„Die Küstenwache ist heute Vormittag wieder auf den See hinausgefahren, um nach Becker zu tauchen. In der Hinsicht können wir also nur weiter abwarten."

Max erzählte ihm, was ihm bezüglich des Nachbarn der Beckers sowie der anderen Passagiere auf der *Vicenza* durch den Kopf gegangen war.

„So ähnlich habe ich mir das auch überlegt, wir müssen unbedingt noch einmal mit der Besatzung sprechen, damit wir über sie an möglichst viele Passagiere von gestern herankommen."

„Das sehe ich wie gesagt genauso, die Frage ist nur, was letztlich dabei herauskommt. Wenn einer der Passagiere beobachtet hätte, was mit Becker passiert ist, warum hat er sich dann nicht schon längst bei uns gemeldet? Also entweder hat wirklich niemand etwas beobachtet oder aber derjenige schweigt bewusst, weil er in irgendeiner Weise daran beteiligt war, was allerdings bedeuten würde, dass Kurt Becker tatsächlich einem Verbrechen zum Opfer gefallen ist."

„Richtig, Max. Falls es kein Unfall war und Becker sich nicht selbst abgesetzt hat, dann können wir nur versuchen, mögliche

Hintergründe aufzudecken, wenn wir die Passagiere sowie deren persönliches Umfeld genauer kennen. Egal wie man es dreht und wendet, wir brauchen die Namen der Fahrgäste von gestern."

„Willst du die drei von der Schiffsbesatzung aufs Revier bestellen oder sollen wir eine Runde auf dem Schiff mitfahren?"

„Weniger zeitaufwändig wäre es bei uns auf dem Revier."

„Redseliger wären die drei aber sicher in ihrer gewohnten Umgebung auf dem Schiff."

„Gut, dann machen wir das dort. Ich kann *Capitano* di Salvo gleich anrufen, ob er heute auch unterwegs ist. Wo bist du gerade?"

„Am See, gleich hinter der Kirche *San Nicolò*, ich wollte mich gerade auf den Weg zur *Pizzeria Da Tonio* machen, dort habe ich schon am Freitagabend sehr gut gegessen."

„Im *Da Tonio* bin ich auch öfters. Wir könnten uns dort treffen. Bis du bis zur *Pizzeria* marschiert bist, habe ich mit di Salvo telefoniert, dann wissen wir, ob wir heute noch in See stechen."

„In Ordnung, bis gleich."

Fast gleichzeitig trafen sie zehn Minuten später bei der *Pizzeria* ein. Emilio hatte Lorenzo di Salvo zuhause erreicht, er hatte an diesem Sonntag nur am Nachmittag Dienst.

„Er startet um zwei in *Peschiera*, dann können wir hier um halb drei zusteigen."

„Hast du ihm schon erzählt, was wir von ihm wollen?"

„Nicht direkt, ich habe nur gesagt, dass wir zu gestern noch ein paar Fragen hätten."

„Ist die Besatzung die gleiche wie gestern?"

„Ja, es sind alle drei an Bord."

In der *Pizzeria* wurde Emilio von Tonio Ticino, dem Inhaber, gleich persönlich begrüßt. Tonio ging bis zu einem Tisch am Fenster voraus, ließ sie setzen und reichte ihnen sofort zwei Speisekarten. Dann überließ er sie einem seiner Kellner. Später, als sie ihre *Pizza* fertig gegessen hatten, setzte er sich zu ihnen und hörte interessiert zu, als Max ihm auf seine Frage hin erklärte, aus welchem Grund er am Gardasee war.

„Habt ihr den Urlauber, der gestern ins Wasser gefallen ist, schon gefunden?", wandte sich Tonio dann an Emilio.

Der *Carabiniere* wunderte sich nicht, das die Ereignisse auf der *Vicenza* in so einem kleinen Ort wie *Lazise* schnell die Runde gemacht hatten, hielt sich aber gegenüber Tonio mit näheren Auskünften zurück.

„Die *Guardia Costiera* ist heute noch einmal ausgelaufen, um nach ihm zu suchen."

„Es ist schon tragisch, am Abend sitzt er in fröhlicher Runde beim Wein und einen Tag später ist er vermutlich tot."

„War er etwa am Freitagabend hier?", fragte Emilio überrascht und Tonio nickte.

„*I Signori* Becker waren vorgestern Abend zum Essen hier."

„Allein?", wollte nun Max wissen.

„Hergekommen sind sie alleine. Nach dem Essen haben sich zwei Herren, die zwei Tische weiter gesessen waren, zu ihnen gesetzt."

Emilio fragte sofort nach, ob Tonio wusste, wer die beiden waren.

„Natürlich weiß ich das, sie sind doch beide auch immer wieder hier. Der eine war Lorenzo di Salvo, er arbeitet bei der Seeschifffahrt als Kapitän, der andere war sein Kollege Graziano Olivieri."

„Hast du sie schon öfters zusammen mit den Beckers gesehen?"

„Nein, *I Signori* Becker sind zwar auch immer wieder hier und ich kann nicht ausschließen, dass die beiden anderen schon einmal gleichzeitig mit ihnen hier gegessen haben, aber zusammen an einem Tisch habe ich sie gestern zum ersten Mal gesehen."

Max fragte, was für Gesprächsthemen sie gehabt hatten.

„Dazu kann ich wenig sagen, ich bin nicht dabei gewesen und ein spezielles Thema habe ich nicht heraushören können, wenn ich hin und wieder am Tisch vorbeigekommen bin. Sie haben alle vier dem Wein ganz gut zugesprochen, dementsprechend heiter war die Runde dann auch."

„Haben sie Ihre *Pizzeria* dann auch gemeinsam verlassen?"

„Nein, di Salvo und Olivieri sind etwa zehn Minuten früher gegangen. Warum interessieren Sie sich so sehr dafür? War das auf dem Schiff kein Unfall?"

Emilio sah Max an, der verstand sofort, wie der Blick gemeint war.

„Wie Ihnen Emilio bereits gesagt hat, sucht die *Guardia Costiera* noch nach Becker. Solange er noch nicht einmal gefunden wurde, wäre jede Aussage darüber, was gestern passiert ist, reine Spekulation."

Ticino wollte sich damit aber noch nicht zufrieden geben.

„Aber einen Verdacht, dass es kein Unfall war, müsst ihr doch haben, sonst würdet ihr euch nicht so detailliert nach ihm erkundigen."

Emilio ließ sich von ihm aber nicht aus der Reserve locken.

„Tonio, es ist doch logisch, dass wir neugierig werden, wenn du uns erzählst, *Signor* Becker sei vorgestern am Abend hier gewesen. Egal was auf der *Vicenza* passiert ist, wir müssen wie bei jedem neuen Fall so viele Infos wie möglich über den Betroffenen sammeln. Gibt es denn für dich einen Grund, anzunehmen, dass es kein Unfall war?"

„Nein, so gut kenne ich ihn dann auch wieder nicht."

Max erwartete nicht, dass sie von Tonio noch weitere nützliche Infos über Kurt Becker bekommen würden, die fortgeschrittene Zeit war ein gutes Argument dafür, aufzubrechen.

„Wenn wir pünktlich am Anleger sein wollen, müssen wir uns allmählich auf den Weg machen, Emilio."

Diesmal war es Max, der die Rechnung übernahm, was Emilio zuerst gar nicht Recht war, schließlich akzeptierte er aber dann doch die Einladung von Max.

Emilio stellte das Auto wieder direkt beim Bungalow der Beckers ab. Während der kurzen Fahrt von der *Pizzeria* zum See hatten sie darüber diskutiert, welche Schlüsse sie aus dem gemeinsamen Abendessen von Kurt und Nina Becker mit den beiden Angestellten der Seeschifffahrt ziehen sollten. Beide waren sich einig, dass man allein daraus nicht unbedingt folgern sollte, der Kapitän und sein Kollege hätten mit Beckers Verschwinden etwas zu tun. Allerdings konnten sie davon ausgehen, dass die Beckers für die beiden nicht überraschend am Samstag als Fahrgäste auf ihrem Schiff erschienen waren.

„Hast du heute schon mit Nina Becker telefoniert?", fragte Max beim Aussteigen aus dem Auto.

„Nein, sie hat sich nicht gemeldet und ich hatte auch noch keinen Grund, bei ihr anzurufen. Wir könnten aber später bei ihr klingeln."

„Ja, aber vorher würde ich, wenn wir von unserer Schifffahrt zurück sind, noch mit ihrem Nachbarn sprechen. Vor allem möchte ich seine Reaktion sehen, wenn wir ihm erzählen, dass Becker vermutlich tödlich verunglückt ist."

„Versprich dir nicht zu viel davon, du hast von Tonio gehört, dass sich das Unglück bereits herumgesprochen hat, deswegen ist es nicht unwahrscheinlich, dass auch Monticelli schon davon erfahren hat."

Sie gingen am Seeufer entlang in Richtung Anleger. Auf dem See war bereits in einiger Entfernung ein Schiff zu sehen, dass vom Süden her *Lazise* ansteuerte. Auf dem Steg der Anlegestelle standen etwa zwanzig Personen, die mit der Fahrkarte in der Hand ungeduldig auf die Ankunft des Schiffes warteten. Ohne sich selbst ein Ticket zu kaufen, stellten sich Max und Emilio ans Ende der Warteschlange. Als *Capitano* di Salvo wenig später sein Schiff geschickt an den Steg manövriert hatte, ließen die beiden alle anderen Fahrgäste zuerst einsteigen, gingen als Letzte an Bord und setzten sich vorerst im großen Fahrgastraum auf eine Bank. Graziano Olivieri holte die Alubrücke ein, schloss die Tür und sogleich setzte sich die *Vicenza* wieder in Bewegung. Olivieri nahm nach dem Ablegen sofort seinen Platz hinter der Bar ein. Max und Emilio warteten, bis er einige Fahrgäste mit Getränken und kleineren Snacks versorgt hatte, dann standen sie auf und stellten sich zu ihm an die Bar.

„*Signor* Olivieri", begann Emilio. „Wir müssen noch einmal auf die Fahrt von gestern Früh zurückkommen. Können Sie uns bitte nochmals schildern, was genau gestern alles vorgefallen ist ab dem Zeitpunkt, als Nina und Kurt Becker in *Lazise* zugestiegen sind?"

„Da gibt es nicht viel zu erzählen, das habe ich Ihnen gestern doch auch schon gesagt."

Olivieri wirkte sichtlich genervt.

„Erzählen Sie es uns trotzdem noch einmal."

„Also gut. Wir haben pünktlich um halb neun in *Lazise* angelegt, draußen standen nur vier Personen, zwei ältere Damen und *I Signori* Becker. Deshalb war unser Halt sehr kurz. Bis ich unseren mobilen Steg wieder eingeholt und die Tür geschlossen hatte, waren die beiden Damen schon zum Oberdeck und Kurt und Nina Becker zu den Sitzplätzen am offenen

Heck gegangen. Weil an der Bar niemand bedient werden wollte, bin ich nach dem Ablegen auch sofort aufs Oberdeck, auf der Treppe kam mir Lorenzo entgegen, der die beiden Deutschen persönlich begrüßen wollte."

„Wie lange blieb er unten?", fragte Emilio nach.

„Nicht länger als zwei oder drei Minuten, dann war er wieder oben auf der Brücke. Es war eine ganz normale Fahrt, bis eben Nina Becker keine zehn Minuten später auf der Suche nach ihrem Mann nach oben kam."

Plötzlich hielt er inne und deutete nach rechts vorne, weil sich die *Vicenza* dem Boot der *Guardia Costiera* näherte.

„Wir passieren gleich die Stelle, an der nach Becker getaucht wird."

Außer dem ruhig im Wasser liegenden weißen Boot war aber im Vorbeifahren nichts zu sehen. Max wollte noch mehr Details zum Samstag wissen.

„Von den anderen Fahrgästen ist in der Zwischenzeit keiner nach unten gegangen?"

„Nein, das hätte ich gesehen, weil ich hinten auf der vorletzten Bank saß. Wäre ein Fahrgast hinunter, hätte er direkt an mir vorbei gemusst und ich hätte ihn sofort gefragt, ob er etwas von der Bar haben wolle, denn dann wäre ich natürlich gleich mit ihm nach unten gegangen."

„Wie viele Fahrgäste waren an Bord?"

„Ohne *I Signori* Becker sieben oder acht."

„Und wie viele davon kennen Sie persönlich?"

„Keinen", antwortete Olivieri sofort.

Max und Emilio registrierten beide, dass er sehr schnell und ohne großartig zu überlegen geantwortet hatte, gerade so, als wolle er damit einer weiteren Befragung entgehen. Aber diesen Gefallen tat ihm Emilio nicht.

„Waren das alles Urlauber oder waren ein paar Einheimische auch dabei?"

„Das weiß ich nicht. Wie gesagt, ich kannte sie alle nicht, woher soll ich dann wissen, wer von ihnen Urlauber war und wer nicht?"

„War keiner der Fahrgäste vorher schon irgendwann einmal mit ihrem Schiff unterwegs?"

„Das will ich nicht ausschließen, aber mir kam keiner davon bekannt vor. Ich kann mir eher Namen merken als Gesichter."

Da einer der Fahrgäste an die Bar kam und sich ein *Acqua minerale* kaufen wollte, mussten sie ihre Befragung unterbrechen. Mit einem kurzen Blickkontakt verständigten sie sich, erst einmal aufs Oberdeck zu gehen und dort den Kapitän sowie Maurizio Cascina, den dritten Mann der Besatzung, zu befragen.

„Hoffentlich ist der *Capitano* auskunftsfreudiger", meinte Emilio, als sie auf den letzten Stufen nach oben waren.

„Olivieri hat auf mich den Eindruck gemacht, als würde er sich absichtlich unwissend stellen."

Emilio sah es ähnlich.

„Ich hatte auch die ganze Zeit das Gefühl, dass er uns nicht alles gesagt hat, was er weiß."

Zwischen den Sitzreihen des Oberdecks hindurch gingen sie vor bis zur Brücke, wo di Salvo am Steuerrad des Schiffes stand, während Cascina offenbar damit beschäftigt war, etwas ins Bordbuch zu schreiben.

„*Buongiorno Signori*", begrüßte Emilio die beiden und bat Cascina, mit ihm und Max nach draußen zu gehen.

Sie setzten sich etwas abseits von den Fahrgästen auf eine freie Bank und wie bei Olivieri wollte Emilio von ihm Details zur Schifffahrt vom Vortag hören. Laut seiner Aussage war Cascina die ganze Zeit auf der Brücke geblieben, während seine beiden Kollegen auf dem Schiff nach Becker suchten. Er hatte das Schiff auch zurück an die vermeintliche Unglücksstelle im See gefahren.

„Als sie dann dort vor Anker lagen, sind sie dann auch hinunter?", hakte Max ein.

„Nein, ich blieb auch hier oben wie ein Teil der Passagiere. Einige mussten natürlich nach unten und neugierig verfolgen, wie kurz nach uns die *Guardia Costiera* an der Stelle eintraf und die Taucher ins Wasser sind. Die anderen sind erst dann hinunter, als die *Padova* neben uns festgemacht hatte und sie umsteigen konnten."

Auch ihn fragte Emilio, wie viele Fahrgäste an Bord waren und welche von diesen er kannte.

„Ich habe sie nicht gezählt", antwortete Maurizio Cascina nach kurzem Überlegen. „Ich denke, es waren acht, die hier oben Platz genommen hatten. Ich bin während der Fahrt meistens nur auf der Brücke tätig, deswegen bekomme ich von unseren Passagieren in der Regel relativ wenig mit, aber einige Gesichter kamen mir gestern schon bekannt vor."

Emilio hoffte, noch etwas mehr zu erfahren.

„Wissen Sie auch den Namen von dem einen oder anderen?"

„Nein, leider nicht, so engen Kontakt hatte ich bisher noch mit keinem von ihnen. Ich kann Ihnen nur sagen, dass zwei ältere Damen, die öfter mit uns mitfahren, in *Lazise* eingestiegen sind. Die beiden habe ich nämlich von der Brücke aus am Steg stehen gesehen."

„Wie weit fahren die Damen immer?"

Cascina kratzte sich nachdenklich am Kopf.

„Beim Aussteigen habe ich sie noch nie bewusst beobachtet, aber ich glaube, ich habe sie vor kurzem einmal beim Warten am Anleger in *Garda* gesehen."

Max wollte einen Anhaltspunkt dafür, wie lange sie eventuell auf eine Aussage der beiden Damen warten mussten.

„In welchen Zeitabständen sind die beiden Damen hier an Bord?"

„Schwer zu sagen, einmal pro Woche bestimmt. Ich kann Ihnen natürlich nicht sagen, ob sie auch zu anderen Tageszeiten mit einem der weiteren Schiffe unserer Flotte unterwegs sind."

Emilio drückte ihm drei seiner Visitenkarten in die Hand und bat Maurizio Cascina, ihn zu verständigen und den Damen seine Visitenkarte zu übergeben, falls sie wieder als Fahrgäste auf der *Vicenza* unterwegs wären.

Mittlerweile waren sie kurz vor *Bardolino*, deswegen ließen sie Cascina zurück zum Kommandostand gehen, den Kapitän wollten sie befragen, sobald sie nach dem kurzen Halt wieder unterwegs sein würden.

„Auch wenn er viel redseliger war wie Olivieri hat uns das nicht sonderlich weiter gebracht", resümierte Max.

„Ich habe nicht erwartet, dass wir hier gleich jemanden finden, der genau beobachtet hat, was gestern passiert ist. Aber der Hinweis auf die beiden Damen ist schon einmal ein erster Schritt, um vielleicht doch etwas darüber zu erfahren, was hier wirklich vorgefallen ist."

Während das Schiff bereits langsamer wurde, verließ ein Ehepaar mit einem etwa fünfjährigen Mädchen das Oberdeck um sich schon fürs Aussteigen bereit zu machen. Max rutschte auf seiner Bank bis zur Reling, damit er auf den Steg hinuntersehen konnte. Unten standen eine fünfköpfige Familie sowie drei Pärchen bereit, um gleich einsteigen zu können. Die Arbeit von Olivieri lief sehr routiniert ab: Tür auf, Alubrücke hinausschieben, Fahrgäste aussteigen lassen, Fahrkarten der Zusteigenden kontrollieren, Alubrücke wieder einholen, Tür schließen. Innerhalb von vier Minuten waren sie wieder abfahrbereit. Die meisten der zugestiegenen Passagiere kamen zum Oberdeck herauf, aber keiner setzte sich zu dem uniformierten *Maresciallo* und seinem Begleiter. Emilio wartete nach der Abfahrt noch ein paar Minuten, dann ging er nach vorne und bat Lorenzo di Salvo, sich zu ihm und Max zu setzen.

„*Signor* di Salvo, wie ich Ihnen bereits am Telefon gesagt hatte, wollten wir noch einmal Revue passieren lassen, was gestern hier auf Ihrem Schiff alles passiert ist."

Di Salvo nickte, sagte aber noch nichts, deshalb redete Emilio weiter.

„In erster Linie interessiert uns, welche Fahrgäste gestern außer den Beckers an Bord waren. Wie viele sind schon beim Start in *Peschiera* eingestiegen?"

Der *Capitano* hatte offenbar ganz andere Fragen erwartet, deshalb sah er Emilio sehr erstaunt an, begann dann aber doch zu erzählen.

„Ich schätze, es waren sechs Personen, die bereits in *Peschiera* an Bord gekommen sind und sich alle hier aufs Oberdeck gesetzt haben."

„Können Sie uns die Namen der Fahrgäste nennen?"

„Nein, namentlich kenne ich keinen von denen. Ich bin während der ganzen Fahrt von *Peschiera* nach *Lazise* am Steuerrad gestanden und hatte deshalb auch keinen Kontakt zu unseren Fahrgästen."

„Aber zu den Beckers sind Sie sofort hinunter, als sie in *Lazise* zugestiegen sind. Warum das?", wollte Max wissen.

„Warum? Ich wollte einfach nette Bekannte begrüßen."

„Hatten sie Ihnen am Freitagabend im *Da Tonio* bereits erzählt, dass sie am Samstag nach *Malcesine* fahren wollten?"

Wieder war di Salvo sichtlich überrascht über diese Frage und die Tatsache, dass der *Carabiniere* zusammen mit seiner deutschen Unterstützung schon so genau wegen Becker recherchiert hatte. Trotzdem versuchte er anscheinend, nach der Frage von Max relativ gelassen zu bleiben.

„Wir haben die Beckers zufällig in der *Pizzeria* getroffen und als wir nach dem Essen eine ganze Zeit beim Wein zusammen gesessen sind, haben sie natürlich erwähnt, dass sie für den Samstag eine Fahrt auf meinem Schiff planten."

„Und über welche Themen haben Sie sich mit ihnen noch unterhalten?"

„Über alles Mögliche, das schöne Wetter zum Beispiel oder darüber, was sie in ihrer zweiten Urlaubswoche hier am *Lago* noch alles vorhatten."

Max wollte noch einmal zurück zur Schifffahrt.

„Sie haben gesagt, Sie hätten keinen Kontakt zu den Fahrgästen gehabt, weil Sie bis *Lazise* am Steuerrad gestanden hätten. Aber wie Sie zu den Beckers hinunter sind, sind Sie doch an allen anderen Fahrgästen am Oberdeck vorbeigekommen. Und dann, nachdem Nina Becker Sie über das Verschwinden ihres Mannes informiert hatte, haben Sie doch zusammen mit ihr das Schiff abgesucht und schließlich müssen Sie auch dabei gewesen sein, als die Fahrgäste auf die *Padova* umgestiegen sind. Ist Ihnen da wirklich niemand aufgefallen, der schon öfter bei Ihnen mitgefahren ist?"

Di Salvo zuckte mit den Schultern.

„Der eine oder andere war vielleicht vorher schon einmal auf meinem Schiff, aber wie ich schon gesagt habe, die Namen weiß ich nicht."

Max ließ nicht locker.

„Sind diejenigen bereits in *Peschiera* oder erst in *Lazise* zugestiegen?"

„Ich denke, es war eher in *Lazise*", antwortete er nach kurzem Zögern.

„Zwei ältere Damen vielleicht?"

Wieder überlegte di Salvo etwas, bevor er antwortete.

„Das könnte sein", sagte er schließlich mit einem leichten Nicken.

Damit hatte er zwar die Aussage von Maurizio Cascina mehr oder weniger bestätigt, solange sie aber die Namen der beiden älteren Damen nicht wussten, konnten Max und Emilio nur hoffen, dass sie bald wieder auf der *Vicenza* mitfahren würden. Deshalb baten sie auch den *Capitano*, die beiden Damen an die

Carabinieri zu verweisen, wenn sie das nächste Mal wieder seine Fahrgäste sein würden. Di Salvo erwartete, dass seine Befragung damit beendet war, aber Emilio hatte noch eine weitere Frage.

„Ist Ihnen in der Zwischenzeit noch etwas eingefallen, was gestern anders war als sonst oder was in irgendeiner Weise mit dem Verschwinden von Kurt Becker in Zusammenhang stehen könnte?"

Diesmal antwortete er sofort.

„Mir sind die Vorfälle von gestern natürlich den ganzen Tag durch den Kopf gegangen und sonderlich gut geschlafen habe ich heute Nacht deswegen auch nicht, das können Sie mir glauben, schließlich habe ich als Kapitän die Verantwortung für die Passagiere auf meinem Schiff. Aber solange ich auch darüber nachdenke, mir fällt nichts ein, was ungewöhnlich gewesen wäre bis zu dem Zeitpunkt, als Nina ganz aufgeregt zu uns auf die Brücke kam. Und danach haben wir sofort alles was möglich war unternommen, um Kurt zu finden. Haben Sie heute schon etwas von der *Guardia Costiera* gehört?"

„Ich habe heute Vormittag mit *Ispettore* Canobbio telefoniert", erwiderte Emilio. „Aber er konnte mir da nicht mehr sagen, als dass heute sofort wieder zwei Taucher an der vermeintlichen Unglücksstelle nach Kurt Becker suchen würden. Wenn sie ihn gefunden hätten, wären wir inzwischen sicher schon informiert worden."

„Wir werden gleich in *Garda* anlegen, deswegen müsste ich mich nun wieder um mein Schiff kümmern", stellte di Salvo fest und kam damit Emilio zuvor, der ihn nun ohnehin wieder zurück an seine Arbeit gehen lassen wollte.

Die Viertelstunde von *Bardolino* bis *Garda* hatte gerade ausgereicht, um di Salvo zu befragen. Emilio schlug vor, in *Garda* auszusteigen und mit dem nächsten Schiff, das in Richtung Süden unterwegs war, nach *Lazise* zurückzufahren. Als das Schiff auf den Hafen zusteuerte, war am Rande der Altstadt ein großes gelb-rotes, mit Zinnen bekränztes Gebäude zu sehen.

„Was ist das denn für ein Schloss?", fragte Max.

„Das ist die *Villa Albertini,* sie ist wohl einer der nobelsten Adelssitze am gesamten See."

„Nicht schlecht, der Adel hat schon gewusst, wo es besonders schön ist, sich seine prunkvollen Häuser hinzustellen."

Als sie ausgestiegen waren, lasen sie an einer hölzernen Anschlagtafel, dass sie bis zur Abfahrt noch eine knappe halbe Stunde Zeit hatten.

„Hast du Lust auf einen *Caffè*, Max?"

„Lieber wäre mir jetzt ein Eis. Wir können aber gerne in eine Bar gehen, wenn du einen *Caffè* willst."

„Nein, ein Eis wäre auch nicht schlecht."

Sie spazierten den *Lungolago Regina Adelaide* entlang bis zur ersten Eisdiele, ließen sich beide mehrere Kugeln Eis in einen Becher geben und mit Sahne garnieren und setzten sich dann damit direkt an den See. Ohne den Fahrtwind wie auf dem Schiff war es in der Sonne schon recht heiß, weil das Thermometer im Schatten bereits fünfundzwanzig Grad anzeigte. Während sie ihre kühle Köstlichkeit genossen, deutete Emilio Richtung Norden.

„Schau mal, Max, dort auf der Landzunge, die sich am Ende der Bucht von *Garda* in den See schiebt, sieht man noch ein wenig von *San Vigilio*."

Max hatte von diesem Ort noch nichts gehört, Emilio konnte ihm aber einiges darüber erzählen.

„An der *Punta San Vigilio* ließ sich der Humanist Agostino Brenzone von 1538 bis 1542 eine Villa erbauen, wohin er sich mit anderen Künstlern und Schriftstellern zurückziehen konnte. Für ihn war *San Vigilio* schlicht der schönste Ort der Welt, was er in einem Brief an einen seiner Freunde ganz einfach begründete: ‚Ich möchte, dass Eure Exzellenz zur Kenntnis nehmen, dass *San Vigilio* der schönste Ort der Welt ist, und zwar auf folgende Weise: Die ganze Welt besteht aus drei Teilen: Afrika, Asien und Europa. Der schönste Erdteil ist Europa, und davon ist Italien der schönste Teil, von Italien wiederum die Lombardei, und von dieser der Gardasee, und an diesem *San Vigilio*. Ergo ist *San Vigilio* der schönste Ort der Welt'. Max, jetzt weißt du, wohin du mit deiner Frau fahren musst, wenn sie dich besuchen kommt."

„Steht die *Villa* noch?"

„Ja, die *Villa Brenzone* steht noch, sie kann aber nicht besichtigt werden, weil sie in Privatbesitz ist. Trotzdem ist das ganze Ambiente unbedingt sehenswert. Direkt an der *Gardesana* gibt es einen Parkplatz, von dort führt eine Zypressen-Allee hinunter zur *Villa*, südlich davon gibt es einen kleinen Hafen mit *Café* und *Ristorante*, nördlich davon liegt die *Baia delle Sirene*, eine der schönsten Buchten am See überhaupt."

„Danke für den Tipp, da habe ich wirklich gleich ein schönes Ausflugsziel, wenn Chiara herkommt. Aber warum schreibt Brenzone, dass der Gardasee in der Lombardei liegt?"

„Weil das tatsächlich einmal so war, heute ist er sozusagen dreigeteilt, jetzt gehört nur noch das Westufer zur Lombardei, das Ostufer gehört zu Venetien und der Norden zur Region *Trentino*-Südtirol."

„So kommt man unverhofft zu einer Erdkunde-Lektion", lachte Max, fügte dann aber etwas ernster hinzu: „Eigentlich sollten wir uns über etwas anderes unterhalten. Was hältst du von den Aussagen der drei Besatzungsmitglieder?"

„Olivieri und di Salvo haben auf mich den Eindruck gemacht, als würden sie uns nicht alles erzählen, was sie wissen. Cascina war fast schon wieder zu auskunftsfreudig, fast so, als wollte er damit einen Fehler oder ähnliches kaschieren."

„So ähnlich habe ich das auch empfunden, ich weiß nur nicht, welche Schlüsse wir jetzt daraus ziehen sollen. Wir können ihnen schlecht vorwerfen, sie hätten mit einem möglichen Verbrechen an Becker etwas zu tun, solange wir noch nicht einmal wissen, ob es überhaupt ein Verbrechen gegeben hat."

„Eben. Wir können nur weiter hoffen, dass Becker schnell gefunden wird und dass wir noch an Aussagen von anderen Fahrgästen kommen."

„Wir könnten es mit Aushängen auf den Schiffen probieren", schlug Max vor. „Vielleicht melden sich dann von sich aus noch einige Passagiere, die gestern auf der *Vicenza* waren."

„Gute Idee. Dann müssen wir uns ein Foto von Kurt Becker besorgen, damit ich noch heute einen Aushang und vielleicht auch einen Flyer vorbereiten kann. Die müssten dann morgen auf allen *Navigarda*-Schiffen, die die Route nach *Malcesine* fahren, mehrfach gut sichtbar aufgehängt und ausgelegt werden."

Von ihrer Bank aus war der betonierte und gepflasterte Steg der Schiffsanlegestelle gut zu sehen, deshalb konnten sie so lange sitzen bleiben, bis das Schiff, mit dem sie zurückfahren wollten, kurz vor dem Anlegen war. Als sie dann die anderen wartenden Fahrgäste auf dem Steg erreicht hatten, rief Max überrascht:

„Schau, Emilio, es ist die *Padova*. Vielleicht bekommen wir heute doch noch mehr Informationen über die Passagiere von gestern, als wir gedacht haben."

Mit ihnen warteten zwei vierköpfige Familien sowie ein älterer Herr, um an Bord gelassen zu werden. Beim Einsteigen sprach Emilio sofort den Fahrkartenkontrolleur an, dass er dringend mit dem Kapitän des Schiffes sprechen müsse.

„Einen Moment bitte, ich bringe Sie gleich nach oben zum *Capitano*."

Er zog die Alubrücke an Bord, schloss die breite Tür und vergewisserte sich, dass sie fest verriegelt war. Danach ging er vor Max und Emilio die Treppe hinauf zum Oberdeck, auf dem etwa fünfzehn Fahrgäste saßen. Einige blickten neugierig auf, als Emilio in seiner *Carabinieri*-Uniform auf dem Weg zum Kommandostand der *Padova* an ihnen vorbeilief.

„Giulio, hier sind zwei Herren, die dich sprechen möchten."

Capitano Giulio Rosaro drehte sich herum, ohne das Steuerrad loszulassen, als sein Mitarbeiter Alessandro Lonico plötzlich mit dem *Carabiniere* und dessen Begleiter bei ihm auf der Brücke stand.

„*Buongiorno Signori*, was kann ich denn für Sie tun?", fragte er und gab Max und Emilio die Hand.

Emilio erklärte ihm, dass sie in Sachen des verschwundenen Passagiers der *Vicenza* unterwegs seien und nun zufällig die *Padova* für ihre Rückfahrt nach *Lazise* erwischt hätten.

„Waren Sie gestern auch an Bord, als die Fahrgäste der *Vicenza* hierher umgestiegen sind?"

„Ja. So etwas machen wir nur im Ausnahmefall, aber gestern war es einfach nötig. Gibt es schon Neuigkeiten zu dem Verschwundenen?"

Diesmal ergriff Max das Wort und erzählte von der immer noch andauernden Suche durch die Taucher der *Guardia Costiera*.

„Deshalb wissen wir auch noch immer nicht, was gestern auf der *Vicenza* wirklich passiert ist. Aus diesem Grund versuchen wir gerade herauszufinden, welche Passagiere an Bord waren, um eventuell von ihnen noch eine Aussage zu bekommen."

„Umgestiegen sind sieben", antwortete Rosaro sofort. „Ich bin natürlich dabei gestanden, als wir sie einzeln herübergeholt haben. Die meisten waren mir völlig unbekannt, deswegen kann ich Ihnen bei diesen nicht weiterhelfen, aber zufällig war auch ein Cousin meiner Frau dabei."

„Tatsächlich?", rief Emilio erfreut. „Mit dem müssen wir uns dringend unterhalten."

Rosaro bat seinen Kollegen, das Steuer zu übernehmen, ging zu dem kleinen Tisch, der vor dem linken Seitenfenster stand und schrieb dort die Adresse und die Telefonnummer vom Cousin seiner Frau auf einen kleinen Zettel.

„Er wohnt in *Peschiera* und sollte heute zuhause sein, weil sein jüngster Sohn heute seinen elften Geburtstag feiert."

„Vielen Dank für den Tipp, wir werden versuchen, ihn noch heute Abend zu besuchen und zu gestern zu befragen", antwortete ihm Emilio.

„Mehr kann ich Ihnen zu gestern leider nicht weiterhelfen."

Alessandro Lonico, der bis dahin nur zugehört hatte, erzählte dann von sich aus, dass er am Vortag auch an Bord gewesen war, als die Passagiere von der *Vicenza* übernommen worden waren, er aber leider gar keinen gekannt hatte. Max sprach nun Rosaro und Lonico gleichzeitig an und wollte wissen, wer am Vortag noch zur Besatzung der *Padova* gehört hatte.

„Niemand", erklärte ihm der *Capitano*. „Wir sind seit einiger Zeit nur noch zu zweit unterwegs. Sparmaßnahmen, verstehen Sie?"

Somit konnten Max und Emilio ihre Befragung einstellen, sie ließen die beiden auf ihrem Kommandostand wieder allein und setzten sich zu den anderen Fahrgästen aufs Oberdeck. Inzwischen befanden sie sich schon kurz vor *Bardolino* und Emilio spielte wieder den Reiseführer für Max.

„Der hohe, spitze Turm gehört zur romanischen Kirche *San Severo*."

„Direkt am Hafen, der etwas verfallene Turm, sieht eher nach einer alten Burg aus."

„Richtig, Max. Das ist der *Torre del Castello Scaligero*, die letzten Überreste eines Scaliger-Kastells, das es hier im Mittelalter genauso wie in *Lazise* gegeben hat.

Als das Schiff angelegt hatte, sah man vom Oberdeck direkt auf die *Piazza Matteotti* mit dem neoklassischen Säulenportal der Kirche *Santi Nicolò e Severo* an deren Stirnseite.

„Die *Piazza Matteotti* ist sozusagen das Zentrum von *Bardolino*", erklärte Emilio.

Auf dem letzten Teilstück ihrer Fahrt beratschlagten sie sich über ihre weitere Vorgehensweise. Kurz vor *Lazise* passierten sie wieder die Stelle, an der das weiße Boot der *Guardia Costiera* noch immer vor Anker lag. Ganz offensichtlich suchten die Taucher noch immer nach Kurt Becker. Emilio wollte gegen Abend wieder bei Canobbio anrufen, falls der sich vorher nicht schon selbst gemeldet hatte. Als die *Padova* im Hafen von *Lazise* angelegt hatte und Max und Emilio an Alessandro Lonico vorbei das Schiff verlassen wollten, gab er ihnen noch mit auf den Weg, dass *Capitano* Rosaro bereits mit dem Cousin seiner Frau telefoniert und ihm ihr Kommen angekündigt hatte.

„Er hat gemeint, dass er den ganzen Tag zuhause erreichbar sein müsste."

„Gut", stellte Emilio fest. „Dann wissen wir, was wir heute noch zu tun haben."

Er und Max gaben Lonico die Hand und hatten dann nach wenigen Schritten über die Alubrücke wieder festen Boden unter den Füßen.

7

Vom Hafen gingen Max und Emilio am See entlang zurück zum Bungalow der Beckers.

„Sollen wir gleich zu Monticelli rübergehen oder willst du erst bei ihr klingeln?“, fragte Max.

„Nina Becker wird bestimmt die ganze Zeit zuhause sein, deswegen sollten wir es zuerst bei ihm versuchen.“

Monticellis Grundstück war in etwa genauso groß wie das der Beckers, wirkte aber viel größer, weil zum einen die Grundfläche des Hauses etwas kleiner war als beim Bungalow nebenan, zum anderen war der Garten mit viel weniger Büschen und Sträuchern bepflanzt. Auch eine Hecke, die auf der anderen Seite des Zaunes immer wieder ein Streitobjekt war, fehlte. Im Garten war niemand zu sehen, aber da die Terrassentür offen stand, schien doch jemand zuhause zu sein. Emilio drückte auf den Klingelknopf neben dem Gartentor. Sofort begann im Haus ein Hund zu bellen, der im nächsten Augenblick über die Terrasse zum Zaun gerannt kam und laut bellend am Gartentor auf und ab sprang. Hinter dem Hund kam ein ziemlich übergewichtiger, grauhaariger Herr aus dem Haus, der nur mit Boxershorts und einem viel zu engen T-Shirt bekleidet war.

„Wenn du eine Frau wärst, würde ich dich fragen, ob du im neunten Monat schwanger bist“, dachte sich Max, als er sah, über welchen dicken, fast kugelrunden Bauch sich das Shirt spannte.

„*Basta,* Arco“, rief der Grauhaarige und sofort stellte der Hund sein Springen und Bellen ein, knurrte die beiden Fremden aber weiterhin an.

„*Signor* Monticelli? Ich bin *Maresciallo* Brentani.“

Emilio stellte auch Max kurz vor.

„*Buongiorno Maresciallo*. Giorgio Monticelli.“

Er gab Emilio die Hand und sah ihn fragend an.

„Was kann ich für Sie tun?“

„Wir müssten Ihnen ein paar Fragen stellen. Dürfen wir kurz reinkommen?“

Monticelli griff mit der rechten Hand an Arcos Halsband, um ihn festzuhalten und öffnete mit der linken das Gartentor.

„Bitte nehmen Sie doch auf der Terrasse Platz."

Sobald er den Hund losließ, beschnupperte dieser Max und Emilio misstrauisch, während sie über den gepflasterten Weg zur Terrasse gingen und sich auf zwei großen Korbstühlen niederließen. Auf einem kleinen Beistelltisch lagen in einer großen, silbernen Schale drei Flaschen *Acqua minerale* auf Eiswürfeln. Daneben standen mehrere, auf den Kopf gedrehte Gläser. Monticelli stellte drei Gläser auf den Tisch, goss sie alle halbvoll und setzte sich dann ebenfalls in einen der Korbstühle.

„Jetzt bin ich aber gespannt, was Sie von mir wissen wollen."

„*Signor* Monticelli", begann Emilio. „Seit wann sind Sie schon hier in *Lazise*?"

„Seit fünfzehn Jahren oder seit Freitagabend, je nachdem, wie Ihre Frage gemeint ist."

„Schlagfertig ist er", dachte sich Max, der auf Anhieb auch nicht wusste, ob sich Emilios Frage eher auf den Kauf des Wochenend-Wohnsitzes am See oder auf die Anreise an diesem Wochenende bezog.

„Mir ging es darum, wann Sie aktuell angereist sind. Am Freitagabend also."

Monticelli nickte.

„Sind Sie alleine hier?"

„Nein, meine Frau ist natürlich auch dabei. Außerdem haben wir diesmal zwei meiner Enkelkinder mitgenommen. Die drei sind vor ungefähr einer Stunde zum Baden an den See."

„Wie alt sind Ihre Enkelkinder?"

„Salvo ist dreizehn und Enrico elf."

Plötzlich schaute Monticelli ziemlich erschrocken.

„Ist Ihnen etwas zugestoßen?"

„Nein, nein, wir sind nicht wegen der Kinder oder Ihrer Frau hier", beruhigte ihn Emilio. „Was haben Sie gestern tagsüber gemacht?"

Allmählich wirkte Monticelli nicht mehr so selbstsicher wie zu Beginn des Gesprächs, weil er immer noch nicht wusste, worauf der *Maresciallo* letztlich hinauswollte.

„Wir sind gestern erst gegen halb neun aufgestanden. Die Kinder haben am Freitag ausnahmsweise etwas länger einen Film im Fernsehen anschauen dürfen und deshalb gestern dann länger als sonst geschlafen. Ich habe am Vormittag hier im Garten gearbeitet, während meine Frau beim Einkaufen war und die Buben Fußball gespielt haben. Nach dem Mittagessen haben wir hier auf der Terrasse lange Monopoly gespielt, bevor wir am Spätnachmittag zum Eis-Essen gegangen sind. Warum stellen Sie mir diese Fragen?"

Emilio antwortete ihm nicht, sondern schickte gleich die nächste Frage hinterher.

„Wann haben Sie Ihren Nachbarn, *Signor* Becker, zuletzt gesehen?"

Augenblicklich verfinsterte sich Monticellis Miene.

„Becker? Ich bin froh, wenn ich den nicht zu Gesicht bekomme."

„Das war keine Antwort auf meine Frage", erwiderte Emilio.

Monticelli ließ sich ungewöhnlich lange Zeit, bis er endlich antwortete.

„Es war am Freitagabend. Kurz nachdem wir angekommen sind, ist er mit seiner Frau offenbar zu Fuß nach Hause gekommen. Genau kann ich Ihnen das aber nicht sagen, weil man von hier aus wegen seiner viel zu hohen Hecke nämlich von seinem Garten oder seinem Haus überhaupt nichts mehr sieht."

Sein Tonfall wurde immer lauter.

„Sie müssen sich das einmal genau ansehen, *Maresciallo*, dann werden sie feststellen, dass die Hecke ordentlich zurückgeschnitten gehört."

Max und Emilio wunderten sich nicht darüber, dass er seinen heftigen Disput mit Becker, von dem ihnen dessen Frau am Samstag erzählt hatte, nicht erwähnte.

„Die Hecke interessiert mich im Moment ehrlich gesagt relativ wenig, *Signor* Monticelli, wir sind nicht wegen Ihres Nachbarschaftsstreites hier, sondern weil *Signor* Becker seit gestern Vormittag spurlos verschwunden ist."

Monticelli stutzte. Max sah, dass für einen kurzen Moment ein Lächeln seine Lippen umspielte, dann aber versuchte er sofort wieder sehr ernst zu wirken.

„Verschwunden? Und warum kommen Sie damit ausgerechnet zu mir?"

Auch Emilio war nicht entgangen, dass die Nachricht vom Verschwinden seines Nachbarn Monticelli eher erfreut als schockiert hatte.

„Wenn jemand, so wie Sie, seinen Nachbarn bedroht hat, dann ist es doch logisch, dass wir aktiv werden, wenn dem Bedrohten plötzlich etwas zustößt."

„Da sind Sie bei mir aber an der falschen Stelle, ich habe damit absolut nichts zu tun."

Monticellis Aussage musste Emilio vorerst so stehen lassen, denn um das Alibi für Samstagvormittag zu überprüfen, mussten sie erst noch mit seiner Frau sprechen. Max überlegte, dass er eventuell sogar ein wichtiger Zeuge für sie sein könnte.

„Sie haben erwähnt, Sie wären mit Ihrer Frau und den beiden Enkelkindern gestern zum Eis-Essen gegangen. Wann war das ungefähr?"

„So gegen halb sechs."

„Sind Sie dabei am Nachbargrundstück vorbeigegangen?"

„Ja, denn wir sind zu Fuß zur *Piazza Vittorio Emanuele II*."

„Können Sie sich erinnern, ob der Audi der Beckers auf dem Parkplatz im Garten stand?"

Jetzt wusste Emilio, worauf Max hinauswollte. Monticelli nickte sofort.

„Das Auto stand da, wo es immer geparkt ist, da bin ich mir sicher. Ich habe mir nämlich gedacht, dass ich von denen da drüben den ganzen Tag nichts gehört hatte, obwohl sie offenbar zuhause waren."

„Und um wie viel Uhr sind Sie zurückgekommen?"

„Wir waren etwa zwei Stunden unterwegs. Nach dem Eis-Essen haben wir von der *Piazza* aus noch einen längeren Spaziergang gemacht, weil wir doch den ganzen Nachmittag beim Spielen auf der Terrasse gesessen waren und noch etwas Bewegung brauchten."

„Haben Sie bei Ihrer Rückkehr den Audi wieder gesehen?"

„Nein, als wir heimkamen, war er weg. Was bedeutet das jetzt?"

Nun überließ Max wieder Emilio das Reden.

„Dank Ihrer Aussage können wir das Zeitfenster, in dem der Audi hier weggefahren ist, noch enger eingrenzen."

„Sagten Sie nicht vorhin, Becker sei am Vormittag verschwunden?"

Emilio wollte von ihren bisherigen Ermittlungen nur das Nötigste preisgeben, aber nach Monticellis Frage musste er doch etwas mehr herauslassen.

„Richtig, Becker wird seit dem Vormittag vermisst. Inwieweit der Audi damit im Zusammenhang steht, kann ich Ihnen nicht sagen. Wir sind mit unseren Ermittlungen erst ganz am Anfang."

Der dicke Nachbar der Beckers legte die Stirn in Falten.

„Wollen Sie damit sagen, das Auto wurde geklaut?"

„Das wissen wir nicht."

„Sie wissen es nicht?", echauffierte sich Monticelli laut. „Für mich wäre das aber eine sehr wichtige Information, wenn gleich nebenan Diebe am Werk wären. Schließlich habe ich hier auch Eigentum, das es zu schützen gilt."

Emilio vermied es, ihm im Detail zu schildern, dass es sich, wenn überhaupt, wahrscheinlich um keinen normalen Diebstahl gehandelt hatte. Ihre Überlegung, dass eventuell Becker selbst mit dem Audi abgehauen sei, wollte er ihm erst recht nicht auf die Nase binden. Mit einem kurzen Blickkontakt verständigten sich Max und Emilio, dass es Zeit war, das Gespräch zu beenden. Max hatte allerdings noch eine abschließende Frage.

„Wie lange sind Sie noch hier, *Signor* Monticelli?"

„Nur noch heute. Sobald meine Frau mit den Kindern zurückkommt, werden wir noch etwas essen und dann in Richtung *Verona* aufbrechen."

„Dann geben Sie uns bitte Ihre Kontaktdaten, wo wir Sie in *Verona* am ehesten erreichen können, falls wir noch Fragen haben sollten."

Monticelli stemmte sich von seinem Korbstuhl in die Höhe, verschwand im Haus und kam kurz darauf mit einer Visitenkarte in der Hand zurück.

„Am besten bin ich übers Handy zu erreichen."

Er gab Emilio seine Karte, der steckte sie ein und gab ihm die Hand.

„Vielen Dank, dass Sie sich für uns Zeit genommen haben."

Auch Max gab ihm die Hand. Anschließend setzte sich Monticelli wieder und ließ die beiden allein zum Gartentor gehen, nur begleitet von seinem Hund, der während des gesamten Gesprächs neben ihm auf der Terrasse gelegen war. Draußen auf der Straße gingen sie bis zu Emilios Dienstwagen, stiegen aber nicht ein.

„Was hältst du von ihm, Emilio?"

„Unter der Voraussetzung, dass sein Alibi stichhaltig ist, kommt er als möglicher Täter nicht in Frage. Außer er hat einen Auftragskiller engagiert."

„Genau, wobei ich eigentlich kein ausreichendes Motiv sehe. Wegen einer Hecke lässt man doch niemanden umbringen."

„Du vergisst, dass Becker ihm das Haus vor der Nase weggeschnappt hat."

„Stimmt, Emilio, daran habe ich jetzt nicht gedacht. Trotzdem traue ich es ihm eher nicht zu. Allerdings habe ich mich gewundert, dass er überhaupt nicht nach Einzelheiten von Beckers Verschwinden gefragt hat."

„Ja, das ist mir auch aufgefallen."

„Das könnte zum einen bedeuten, dass er schon längst davon wusste, weil sich der Vorfall wie ein Lauffeuer in *Lazise* verbreitet hat. Dann wäre er allerdings ein sehr guter Schauspieler. Andererseits könnte sein Verhalten aber darauf hinweisen, dass er Einzelheiten weiß, weil er in die ganze Angelegenheit doch irgendwie verstrickt ist. Das nachzuweisen, dürfte allerdings schwierig werden."

„Unser Spekulieren bringt natürlich nicht viel, solange wir noch nicht wissen, ob Becker wirklich einem Verbrechen zum Opfer gefallen ist. Bevor wir bei seiner Frau klingeln werde ich noch schnell bei Canobbio anrufen."

Das Telefonat mit dem *Ispettore* der *Guardia Costiera* fiel relativ kurz aus, weil die Taucher bei ihrer Suche nach Becker auch am zweiten Tag erfolglos geblieben waren. Canobbio sah auch keinen Sinn darin, die Suche noch weiter fortzusetzen.

„Wir haben das Gebiet um die vermeintliche Unglücksstelle sehr weiträumig intensiv abgesucht, deshalb ist es schwer vorstellbar, dass Becker wirklich genau dort unten liegt. Zudem ist es völlig ausgeschlossen, dass er so lange Zeit im Wasser überlebt haben könnte. Leider haben wir immer wieder mal den Fall, dass der See eines seiner Opfer nicht mehr hergibt."

Emilio hatte den Lautsprecher seines Handys eingeschaltet gehabt, sodass Max Canobbios Antwort mit angehört hatte. Nachdem Emilio eingehängt hatte, meinte Max mit einem enttäuschten Unterton:

„Das macht uns die Arbeit nicht gerade leichter, weil es weiter alle Möglichkeiten offen lässt, einen Unfall, ein Verbrechen oder ein selbst inszeniertes Verschwinden."

„Dann müssen wir das Pferd eben von hinten aufzäumen und weiter so viele Infos wie möglich über Becker sammeln, dass wir daraus letztlich einen Rückschluss ziehen können, was gestern auf dem Schiff wirklich passiert ist. Und bei seiner Frau machen wir am besten gleich weiter."

Nina Becker öffnete erst nach dem dritten Klingeln. Max erschrak regelrecht, als er sie sah. Sie hatte dunkle Ringe unter den Augen, zerzauste Haare und war leichenblass. Ohne Begrüßung fragte sie sofort, ob ihr Mann gefunden worden sei.

„Leider waren die Taucher auch heute nicht erfolgreich", begann Emilio, verschwieg ihr aber, dass die Suche bereits komplett abgebrochen worden war. „Dürfen wir kurz hereinkommen?"

Sie machte einen Schritt zur Seite und ließ beide eintreten. Wie am Vorabend setzten sie sich ins Wohnzimmer. Emilio und Max lehnten dankend ab, als Nina Becker ihnen etwas zu trinken anbieten wollte, sie selbst holte sich aus der Küche eine große Tasse mit Tee, den sie sich gerade frisch aufgebrüht hatte. Damit setzte sie sich auf die Couch und wickelte sich in eine Decke ein.

„Mich friert es heute schon den ganzen Tag, obwohl das Thermometer fünfundzwanzig Grad zeigt. Das sind wahrscheinlich die Nerven."

Max wartete, bis sie einige Schluck Tee getrunken hatte, bevor er ihr von ihren Recherchen berichtete.

„Wir waren heute Nachmittag auf der *Vicenza* unterwegs und haben nochmals ausführlich mit der Besatzung gesprochen. Dabei haben wir leider nichts Neues erfahren. Von dem Kapitän der *Padova*, das ist das Schiff, das gestern die Passagiere der *Vicenza* übernommen hat, haben wir allerdings den Namen und die Adresse eines Fahrgastes erhalten. Dem werden wir heute noch einen Besuch abstatten."

„Ich habe wenig Hoffnung, dass der uns weiterhelfen kann", meinte sie schulterzuckend. „Wenn er wüsste, was mit Kurt passiert ist, hätte er doch gestern gleich eine Aussage machen können."

Max wollte versuchen, sie ein wenig aufzumuntern.

„Im Prinzip haben Sie natürlich Recht. In den vielen Jahren meiner Polizeiarbeit habe ich allerdings schon einige Male eine andere Erfahrung gemacht. Immer wieder kommt es vor, dass sich wichtige Zeugen erst darüber bewusst werden, was sie eigentlich gesehen haben, wenn man sie gezielt danach fragt. Die Passagiere von gestern zum Beispiel wissen doch gar nicht, was Ihrem Mann alles passiert sein könnte, die haben doch nur mitbekommen, dass nach ihm gesucht wurde. Wenn wir explizit nachfragen, fällt dem einen oder anderen vielleicht doch noch etwas ein, was uns weiterhelfen könnte."

Nina Becker trank ihren Tee aus und lehnte sich auf der Couch zurück.

„Sie können sich vorstellen, wie oft ich in Gedanken die Ereignisse von gestern noch einmal durchgegangen bin. Mir fällt partout nichts ein, was auch nur der leiseste Hinweis darauf sein könnte, was auf dem Schiff vorgefallen ist, während ich auf der Toilette war."

Emilio nickte verständnisvoll und dachte daran, was für sie noch als mögliche Ursache für Beckers Verschwinden im Raum stand.

„Gilt das auch für die Hypothese, dass Ihr Mann aus freien Stücken verschwunden ist?"

„Ja, natürlich", antwortete sie energisch. „Oder haben Sie außer der Tatsache, dass unser Audi auch verschwunden ist, irgendeinen Beweis dafür?"

„Nein, den haben wir nicht. Aber genauso wenig haben wir einen Beweis dafür, dass er Opfer eines Verbrechens wurde oder dass er ohne Fremdeinwirkung ins Wasser gefallen sein könnte."

Beim letzten Satz von Emilio schoss Max ein neuer Gedanke durch den Kopf. Eine weitere Möglichkeit, was passiert sein könnte, hatten sie bisher völlig übersehen."

„Frau Becker", begann er mit ernstem Tonfall. „Würden Sie auch ausschließen, dass Ihr Mann vielleicht freiwillig aus dem Leben scheiden wollte?"

„Ein Selbstmord? Kurt? Nein, niemals! Warum auch? Er war beruflich erfolgreich, wir beide waren sehr glücklich miteinander, er war gesund, hatte keine Depressionen oder ähnliches. Also, warum hätte er sich umbringen sollen?"

Max nahm ihr Argument mit Beckers Gesundheit gleich auf.

„Wie wir gestern schon besprochen haben, würden wir uns gerne selbst davon überzeugen, dass bei Ihrem Mann gesundheitlich alles in Ordnung war. Würden Sie mir bitte die Telefonnummer von seinem Hausarzt geben?"

„Die weiß ich leider nicht auswendig. Übers Internet müsste man die aber leicht finden, er heißt Doktor Vitus Adler und hat seine Praxis in München-Schwabing."

„Danke, die Nummer der Praxis finden wir bestimmt heraus. Ein zweites bräuchten wir auch noch von Ihnen. Da wir von fast allen Passagieren, die gestern mit an Bord waren, weder Namen und Telefonnummern wissen, würden wir gerne auf allen Schiffen der *Navigarda*-Linie Plakate aufhängen und Flyer auslegen. Unter Umständen kommen wir so noch an weitere Infos zu gestern. Hätten Sie ein Foto von Ihrem Mann, das Sie uns mitgeben könnten?"

„Natürlich."

Sie schälte sich aus ihrer Decke, stand auf und holte aus der Diele ihre Handtasche. Darin suchte sie ihren Geldbeutel, in dem in eines der Kartensteckfächer ein Passfoto von ihrem Mann hineingeschoben war. Sie zog es heraus und reichte es Max.

„Hier, das ist erst im Herbst aufgenommen worden, als wir unsere Personalausweise erneuern mussten."

„Danke. Sie bekommen es natürlich so schnell wie möglich zurück."

Er gab das Foto an Emilio weiter, der es in seine Hemdtasche steckte und sich dann wieder Nina Becker zuwandte.

„*Signora* Becker, als Sie vorhin einen Selbstmord Ihres Mannes ausgeschlossen haben, führten Sie als einen der Gründe dafür seinen beruflichen Erfolg an. Inwieweit haben Sie Einblick in die wirtschaftlichen Verhältnisse der Firma Ihres Mannes?"

„In der Firma selbst bin ich relativ selten, aber Kurt hat mir immer sehr viel von seiner Arbeit erzählt. Demnach muss die Firma wirtschaftlich sehr gut dastehen."

Sie deutete auf die noble Wohnzimmer-Einrichtung.

„Sie sehen, dass wir uns schon einen gehobenen Lebensstandard leisten können."

„Wer außer Ihrem Mann kennt sich denn mit den Finanzen der Firma am besten aus?", hakte Max nach.

Sie stutzte ein wenig, erzählte dann aber, dass der Prokurist Heinrich Schaller so etwas wie ein Stellvertreter von Kurt war und ihn während seines Urlaubs regelmäßig in der Firma vertrat.

„Er hat außer Kurt sicher den besten Einblick in die wirtschaftlichen Verhältnisse der Firma. Ich habe übrigens heute Mittag mit ihm telefoniert, er weiß also schon Bescheid, dass er diesmal womöglich etwas länger für Kurt einspringen muss als sonst.“

Max wollte diese Informationen von ihr gleich aufgreifen, um eventuell etwas über ein Motiv für ein mögliches Verbrechen an Kurt Becker zu erfahren.

„Wie ist die Nachfolge in der Firma geregelt, wenn wir einmal vom schlimmsten Fall ausgehen?“

Nina Becker schluckte und konnte ihre Tränen nicht zurückhalten. Max wartete, bis sie sich mit einem Taschentuch die Tränen aus dem Gesicht gewischt hatte.

„Ich kann gut nachvollziehen, dass es Ihnen schwer fällt, darüber zu reden.“

„Nein, nein, es geht schon“, fiel sie ihm ins Wort. „Wie gesagt, was die Arbeit in der Firma angeht, ist nun in erster Linie Herr Schaller gefordert. Wenn Ihre Frage darauf abzielt, wer die Firma im Zweifelsfall erben würde, dann wird es Sie bestimmt nicht wundern, dass ich natürlich Alleinerbin meines Mannes wäre, weil wir keine Kinder haben und er zudem ein Einzelkind ist. Ob ich Schaller auf Dauer mit der Geschäftsführung betrauen würde, kann ich jetzt noch nicht sagen.“

Max verkniff sich die Frage nach einem notariellen Testament oder Ehevertrag, weil er sich diese Information ohnehin auf anderem Weg besorgen wollte. Nachdem auch Emilio für den Moment keine weiteren Fragen an sie hatte, verabschiedeten sie sich von ihr und brachen auf, nicht ohne ihr wiederum zu versprechen, sich sofort zu melden, falls es Neuigkeiten zum Verbleib ihres Mannes gäbe.

Als sie in seinen Dienstwagen eingestiegen waren, startete Emilio nicht sofort den Motor, sondern sah Max fragend an.

„Hätte ich ihr sagen sollen, dass die Suche nach ihrem Mann bereits endgültig eingestellt worden ist?“

„Nein, ich glaube nicht, dass das nötig war. So wie sie über seine Vertretung an seinem Arbeitsplatz gesprochen hat, geht sie wohl selbst längst davon aus, dass er nicht mehr zurückkommen wird. Als sie über die Nachfolge in der Firma geredet hat, wirkte sie auf mich schon sehr rational, in Bezug auf die finanziellen Verhältnisse aber eher etwas naiv, wenn sie ihrem Mann einfach alles geglaubt hat, was er ihr erzählt hat."

„Über seine Firma müssen wir uns auch noch einige Infos beschaffen."

„Richtig, aber nicht nur das. Ich vermute, dass es neben einem notariellen Testament auch einen notariellen Ehevertrag gibt. Darauf werde ich Wiggerl gleich morgen ansetzen. Solche Verträge und Verfügungen können oft sehr aufschlussreich sein."

„Dass Nina Becker Alleinerben wäre, macht sie aber nicht per se verdächtigt."

„Das sehe ich auch so."

Max saß auf dem Beifahrersitz und hatte sich zu Emilio herumgedreht. Deshalb sah er viel eher als der *Carabiniere*, dass sich ihrem Auto von hinten eine ältere Dame mit zwei Kindern näherte.

„Schau mal in den Rückspiegel, Emilio, das könnte die Frau von Monticelli sein, die da kommt."

„Stimmt, das Alter der Kinder von dreizehn und elf könnte passen."

Sofort ließ er das Fenster der Fahrertür herunter. Als die drei seinen Dienstwagen passierten, fragte er laut:

„*Signora* Monticelli?"

Die ältere Dame blieb stehen und sah den *Carabiniere* erstaunt an.

„Ja, das bin ich. Haben Sie hier auf mich gewartet?"

„Nein", antwortete ihr Emilio. „Aber wir waren vorhin bei Ihrem Mann und dabei erwähnte er, dass Sie mit Ihren beiden Enkelkindern beim Baden wären."

„Sie waren bei meinem Mann? Was ist denn passiert?"

„Ihrem Mann gar nichts. Könnten wir Sie kurz alleine sprechen?", fragte er mit Blick auf ihre beiden Enkel.

„Natürlich. Salvo, Enrico, lauft ihr schon mal zum *Nonno*, ich komme gleich nach."

Die beiden Buben stürmten sofort los und waren ganz schnell im Garten von ihrem Opa verschwunden. Emilio bat *Signora* Monticelli hinten einzusteigen, was sie nach kurzem

Zögern auch tat. Sie rutschte bis zur Mitte der Rückbank, während sich Emilio und Max auf den Vordersitzen soweit herumdrehten, dass sie *Signora* Monticelli mit Blickkontakt befragen konnten. Max ließ wieder Emilio den Vortritt.

„*Signora* Monticelli, wir waren bei Ihrem Mann, weil wir von ihm wissen wollten, was er gestern tagsüber gemacht hat."

„Gestern? Gestern hat er sich am Vormittag um den Garten gekümmert, während ich sofort nach dem Frühstück zum Einkaufen bin. Ich war rechtzeitig zum Kochen wieder zurück, nach dem Essen hatten wir eine lange Spielrunde mit meinen Enkeln, danach waren wir noch auf der *Piazza Vittorio Emanuele II.* beim Eis essen. Warum interessiert Sie das?"

Emilio schilderte ihr kurz die wichtigsten Fakten zum Verschwinden von Kurt Becker. Eufemia Monticelli legte die Stirn in Falten.

„Dafür kann ich Ihnen leider auch keine Erklärung liefern, ich habe Becker zuletzt am Freitagabend gesehen, als er sich wieder einmal mit meinem Mann heftig gestritten hat."

Max ging noch auf den ebenfalls verschwundenen Audi ein, auch in Bezug auf das Auto bestätigte *Signora* Monticelli die Aussage ihres Mannes.

„Vielen Dank, *Signora* Monticelli, dass Sie sich die Zeit genommen haben", meinte Max abschließend.

„Keine Ursache. Für *Signora* Becker hoffe ich, dass ihr Mann wieder auftaucht. Wissen Sie, mit ihr habe ich überhaupt kein Problem, aber nachdem unsere Männer ständig streiten, haben wir leider so gut wie keinen Kontakt. *Buonasera.*"

Sie stieg aus, warf die Tür hinter sich zu und marschierte die wenigen Meter zu ihrem Haus, ohne sich noch einmal umzudrehen.

„Mit ihrer Aussage hat sie die Angaben von ihrem Mann eindeutig bestätigt", resümierte Emilio.

„Ja, und so wie sie sich verhalten hat, hatte ich nicht den Eindruck, dass sie von ihrem Mann übers Handy von unserem Besuch informiert worden und für eine eventuelle Befragung instruiert worden ist."

„Eben, also hat Monticelli für die fragliche Zeit am gestrigen Vormittag ein Alibi."

„Außer er hat seine Enkel alleine gelassen, während seine Frau beim Einkaufen war. Aber so wie du gestern Abend schon gemeint hast, kann er eigentlich nicht selbst auf der *Vicenza* gewesen sein, denn das Risiko, von Frau Becker gesehen und erkannt zu werden, wäre doch riesengroß gewesen."

Emilio nickte.

„Also können wir bei ihm zumindest eine direkte Tatbeteiligung ausschließen, falls es überhaupt eine Tat gab. Für den Moment können wir hier nichts mehr ausrichten. Vielleicht kommen wir mit dem Fahrgast aus *Peschiera* weiter."

Er startete den Motor von seinem Dienstwagen, rollte langsam am Seeufer entlang, bog dann rechts in die *Viale Roma* ab und fuhr weiter bis zur *Via Gardesana*, um Richtung Süden in Richtung *Peschiera* zu fahren. Mittlerweile war es fast halb sechs und Max hatte schon wieder Hunger. Deshalb hielt Emilio noch in *Lazise* vor der *Bar Aurora*, die direkt an der Hauptstraße lag.

„Da drin war ich gestern und heute zum Frühstücken", erzählte Max. „Magst Du auch ein *Panino*, Emilio?"

„Nein danke, das Eis, das wir in *Garda* gegessen haben, reicht mir bis zum Abendessen."

Während sich Max seine Brotzeit holte, blieb Emilio im Auto sitzen und beobachtete den Verkehr auf der *Via Gardesana*. Wie an jedem Wochenende zwischen Frühjahr und Spätherbst reihte sich fast die ganze Zeit ein Auto an das andere, immer wieder waren auch Reisebusse dabei. Aufgrund des starken Verkehrs bestand für die Autofahrer kaum die Gefahr, wegen zu schnellen Fahrens geblitzt zu werden. Die am rechten Straßenrand in hellorange leuchtenden Säulen fest installierten Kameras zur Geschwindigkeitsüberwachung standen deshalb zumindest an diesem Tag beschäftigungslos am Eingang der jeweiligen Ortschaften entlang der *Via Gardesana*. Max kam mit einer Papiertüte und einer Dose Cola zurück und während er sofort begann, sein mit Schinken und Käse belegtes *Panino* zu verspeisen, steuerte Emilio seinen Dienstwagen südwärts. Ein Stück außerhalb von *Lazise* passierten sie zuerst einen Film-Erlebnispark und dann, kurz hinter dem kleinen Örtchen *Pacengo*, den größten Vergnügungspark Italiens. In *Peschiera* fuhren sie am Hafen vorbei bis zu der Adresse, die ihnen *Capitano* Rosaro gegeben hatte. Emilio hatte diese ins Navigationssystem seines Autos eingegeben, weshalb sie das Haus der Familie Cornali sofort fanden.

Agostino Cornali, der ihnen die Tür öffnete, hatte sie bereits erwartet.

„Wir gehen am besten in mein Büro, dann haben wir Ruhe, denn im Wohnzimmer toben immer noch die Kinder bei der Geburtstagsfeier von meinem Sohn herum."

Sie folgten ihm ins Souterrain, wo er sie an einem runden Tisch im Eck eines Büroraumes Platz nehmen ließ.

„Sind Sie Architekt?", fragte Max, als er die Büroausstattung sah.

„Ja, ich habe mich vor vier Jahren selbständig gemacht. Darf ich Ihnen etwas zu trinken anbieten?"

Max und Emilio lehnten dankend ab, der *Carabiniere* wollte gleich zur Sache kommen.

„Vom Cousin Ihrer Frau haben Sie schon erfahren, warum wir mit Ihnen sprechen wollen."

„Ja, Giulio hat mich angerufen und mir gesagt, dass Sie im Fall des verschwundenen Deutschen Untersuchungen anstellen."

„Das ist richtig. Sind Sie gestern hier in *Peschiera* an Bord gegangen?"

„Ja, ich wollte nach *Garda* fahren, um meiner Mutter im Garten zu helfen. Wissen Sie, mein Vater ist vor zwei Jahren gestorben und meine Mutter hat starke Rückenprobleme, so dass sie überhaupt nichts Schweres heben und die meisten Arbeiten im Garten nicht mehr erledigen kann."

„Wo sind Sie auf der *Vicenza* gesessen?"

„Ich bin nach dem Einsteigen sofort aufs Oberdeck und habe mich auf der rechten Seite relativ weit vorne hingesetzt. Das ist sozusagen mein Stammplatz, da sitze ich immer, wenn ich zu meiner Mutter fahre. Bei dem vielen Verkehr am Wochenende habe ich keine Lust, mich in den Dauerstau auf der *Via Gardesana* zu stellen, da fahre ich lieber mit dem Schiff, weil ich dann viel besser kalkulieren kann, wann ich in *Garda* ankomme."

„War bei der Fahrt gestern irgendetwas anders als sonst?"

„Nein, auf alle Fälle nicht bis zu dem Zeitpunkt, als *Capitano* di Salvo plötzlich die Motoren stoppte und sich zusammen mit der deutschen *Signora* auf die Suche nach deren Mann machte."

Nun schaltete sich auch Max in die Befragung ein.

„Haben Sie von der Abfahrt in *Lazise* bis zu dem Motorenstopp beobachtet, ob einer der Passagiere während der Fahrt nach unten gegangen ist?"

„Nein, dazu hätte ich mich schon zufällig genau zu dem Zeitpunkt umdrehen müssen, denn das hätte sich doch in meinem Rücken abgespielt. Gesehen habe ich allerdings, dass *Capitano* di Salvo kurz nach dem Ablegen in *Lazise* nach hinten gegangen ist, er war aber schon nach wenigen Minuten zurück."

„Ist von den anderen Besatzungsmitgliedern auch jemand nach unten gegangen?"

„Auch das kann ich Ihnen leider nicht genau sagen. Einer war auf alle Fälle die ganze Zeit auf der Brücke, was der dritte während der Fahrt gemacht hat, konnte ich nicht beobachten."

Emilio wollte noch einmal auf die Passagiere zurückkommen, um eventuell die Namen von weiteren Zeugen zu erfahren.

„Wie Sie uns erzählt haben, fahren Sie die Strecke öfters. Haben Sie einen der anderen Passagiere auf der *Vicenza* gekannt?"

Cornali legte die Stirn in Falten und überlegte.

„Es waren drei, die ich immer wieder einmal auf einem der Schiffe sehe. Zum einen zwei ältere Damen, die schon ein paar Mal mit mir zusammen in *Garda* ausgestiegen sind. Ich kann Ihnen allerdings nicht sagen, ob die in *Lazise* oder *Bardolino* zugestiegen sind, in *Peschiera* sicher nicht."

„Und der dritte?", fragte Max neugierig.

„Der könnte hier in *Peschiera* wohnen, weil ich ihn schon öfter beim Einsteigen gesehen habe. Er dürfte ungefähr so alt sein wie ich, also etwa Ende vierzig. Offenbar fährt er immer weiter als bis *Garda*, weil ich noch nie beobachtet habe, dass er vor mir oder mit mir ausgestiegen wäre."

Max hatte nach diesen Aussagen wenig Hoffnung, dass Cornali die Namen der drei kennen würde. Deshalb war er nicht überrascht, dass Cornali seine diesbezügliche Frage mit einem Kopfschütteln beantwortete.

Plötzlich flog die Tür auf und eine johlende Gruppe von Kindern jagte einem Jungen hinterher, der eine Papierkrone auf dem Kopf trug und als Erster in den Büroraum hereingestürzt war.

„Luca, ich habe euch doch gesagt, ihr sollt zum Spielen oben bleiben“, rief Cornali ernst. „Du weißt doch, dass mein Büro als Spielplatz tabu ist.“

So schnell, wie die tobenden Kinder hereingestürzt waren, genauso schnell waren sich auch wieder draußen, als sie das Geburtstagskind einmal quer durch das Büro gejagt hatten.

„Entschuldigen Sie die Störung, meine Herren.“

„Kein Problem“, meinte Max beschwichtigend und Emilio ergänzte, dass er ohnehin schon alle Fragen beantwortet hätte und sie keine weiteren hätten.

Nachdem sie sich von Cornali verabschiedet hatten, fuhren sie auf direktem Weg über die *Via Gardesana* wieder nach *Lazise* zurück.

„Viel hat es nicht gebracht“, seufzte Max. „Sein Hinweis auf den Fahrgast aus *Peschiera* nutzt uns gar nichts, solange wir den Namen nicht kennen.“

„Ich bin ohnehin davon ausgegangen, dass wir unabhängig von Cornalis Aussage die Aushänge auf den Schiffen brauchen werden.“

„Wie willst du das organisieren? Soll sich einer von uns morgen an den Anleger in *Lazise* stellen und jedes Schiff mit einem Plakat und ein paar Flyern versorgen?“

„Nein, so umständlich brauchen wir das nicht machen. Ein Schulfreund von Elisabetta, meiner Frau, arbeitet in der Geschäftsführung der *Navigarda*-Schifffahrtsgesellschaft, dem werde ich morgen Früh das fertige Plakat und den Flyer mailen. Er wird sich sicher darum kümmern, dass sie so schnell wie möglich auf allen Schiffen aufgehängt beziehungsweise ausgelegt werden.“

„Gut. Ich werde morgen Früh sofort versuchen, Beckers Arzt in München zu erreichen und dann meinen Kollegen Wiggerl losschicken, um Infos über die Firma und Becker selbst zu sammeln. Erkundigungen über ein Testament oder einen Ehevertrag kann er auch eher von Rosenheim aus anstellen.“

Als sie *Lazise* erreichten, fragte Emilio, ob er Max bei seiner Wohnung absetzen solle.

„Ja, gerne. Ich habe für heute Abend noch nichts geplant und will vor dem Abendessen auf alle Fälle noch heim.“

„Zum Abendessen muss ich dich heute leider alleine lassen. Ich habe Elisabetta versprochen, dass ich heute Abend zuhause bin, wenn sie schon fast das ganze Wochenende auf mich verzichten musste."

„Mach dir um mich keine Gedanken, Emilio. Ich habe kein Problem damit, auch einmal alleine zum Essen zu gehen."

„Bis morgen Früh auf dem Revier", rief ihm Emilio nach, als Max wenig später aus dem dunkelblauen *Fiat Bravo* stieg.

In seiner Wohnung setzte sich Max zuerst einmal auf den Balkon und blickte hinunter zum See. Die Sonne stand bereits ziemlich tief, deshalb blieb er sitzen, bis sie ganz untergegangen war, machte sich dann etwas frisch und marschierte los, um in einem der vielen *Ristoranti* von *Lazise* zum Abendessen zu gehen.

8

An seinem ersten offiziellen Arbeitstag in *Lazise* ging Max Hartinger wie an den beiden Tagen zuvor in die *Bar Aurora* zum Frühstücken. Als er hereinkam, wusste der *Barista* sofort, das er sich wieder einen *Cappuccino* und ein mit Vanillecreme gefülltes *Cornetto* bestellen würde. Es waren gerade nur zwei andere Gäste in der Bar, deswegen kam Max mit dem *Barista* schnell ins Gespräch. Da er am Samstag beim Frühstück erwähnt hatte, dass er nun vier Wochen bei den *Carabinieri* arbeiten würde, fragte ihn Sergio Cedro, der *Barista*, ob der deutsche Urlauber, der seit Samstag auf dem See vermisst wurde, inzwischen gefunden worden sei.

„Mein letzter Stand ist, dass er noch immer verschollen ist", entgegnete ihm Max. „Allerdings habe ich von den *Carabinieri* seit gestern Nachmittag keine neuen Nachrichten oder Infos erhalten. Wie haben Sie von diesem Unglücksfall erfahren?"

„So etwas spricht sich doch in einem kleinen Örtchen wie *Lazise* schnell herum. Ich habe bereits am Samstagabend davon gehört, als sich zwei Gäste hier darüber unterhielten, nachdem sie am *Porticciolo* den Menschenauflauf und den Rettungswagen des *Croce Rossa Italiana* gesehen hatten."

„War einer Ihrer Gäste auch als Passagier auf dem fraglichen Schiff?"

„Nein, davon habe ich nichts gehört, sie kamen wohl beide zufällig am Anleger vorbei und haben dort erfahren, was passiert war."

Max war froh, dass ihn Cedro nicht mit Fragen zu Beckers Verschwinden löcherte, Einzelheiten hätte er ihm ohnehin nicht erzählen dürfen.

Nach seinem Frühstück ging er nicht mehr zu seiner Wohnung zurück, sondern marschierte geradewegs die *Strada Provinciale* entlang bis zum Revier der *Carabinieri* in der *Via Salvo D'Acquisto*. Als er dort eintraf, war nur Ignazio Castellano, der ihn am Freitag am Bahnhof in *Verona* abgeholt hatte, anwesend. Er stand in der Küche und bereitete gerade die Kaffeemaschine vor.

„*Buongiorno* Max."

„*Buongiorno* Ignazio, hast du ein schönes Wochenende in *Rovereto* gehabt?"

„Ja, danke. Zum Glück gab es bei der Geburtstagsfeier keine Streitereien, das kommt sonst in der Familie meiner Frau zu solchen Anlässen immer wieder einmal vor. Wie war dein erstes Wochenende in *Lazise*? Hast du das schöne Wetter richtig ausgenutzt und bist am See in der Sonne gelegen?"

Max wunderte sich, dass Ignazio anscheinend noch nichts von ihrem Vermisstenfall wusste und stellte ihm deswegen eine Gegenfrage.

„Hast du seit Freitag keinen Kontakt mehr zu Emilio gehabt?"

„Nein, warum denn?"

Ignazio staunte nicht schlecht, als er hörte, mit was Max an seinem eigentlich freien Wochenende beschäftigt gewesen war.

„Emilio hat mich noch nicht darüber informiert, vielleicht weil er wusste, dass ich ohnehin das ganze Wochenende in *Rovereto* sein würde."

„Mit Arturo hat er auf alle Fälle schon gesprochen, weil er gestern dessen Dienst übernommen hat."

„Was hat er mit mir besprochen?"

Weder Ignazio noch Max hatten gehört, dass Arturo in ihrem Rücken in die Küche hereingekommen war.

„*Ciao* Arturo", antwortete ihm Ignazio. „Max hat mir gerade erzählt, was hier am Samstag vorgefallen ist und dass Emilio deswegen gestern an deiner Stelle im Dienst war."

„Ja, er hat mich am Samstagabend angerufen und mir das angeboten, da habe ich natürlich nicht Nein gesagt. Max, der Vermisste ist wohl immer noch nicht gefunden?"

Max kam nicht mehr dazu, ihm zu antworten, weil nun auch Emilio am Revier eingetroffen war und sofort vorschlug, dass sich das ganze Team fünf Minuten später zu einer Lagebesprechung in seinem Büro einfinden sollte.

„Ignazio, inzwischen kannst du Max zeigen, welchen Schreibtisch wir für ihn für die nächsten vier Wochen vorgesehen haben."

Emilio verschwand in seinem Büro schräg gegenüber der Küche, der zweite, etwas größere Büroraum lag direkt daneben. Am Fenster standen zwei Schreibtische, an denen sich Ignazio und Arturo gegenüber saßen. Seitlich war an diese beiden ein dritter Schreibtisch dazu geschoben, der wie die beiden anderen mit einem PC und ein wenig Büromaterial ausgestattet war. Hinter Arturos Platz hing eine große schwarz-weiße Fahne von Juventus Turin an der Wand. Max konnte sich ein Grinsen nicht verkneifen, als er die Fahne sah und an das Champions-League-Viertelfinale seines FC Bayern gegen Juventus in der abgelaufenen Saison dachte. Dieses Grinsen war Arturo nicht entgangen.

„Du bist bestimmt Bayern-Fan, Max. Sag nichts zu unserem Duell im April, ich weiß selbst, dass wir gegen euch letztlich chancenlos waren. Nachdem wir das Hinspiel nur 0:2 verloren hatten, war bei mir schon noch ein Fünkchen Hoffnung da, dass wir das Ergebnis im Rückspiel noch drehen können."

„Aber auch da haben wir dann 2:0 gegen euch gewonnen", jubilierte Max.

„Wenigstens sind wir gegen den späteren Champion ausgeschieden. Im Finale habe ich euch sogar die Daumen gedrückt, damit die Schwarz-Gelben den Pott nicht holen. Unsere Finalniederlage gegen die vor sechzehn Jahren ist immer noch wie ein Trauma für uns. Für mich war es das erste große Finale als Juve-Fan und ich wäre selbstverständlich gerne im Münchner Olympiastadion dabei gewesen, aber als Schüler habe ich mir diese Reise natürlich nicht leisten können."

Ignazio, der sich eher weniger für Fußball interessierte, unterbrach ihre Diskussion mit dem Hinweis, dass es an der Zeit war, zu Emilio hinüber zu gehen.

„Ihr könnt euch doch noch vier Wochen lang über eure Vereine auslassen."

Im Büro von Emilio stand außer dem Schreibtisch, einer Schrankwand und einem Bücherregal auch noch ein kleiner Tisch mit vier Stühlen. Dort nahmen die drei Platz, Emilio legte einige Unterlagen auf den Tisch und setzte sich dazu.

„Max, auch wenn du am Wochenende schon für uns im Einsatz warst, möchte ich dich heute noch ganz offiziell in unserem Team begrüßen. Ich denke, wir haben uns bei unseren Ermittlungen in den letzten zwei Tagen jeweils sehr gut ergänzt, deshalb freue ich mich umso mehr auf eine gute Zusammenarbeit in den kommenden vier Wochen."

„Ich danke euch für euren herzlichen Empfang und bin mir sicher, dass wir während meines Aufenthaltes hier erfolgreich zusammenarbeiten werden.“

Nach dieser Begrüßung wandte sich Emilio sofort ihrem aktuellen Fall zu. Damit alle auf dem gleichen Wissenstand waren, fasste er etwas ausführlicher zusammen, was am Samstag auf der *Vicenza* vorgefallen war, was sie von Nina Becker erfahren hatten, wie Kurt Beckers Auto plötzlich auch noch verschwunden war und welche Infos sie von der Schiffsbesatzung, von den direkten Nachbarn der Beckers sowie von einem in *Peschiera* wohnenden Fahrgast erhalten hatten.

„Aufgrund dieser Sachlage können wir im Moment auch noch nicht weiter eingrenzen, was auf dem Schiff passiert ist, es könnte also ein Verbrechen, ein Unfall oder auch ein selbst inszenierter Abgang gewesen sein. Nicht einmal einen Selbstmord können wir derzeit ausschließen.“

Max nickte zustimmend. Nachdem weder von Ignazio noch von Arturo Zwischenfragen kamen, fuhr Emilio fort.

„Die *Guardia Costiera* hat die Tauchgänge auf der Suche nach Kurt Becker mittlerweile eingestellt, da nach so langer Zeit ausgeschlossen ist, dass er im Wasser überlebt haben könnte. Wäre seine Leiche gefunden worden, wäre Beckers Verschwinden für uns sicher leichter zu klären. Aber da das nun nicht der Fall ist, müssen wir versuchen, auf anderem Weg Licht ins Dunkel zu bringen.“

Mit einem Kopfnicken spielte Emilio Max den Ball zu.

„Am einfachsten wäre es für uns natürlich, wenn einer der Passagiere beobachtet hätte, was passiert ist. Allerdings haben wir außer dem bereits erwähnten *Signore* aus *Peschiera* keine weiteren Fahrgast-Namen herausfinden können.“

Emilio klappte eine Aktenmappe auf, die er zuvor auf den Tisch gelegt hatte.

„Mir hat der Fall gestern Abend keine Ruhe gelassen, deshalb habe ich mich noch hingesetzt und mit dem Foto von Kurt Becker ein Plakat und einen Flyer erstellt. Beides habe ich sofort noch an die *Navigarda*-Geschäftsführung gemailt, sodass heute im Laufe des Tages alle Schiffe damit ausgestattet werden können.“

„Die Wahrscheinlichkeit, dass sich da jemand meldet, ist aber eher gering, oder?“, warf Ignazio ein.

„Stimmt", entgegnete ihm Emilio. „Trotzdem wollen wir es nicht unversucht lassen. Max hat aber auch noch weitere Ansatzpunkte."

Nun erzählte ihnen Max, dass er sich nach dieser Besprechung gleich mit seinem Rosenheimer Kollegen in Verbindung setzen würde. Er und Rocco, der im Austausch mit Max nun vier Wochen in Rosenheim eingesetzt war, sollten ausloten, ob es in Beckers Firma Hinweise gab, die auf ein mögliches Verbrechen schließen lassen würden.

„Auch die derzeitige wirtschaftliche Lage der Firma könnte für uns interessant sein. Außerdem sollen die zwei herausfinden, ob Kurt Becker ein Testament und einen Ehevertrag hatte und was darin gegebenenfalls festgelegt ist. Ich selbst werde mich bei Beckers Hausarzt in München erkundigen, wie es um seinen Gesundheitszustand bestellt war."

Die weiteren Aufgaben wurden von Emilio verteilt.

„Ignazio, du kannst dich mit der Firma Spontini Pile SpA in *Verona*, bei der Becker am Mittwoch einen Geschäftstermin hatte, in Verbindung setzen und klären, ob es bei diesem Termin oder generell in der Geschäftsbeziehung von Spontini Pile zu Beckers Firma irgendwelche Differenzen gegeben hat. Und du, Arturo, kümmerst dich bitte um die Fahndung nach dem Audi von Becker. Wie wichtig es für uns wäre, zu wissen, wo der abgeblieben ist, brauche ich wohl nicht zu erwähnen."

Max hatte noch einen Vorschlag.

„Was haltet ihr davon, auch die Besatzung der *Vicenza* einmal etwas genauer unter die Lupe zu nehmen? Schließlich war Becker für sie kein Unbekannter."

„Gute Idee, Max", stimmte Emilio sofort zu. „Ich selbst werde über Elisabettas Schulfreund, der in der *Navigarda*-Geschäftsführung sitzt, versuchen, etwas herauszufinden. Die Nachforschung, ob in unseren Archiven etwas über die drei zu finden ist, kannst auch du übernehmen, Arturo."

Er blickte auf seinen Notizzettel.

„Gut, dann haben wir vorerst wohl alle genügend zu tun. Lasst uns vielleicht gleich nach der Mittagspause zusammentragen, was wir bis dahin alles herausfinden konnten."

Zurück an seinem Schreibtisch suchte sich Max zuallererst übers Internet die Telefonnummer der Praxis von Dr. Adler in Schwabing heraus und griff sofort zum Telefon.

„Praxis Dr. Adler, Sie sprechen mit Susanne Köhler."

„Grüß Gott, Frau Köhler, hier ist Max Hartinger von der Kriminalpolizei in Rosenheim."

„Kripo? Ist unserem Doktor etwas passiert?", fragte sie erschrocken.

„Nein, nein, keine Sorge. Ich rufe an, weil ich kurz mit ihm sprechen müsste, aber an Ihrer Reaktion merke ich, dass er im Moment nicht in der Praxis ist."

„Richtig. Er macht heute Früh gleich einmal zwei Hausbesuche und wollte dann gegen neun hier sein. Kann ich Ihnen weiterhelfen?"

„Danke, das ist sehr nett von Ihnen, aber ich bräuchte eine Auskunft über einen seiner Patienten, deshalb müsste ich schon mit ihm selbst sprechen. Könnte er mich vielleicht zurückrufen, sobald er da ist?"

„Das kann ich ihm gerne ausrichten. Ich sehe Ihre Nummer auf dem Display, das ist aber nicht die Vorwahl von Rosenheim."

„Stimmt, ich befinde mich gerade auf dem Revier der *Carabinieri* von *Lazise*, wo ich im Moment für vier Wochen eingesetzt bin. Es handelt sich aber um einen deutschen Patienten von Dr. Adler."

„Verstehe. Ich habe mir die Nummer notiert, der Doktor wird Sie dann sobald wie möglich zurückrufen."

„Vielen Dank für Ihre Hilfe, Frau Köhler. Auf Wiederhören."

Max legte den Hörer erst gar nicht auf, sondern drückte nur auf die Gabel, wartete auf das Freizeichen und tippte dann die Nummer von seinem Kollegen in Rosenheim ein.

„Kriminalpolizei Rosenheim, Maler. Grüß Gott."

„*Ah, buongiorno commissario, tutto a posto?*", flötete Max mit hoher Stimme ins Telefon.

Ludwig Maler stutze einen Moment und lachte dann laut los.

„Max, du Depp, du weißt doch, dass ich kein Italienisch kann."

Max musste ebenfalls laut loslachen.

„Servus, Wiggerl, ich habe gedacht, du hast von Rocco heute schon einen Italienisch-Crashkurs bekommen."

„Nein, im Gegenteil, er hat eher von mir einen Bayerisch-Anfängerkurs bekommen, denn als ich vorhin mit ihm eine Runde durchs Haus gedreht habe, da hat er einige Kollegen überhaupt nicht verstanden. Er sitzt mir übrigens gegenüber, denn wir haben ihm natürlich deinen Schreibtisch gegeben. Wie hast du dich übers Wochenende in *Lazise* eingewöhnt?"

„Ganz gut, ich habe eine sehr gemütliche Wohnung. Aber viel Zeit zum Eingewöhnen war nicht, weil ich am Samstag gleich im Einsatz war."

Max erzählte ihm von dem verschollenen Münchner Unternehmer.

„Siehst du, Max", unterbrach ihn Wiggerl. „Ich habe dir erst am Donnerstag wieder gesagt, dass du die Verbrecher geradezu magisch anziehst."

„So ein Schmarrn", schoss Max lachend zurück. „Wir wissen doch noch nicht einmal, ob wirklich ein Verbrechen vorliegt."

Er hatte das ebenfalls verschwundene Auto von Becker noch nicht erwähnt gehabt und nachdem Wiggerl gehört hatte, dass der Audi auch weg war, klang er gleich etwas zurückhaltender.

„Das ist in der Tat merkwürdig. Ich gebe dir Recht, dass das Auto auch verschwunden ist, könnte nur ein Ablenkungsmanöver sein. Allerdings halte ich es nicht einmal für so unwahrscheinlich, dass er damit selbst abgehauen ist. Dann müsste er aber auf dem Schiff zumindest einen Helfer gehabt haben, der noch dazu ein guter Schauspieler ist, denn irgendwo auf dem Schiff müsste Becker doch versteckt gewesen sein, während ihn die Crew angeblich so intensiv gesucht hat."

„Nicht unbedingt. Vielleicht hat er sich auch in einem der Rettungsboote versteckt, ohne dass jemand von der Schiffsbesatzung darüber Bescheid wusste."

„Ich weiß nicht, Max, so eine Aktion unternimmt man doch nicht spontan, so etwas gehört doch wenigstens ein bisschen vorbereitet, besonders, wenn man es ohne fremde Hilfe durchziehen will. Weißt du, ob Becker in den Tagen davor schon einmal auf dem Schiff unterwegs war?"

„Explizit danach gefragt habe ich seine Frau nicht, aber nach allem, was wir bisher wissen, war das nicht der Fall."

„Das würde also dafür sprechen, dass ihm ein Besatzungsmitglied geholfen hat, sich zu verstecken und später unbemerkt an Land zu gehen."

„Das könnte schon sein, andererseits kommt er seit Jahren nach *Lazise* und war regelmäßig auf dem Schiff von Lorenzo di Salvo unterwegs, deswegen hätte er doch auch ohne spezielle

Vorbereitung in der letzten Woche wissen müssen, wo er sich auf dem Schiff spontan verstecken könnte. Aber dieses Raten bringt uns jetzt nicht weiter, wenn wir erst einmal genügend Informationen über ihn zusammengetragen haben, dann sehen wir bestimmt klarer."

„Ich habe hier nebenbei schon einmal die Fahrtroute gegoogelt. Nachdem die Firma ihren Sitz in Unterhaching hat, brauche ich nicht einmal nach München hinein, wenn ich mit Rocco gleich mal einen Ausflug mache und Beckers Prokuristen etwas über seinen Chef und die wirtschaftlichen Verhältnisse von dem Laden ausquetsche."

„Bestimmt kann dir dieser Schaller auch mit dem Namen von Beckers Anwalt weiterhelfen, dann hast du es auch leichter, dich nach seinem Testament und seinem Ehevertrag zu erkundigen."

„Genau, und was machst du, während ich hier arbeite? Liegst du am See rum?"

„Denkste! Zuerst einmal muss ich hier auf den Rückruf von Beckers Doc warten. Was dann kommt, hängt davon ab, was meine Kollegen inzwischen alles recherchieren konnten. Melde du dich auch sofort, sobald du etwas Neues über Becker herausgefunden hast."

„Klar, das mache ich natürlich."

„Gut, bis später. *Ciao.*"

„Servus, Max."

Während Max mit Wiggerl gesprochen hatte, war Ignazio plötzlich aufgesprungen, hatte nach seiner Jacke gegriffen, die über seiner Stuhllehne gehangen hatte, und war aus dem Büroraum gestürzt. Max hatte nur mitbekommen, dass zuvor Ignazios Telefon geklingelt und er nicht einmal eine Minute telefoniert hatte. Arturo war hinter seinem Kollegen her gelaufen, aber schon kurz darauf wieder an seinen Schreibtisch zurückgekehrt.

„Was war denn mit Ignazio los?", fragte Max, als er eingehängt hatte.

„Er hat einen Anruf vom *Ospedale Orlandi* in *Bussolengo* bekommen. Seine Frau ist dort vorhin mit einem gebrochenen Handgelenk eingeliefert worden."

„Ach Gott, die Arme. Was ist ihr denn passiert?"

„Anscheinend wollte sie vor der Schule noch schnell zum Einkaufen und ist beim Aussteigen aus dem Auto mit dem Fuß am Türschweller hängengeblieben, so dass sie zwangsläufig gestürzt ist. Unglücklicherweise ist sie wohl genau auf die rechte Hand gefallen. Ignazio ist natürlich sofort zu ihr ins Krankenhaus gefahren.“

„Wenn das meiner Chiara passiert wäre, hätte ich natürlich auch sofort alles stehen und liegen gelassen. Wo genau liegt denn *Bussolengo*?“

„In Richtung *Verona*, von hier aus sind es ungefähr elf Kilometer.“

Max dachte an ihre Lagebesprechung kurz zuvor.

„So schnell wird Ignazio sicher nicht zurückkommen. Die Recherche bei Spontini Pile in *Verona* werde ich deswegen an seiner Stelle übernehmen.“

„Gerne, damit ist Emilio bestimmt auch einverstanden.“

Da Arturo im Gegensatz zu dem nach Rosenheim entsandten Rocco nur wenige deutsche Wörter kannte, hatte er von dem, was Max am Telefon mit Wiggerl besprochen hatte, überhaupt nichts verstanden.

„Ist Rocco gut in Rosenheim angekommen?“

„Ja, er hat nur ein bisschen Probleme mit dem bayerischen Dialekt einiger Kollegen. Das kann ich gut nachvollziehen, ich habe bis heute Schwierigkeiten mit so manchem italienischen Dialekt, obwohl mein erster Italienischkurs mittlerweile schon fast sechsundzwanzig Jahre zurückliegt.“

„Was war der Anlass dafür?“

„Für meinen ersten Kurs?“

Arturo nickte.

„Schuld daran war ein roter Liebesapfel, mit dem Chiara eine klebrige Spur auf meinem T-Shirt hinterlassen hatte, als wir auf dem Oktoberfest aus Versehen zusammengestoßen sind. Als ich ihr zum ersten Mal in die Augen gesehen habe, habe ich es sofort gewusst: Sie, oder keine. Zum Glück ist es ihr ähnlich ergangen. Deshalb habe ich mich relativ schnell danach für einen Sprachkurs angemeldet und später hatte ich mit ihr dann eine hervorragende Privatlehrerin.“

Weil ihn Arturo ganz erwartungsvoll anblickte und sicher noch viele weitere Einzelheiten über die große Liebe seines

Gegenübers hören wollte, wechselte Max schnell wieder das Thema.

„Rocco und mein Kollege Wiggerl werden gleich aufbrechen und zu Beckers Firma fahren. Ich bin gespannt, ob deren wirtschaftliche Situation wirklich so rosig ist, wie uns das Nina Becker weißmachen wollte."

„Und ich werde jetzt prüfen, ob ich die Besatzungsmitglieder der *Vicenza* in unseren Archiven finde. Der Audi ist bisher weder irgendwo wieder aufgetaucht, noch anderweitig aufgefallen."

Max wandte sich dem PC zu, um nachzuforschen, was im Internet über Kurt Becker zu finden war. Als erstes stieß er auf die Homepage der BBA GmbH und war erstaunt über die große Produktvielfalt, die das Unternehmen anbot und von der großen Anzahl an Firmen, die als Referenzadressen genannt wurden, darunter sogar auch einige namhafte Automobilhersteller. Der kurze Überblick über die Historie der GmbH stimmte mit dem überein, was er bereits von Nina Becker gehört hatte. Max ging zurück zu den Suchergebnissen und fand mehrere Einträge zu Wohltätigkeitveranstaltungen, bei denen Kurt Becker als großzügiger Spender aufgetreten war. Außerdem waren er und seine Frau in einem Golfclub südlich von München aktiv, auch hier hatte Becker zu verschiedensten Anlässen großzügig gespendet. Als er schließlich einen Zeitungsartikel zum vierzigjährigen Firmenjubiläum vor drei Jahren las, klingelte sein Telefon. Am Display sah er sofort, dass es sich um eine Münchner Nummer handelte, weshalb er sich einfach nur mit Hartinger meldete.

„Guten Tag, Herr Hartinger. Hier ist Adler."

„Herr Doktor Adler, vielen Dank für Ihren schnellen Rückruf. Hat Ihnen Ihre Sprechstundenhilfe schon erzählt, worum es geht?"

„Ja, Sie wollen etwas über einen meiner Patienten wissen. Allerdings bin ich an die ärztliche Schweigepflicht gebunden und kann Ihnen Auskünfte nur mit dem Einverständnis meines Patienten geben."

„Diese Einverständniserklärung werden Sie von ihm aber wahrscheinlich nicht mehr bekommen können."

„Oh, das hört sich nicht gut an. Um wen geht es denn überhaupt?"

„Um Kurt Becker."
„Der Batterien-Becker?"
„Genau."
Max erklärte dem Arzt, warum er sich gerade in Italien aufhielt, was mit Adlers Patient an dessen Urlaubsdomizil am Gardasee passiert war und was ihm Nina Becker zum Gesundheitszustand ihres Mannes erzählt hatte.
„Das kann ich Ihnen bestätigen. Becker war erst zu einem großen Check bei mir, den er jährlich machen ließ. Das dürfte ungefähr Ende April oder Anfang Mai gewesen sein. Er war da topfit, es gab keinerlei Anzeichen für eine ernsthafte Erkrankung. Obwohl er seit Jahren ein ziemliches Arbeitspensum bewältigt und ganz gern einmal ein Gläschen getrunken hat, war aus medizinischer Sicht auch keine sonderlich erhöhte Herzinfarkt- oder Schlaganfallgefahr gegeben."
Max seufzte so laut, dass es gut durchs Telefon zu hören war.
„Seine gesundheitliche Verfassung kann demzufolge kein Anlass gewesen sein, um sich selbst etwas anzutun und er ist für mich, wenn ich mir diese Bemerkung erlauben darf, auch nicht der Typ, der seine Frau und seine Firma im Stich lässt und sich sonst wohin absetzt."
„Vielen Dank für Ihre Hilfe, Herr Doktor. Wir müssen also weiter im Nebel stochern auf der Suche nach der Ursache für sein Verschwinden."
„Dabei kann ich Ihnen leider nicht weiterhelfen, weil ich ihn nur als Patient kenne, privat hatten wir nichts miteinander zu tun."
„In Ordnung. Nochmals vielen Dank. Wiederhören."
Max legte auf, lehnte sich auf seinem Stuhl zurück und ließ sich das Telefonat noch einmal durch den Kopf gehen. Ein Selbstmord aus gesundheitlichen Gründen war also praktisch ausgeschlossen. Was mögliche wirtschaftliche Gründe dafür anging, musste er auf Nachrichten von seinem Rosenheimer Kollegen Wiggerl warten. Ein selbst inszeniertes Verschwinden hatte der Arzt auch für unmöglich gehalten, die Aussagekraft dieser Einschätzung aber selbst wieder abgeschwächt, als er feststellte, dass er mit Becker nur im Verhältnis Arzt zu Patient zu tun gehabt hatte.
„Im Grunde bin ich jetzt nicht viel schlauer als vorher", resümierte er.

Arturo starrte unterdessen wie gebannt auf seinen Bildschirm.

„Hast du schon etwas gefunden, Arturo?“

„Einiges. Maurizio Cascina ist ein völlig unbeschriebenes Blatt. *Capitano* di Salvo ist nur einmal auffällig geworden. Das war vor sechs Jahren, als er eine Anzeige wegen Betrugs am Hals hatte. Er hatte damals ein kleines Grundstück in der Nähe vom See verkauft, das der Käufer selbst bebauen wollte. Nicht lange nach dem Vertragsabschluss rückten auf dem Nachbargrundstück die Bagger an, um ein verhältnismäßig großes Hotel zu errichten. Der Käufer fühlte sich natürlich über den Tisch gezogen, weil er sein Häuschen nicht im Schatten eines großen Hotels bauen wollte. Letztlich konnte er aber di Salvo nicht nachweisen, dass er beim Verkauf des Grundstücks bereits etwas von den Hotelbauplänen gewusst hatte.“

„Das ist also insgesamt eher harmlos.“

„Richtig. Bei der Suche nach Graziano Olivieri bin ich allerdings gerade auf eine ganze Reihe von Einträgen gestoßen. Schon mit sechzehn ist er das erste Mal bei einer Schlägerei auffällig geworden, es folgten in den nächsten Jahren immer wieder Anzeigen wegen Körperverletzung. Dann war längere Zeit Ruhe, bis vor zwei Jahren.“

„Was hat er da angestellt?“

„Es wurde ihm vorgeworfen, einen bewaffneten Überfall auf einen Geldboten verübt zu haben.“

„Ist er dafür verurteilt worden?“

„Nein, er wurde freigesprochen. Ich habe hier gerade einen etwas ausführlicheren Bericht gelesen. Der Überfall ereignete sich auf einem Supermarkt-Parkplatz in *Peschiera*, als der Geldbote wie üblich am frühen Nachmittag den ersten Teil der Tageseinnahmen abgeholt hat. Auf dem kurzen Stück zwischen dem Hintereingang des Supermarktes und dem Geldtransporter stand dem Boten plötzlich ein maskierter und bewaffneter Mann gegenüber. Weil der Geldbote den Koffer mit den Einnahmen trotz der vorgehaltenen Waffe nicht sofort hergab, versuchte der Maskierte, ihm den Koffer zu entreißen. Es kam zu einem Handgemenge, bei dem beide stürzten. Der Geldbote musste deshalb den Koffer loslassen, konnte dem Räuber aber seine Maske fast vollständig vom Kopf reißen. Der wiederum sprang auf und rannte mit seiner Beute auf und davon, drehte sich im Weglaufen noch einmal um und schoss auf den Geldboten, der selbst auch gerade nach seiner Waffe griff, allerdings nicht mehr abdrücken konnte."

„Warum? Hat ihn der Räuber getroffen?"

„Ja, aber zum Glück nur in die Schulter. Bei einer Notoperation konnte die Kugel, die noch in der Wunde steckte, entfernt werden."

Arturo deutete auf seinen Bildschirm.

„Laut diesem Bericht hier hat er sich von der Verletzung auch relativ schnell wieder erholt."

„Er war doch sicher nicht allein unterwegs. Warum hat sein Kollege nicht eingegriffen?"

„Der zweite Bote saß wie üblich in dem Geldtransporter und hat angegeben, von dem Vorfall erst etwas bemerkt zu haben, als der Schuss fiel. Er ist sofort aus dem Transporter raus und hat hinter dem Flüchtenden her geschossen, musste dann aber in Deckung gehen, weil der andere mehrfach auch auf ihn feuerte. Eine Kugel schlug ganz knapp neben seinem Kopf in die Seite des Transporters ein. Der hat wirklich einen Schutzengel gehabt, es haben nur ein paar Zentimeter gefehlt, sonst wäre er mit Sicherheit tot gewesen."

„Wie kam man dann darauf, dass Olivieri der Maskierte gewesen sein könnte?"

„Nach der Operation wurde anhand der Aussage des Geldboten ein Phantombild angefertigt, das Graziano Olivieri sehr ähnlich sah. Weil er damals schon bei der *Navigarda* gearbeitet hat, haben ihn natürlich viele seiner Fahrgäste erkannt. Als die *Polizia di Stato* am Tag nach dem Überfall abends vor seiner Wohnungstür stand, ließ er sich widerstandslos festnehmen und hat sofort seine Unschuld beteuert."

„Wie ist er aus der Nummer wieder rausgekommen?"

Immer wieder blickte Arturo auf den Archiv-Eintrag, um kein wichtiges Detail zu vergessen.

„Einige Indizien sprachen gegen ihn. Er hatte an dem Tag frei, die Beschreibungen der Geldboten bezüglich der Größe und der Statur des Räubers passten exakt auf ihn und auch seine finanzielle Situation sah damals nicht gerade rosig aus, weil sich sein Frau im Jahr zuvor von ihm scheiden lassen hatte und er bei der Trennung, was das vorhandene Vermögen anging, ziemlich schlecht weggekommen war. Allerdings hatte er ein im wahrsten Sinne des Wortes wasserdichtes Alibi, das nicht widerlegt werden konnte. Ein Schulfreund von ihm, der ebenfalls in *Peschiera* wohnt, arbeitet dort als Fischer, deshalb hat er natürlich auch ein Boot, auf dem Olivieri nachweislich immer wieder mal mitfährt. Und dies war laut Aussage von seinem Freund, einem gewissen Ruggiero Bargello, auch am Tag des Überfalles der Fall gewesen. Wenn man mit einem Fischerboot weit draußen auf dem Wasser ist, kann man natürlich schlecht gleichzeitig einen Raubüberfall verüben."

Dem konnte Max nur zustimmen, sofort war er aber auch schon wieder einen Schritt weiter.

„Was heißt das jetzt für unseren Fall?", sagte er mehr zu sich selbst, als zu Arturo.

Der zuckte mit den Schultern.

„Ich weiß nicht, aufs Erste sehe ich da überhaupt keinen Zusammenhang. Selbst wenn Olivieris Alibi damals falsch gewesen sein sollte und er den Überfall tatsächlich verübt hat. Was sollte er für einen Nutzen daraus haben, Kurt Becker etwas anzutun? Wenn es ihm wieder nur ums Geld ginge und er ihn beispielsweise entführt hätte, warum hat dann weder Beckers Frau noch sonst irgendjemand eine Lösegeldforderung erhalten? Und Becker hatte auf dem Schiff doch bestimmt keine großen Geldbeträge dabei, so dass sich ein Überfall wohl auch kaum gelohnt hätte."

„Stimmt, denselben Schluss hätte ich jetzt auch daraus gezogen, Arturo. Solange wir nicht wissen, ob es eine andere Verbindung zwischen Becker und Olivieri gab oder welchen Nutzen er vom plötzlichen Verschwinden des Unternehmers haben würde, gibt es keinen Grund, ihn zu verdächtigen."

„Mit Ausnahme der Befragung von Beckers Geschäftspartnern in *Verona* hätten wir damit unsere Aufgaben erst einmal abgearbeitet", meinte Arturo. „Eigentlich könnten wir gleich wieder zu Emilio rübergehen."

„Das wollte ich auch vorschlagen. Aber selbst wenn er einverstanden ist, dass ich anstelle von Ignazio nach *Verona* fahre, gibt es da noch ein kleines Problem."

Max wartete nicht, bis ihn Arturo fragen konnte, auf was er hinauswollte, sondern er stand auf und ging in Emilios Büro hinüber. Arturo folgte ihm sofort.

„Emilio, hast du ein paar Minuten Zeit?"

„Ja, Max, setz dich nur. Und du natürlich auch, Arturo. Durch den Unfall von Ignazios Frau werden wir uns ein bisschen anders organisieren müssen, denn ich nehme an, Ignazio wird ein paar Tage zumindest zeitweise ausfallen. Ich weiß nicht, wie schnell er jemanden finden wird, der sich am Nachmittag um seine Kinder kümmert."

„Genau das wollte ich mit dir besprechen, Emilio. Wir haben uns schon am Samstag über meinen nicht vorhandenen Dienstausweis unterhalten. Ich würde gerne Ignazios Part bei Spontini Pile in *Verona* übernehmen. Allerdings glaube ich kaum, dass die mir so einfach Auskunft geben werden, wenn ich dort aufkreuze und mich nicht einmal ausweisen kann."

„Wir könnten doch auch zu zweit hinfahren", schlug Arturo vor. „Mit meinem Ausweis kommen wir rein und Max macht die Befragung, da kann ich sicher auch noch was dabei lernen."

Emilio schaute einen Moment lang etwas skeptisch, dann aber schien ihm der Vorschlag doch zu gefallen.

„In Ordnung, das ist wahrscheinlich keine schlechte Idee. Habt ihr schon ein paar nützliche Informationen zusammentragen können?"

Max fasste kurz zusammen, was er mit Wiggerl besprochen hatte und was ihm von Beckers Arzt über dessen Gesundheitszustand berichtet worden war.

„Gut, dann werden wir hoffentlich bald etwas von Rocco und Wiggerl hören."

Max musste sich ein Lachen verkneifen, weil sich ‚Wiggerl' mit italienischem Akzent für ihn furchtbar lustig anhörte. Emilio erzählte dann von seinem Telefonat.

„Ich habe vorhin mit Elisabettas Schulfreund Luca Girelli gesprochen. Arturo, ich nehme an, du hast auch schon etwas über den Raubüberfall auf den Geldboten in *Peschiera* gefunden."

„Ja, Max kennt die Einzelheiten auch schon. Was hat Girelli dazu gesagt?"

„Das Thema wurde natürlich in der *Navigarda*-Geschäftsführung intensiv diskutiert. Wäre Olivieri verurteilt worden, hätte man ihn selbstverständlich fristlos entlassen müssen, aber nach dem Freispruch gab es keinen Grund, warum er nicht mehr auf einem der Schiffe hätte arbeiten dürfen."

„Hätten ihm die Herren Geschäftsführer den Überfall zugetraut?“, wollte Max wissen.

„Seine Kollegen wurden zu seinem tagtäglichen Verhalten am Arbeitsplatz befragt. Sie haben ihn zwar als manchmal aufbrausend beschrieben, hielten sich aber mit Verdächtigungen, was die Tat anging, zurück. Letztlich blieb der Geschäftsführung genauso wie dem Richter nichts anderes übrig, als sich auf das Alibi zu verlassen. Bei di Salvo und Cascina waren sie dagegen voll des Lobes, beide arbeiten schon lange für die *Navigarda* und mit beiden hat es noch nie ein Problem gegeben.“

„Leider kommen wir damit keinen Schritt vorwärts. Arturo und ich, wir waren uns einig, dass wir aus der Geschichte mit dem Raubüberfall nicht schließen können, dass Olivieri etwas mit dem Fall Becker zu tun haben könnte.“

Auch Emilio stimmte dieser These von Max zu.

„Also warten wir jetzt zum einen darauf, was wir für Informationen aus Bayern bekommen, zum anderen müssen wir uns noch um diese Firma in *Verona* kümmern.“

Emilio hielt inne, weil aus dem anderen Büroraum plötzlich das Klingeln eines Telefons zu hören war. Er drückte die blinkende rote Taste an seinem eigenen Apparat und nahm das Gespräch an.

„*Pronto*, Sie sprechen mit *Maresciallo* Brentani.“

Als Emilio von seinem Gesprächspartner den Grund des Anrufes hörte, schaltete er sofort den Lautsprecher an seinem Telefon ein.

„Meine Kollegen sitzen gerade bei mir und können jetzt mithören.“

„In Ordnung, also dann fange ich noch einmal von vorne an. Ich bin *Vice Ispettore* Cornelio Spinto von der *Polizia Stradale* in *Ancona*. Wir haben soeben die Aufnahmen ausgewertet, die am Wochenende von den fest installierten Anlagen zur Geschwindigkeitsüberwachung geschossen worden sind. Dabei sind wir auf ein Foto von Samstagnacht gestoßen.“

„Der Audi“, entfuhr es Max ziemlich laut.

„Richtig, der von Ihnen zur Fahndung ausgeschriebene Audi wurde auf der Autobahn A14 am Samstag kurz vor Mitternacht zwischen *Ancona* und der Ausfahrt *Loreto – Porto Recanati* geblitzt. Auf diesem Streckenabschnitt gibt es aktuell wegen einer Baustelle eine Tempobegrenzung auf neunzig km/h, der Audi-Fahrer ist dort aber mit fast einhundertdreißig km/h durchgerauscht."

„Hat die Anlage ein schönes Foto geschossen?", fragte Emilio.

„Leider nicht, der Fahrer hatte sich genau in dem Moment der Aufnahme zur Seite weggedreht, deshalb ist von seinem Gesicht nicht sehr viel zu sehen."

„*Merda*", fluchte Emilio leise. „Dennoch könnten Sie es uns bitte sofort hierher schicken, vielleicht hilft es uns trotzdem weiter."

„Das mache ich sofort, ich habe hier die Mailadressen der Herren Brentani und Mazzurega."

„Bitte an Arturo Mazzurega, er sitzt mir gerade gegenüber und wird uns das Foto gleich ausdrucken. Vielen Dank für Ihre Unterstützung, *Vice Ispettore*."

„Gern geschehen. Meine Kollegen, die auch auf der Autobahn Streife fahren, werden die Augen offenhalten, aber ich befürchte, der gesuchte Wagen wird längst sehr viel weiter im Süden sein, wenn er überhaupt noch in Italien ist."

„Diese Befürchtung habe ich auch", stimmte ihm Emilio zu.

„Auf der A14 sind Richtung Süden immer wieder Blitzer-Anlagen installiert, vielleicht bekommen Sie auch noch von einer unserer anderen Dienststellen an dieser Strecke weitere Fotos geliefert, damit Sie eventuell anhand eines Fotos den Fahrer eindeutig identifizieren können und auch noch besser nachvollziehen können, wohin der Audi unterwegs war."

„Das wäre natürlich optimal."

Emilio verabschiedete sich von Spinto und auch Arturo und Max riefen laut „*grazie*" und „*ciao*", so dass es Spinto hören konnte. Arturo stand daraufhin sofort auf, um ins andere Büro hinüber zu gehen. Keine zwei Minuten später hatte er das Foto von dem rasenden Audi-Fahrer ausgedruckt. Leider war die Aufnahme noch schlechter als befürchtet. Wie von Spinto angekündigt, hatte der Fahrer den Kopf weit zur Seite gedreht, und weil es sich um eine Nachtaufnahme handelte, war das Foto so grobkörnig, dass vom Gesicht des Fahrers kaum etwas zu erkennen war.

„Das wird uns wahrscheinlich nicht viel weiterhelfen", seufzte Emilio und legte das Foto von Kurt Becker, das ihm dessen Frau mitgegeben hatte, daneben. „Es könnte Becker selbst sein, aber auch ein x-beliebiger Italiener mit schwarzen Haaren."

„Was willst du jetzt damit unternehmen?"; fragte Arturo seinen Chef.

„Ich werde mit dem Foto zu Nina Becker fahren, vielleicht kann sie eher als wir herausfinden, ob da ihr Mann drauf ist oder nicht. Wann wollt ihr nach *Verona* fahren?"

„Am besten gleich", schlug Max vor.

„Sollen wir nicht vorher dort anrufen und uns anmelden, nicht dass wir umsonst hinfahren?"

„Nein, Arturo", entgegnete ihm Max sofort. „Ich finde es viel besser, möglichst überraschend zu so einer Befragung aufzutauchen. Wenn der oder die Befragten sich nicht großartig vorbereiten können, sind die Antworten meiner Erfahrung nach spontan und unüberlegter und damit meist ehrlicher. Oder eine Falschaussage ist so offensichtlich, dass wir das relativ leicht nachvollziehen können."

Emilio stimmte Max zu.

„Fahrt einfach hin, irgendeiner von denjenigen, die letzte Woche mit Becker zusammengesessen und verhandelt haben, wird hoffentlich heute in der Firma anwesend sein. Ich will auch sofort zu *Signora* Becker fahren und werde wahrscheinlich relativ schnell wieder zurück sein. Stellt eure Telefone auf meins um, ich aktiviere dann bei meinem die Rufumleitung zu meinem Handy, dann erreichen mich auf alle Fälle sämtliche Anrufe."

Innerhalb der nächsten fünf Minuten hatten sich alle drei auf den Weg gemacht, um der Lösung des Rätsels um das mysteriöse Verschwinden von Kurt Becker wieder ein Stück näher zu kommen.

9

In *Verona* hatten Max und Arturo das Verwaltungsgebäude der Spontini Pile SpA schnell gefunden. Es lag etwas außerhalb des Stadtzentrums in einer Seitenstraße vom *Corso Venezia*. Der Pförtner ließ den dunkelblauen *Fiat Grande Punto* auf das Firmengelände fahren, nachdem ihm Arturo seinen Dienstausweis gezeigt hatte. Max und Arturo stiegen aus und gingen zum Pförtnerhäuschen zurück.

„*Buongiorno*, ich bin *Vice Brigadiere* Arturo Mazzurega aus *Lazise*, das hier ist mein Kollege Massimiliano. Wir müssen unbedingt die Herren der Geschäftsleitung sprechen."

Der Pförtner wirkte sofort etwas eingeschüchtert und Max dachte sich, dass Arturo sehr überzeugend gewirkt hatte. Nachdem er nochmals einen Blick auf Arturos Dienstausweis geworfen hatte, griff er sofort zum Telefonhörer.

„Ich werde Sie im Vorstandsbüro anmelden. Soviel ich weiß, sind im Moment alle drei Vorstände bei einer gemeinsamen Sitzung."

„Das passt doch", entgegnete ihm Arturo. „Dann können wir mit allen drei gleichzeitig sprechen."

Der Pförtner musste nur einen Augenblick warten, bis sich im Vorstandsbüro jemand meldete.

„*Ciao* Carola, hier ist Vicco. Wir haben Besuch von den *Carabinieri*, die Herren würden gerne unsere Vorstände kurz sprechen."

Er wartete die Antwort der Vorstandssekretärin ab und wurde dann etwas schroffer.

„Das ist mir schon klar, dass die eine wichtige Sitzung haben, aber ich kann die Herren *Carabinieri* doch nicht wieder wegschicken."

Max zupfte Arturo am Ärmel und flüsterte ihm ins Ohr:

„Sag ihm, dass sie womöglich wichtige Zeugen in einem Mordfall sein könnten. Das wirkt immer."

Arturo ging sogar noch einen Schritt weiter. Er deutete dem Pförtner an, dass er mit der Sekretärin selbst sprechen wolle. Weil der nicht sofort darauf reagierte, nahm er ihm schnurstracks den Hörer aus der Hand.

„*Buongiorno*, ich bin *Vice Brigadiere* Mazzurega. Bei Gefahr in Verzug können wir leider auf irgendwelche Sitzungen unserer Zeugen keine Rücksicht nehmen. Schon gar nicht bei einem Mordfall."

Max sollte Recht behalten. Mit dem Hinweis auf einen Mord war der Widerstand der Vorstandssekretärin sofort gebrochen. Zwei Minuten später saßen sie bereits in einem Besprechungszimmer neben dem Vorstandssekretariat. Dort mussten sie auch nicht länger als fünf Minuten warten, bis sie von der Sekretärin abgeholt wurden. In der Zwischenzeit hatten sie besprochen, dass Max von Anfang an die Befragung leiten sollte. Dabei gingen sie nicht davon aus, von den Vorständen noch einmal nach einem Dienstausweis gefragt zu werden. Die Sekretärin führte sie über einen breiten Flur zu einem größeren Sitzungsraum, der hinter einer dicken, schweren Holztür lag.

„Hier sind die Herren *Carabinieri* Mazzurega und Massimiliano", sagte sie nur kurz und war schon wieder bei der Tür draußen.

Die drei Vorstände saßen an einem großen, runden Tisch und hielten es nicht für nötig, aufzustehen, als ihr Besuch den Raum betrat. Deshalb gingen Max und Arturo direkt auf sie zu, schüttelten ihnen zur Begrüßung die Hände und setzten sich zu ihnen an den Tisch.

„Nun sind wir aber neugierig, was es Dringendes zu besprechen gibt, dass Sie hier so in unsere Sitzung hereinplatzen", sagte der in der Mitte sitzende und am ältesten wirkende der drei graumelierten Herren.

Wie vereinbart ließ Arturo nur Max reden.

„Verraten Sie uns bitte erst einmal Ihre Namen, damit wir Sie wenigstens persönlich ansprechen können."

Diese Bemerkung von Max trug nicht gerade dazu bei, die Atmosphäre zu entspannen, damit hatte er aber auch gar nicht gerechnet. Wieder ergriff der mittlere der drei Herren das Wort.

„Ich bin Davide Comotto, Vorstandssprecher der Spontini Pile SpA. Zu meiner Rechten, das ist unser Finanzchef Franco Casotti, und zu meiner Linken Barberino Piletta, unser Entwicklungsvorstand."

„Vielen Dank."

Max hielt sich wie so oft nicht mit langen Vorreden auf.
„*Signori*, wann haben Sie Ihren Geschäftspartner Kurt Becker aus München zuletzt gesehen?"
Comotto blickte nach links und nach rechts zu seinen beiden Vorstandskollegen und antwortete:
„Letzten Mittwoch. Wieso?"
„Um was ging es da?"
Wieder antwortete der Vorstandssprecher.
„Becker war hier zu einem lange vereinbarten Termin."
„Danach hat keiner von Ihnen Becker noch einmal gesehen?"
„Nein, keiner von uns", meinte Comotto etwas unwirsch.
„Würden Sie bitte Ihre Kollegen für sich selbst sprechen lassen, *Signor* Comotto?"
Piletta antwortete sofort.
„Ich habe ihn seitdem auch nicht mehr gesehen."
„Und ich auch nicht", schloss sich Casotti an. „Ist ihm etwas zugestoßen?"
„Das versuchen wir gerade herauszufinden."
Comotto legte die Stirn in Falten.
„Das müssen Sie uns genauer erklären."
Max erzählte so wenig wie möglich, aber so viel wie nötig von dem, was sich am Samstag auf dem Gardasee zugetragen hatte.
„Der Arme, hoffentlich klärt sich sein Schicksal schnell auf", seufzte Comotto. „Wie können wir Ihnen weiterhelfen?"
„Zuerst einmal könnten Sie uns erzählen, wie der Termin mit Becker am letzten Mittwoch abgelaufen ist."
„Das war eine ganz normale geschäftliche Besprechung. Wir beziehen von Beckers Firma schon lange Batterien und Akkus. Die bestehenden Lieferverträge laufen zur Jahresmitte aus, die neuen waren schon längst ausgehandelt und wurden letzte Woche dann von Becker und von mir hier in diesem Sitzungsraum unterzeichnet."
Piletta und Casotti nickten immer wieder zustimmend, während Comotto redete.
„*Signor* Comotto, welche Geschäfte betreiben Sie mit Ihrem Unternehmen?"
„Die Spontini Pile SpA hat von jeher zwei Geschäftszweige. Zum einen die Herstellung von Elektromotoren, zum anderen produzieren wir Batterien."

„Dann war Beckers Firma also ein Konkurrent für Sie?"

„Nein, ganz und gar nicht. Seine Firma stellt in erster Linie größere Batterien her, wie zum Beispiel Autobatterien, wir dagegen konzentrieren uns auf die kleineren, in normalen Haushalten benötigten Batterien. Für die Fälle, in denen wir unsere Elektromotoren zusammen mit der dazu notwendigen Stromversorgung über große Batterien oder Akkus vertreiben, werden diese über Fremdfirmen zugekauft und dabei war Becker schon seit vielen Jahren einer unserer Lieferanten."

„Nochmals zurück zum letzten Mittwoch. Außer der Vertragsunterzeichnung haben Sie mit Becker nichts besprochen oder vereinbart?"

„Natürlich haben wir uns über die geschäftliche Entwicklung unserer Unternehmen auch unterhalten. Aber außer den erwähnten Lieferverträgen wurde mit ihm nichts vereinbart."

„Wie war die Gesprächsatmosphäre?"

„Freundschaftlich wie immer."

Max fragte nicht sofort weiter. Arturo meinte schon, er hätte den Faden verloren, er aber setzte die Pause bewusst ein, weil er Comotto die Chance geben wollte, von sich aus über die Differenzen mit Kurt Becker bezüglich der Firmenübernahme zu berichten. Allerdings kam weder von ihm noch von den beiden anderen Vorständen ein Hinweis auf diese Meinungsverschiedenheit mit Becker.

„Ganz so freundschaftlich war die Atmosphäre unseren Erkenntnissen nach aber nicht mehr, als Sie ihn zum wiederholten Mal dazu drängten, Ihnen seine Firma zu verkaufen."

Comotto schluckte, Casotti rutschte plötzlich etwas unruhig auf seinem breiten Ledersessel hin und her, nur Piletta blieb ganz ruhig.

„Warum sind Sie so erpicht darauf, die BBA GmbH aufzukaufen?"

Diesmal ließ Comotto Franco Casotti den Vortritt.

„Die Integration der GmbH in unsere Aktiengesellschaft wäre für Kurt Becker nur mit Vorteilen verbunden, er hätte die finanzielle Stärke eines großen Konzerns hinter sich, würde damit neue Absatzmärkte erschließen und langfristig die Arbeitsplätze seiner Mitarbeiter sichern."

„Nur zu bestimmen hätte er in der Firma, die sein Vater gegründet hat, nichts mehr."

„Hat er das so gesagt?"

„Ich habe ihn bisher leider nicht persönlich kennen gelernt. *Signor* Casotti, Sie reden immer nur von der GmbH, was versprechen Sie sich selbst von dieser Übernahme?"

Casotti nickte Piletta zu, damit er die Antwort übernähme.

„Langfristig wäre es aus betriebswirtschaftlicher Sicht für uns sinnvoller, die von uns benötigten großen Batterien und Akkumulatoren selbst herzustellen. Und dabei wiederum käme es uns unterm Strich günstiger, eine am Markt erfolgreiche Herstellerfirma zu übernehmen, als den Aufbau einer eigenen Produktion zu stemmen. Das ist der ganze Hintergrund unseres Angebotes an Becker."

„Warum haben Sie sich nicht nach einem anderen passenden Unternehmen umgesehen, nachdem Becker Ihre Anfrage schon mehrfach abgelehnt hatte?"

„Das haben wir natürlich auch gemacht", antwortete Piletta und erntete dafür ein zustimmendes Kopfnicken seiner beiden Kollegen. „Aber keine der möglichen Firmen wäre für uns so passend gewesen wie die BBA GmbH."

„Wie sind Sie dann am Mittwoch mit Becker verblieben?"

Dieses Schlusswort ließ sich nun Comotto nicht nehmen.

„Ich habe ihn eindringlich gebeten, sich unser Angebot noch einmal durch den Kopf gehen zu lassen und sich diese Chance nicht aus einer Sentimentalität heraus entgehen zu lassen. Vor allem weil seine Intention, nämlich das Erbe seines Vaters langfristig zu sichern, damit eher sichergestellt wäre, als wenn er mit seiner GmbH weiterhin allein auf sich gestellt wäre."

„Bis wann sollte er sich entscheiden?"

„Ich habe ihm keinen Stichtag genannt, bis zu dem unser Angebot gültig wäre. Allerdings habe ich ihm schon zu verstehen gegeben, dass wir nicht ewig auf eine Antwort warten könnten, weil wir uns bei einer Absage seinerseits natürlich nach einem anderen potentiellen Übernahmekandidaten umsehen müssten."

„Hätte das für ihn auch bedeutet, dass er über kurz oder lang als Lieferant für Sie nicht mehr in Frage gekommen wäre?"

„Natürlich. Wenn wir große Batterien und Akkus selbst produzieren, brauchen wir seine nicht mehr. Das ist noch ein Grund, warum ein Verkauf der GmbH an uns sehr vorteilhaft für ihn wäre."

Was das geschäftliche anging, hatte Max genug gehört.

„Hatten Sie auch privat Kontakt zu Kurt Becker? Wie Sie sicher wissen, war er regelmäßig am *Lago di Garda* in Urlaub."

Alle drei schüttelten mit dem Kopf und Comotto übernahm wieder die Antwort.

„Wir wissen natürlich, dass er immer wieder in *Lazise* seinen Urlaub verbracht hat, schon allein weil er diese Aufenthalte häufiger dazu genutzt hat, zu uns zu kommen. Aber unsere Treffen waren immer rein geschäftlicher Natur."

„Beim ihm in *Lazise* waren Sie nie?"

„Nein, dazu gab es nie einen Anlass."

„Trifft das auch auf Sie beide zu?", fragte Max und sah dabei abwechselnd Piletta und Casotti an.

Beide nickten und Comotto ergänzte:

„Im Herbst letzten Jahres war ich auf Geschäftsreise in Deutschland. Bei der Rückfahrt habe ich in München Station gemacht und Kurt Becker am Sitz seiner Firma besucht. Das war das einzige Mal, dass ich ihn außerhalb von *Verona* getroffen habe."

Arturo hatte sich immer wieder Notizen gemacht. Max hatte vorerst keine weiteren Fragen und blickte deshalb seinen Kollegen an, aber der gab ihm mit einem leichten Kopfschütteln zu verstehen, dass auch er die drei Vorstände nichts mehr fragen wollte. Deshalb stand er auf und gab wieder allen die Hand.

„*Signori*, vielen Dank, dass Sie sich für uns Zeit genommen haben."

Wie bei der Begrüßung blieben die drei Vorstände sitzen, weshalb sich Arturo nur mit einem kurzen *„Arrivederci"* von Ihnen verabschiedete und mit Max den Sitzungsraum verließ.

„Hochnäsige Kerle", schimpfte er, kaum dass die schwere Tür hinter ihnen zugefallen war.

Bei ihrer Ankunft waren sie zu dem Sitzungssaal mit dem Aufzug in den dritten Stock hinaufgefahren, auf dem Rückweg zum Parkplatz hinunter nahmen sie nun die Treppe. Beim Hinuntergehen ließ sich Max das Gespräch noch einmal durch den Kopf gehen. Was die Vorstände über die geplante Übernahme erzählt hatten, passte nicht in allen Punkten mit dem überein, was Nina Becker zu dem Thema gewusst hatte. Unten stand der Pförtner gerade auf dem Parkplatz zwischen seinem

Häuschen und dem Haupteingang. Als er Max und Arturo die Treppe herunterkommen sah, hielt er ihnen die Tür auf.

„*Arrivederci Signori*“, rief er ihnen hinterher, als sie an ihm vorbeigingen.

„Das könnte durchaus sein“, murmelte Max leise.

„Wie bitte?“, fragte Arturo nach.

Max wartete, bis sie außer Hörweite des Pförtners waren.

„Ich habe auf sein ‚Auf Wiedersehen‘ gemeint, dass das durchaus sein könnte, denn ich bin nicht gerade überzeugt davon, dass uns die drei in allen Punkten die Wahrheit gesagt haben.“

„Warum?“

„Weil Nina Becker uns die geplante Firmenübernahme etwas anders dargestellt hat. Laut ihrer Aussage hat ihr Mann letzte Woche das Angebot genauso wie die vorangegangenen sofort ausgeschlagen. Nicht nur, weil er die von seinem Vater gegründete Firma im Familienbesitz halten wollte, sondern vor allem, weil er sich sicher war, dass die Veroneser im Grunde nur auf seine neuesten Patente scharf waren.“

„Was hat er denn erfunden?“

„Seine Firma hat eine Technologie entwickelt, um die in Elektroautos benötigten Batterien sehr leicht zu machen und sie mit einer erhöhten Speicherkapazität auszustatten. Außerdem hat er sich eine sehr leistungsfähige Schnellladestation für die Elektroauto-Batterien patentieren lassen.“

„Da steckt möglicherweise ein enormes Verkaufspotential dahinter.“

„Genau. Und das möchten sich die Herren von Spontini Pile anscheinend unter den Nagel reißen.

„Was bedeutet das jetzt für unsere Ermittlungen?“

Sie hatten mittlerweile auf dem Parkplatz ihren Dienstwagen erreicht und stiegen ein. Erst dann antwortete Max.

„Das Übernahmeangebot muss nicht unbedingt etwas mit Beckers Verschwinden zu tun haben. Vielleicht ist den drei Herren aus einem ganz anderen Grund nicht ganz wohl bei ihrem Angebot und sie sind deshalb nicht mit der Wahrheit rausgerückt.“

„Oder sie haben Becker entführt, um ihn so zur Unterschrift unter die Übernahmeverträge zu zwingen.“

Max schüttelte den Kopf.

„Das glaube ich nicht, so eine Unterschrift wäre doch vor jedem Gericht anfechtbar und außerdem würde Becker nach seiner Freilassung doch seine Entführer sofort wegen Kidnappings anzeigen."

Arturo sah ein, dass seine Idee nicht ganz plausibel war. Er startete den Motor und fuhr aus der Parklücke, wartete, bis der Pförtner, der inzwischen wieder in seinem Häuschen saß, die Schranke öffnete, verließ das Firmengelände und schlug den Rückweg Richtung *Lazise* ein. Eine ganze Weile sagte Max nichts und auch Arturo überlegte, welche Zusammenhänge zwischen dem Spontini Pile-Angebot und Beckers Verschwinden bestehen könnten. Immer wieder dachte er an eine Entführung. Sie hatten auf ihrer Rückfahrt bereits wieder die Brennerautobahn überquert, da brach Arturo schließlich das Schweigen.

„Du hast dich doch schon etwas mit der Batterien-Firma beschäftigt. Weißt du, wie weit die Vollmacht von Beckers Prokuristen reicht?"

„So viel weiß ich über die Firma noch nicht. Ich hoffe, das ändert sich im Laufe des Tages noch, wenn Wiggerl und Rocco sich bei uns melden, sobald sie aus Unterhaching zurück sind. Worauf wolltest du mit deiner Frage hinaus?"

„Wenn die Prokura so umfangreich ist, dass Schaller die Firma sogar verkaufen könnte, dann würde eine Entführung von Becker bei der Übernahme doch helfen. Er ist weg, Schaller unterschreibt die Verträge und sobald die Firma zu Spontini Pile gehört, taucht Becker wieder auf."

„Das kann ich mir nicht vorstellen, Arturo. So naiv können die in *Verona* doch nicht sein, die müssten doch damit rechnen, dass der Verdacht auf sie fallen könnte. Außerdem, was hätte Schaller von einem Verkauf? Er würde doch damit eventuell seinen eigenen Job wegrationalisieren."

„Und wenn er mit den Veronesern unter einer Decke steckt?"

„Ich glaube, du verrennst dich da bei deinen Gedanken an eine Entführung. Wenn es tatsächlich so wäre, dann hätten sie doch wenigstens pro forma eine Lösegeldforderung stellen müssen, damit man weiß, dass er gekidnappt wurde. Zudem glaube ich nicht, dass Schallers Prokura so weit reicht, um ihm damit sogar einen Verkauf der Firma zu ermöglichen, so eine Vollmacht wäre äußerst ungewöhnlich. Nina Becker hat übrigens erwähnt, dass sie sich noch nicht sicher ist, ob sie Schaller in seiner jetzigen Position belassen soll, falls ihr Mann tatsächlich ums Leben gekommen sein sollte und sie die Firma dann erben würde.“

„Sie geht also davon aus, dass sie im Zweifelsfall Alleinerbin wäre?“

„Ja, sie haben keine Kinder, er hat keine Geschwister. Also, wer sollte die Firma sonst erben? Aber auch dazu werden wir heute hoffentlich noch Infos von Wiggerl bekommen.“

Schließlich erreichten sie das Revier in *Lazise*. Emilio war von seinem Besuch bei *Signora* Becker schon längst wieder zurück und saß in seinem Büro am Schreibtisch.

„Was habt ihr in *Verona* erreicht?“

Max gab ihm eine kurze Zusammenfassung des Gesprächs mit den drei Spontini Pile-Vorständen und erzählte ihm auch, worüber sie bei der Rückfahrt diskutiert hatten.

„Eine Entführung? Das glaube ich nicht, denn da hätte doch längst eine Forderung der Kidnapper eingehen müssen.“

„Hat sich denn bei *Signora* Becker etwas Neues ergeben?“, fragte Arturo, der allmählich auch einsah, dass eine Entführung von Kurt Becker eher unwahrscheinlich war. „Hat sie ihren Mann auf dem Blitzer-Foto erkannt?“

„Nein, leider nicht. Sie meinte, dass er das auf dem Foto theoretisch schon sein könnte, aber da die Qualität des Fotos so schlecht ist, wollte sie sich nicht festlegen. Andererseits war sie aber auch nicht hundertprozentig überzeugt davon, dass er es nicht ist.“

„Also können wir mit dieser Aussage gar nichts anfangen“, seufzte Max.

„Eben, es bleibt uns nur die Hoffnung, dass der Audi-Fahrer noch einmal zu schnell an einer Geschwindigkeitsmessung vorbei ist und wir noch ein zweites Foto bekommen. Übrigens, kurz bevor ihr aus *Verona* zurückgekommen seid, hat sich Ignazio bei mir gemeldet.“

„Wie geht’s seiner Frau?“, fragten Max und Arturo gleichzeitig.

„Eleonora wird noch heute operiert. Ich habe ihm natürlich den ganzen Tag freigegeben. Wenn es bei ihr keine Komplikationen gibt, wird er wahrscheinlich morgen Vormittag wieder arbeiten. Wie es dann am Nachmittag aussehen wird, konnte er mir jetzt noch nicht sagen. Er ist auf alle Fälle dabei, die Betreuung für seine drei Kinder zu organisieren. Vorhin hat er gemeint, dass eventuell seine Schwiegermutter aus *Rovereto* für ein paar Tage herkommen könnte."

Max konnte von einem ähnlichen Fall aus seinem Bekanntenkreis erzählen.

„Selbst wenn Eleonora relativ schnell wieder aus dem Krankenhaus entlassen werden sollte und dann die drei Kinder am Nachmittag nicht alleine wären, wird sie noch lange eine Hilfe für den Haushalt brauchen. Wenn die kaputten Knochen wieder zusammengewachsen sind, geht's normalerweise sofort mit der Reha weiter. Bis sie die Hand wie gewohnt wieder benutzen kann, können Monate vergehen."

Emilio war über diese Bemerkung von Max nicht gerade glücklich.

„Da wird auf Ignazio zuhause sicher noch viel Arbeit zukommen, denn ich kann mir nicht vorstellen, dass seine Schwiegermutter monatelang dableiben wird."

Arturo sah das etwas nüchterner.

„Lasst uns doch erst einmal abwarten, wie heute die Operation verläuft und wie sich Eleonoras Gesundheitszustand in den nächsten Tagen entwickelt. Ignazio wird bestimmt morgen schon etwas dazu sagen können."

Damit sah auch Emilio das Thema vorerst als erledigt an und wollte sich wieder der Arbeit zuwenden.

„Max, wie sollen wir deiner Meinung nach nun weiter vorgehen? Was schlägst du vor?"

„Solange ich von Wiggerl nichts gehört habe, können wir auf der Schiene nichts weiter unternehmen. Obwohl ich immer noch keinen Anhaltspunkt dafür sehe, dass Spontini Pile mit unserem Fall etwas zu tun haben könnte, würde ich mich doch einmal ein bisschen schlau machen wollen über diesen Laden. Ich könnte im Internet recherchieren und du, Arturo, könntest wieder eure Archive durchforsten, ob die Firma insgesamt oder einer der drei Vorstände sich schon einmal etwas zu Schulden kommen lassen hat."

Arturo nickte und auch Emilio war damit einverstanden.

„Absehen davon wäre auch bald mal etwas zu Essen nicht schlecht."

„Typisch deutsch", lachte Emilio. „Bei uns würde um kurz vor zwölf noch keiner ans Mittagessen denken. Lasst uns doch in einer Stunde gemeinsam ins *La Barca* gehen."

„Gute Idee", stimmte ihm Arturo zu und berichtete Max, dass sie in der Mittagspause oft zusammen in die *Trattoria La Barca* gehen würden. „Es ist nicht weit zu laufen und man isst dort sehr gut und preiswert."

„Wo ist die *Trattoria*? Ich kann mich nicht erinnern, dass ich da in den letzten Tagen schon einmal vorbeigekommen wäre."

„Sie liegt in entgegengesetzter Richtung zu deiner Wohnung", erklärte ihm Emilio. „Man muss von hier aus die *Strada Provinciale* ortsauswärts laufen, nach ungefähr einhundert Metern ist auf der rechten Seite ein Gebäudekomplex mit einem Supermarkt, einer Apotheke, einer Bankfiliale und eben unserer *Trattoria*."

„Gut, dann gehen wir in einer Stunde da hin. Von mir aus auch schon in einer halben."

„Eine Stunde haben wir gesagt", konterte Emilio sofort mit einem Grinsen. „Wegen der halben Stunde wirst du schon nicht gleich verhungern. So, und jetzt wieder an die Arbeit."

Max lag zwar noch eine spitze Bemerkung auf der Zunge, die verkniff er sich aber, stand auf und ging mit Arturo in den zweiten Büroraum hinüber.

Bei seiner Internet-Recherche landete Max zuallererst auf der Spontini Pile-Homepage, die allerdings nicht auf dem aktuellsten Stand war. Bei mehreren Links zu untergeordneten Seiten kam der Hinweis, dass diese derzeit überarbeitet würden. Ein kleiner Abriss zur Firmengeschichte endete im Jahr 2005. Relativ aktuell schienen aber die Porträts der drei Vorstände zu sein, ausführlich wurde der Vorstandssprecher Davide Comotto vorgestellt. Comotto war dreiundsechzig und entstammte aus einer alteingesessenen Veroneser Familie. Der von seinem Großonkel Carlo gegründete Familienbetrieb war nach dessen Tod an dessen Sohn Gioacchino übergegangen. Unter Gioacchinos Leitung hatte die Firma eine rasante Entwicklung genommen, die schließlich in die Umfirmierung zur Spontini Pile SpA und den anschließenden Börsengang mündete. Da er selbst kinderlos war, hatte Gioacchino Comotto sein persönliches Aktienpaket zum größten Teil an seinen Neffen Davide weitervererbt, der die Aktien im Laufe der Jahre zwar teilweise veräußert, sich die Sperrminorität aber erhalten und so immer noch einen entscheidenden Einfluss auf die Geschäftsführung hatte, was nach außen hin auch durch die Position des Vorstandssprechers zum Ausdruck kam.

„Das sind für unseren Fall eher belanglose Infos“, sagte Max zu sich selbst und klickte das Bild des nächsten Vorstandsmitgliedes an.

Der Entwicklungsvorstand Barberino Piletta war südlich vom Gardasee, in dem kleinen Örtchen *Solferino* aufgewachsen, das 1859 durch die Entscheidungsschlacht im Sardischen Krieg zwischen dem Königreich Sardinien und dem Kaiserreich Österreich traurige Berühmtheit erlangt hatte. Piletta hatte sich vom Lehrling bis in den Vorstand nach oben gearbeitet, stand kurz vor seinem sechzigsten Geburtstag und gab als eines seiner Hobbies das Sammeln alter Autos an. Franco Casotti, der Finanzvorstand, war in zweierlei Hinsicht das jüngste Mitglied der dreiköpfigen Firmenleitung. Zum einen war er gerade einmal zweiundfünfzig, obwohl man ihn aufgrund seiner grauen Schläfen bestimmt auch auf sechzig schätzen konnte, zum anderen gehörte er erst seit vier Jahren dem Unternehmen und dem Vorstand an. Er war gebürtiger Neapolitaner und hatte bis zu seinem Eintritt bei Spontini Pile bei verschiedenen Firmen in Süditalien, vorwiegend in der Region Neapel, gearbeitet, die allem Anschein nach nichts mit der Batterien-Branche zu tun hatten. Damit war die Aussagekraft der Spontini Pile-Homepage erschöpft. Weil Arturo kommentarlos auf seinen Bildschirm starrte und sich offenbar noch immer auf der Suche nach den drei Vorständen durch die Kriminalarchive arbeitete, setzte auch Max seine Suche fort. Auf diversen Internetseiten stieß er auf Artikel der italienischen Wirtschaftspresse, in denen die geschäftliche Entwicklung des Elektromotoren- und Batterien-Herstellers in *Verona* meist lobend erwähnt wurde. Als er dann die einzelnen Namen der Vorstände eintippte, kamen sehr viele Suchergebnisse zutage. Allerdings wurden die Namen fast ausschließlich im Zusammenhang mit der Spontini Pile SpA erwähnt.

„Fehlanzeige“, sagte Arturo plötzlich laut, als Max gerade einen Zeitungsartikel über die Berufung von Franco Casotti in den Vorstand las.

Max schaute von seinem Bildschirm auf.

„Kein einziger Treffer?"

„Nein, ich habe überhaupt nichts gefunden, weder etwas über die drei Herren, noch über die Firma selbst. Vielleicht sind wir da doch auf dem völlig falschen Dampfer."

„So wie ich es vorhin im Auto schon erwähnt hatte. Wir haben keinen Anhaltspunkt dafür, dass die ihrem Geschäftspartner und Übernahmekandidaten etwas angetan haben."

„Und jetzt? Wie sollen wir jetzt weitermachen?"

„Ich hasse es, untätig rumzusitzen und zu warten, bis ich von jemand anderem wieder genügend Stoff geliefert bekomme, um selbst weiter ermitteln zu können. Aber in diesem Fall wird uns nichts anderes übrig bleiben. Also, warten wir weiter darauf, dass sich nach unserer Plakat- und Flyer-Aktion auf den Schiffen jemand meldet, dass der Audi noch einmal irgendwo auftaucht und dass Wiggerl und Rocco mit vielen Informationen über Beckers Firma und über Kurt Becker selbst aus Unterhaching zurückkommen."

Von der vereinbarten Stunde bis zum Mittagessen waren erst knapp fünfzig Minuten vergangen und der Magen von Max knurrte hörbar.

„Komm!", meinte Arturo. „Wenn es bei Emilio passt, können wir wirklich schon los."

„Ein sehr guter Vorschlag", freute sich Max und folgte Arturo ins Nebenzimmer.

Emilio kam ihnen bereits an der Tür entgegen.

„Von mir aus können wir jetzt schon los."

„Das gleiche wollte ich dir auch vorschlagen, Emilio. Wir sollten Max nicht noch länger hungern lassen."

Max setzte eine Leidensmiene auf und legte sich eine Hand auf den Bauch.

„Genau, mein Magen knurrt schon so laut, dass es uns bei der Arbeit stört. Aber eine dienstliche Frage habe ich noch, bevor wir gehen. Hast du das Foto von den Plakaten und dem Flyer auch einer Zeitung zur Verfügung gestellt?"

„Nein, noch nicht. Daran habe ich ehrlich gesagt gar nicht gedacht."

Emilio war es sichtlich peinlich, dass er die Möglichkeit, auch über die Zeitung an die Öffentlichkeit zu gehen, noch nicht in Betracht gezogen hatte. Andererseits zweifelte er aber auch daran, dass eine Veröffentlichung von Kurt Beckers Foto auf diesem Weg zum Erfolg führen würde.

„Ich glaube nicht, dass viele Touristen den *Corriere del Veneto* überhaupt lesen und die Einheimischen sollten wir doch über die Infos auf den Schiffen erreichen."

Arturo sah das etwas anders.

„Nicht unbedingt. Schließlich passierte der ganze Vorfall am Samstag, da könnte es doch durchaus sein, dass auch Fahrgäste aus der Region auf dem Schiff unterwegs waren, die nur zu einem Wochenendausflug am *Lago* waren."

„Damit hat er nicht ganz unrecht", stimmte ihm Max zu. „Hast du denn einen Kontakt zum *Corriere del Veneto*, Emilio?"

„Nein, aber es sollte trotzdem kein Problem sein, dort in der morgigen Ausgabe ein Foto von Becker zu platzieren. Ich kümmere mich gleich nach dem Mittagessen darum. Aber jetzt lasst uns gehen."

Der Weg bis zur *Trattoria La Barca* war wirklich sehr kurz. Obwohl sich die Ausfallstraße noch innerorts befand, nahmen es einige Autofahrer mit der vorgeschriebenen Höchstgeschwindigkeit nicht so genau und rauschten viel zu schnell an den beiden *Carabinieri* und Max vorbei.

„Es ist schon ziemlich dreist, direkt neben einem *Carabinere* in Uniform so aufs Gas zu steigen", dachte sich Max, der froh darum war, dass die *Strada Provinciale* in diesem Bereich wenigstens auf einer Straßenseite einen Gehsteig hatte.

In der *Trattoria* wurden Arturo und Emilio vom Inhaber Nino mit einem Handschlag begrüßt und auch Max wurde von ihm sehr herzlich empfangen.

„Sie sind also der Ersatz für Rocco, den sie für vier Wochen nach Deutschland geschickt haben. Hoffentlich haben Sie genauso einen großen Appetit wie er."

„Ganz bestimmt", lachte Arturo. „Wenn es nach Max gegangen wäre, dann säßen wir schon seit einer halben Stunde hier."

„Sehr gut, *Commissario*, solche Gäste mag ich."

Nino führte die drei zu einem freien Tisch und machte ihnen sogleich einen Vorschlag für ihr Mittagessen.

„Als *Primo* hätte ich heute ein *Risotto ai frutti di mare* oder *Tortellini di zucca* im Angebot, als *Secondo* entweder *Petto di faraona con ricotta* oder einen *Lavarello al forno con verdure*."

Während sich Arturo und Emilio für das Meeresfrüchte-*Risotto* und die gebackene Renke mit Gemüse entschieden, wollte Max die Kürbis-*Tortellini* und die mit *Ricotta* gefüllte Perlhuhnbrust probieren. Nino stellte ihnen sofort einen Korb mit frischem Weißbrot, zwei Flaschen *Acqua minerale* sowie eine Flasche *Vino bianco* auf den Tisch und verschwand mit ihrer Bestellung in der Küche. Neben der Tür zur Küche hing hinter der Bar ein Poster einer Fußballmannschaft. Max konnte auf Anhieb nicht erkennen, um was für einen Verein es sich handelte.

„Das ist Ninos und mein Lieblingsverein *Chievo Verona*", erklärte ihm Emilio.

Max verfolgte zwar ein wenig die *Seria A*, die oberste italienische Fußballliga, schon allein weil er sich mit seinem Schwager Francesco, einem Fan von *AS Roma*, immer wieder hitzige Fußballdiskussionen lieferte, aber über den neben *Hellas Verona* zweiten Profiverein aus der Hauptstadt der Region war er weniger informiert.

„Auf welchem Tabellenplatz habt ihr die Saison beendet?", fragte er und umging damit die Frage, ob *Chievo* in der abgelaufenen Saison eventuell in der zweiten Liga spielen musste.

„Wir hatten wie in den letzten Jahren unseren gesicherten Platz im Mittelfeld und sind schließlich zwölfter geworden."

„Gehst du manchmal auch ins Stadion?"

„Eher selten. Aber für die nächste Saison habe ich das fest eingeplant, schließlich gibt es dann endlich wieder einmal ein Stadtderby gegen *Hellas Verona*, die haben nämlich nach zwölf Jahren in der zweiten Liga diesmal den Aufstieg geschafft."

„So lange waren die nicht in der *Seria A*? Bei uns in Deutschland ist gerade den älteren Fußballfans immer noch eher *Hellas* ein Begriff. Das kommt daher, dass in den achtziger Jahren Hans-Peter Briegel, einer unsere Nationalspieler, dort gespielt hat und mit *Hellas* 1985 sogar italienischer Meister geworden ist."

„Ja, den kenne ich natürlich auch noch, obwohl ich mich damals noch nicht so intensiv für Fußball interessiert habe", erinnerte sich Emilio. „Chievo kickte zu der Zeit noch in der vierten Liga."

„Ich muss zugeben, dass ich *Chievo* nicht so verfolge. Seit wann seid ihr jetzt schon in der *Seria A*?"

„Wir sind 2001 zum ersten Mal aufgestiegen und wurden in der ersten Saison gleich fünfter. Vor sechs Jahren hat es uns dann leider erwischt und wir mussten absteigen, wir waren aber nach einem Jahr schon wieder oben."

„Dann ward ihr ja genauso schnell wie Juve", meinte Max mit Blick auf Arturo süffisant.

„Ach, hör mir bloß damit auf, an dieses dunkle Kapitel meines Vereins will ich nicht mehr erinnert werden."

Juventus Turin waren 2006 aufgrund eines Manipulationsskandals zwei italienische Meisterschaften aberkannt und die Mannschaft zusätzlich in die zweite Liga strafversetzt worden, im Jahr darauf folgte aber der direkte Wiederaufstieg. Max kam nicht mehr dazu, noch einen Kommentar zu dem Skandal loszulassen, weil sein Handy einmal klingelte.

„Eine SMS von Wiggerl", stellte er fest und las seinen beiden Kollegen den Text laut vor. „Haben in der Firma ein paar interessante Infos bekommen, sind jetzt in der Kanzlei von Beckers Anwalt. Melde mich später. Wiggerl."

Emilio hielt sich mit einer Antwort darauf zurück, weil Nino gerade zu ihrem Tisch kam und ihnen den ersten Gang servierte.

„Buon appetito, Signori!"

Schon nach der ersten Gabel schwärmten Arturo und Emilio von ihrem *Risotto* und auch die *Tortellini* von Max waren köstlich.

„Sara hat sich wieder einmal selbst übertroffen", lobte Arturo die Kochkünste von Ninos Frau und Emilio ergänzte:

„Jetzt weißt du, warum wir hier so gerne zum Mittagessen herkommen, Max."

Der nickte nur, weil er gerade den Mund voll hatte. Die Pause nach dem ersten Gang nutzte Emilio, um auf die SMS von Wiggerl zurückzukommen.

„Wie soll ich den Kommentar von ihm einschätzen?"

„Er sieht in den Informationen, die sie dort erhalten haben, sicher einen Ansatzpunkt für weitere Ermittlungen, wenn nicht sogar ein mögliches Motiv für Beckers Verschwinden, denn Wiggerl neigt in der Hinsicht nicht zum Übertreiben."

„Und der Besuch beim Anwalt könnte deine Vermutung bestätigen, dass es sowohl ein Testament als auch einen Ehevertrag gibt."

„Richtig, Emilio. Wiggerl wird uns bestimmt auch nicht länger als notwendig auf die Folter spannen, ich bin mir ziemlich sicher, dass er mich sofort anrufen wird, sobald er mit Rocco die Anwaltskanzlei verlassen hat und wieder im Auto sitzt. Inzwischen können wir es uns hier weiter gutgehen lassen", ergänzte er, weil er sah, dass Nino mit ihrem Hauptgericht auf sie zukam.

Auch die Perlhuhnbrust und die gebackene Renke waren Sara hervorragend gelungen.

„Magst du keinen Fisch, Max?", fragte Arturo.

„Doch, sehr gerne sogar. Meine Frau Chiara ist schließlich Italienerin, da hätte ich schon ein gewaltiges Problem mit ihren Vorlieben beim Kochen, wenn ich keinen Fisch mögen würde. Aber heute hat mich eher das kleine Vögelchen hier angelacht", grinste er und schob sich den nächsten Bissen Fleisch in den Mund.

Arturo erzählte, dass Ninos Bruder am Gardasee als Fischer arbeiten würde.

„Deswegen kommt der Fisch hier immer ganz frisch aus dem See auf den Tisch."

„Ich mag die Renken am liebsten frisch geräuchert. Von Rosenheim aus ist es nicht weit bis zum Chiemsee, dem größten See in Bayern. Wenn wir dorthin einen Ausflug machen, bringen wir uns immer eine mit. Auf der Fraueninsel im Chiemsee leben noch einige Berufsfischer, die die frisch gefangenen Renken in ihren eigenen Räucherkammern räuchern und dann im Straßenverkauf anbieten. Frischer geht's wirklich nicht."

Als sie fast fertig waren, kam Sara zusammen mit Nino zu ihnen an den Tisch.

„Ich habe gehört, wir haben seit heute einen neuen Stammgast."

„Ja, auch wenn es nur für vier Wochen ist. Kompliment für das Essen, es war wirklich hervorragend."

„Vielen Dank, *Commissario*."

Max streckte ihr die Hand entgegen.

„Den *Commissario* kannst du aber gerne weglassen, Sara. Und du natürlich auch, Nino."

„Darauf sollten wir anstoßen", erwiderte der Inhaber der *Trattoria*.

Erst jetzt sah Max, dass Nino bereits mit einer Flasche *Grappa* in der einen und fünf Gläschen in der anderen Hand bereitstand. Schnell war fünfmal eingeschenkt.

„*Salute*, auf unseren neuen Gast."

„Auf die Meisterin der Kochkunst", erwiderte Max.

„*Grazie* Max", bedankte sie sich.

„Eigentlich sieht sie überhaupt nicht aus wie eine typische Köchin", dachte er sich.

Sara war sehr schlank und mit ihren langen dunklen Haaren, die zu einem Pferdeschwanz zusammengebunden waren, hatte sie sogar eine gewisse Ähnlichkeit mit Chiara. Nach der Runde *Grappa* ging sie wieder in die Küche zurück, für die drei Gäste folgte noch ein *Espresso*, dann machten auch sie sich auf den Weg zurück zu ihrem Arbeitsplatz, gespannt darauf, welche Neuigkeiten sie zu ihrem Fall bald aus Bayern hören sollten.

10

Max und die beiden *Carabinieri* waren noch nicht lange auf dem Revier zurück, da klingelte bereits das Telefon von Max. Auf dem Display sah er sofort, dass vom Handy seines Kollegen Wiggerl aus angerufen wurde.

„Servus, Wiggerl, nun bin ich aber gespannt, was ihr herausgefunden habt."

„Servus, Max. Rocco und ich, wir kommen gerade aus der Kanzlei von Kurt Beckers Anwalt und machen uns jetzt auf den Rückweg nach Rosenheim."

Arturo und Emilio, die neben dem Schreibtisch von Max gestanden waren, als das Telefon geklingelt hatte, waren natürlich genauso neugierig darauf, zu erfahren, welche neuen Erkenntnisse zu ihrem Fall es nun geben würde, aber da sie beide kein Deutsch verstanden, hätte es keinen Sinn gehabt, wenn Max den Lautsprecher seines Telefons eingeschaltet hätte. So blieb ihnen nichts anderes übrig, als darauf zu warten, dass Max sein Telefonat mit seinem Kollegen beenden und ihnen dann in allen Einzelheiten erzählen würde, was es für Neuigkeiten gab.

„Dann schieß mal los, Wiggerl. Mit wem konntet ihr in der Firma sprechen?"

„Zuerst haben wir natürlich nach Heinrich Schaller gefragt. Er hatte gerade eine Konferenz mit zwei Abteilungsdirektoren, die bilden praktisch mit ihm und Becker selbst das Führungsquartett der Firma. Wir konnten uns mit allen dreien unterhalten, zusätzlich hat uns Schaller dann auch noch Beckers Chefsekretärin, eine gewisse Isabella Miller, vorgestellt."

„Sehr gut, der Vorzimmerdrachen vom Chef weiß meist über die Interna am besten Bescheid."

„Stimmt, aber von einem Drachen würde ich in diesem Fall eher nicht sprechen, sie war sehr nett und auch äußerst auskunftsfreudig."

„Wie ist generell die Stimmung in der Firma?"

„Man hat schon gemerkt, dass aufgrund des ungeklärten Schicksals vom Chef eine ziemlich gedrückte Atmosphäre herrschte. Besonders die Miller hat das anscheinend sehr getroffen, dass der Chef eventuell nicht mehr zurückkommen wird. Sie hatte teilweise schon Probleme, die Tränen zurückzuhalten und wir hatten nicht den Eindruck, dass dieses Entsetzen über Beckers Verschwinden nur gespielt war."

„Und was habt ihr nun konkret an Fakten erfahren?"

„Heinrich Schaller war voll des Lobes für seinen Chef, was dessen Frau angeht, äußerte er sich aber eher etwas zurückhaltend. Trotzdem geht er fest davon aus, dass ihm die Firmenleitung übertragen würde, falls Becker tatsächlich nicht mehr zurückkommen sollte. Die beiden Abteilungsdirektoren, die wir auch einzeln befragt haben, erwarten, dass sich für sie vorerst an ihrem Job nichts ändert, unabhängig davon, ob Becker noch einmal auftaucht oder nicht."

„Wie haben sich die drei zur wirtschaftlichen Situation des Unternehmens geäußert?"

„Die beiden Direktoren haben jeweils nur für ihren Bereich gesprochen, demnach ist die wirtschaftliche Lage sehr gut, die Absatzzahlen der Batterien steigen seit Jahren kontinuierlich und insbesondere von den erst kürzlich patentierten, neuartigen Batterien für Elektroautos und den dazugehörigen Schnellladestationen versprechen sie sich für die nächsten Jahre geradezu explodierende Absatzzahlen."

„Ist Schaller da der gleichen Meinung?"

„Für die nähere Zukunft hat er genauso positive Erwartungen, allerdings hat er die Entwicklung der letzten Jahre schon etwas differenzierter dargestellt. Absatzzahlen und Gewinne haben sich wohl nicht die ganze Zeit parallel nach oben entwickelt, in einzelnen Jahren ist der Unternehmensgewinn sogar erheblich gesunken, ohne dass Schaller dafür eine plausible Erklärung hatte."

Plötzlich machte er eine Pause, um dann loszuschimpfen:

„Jetzt lass mich halt endlich rüber, du Depp."

Max lachte laut auf.

„Wiggerl, was ist denn los?"

„Ach, ich blink schon ewig, weil ich die Spur wechseln muss und dieser Sturkopf neben mir macht keinen Zentimeter Platz. Zum Glück sind wir gleich aus der Stadt draußen und auf der Autobahn."

„*Stronzo*", hörte Max nun auch Rocco im Hintergrund schimpfen.

Er wartete solange, bis er das regelmäßige Klicken des Blinkers nicht mehr hörte.

„Also, zurück zum Thema, Wiggerl. Was meinst du, warum hat sich Schaller nicht ausführlicher zu der für ihn nicht plausiblen Geschäftsentwicklung ausgelassen? Wollte der was verschweigen?“

„Nein, Max, das kann ich mir nicht vorstellen. Wenn er etwas zu vertuschen hätte, dann hätte er uns doch nicht selbst darauf aufmerksam gemacht und die Geschäftsunterlagen hätte er uns erst recht nicht freiwillig mitgegeben.“

„Sehr gut, die Einsichtnahme in die Geschäftsunterlagen wollte ich jetzt nämlich vorschlagen. Wie viel hast du mitgenommen?“

„Acht Ordner und einige CD-ROMs.“

„Die soll sich am besten der Moschner aus dem zweiten Stock mal genauer ansehen.“

Der Kollege Moschner gehörte zum Landeskriminalamt, hatte aber im Polizeipräsidium Rosenheim einen ausgelagerten Schreibtisch. Max und Wiggerl zogen ihn immer wieder zu Rate, wenn es bei ihren Ermittlungen notwendig war, Unternehmens- oder Bankunterlagen genauer unter die Lupe zu nehmen.

„An den habe ich natürlich auch gleich gedacht, Max, aber ich glaube nicht, dass sich Rocco diesen Job nehmen lässt.“

„Rocco? Ja hat er denn Erfahrung mit solchen Dingen?“

„Natürlich habe ich die“, ertönte es etwas forsch aus dem Hintergrund.

Max hatte völlig vergessen, dass Rocco natürlich über die Freisprechanlage mithören konnte.

„Entschuldige, Rocco, ich wollte auf keinen Fall deine Qualifikation in Frage stellen.“

Bevor Rocco etwas darauf erwidern konnte, erzählte Wiggerl, was er selbst auf der Fahrt von Beckers Firma zu dessen Anwalt erst von Rocco erfahren hatte. Dieser hatte nämlich nach seiner Ausbildung ein ganzes Jahr im Dezernat für Wirtschaftskriminalität in *Verona* gearbeitet und war in dieser Zeit immer wieder mit Betrügereien, Unterschlagungen oder Steuerhinterziehungen beschäftigt gewesen. Er war also geradezu prädestiniert dafür, die Unterlagen, die ihnen Schaller mitgegeben hatte, genauestens unter die Lupe zu nehmen.

„Dann haben dir die Italiener wirklich den absolut passenden Mann zur Verstärkung nach Rosenheim geschickt", stellte Max fest.

„Stimmt. Die Unterlagen der Firmenkonten hat uns Beckers Sekretärin zusammengesucht und mitgegeben, nur bei den Unterlagen zu seinen privaten Konten stieß auch die Miller an ihre Grenzen, weil er nämlich nichts davon in seinem Büro aufbewahrt hat."

„Das sollte aber kein Problem sein, noch an die privaten Bankunterlagen zu kommen, wenn es notwendig sein sollte."

„Eben. Ich habe mit Rocco schon besprochen, dass er sich heute Nachmittag gleich über die Unterlagen der Firma hermacht. Die Einsichtnahme in Beckers Privatkonten halte ich auf alle Fälle für notwendig, auch wenn sich bei den Firmenunterlagen keine Auffälligkeiten ergeben sollten. Solange ihr in *Lazise* noch derart im Nebel herumstochert, müssen wir doch alle erdenklichen Informationsquellen ausschöpfen."

Wieder machte Wiggerl eine Pause, dann hörte Max, wie er zu Rocco gewandt weitersprach.

„Gleich kommen wir an die Stelle, von der aus man zum ersten Mal einen grandiosen Blick auf die gesamte Bergkette der oberbayerischen Alpen hat. Und bei so einem tollen Wetter wie heute ist der Ausblick gleich nochmal so schön."

Weil Max die A8 zwischen München und Rosenheim auch wie seine Westentasche kannte, wusste er, dass die beiden mittlerweile kurz vor der Ausfahrt Holzkirchen waren.

„So", fuhr Wiggerl dann fort. „Nun aber zu den Aussagen der Chefsekretärin."

„Wie lange arbeitet sie schon für Becker?", fiel ihm Max gleich ins Wort.

„Als Chefsekretärin seit ungefähr zehn Jahren, bei der BBA GmbH ist sie aber schon seit sechzehn Jahren beschäftigt. Sie hat dort zuerst eine kaufmännische Ausbildung gemacht und dann mehrere Jahre im Verkauf gearbeitet. Ihre Vorgängerin war schon für Kurt Beckers Vater tätig gewesen und als diese in den Ruhestand ging, wurde die Stelle intern ausgeschrieben. Die Miller hat gemeint, dass sie sich damals eher aus einer Laune heraus auf die Stelle beworben hat, weil es gerade ein paar Probleme mit ihrem direkten Vorgesetzten gegeben hatte und dann wurde sie von Becker prompt genommen."

„Wenn sie schon seit zehn Jahren direkt mit ihm zusammengearbeitet hat, dann müsste sie ihn eigentlich in- und auswendig kennen."

„Richtig, und genau deswegen hat sie es auch kategorisch ausgeschlossen, dass er sich selbst aus dem Staub gemacht haben könnte. So etwas ist für sie schlicht unvorstellbar. Noch unvorstellbarer wäre für sie nur ein Selbstmord."

„Du hast vorhin schon erwähnt, dass sie sich über Beckers Verschwinden ziemlich geschockt gezeigt hat. Was hat sie sonst für einen Eindruck auf dich gemacht?"

„Diskret, aber über alles bestens informiert. Mit Ausnahme der privaten Bankunterlagen scheint Becker kaum Geheimnisse vor ihr gehabt zu haben. Sie hat uns beispielsweise erzählt, dass er sich in der letzten Zeit immer häufiger über seine Ehefrau beklagt hat."

„Das ist ja interessant, Nina Becker hat uns nichts von Eheproblemen gesagt, in Gegenteil, sie hat ihre Ehe als sehr gut bezeichnet."

„So intakt scheint sie aber anscheinend doch nicht mehr gewesen zu sein, Beckers Klagen gingen bereits so weit, dass er wohl schon seit einiger Zeit ernsthaft eine Scheidung in Betracht gezogen hat."

„Aber warum? Hatte er eine andere? Oder sie vielleicht einen Liebhaber?"

„Nein, laut Isabella Miller weder noch. Vor allem ging es wohl darum, dass sie sich immer weniger für die Belange der Firma interessiert hat und ihn zu offiziellen Terminen und gesellschaftlichen Anlässen immer öfter alleine hat hingehen lassen. Offenbar haben sie sich in den letzten Jahren mehr und mehr auseinander gelebt."

„Das wirft plötzlich ein ganz anderes Licht auf Nina Becker und ihre Aussagen."

„Warte, Max, es wird noch besser. Die Miller hatte uns die Adresse von seinem Anwalt, einem Dr. Ismayer, gegeben, der hat seine Kanzlei in München-Giesing und hat uns ganz kurzfristig einen Termin gegeben. Ismayer war auch ziemlich entsetzt über das, was bei euch am Gardasee passiert ist."

„Hatte er oft Kontakt zu Becker?"

„Ja, sehr häufig sogar, weil er in erster Linie Wirtschaftsanwalt ist und immer wieder für die BBA GmbH gearbeitet hat.

Private Angelegenheiten hat er schon länger nicht mehr für Becker geregelt, das war auch nicht nötig, weil die Beckers bei ihrer Hochzeit einen Ehevertrag geschlossen haben, in dem alles soweit geregelt war, dass es in den letzten Jahren keiner Korrektur oder Ergänzung bedurfte."

„Und was steht drin in dem Vertrag?"

„Nachdem sie fast kein Vermögen in die Ehe mit eingebracht hat, geht es in dem Vertrag praktisch ausschließlich um sein Vermögen, sprich um die Firma. Nina Becker hat schon Recht, wenn sie davon ausgeht, dass sie ihren Mann alleine beerben würde. Der Vertrag sieht aber eine modifizierte Zugewinngemeinschaft vor, das heißt, sie würde nur bei seinem Tod die Firma bekommen, im Falle einer Scheidung würde sie, was das Vermögen angeht, leer ausgehen, er müsste ihr nur den üblichen Unterhalt zahlen."

„Da schau her, dann ging es schlichtweg um ihre Existenz, wenn Kurt Becker darüber nachgedacht hat, sich scheiden zu lassen."

„Richtig. Der Unterhalt würde zwar nicht zu knapp ausfallen, aber als Unternehmergattin kann man schon ganz andere Sprünge machen."

„Ich denke, wir müssen ihr noch heute einen Besuch abstatten und sie einmal ein bisschen in die Mangel nehmen. So wie du mir das jetzt gerade geschildert hast, hätte sie ein astreines Motiv."

„Eben. Wer weiß, was auf dem Schiff wirklich passiert ist? Wer sagt dir denn, dass sie seinen Platz tatsächlich erst leer vorgefunden hat, als sie von der Toilette kam? Vielleicht war es doch eher so, dass sie ihn ins Wasser geworfen hat, nachdem sie ihm zum Beispiel einen Schlag auf den Kopf versetzt hat, dann ist sie zur Toilette und hat dann die überraschte Ehefrau gespielt, die plötzlich ihren Mann nicht mehr finden kann."

„Das hört sich plausibel an, wird aber verdammt schwer nachzuweisen sein. Wenn wir da keinen Zeugen finden, sind wir fast machtlos, umso mehr, solange er selbst beziehungsweise sein Leichnam nicht auftaucht und uns Spuren und Hinweise liefern könnte."

„Hat eure Plakataktion nichts gebracht?"

„Nein, bisher noch nicht, aber die Plakate hängen auch erst seit heute Vormittag auf den Schiffen. Emilio kümmert sich auch gleich noch darum, dass Beckers Foto in den *Corriere del Veneto* hineinkommt. Hast du jetzt noch etwas für mich?"

„Nein, vorerst nicht. Ich habe aber der Miller, dem Schaller, den Abteilungsdirektoren und auch dem Dr. Ismayer meine Visitenkarte gegeben, damit sie mich gleich anrufen können, falls ihnen noch etwas Wichtiges einfallen sollte. Wenn das passieren sollte, informiere ich dich natürlich auch sofort. Was machst du heute noch, außer dem Besuch bei Nina Becker?"

„Ich glaube, der wird schon genügend Zeit in Anspruch nehmen, dass ich mir sonst nicht mehr sehr viel vorzunehmen brauche. Vielen Dank für deine Hilfe, Wiggerl. Und dir natürlich auch herzlichen Dank, Rocco."

„Keine Ursache, es freut mich, dass ich mich heute gleich richtig einbringen kann. Sollte ich in den Geschäftsunterlagen etwas Auffälliges finden, informiere ich euch in *Lazise* natürlich auch sofort."

„Danke, dann euch beiden noch eine gute Fahrt, kommt gut nach Rosenheim zurück."

„Danke, Max, wir sind ohnehin schon am Irschenberg, in zwanzig Minuten sollten wir wieder im Präsidium sein. Bis später."

„*Ciao.*"

Während Max mit Wiggerl telefoniert hatte, war Arturo aufgestanden, aus dem Büro gegangen und war bisher nicht wieder zurückgekommen. Max vermutete ihn bei Emilio im Büro und tatsächlich traf er die beiden im Nebenraum an.

„Es gibt eine Menge Neuigkeiten", sprudelte es gleich aus ihm heraus, als er Emilios Büro betrat.

„Wir haben im Moment nur eine Neuigkeit, Max. Ich habe vorhin mit einem Redakteur vom *Corriere del Veneto* sprechen können und ihm anschließend Beckers Foto gemailt. Morgen erscheint in der Zeitung ein Artikel über das mysteriöse Verschwinden des deutschen Unternehmers."

„Sehr gut, dann hoffen wir mal, dass die richtigen Leute den Artikel lesen werden."

„Was hast du gerade alles erfahren?"

Max setzte sich zu den beiden an den Tisch und berichtete in allen Einzelheiten, was ihm Wiggerl über die Befragungen in Beckers Firma und bei dessen Anwalt erzählt hatte. Emilio zeigte sich sehr überrascht, dass nun Nina Becker in den Fokus ihrer Ermittlungen rückte.

„Mit dieser Entwicklung hätte ich nicht gerechnet. So wie sie sich am Samstag verhalten hat, hätte ich es ihr auch nicht zugetraut, dass sie da ihre Finger mit im Spiel gehabt haben könnte. Sollen wir gleich zu ihr fahren, Max? Sie muss ohnehin noch das Protokoll vom Samstag unterschreiben, das habe ich vorhin endlich fertiggestellt. Deswegen wollte ich heute sowieso noch einmal kurz zu ihr."

„Von mir aus können wir gleich los", erwiderte Max.

„Gut. Dann kannst du hier inzwischen die Stellung halten, Arturo. Ignazio wollte sich im Laufe des Nachmittags noch einmal melden, ihn kann ich zurückrufen, sobald wir wieder hier sind."

Im Auto, auf der kurzen Fahrt zum Anwesen der Beckers, besprach er mit Max, wie sie bei der Befragung von Nina Becker vorgehen sollten. Max sprach sich dafür aus, nicht lange um den heißen Brei herumzureden, sondern sie gleich mit den Fakten zu konfrontieren.

„Der Überraschungseffekt ist so am größten und die erste Reaktion darauf meistens sehr aufschlussreich."

„In Ordnung, lass mich zum Einstieg aber nochmal auf den Samstag zurückkommen, ich möchte sie zuerst das Protokoll unterschreiben lassen, dann kannst du loslegen."

„Haben Sie meinen Mann gefunden?", war wiederum Nina Beckers erste Frage, als sie Max und Emilio sah.

Die beiden mussten nicht einmal klingeln, denn als sie am Gartentor aus dem Auto gestiegen waren, hatten sie gesehen, dass sich Beckers Ehefrau auf der Terrasse in die Sonne gelegt hatte. Sie war sofort von ihrem Liegestuhl aufgestanden und den beiden über den grünen Rasen entgegengegangen.

„Leider gibt es noch immer keine Neuigkeiten, was die Suche nach ihrem Mann angeht", erwiderte Emilio auf ihre Frage.

„Was bringen Sie dann für Nachrichten?"

„Zuerst einmal müssten sie noch, wie am Samstag bereits besprochen, das Protokoll Ihrer Aussage zu den Vorgängen auf dem Schiff unterschreiben."

Inzwischen hatten sie die Terrasse erreicht, Nina Becker, die längst nicht mehr so blass aussah wie an den beiden Tagen zuvor, schob ihren Liegestuhl beiseite und setzte sich auf einen der gepolsterten Gartenstühle. Max und Emilio warteten nicht, von ihr aufgefordert zu werden, sich auch hinzusetzen, sie nahmen links und rechts von ihr Platz.

„Bitte bedienen Sie sich beim Wasser selbst, meine Herren."

„Danke", antworteten sie gleichzeitig, dann legte Emilio das Protokoll vom Samstag vor ihr auf den Tisch.

„Bitte lesen Sie es sich in Ruhe noch einmal durch, wir können auch gerne noch Änderungen erfassen, wenn etwas nicht so dargestellt sein sollte, wie es sich zugetragen hat."

Nina Becker überflog die drei Seiten relativ zügig, griff dann, ohne von den Papieren aufzuschauen, zu einem Stift, der auf dem Tisch lag, und setzte auf der dritten Seite ihre Unterschrift unter das Protokoll. Emilio nahm es wieder an sich und überließ dann wie besprochen Max das Feld. Der wandte sich, wie bei den bisherigen Gesprächen mit Nina Becker, auf Italienisch an sie.

„*Signora* Becker, nachdem Ihr Mann immer noch nicht wieder aufgetaucht ist, bleibt uns nichts anderes übrig, als weiterhin in alle Richtungen zu ermitteln."

„Meinen Sie mit allen Richtungen auch Selbstmord oder dass er abgehauen ist?", fiel sie ihm ins Wort. „Ich habe Ihnen doch nun schon mehrfach gesagt, dass Sie das ausschließen können."

Max ging auf ihren Zwischenruf nicht ein.

„Wir stehen mittlerweile in sehr engem Kontakt zu den deutschen Behörden und haben mit deren Hilfe heute schon einige neue Erkenntnisse gewonnen."

Nina Becker zog die Augenbrauen hoch.

„Was haben denn die deutschen Behörden damit zu tun, mein Mann ist doch hier am Gardasee verschwunden?"

„Wie gesagt, wir müssen in alle Richtungen ermitteln. Wir waren vorhin sehr überrascht, als wir hörten, dass Ihre Ehe keineswegs so intakt war, wie Sie uns das am Samstag hier geschildert haben."

„Wie bitte?"

Nina Becker war aus ihrem Stuhl hochgefahren und starrte Max an.

„Wer erzählt denn so einen Blödsinn?"

Sie hielt einen Moment inne und kniff die Augen zusammen.

„Wer meint, meine Ehe in den Schmutz ziehen zu müssen? Schaller? Oder war es diese dumme Pute Isabella Miller? Die soll sich lieber um ihre eigenen dubiosen Liebschaften kümmern und mir meine Ruhe lassen."

Max ließ ihre Frage nach der Herkunft dieser Aussage unbeantwortet.

„Wie erklären Sie sich dann, dass Ihr Mann ganz offensichtlich über eine Scheidung nachgedacht hat?"

„Scheidung? Das wird ja immer verrückter. Glauben Sie etwa, mein Mann wäre mit mir hierher in den Urlaub gefahren, wenn er drauf und dran gewesen wäre, sich von mir scheiden zu lassen? Haben Sie schon mal etwas von einem Trennungsjahr gehört?"

Diesem Argument konnte Max nicht einmal widersprechen, trotzdem war da die Aussage von Beckers Sekretärin, dass er schon mehrfach eine Scheidung in Betracht gezogen hätte.

„*Signora* Becker", meinte er mit einem etwas beschwichtigenden Tonfall. „Wir müssen so einer Aussage natürlich nachgehen, vor allem bei so einem undurchsichtigen Fall wie dem Verschwinden Ihres Gatten. Denn wenn seine angeblichen Scheidungspläne konkret geworden wären, dann hätte das für Sie natürlich erhebliche Konsequenzen gehabt, schließlich haben Sie in Ihrem Ehevertrag für den Fall einer Scheidung auf Vermögensansprüche verzichtet."

Max hatte erwartet, dass sie gleich wieder aufspringen würde, diesmal aber blieb sie relativ gefasst sitzen.

„Ach, daher weht der Wind. Weil Sie bisher nicht herausfinden konnten, was am Samstag passiert ist, wollen Sie nun mir die Schuld an Kurts Verschwinden in die Schuhe schieben."

Sie lehnte sich auf ihrem Stuhl zurück und schloss die Augen, trotzdem kullerten ihr sofort die Tränen übers Gesicht.

„Ich finde das so hinterfotzig und gemein, Kurt kann sich nicht dagegen wehren und ich darf mir hier sonst etwas unterstellen lassen, nur weil es irgendjemandem nicht passt, dass ich mit meinem Mann glücklich war."

Die Blicke von Max und Emilio trafen sich und Max meinte, aus Emilios Gesicht herauslesen zu können, dass er nicht der Meinung war, Nina Becker würde ihnen etwas vorspielen. Auch er selbst hielt ihre Aussage für glaubwürdig, trotzdem wollte er versuchen, sie noch weiter in die Enge zu treiben.

„*Signora* Becker, wir sind sehr zuversichtlich, dass wir über eine Plakataktion auf den Schiffen der *Navigarda*-Linie sowie aufgrund eines Zeitungsartikels, der morgen erscheinen wird, noch Zeugen für die Vorfälle vom Samstag finden. Es ist also womöglich nur noch eine Frage der Zeit, bis wir Ihnen einen Zeugen präsentieren können, der gesehen hat, wie Sie selbst Ihren Mann ins Wasser gestoßen haben, bevor Sie zur Toilette gegangen sind."

Nun sprang sie doch wieder auf.

„Sie sind ja völlig verrückt geworden, Herr Hartinger. Ich glaube, es ist besser, Sie gehen jetzt und kommen erst wieder zurück, wenn Sie eine nachvollziehbare Erklärung für das haben, was mit meinem Mann passiert ist. Ihre abstrusen Verdächtigungen können Sie sich sparen, die entbehren jeder Grundlage. Als ich zur Toilette bin, saß mein Mann putzmunter auf seinem Platz. Lesen Sie das Protokoll, das ich vorhin unterschrieben habe, da steht alles drin."

Emilio nickte Max kurz zu, um ihm zu signalisieren, dass er damit einverstanden war, den Rückzug anzutreten. Er stand auf, machte einen Schritt Richtung Garten und drehte sich dann noch einmal um.

„*Signora* Becker, ich muss Sie bitten, *Lazise* vorerst nicht zu verlassen und sich zu unserer Verfügung zu halten. Es kann durchaus sein, dass wir in Kürze noch einmal auf Sie zukommen werden."

„Ich habe Ihnen bereits gesagt, dass Sie mit solchen haltlosen Verdächtigungen nicht noch einmal daherkommen brauchen. Auf Wiedersehen."

Sie wartete nicht ab, bis Max und Emilio gegangen waren, sondern ließ beide stehen und verschwand über die Terrassentür im Innern des Bungalows.

Emilio fuhr nicht sofort los, als sie wieder in seinem Dienstwagen saßen.

„In einem Punkt muss ich ihr Recht geben, Max. Es wäre schon eigenartig, wenn er einerseits so tut, als wäre alles so wie immer und mit ihr in den Urlaub fährt und andererseits gerade seine Scheidung planen würde."

„Stimmt. Trotzdem war es richtig, sie mit diesem Vorwurf zu konfrontieren. So wie sie reagiert hat, ist es für mich nach wie vor unwahrscheinlich, dass sie ihren Mann selbst ins Wasser gestoßen haben könnte. Falls wir uns allerdings irren sollten, weiß sie jetzt wenigstens, dass wir hinter ihr her sind. Das könnte sie zu Fehlern verleiten."

Emilio startete den Motor und fuhr langsam los.

„Siehst du eine Gefahr, dass sie abhaut, Max?"

„Nein, überhaupt nicht, das wäre ja schön blöd. Sie hat doch am Samstag mehrfach betont, dass sie auf alle Fälle solange hier bleiben wird, bis das Schicksal von ihrem Mann geklärt ist. Wenn sie sich jetzt, nachdem wir sie mit unserem Vorwurf konfrontiert haben, aus dem Staub machen würde, käme das doch einem Geständnis gleich. Außerdem, wo sollte sie denn hin? Wenn er tatsächlich tot ist, gehört ihr doch jetzt die Firma, deshalb müsste sie eigentlich schleunigst nach Bayern zurück. Auf der Flucht hilft ihr das gerade geerbte Firmenvermögen doch überhaupt nichts."

„Was schlägst du dann als nächsten Schritt vor?"

„Es passt mir zwar gar nicht, aber im Grunde können wir wieder nur abwarten. Im Moment bleibt uns nur, darauf zu hoffen, dass Rocco noch irgendetwas Brauchbares aus den Geschäftsunterlagen rauszieht oder dass sich morgen auf den Zeitungsartikel hin jemand bei uns meldet."

Wenige Minuten später bog Emilio schon wieder von der *Strada Provinciale* ab und fuhr auf seinen angestammten Parkplatz.

„Mal sehen, ob sich hier während unserer Abwesenheit etwas getan hat."

Er warf die Autotür hinter sich zu und ging mit Max wieder ins Revier hinein.

11

Arturo saß an seinem Schreibtisch und war überrascht, dass Emilio und Max so schnell wieder zurück waren.

„Was hat Nina Becker denn zu unseren Vermutungen gesagt?"

„Sie war völlig entrüstet, hat auf die Sekretärin von ihrem Mann geschimpft, obwohl ich ihr gar nicht gesagt hatte, dass es Isabella Miller gewesen war, die uns von Beckers Scheidungsplänen erzählt hatte, und schließlich hat sie uns mehr oder weniger hinausgeworfen."

„Wenigstens hat sie mir mein Protokoll vom Samstag ohne Änderungen unterschrieben", ergänzte Emilio die kurze Schilderung von Max. „War hier in der Zwischenzeit etwas los?"

„Nein, nur Ignazio hat sich kurz gemeldet."

„Soll ich ihn zurückrufen?"

„Nein. Er wollte uns nur mitteilen, dass er morgen Vormittag wieder hier sein wird. Morgen Nachmittag müsste er sich allerdings noch einmal um seine Kinder kümmern, weil seine Schwiegermutter erst am Mittwoch aus *Rovereto* herkommen kann. Solange das für dich in Ordnung ist, Emilio, brauchst du ihn nicht anrufen."

„Gut, das passt schon. Wie geht es seiner Frau?"

„Ignazio hat gemeint, dass die Operation ohne Komplikationen verlaufen sei und Eleonora die Narkose anscheinend auch ganz gut weggesteckt hat. Alles Weitere wird er uns dann morgen erzählen."

„Danke für die Infos."

Während Emilio in sein Büro hinüberging, setzte sich Max an seinen Platz und schnaufte einmal tief durch.

„Was ist los Max? Hat dich die Becker so in Anspruch genommen?", lachte Arturo.

„Nein, nein, sie war zwar ziemlich aufbrausend, als ich ihr von den angeblichen Scheidungsplänen von ihrem Mann erzählt habe, aber im Grunde genommen habe ich schon eine derartige Reaktion von ihr erwartet. Sie musste ja so reagieren, entweder, weil sie tatsächlich nichts davon weiß, oder aber, weil sie uns am Samstag etwas vorgeflunkert hat und nun natürlich nicht sofort zugeben kann, dass in ihrer Ehe doch nicht alles eitel Sonnenschein war."

„Wie könnten wir denn überprüfen, was nun die Wahrheit ist?"

„Wahrscheinlich könnte es uns nur Becker selbst beantworten, ob er wirklich mit Scheidungsgedanken gespielt hat."

„Meinst du, der hatte was mit seiner Sekretärin? Könnte doch sein, dass sie das mit der Scheidung auch deshalb erzählt hat, um ihrer Nebenbuhlerin Nina Becker eins auszuwischen."

„Das können wir natürlich von hier aus schlecht beurteilen, ich werde Wiggerl danach fragen, wenn er nochmal anruft."

„Vielleicht könnte man es über seine Handy-Verbindungsdaten herausfinden?"

„Möglicherweise. Allerdings wird er doch sicher sehr häufig mit seiner Sekretärin telefoniert haben, wie sollten wir aus den Daten herauslesen können, ob da auch private Gespräche dahinterstecken? Ich hatte am Samstag schon kurz mit Emilio darüber gesprochen, ob wir uns die Daten besorgen sollen, aber wir sind zu dem Zeitpunkt noch davon ausgegangen, dass das Handy mit ihm im See versunken ist."

„Inzwischen sieht der Fall aber ein bisschen anders aus. Wenn mit dem Handy immer noch telefoniert wird, könnte das doch ein Hinweis darauf sein, dass Becker noch lebt und einfach nur abgehauen ist."

„Nicht unbedingt, wer weiß, wer sein Handy auf dem Schiff eventuell an sich genommen hat? Aber du hast natürlich vollkommen Recht, Arturo, wir hätten schon längst veranlassen müssen, dass wir die Daten bekommen. Ich werde gleich einmal beim Wiggerl anrufen, wenn er das von Deutschland aus macht, geht es bestimmt schneller."

„*Pronto.*"

„Hey, Wiggerl, jetzt schmeißt du aber mit Fremdsprachenkenntnissen um dich", prustete Max los vor Lachen, weil sich sein Rosenheimer Kollege auf Italienisch gemeldet hatte.

„Irgendwann färbt das eben ab, von dir höre ich es immer wieder und bei Rocco war das heute auch schon mehrfach der Fall, als sein Handy geklingelt hat. Und wenn ich dann deine italienische Nummer am Display sehe, dann kann ich das doch auch mal ausprobieren, oder? Was gibt's Neues am Gardasee?"

Max erzählte von dem kurzen Besuch bei Nina Becker und ihrer Reaktion auf die angeblichen Scheidungspläne ihres Mannes.

„Hattest du heute Vormittag in Unterhaching den Eindruck, dass Isabella Miller eventuell ein Verhältnis mit Becker gehabt haben könnte?“

„Nein, eigentlich nicht. Wie kommst du darauf?“

„Das war eine Idee von einem Kollegen hier, er meinte, dass sie mit dem Hinweis auf die mögliche Scheidung vielleicht Nina Becker eins auswischen wollte, weil sie selbst was mit dem Chef gehabt hat.“

„Ausschließen kann ich es natürlich nicht, aber einen direkten Hinweis darauf sehe ich auch nicht.“

„Könntest du seine Handy-Verbindungsdaten anfordern, eventuell lässt sich da etwas rauslesen.“

„Das mache ich gleich, dann sollte ich sie bis gegen Abend oder spätestens morgen in der Früh vorliegen haben.“

„Wie weit ist Rocco mit den Geschäftsunterlagen?“

„Er hat sich da regelrecht reingegraben und murmelt immer wieder mal einen Kommentar dazu, allerdings immer auf Italienisch, deswegen weiß ich nicht, was er schon für interessante Dinge gefunden hat. Ich habe parallel dazu die privaten Bankdaten von Becker angefordert, die sollte ich heute auch noch bekommen.“

„Sehr gut. Es wäre nicht schlecht, wenn wir endlich einmal einen konkreten Anhaltspunkt dafür hätten, was am Samstag passiert ist.“

„Ich melde mich sofort, Max, sobald wir hier weitergekommen sind.“

„Danke, wir können hier sonst nur warten, dass sich vielleicht doch noch irgendein Zeuge meldet, andere Ansatzpunkte haben wir leider nicht.“

„Das wird schon, Max, bisher hast du doch immer noch einen Weg gefunden, die kompliziertesten Fälle zu lösen.“

„Ja, schon, aber diesmal ist es schon extrem, nachdem wir noch nicht einmal wissen, ob wir es mit einem Unglücksfall oder wirklich einem Verbrechen zu tun haben.“

„Du bist wie immer viel zu ungeduldig. Ich melde mich dann später nochmal. Servus.“

„Servus, Wiggerl.“

Max hängte ein, stand auf und drehte sich in der Tür noch einmal um.

„Magst du auch einen *Caffè*, Arturo?"

„Gerne. Du kannst gleich mehr machen, Emilio trinkt sicher auch einen mit."

Als der *Caffè* fertig war, standen die drei in der Küche beisammen, genossen den heißen, schwarzen Muntermacher und rätselten weiter über ihren mysteriösen Fall. Mitten in ihre kurze Pause platzte ein Anruf von einem *Barista*, der einen Überfall auf eine deutsche Urlauberin melden wollte.

„Das hatten wir auch schon lange nicht mehr, ein Handtaschenraub am helllichten Tag", berichtete Emilio hektisch, nachdem er den Hörer wieder auf die Gabel geworfen hatte und aus seinem Büro gelaufen kam. „Max, du kommst mit und du, Arturo, bleibst bitte hier, falls noch jemand wegen des Überfalls anrufen sollte."

„Wo ist das denn passiert", rief ihnen Arturo hinterher, als sie alles stehen und liegen ließen und Richtung Tür liefen.

„Pra' del Principe", war die kurze Antwort von Emilio, bevor die Tür hinter ihm und Max wieder zufiel.

Emilio fuhr mit quietschenden Reifen vom Parkplatz und schaltete das Blaulicht sowie das Signalhorn seines Dienstwagens ein, raste die wenigen hundert Meter auf der *Strada Provinciale* bis zum Kreisverkehr an der *Via Gardesana*, verließ diesen bei der zweiten Ausfahrt und hatte dann nur noch dreihundert Meter zu fahren, um am Tatort anzukommen. Max war diesen Weg bereits zu Fuß gegangen, hatte aber dabei bisher nicht auf die Straßennamen geachtet. Die *Via Pra' del Principe* führte vom Kreisverkehr bis zu einem großen Parkplatz, auf dem die vielen Tagestouristen ihre Autos abstellen und dann über die *Via Rosenheim* und die *Porta del Lion* in die für den Verkehr gesperrten Gassen des kleinen Städtchens hineinmarschieren konnten. Am Ende der *Via Pra' del Principe* befand sich die *Bar Monte Baldo*. Um die Bar herum verlief die Straße sehr schmal weiter und führte direkt zu einem Campingplatz sowie einem davor liegenden, sehr beliebten Badeplatz am See. Der Inhaber der *Bar Monte Baldo*, Luigi Donzella, war durch die Schreie der deutschen Urlauberin auf den Überfall aufmerksam geworden. Als er aus seiner Bar gelaufen kam, war der Täter auf seiner weißen *Vespa* allerdings bereits beim Kreisverkehr und von dort aus offenbar in Richtung *Bardolino* geflüchtet.

„*Buongiorno Signori*", begrüßte er Emilio und Max.

Emilio kannte Donzella, weil er in seiner Bar auch schon einige Male gewesen war. Der *Barista* hatte der deutschen Urlauberin, die am Arm und am Knie verletzt war, einen Stuhl aus seiner Bar herausgetragen, damit sie sich im Sitzen etwas von ihrem Schreck erholen konnte. Auch ihr Mann war völlig aufgeregt wegen des dreisten Überfalls. Donzella sprach ein wenig Deutsch und hatte deshalb schon so lange beruhigend auf das Ehepaar Stein eingeredet, bis Emilio und Max eingetroffen waren. Außerdem hatte er nach dem Anruf bei den *Carabinieri* auch einen Krankenwagen angefordert, weil er selbst nicht beurteilen mochte, wie schwer Miriam Stein wirklich verletzt war.

„Grüß Gott, wie geht es Ihnen? Meine Name ist Max Hartinger, ich arbeite in Deutschland bei der Kripo, bin aber derzeit für einige Wochen hier in *Lazise* stationiert."

Miriam Stein war sehr froh, als sie Max deutsch reden hörte, da sie genauso wie ihr Mann nur ein paar italienische Worte kannte.

„Herr Hartinger", legte sie gleich los. „Das müssen sie sich einmal vorstellen. Der Kerl stand hier an der Ecke mit seinem Motorroller mit laufendem Motor und als mein Mann und ich hier den Fußweg entlang kamen und die Straße zum Parkplatz überqueren wollten, da lässt der den Motor aufheulen, schießt auf mich zu, packt den Riemen von meiner Handtasche, reißt mich damit zu Boden und gibt Vollgas. Ich war so überrascht, dass ich gar nicht richtig reagieren konnte und meine Tasche leider loslassen musste. So etwas ist mir noch nie passiert."

Ihr Mann stand die ganze Zeit hinter ihr und nickte bei den Einzelheiten ihrer Erzählung. Nachdem sie auf die Frage von Max, wie es ihr gehen würde, gar nicht eingegangen war, wollte er sie noch einmal danach fragen, da sah er aus dem Augenwinkel heraus, dass ein Krankenwagen die *Via Pra' del Principe* entlang gefahren kam.

„Gleich werden Ihre Wunden verarztet. Können Sie den Täter beschreiben?"

„Er hatte eine Jeans und eine Jeansjacke an, sein Gesicht konnte ich natürlich nicht sehen, weil er einen Helm aufhatte."

„Die *Vespa* war weiß und hatte, soviel ich sehen konnte, hinten kein Kennzeichen dran", schaltete sich jetzt zum ersten Mal auch ihr Mann ein.

Mittlerweile hatte der Krankenwagen direkt neben ihnen gehalten und zwei Sanitäter waren ausgestiegen. Max schilderte ihnen kurz, was passiert war und ließ sie erst einmal ihre Arbeit machen. Anscheinend hatte sich Frau Stein nichts gebrochen, sondern nur das Knie und den Unterarm aufgeschlagen. Die Sanitäter säuberten ihre Wunden, klebten ihr ein großes Pflaster aufs Knie und verbanden ihren rechten Arm. Max übersetzte Emilio unterdessen die Aussage von Frau Stein und befragte dann mit ihm die Umherstehenden, ob jemand Angaben zu dem Überfall machen konnte. Aber so wie der *Barista* waren alle erst durch Miriam Steins Schreie oder das laute Aufheulen des *Vespa*-Motors auf den Überfall aufmerksam geworden. Übereinstimmend waren die Beobachtungen, dass an der weißen *Vespa* kein Nummernschild montiert gewesen war und der Täter am Kreisverkehr in Richtung *Bardolino* abgebogen war. Während die Sanitäter ihr Verbandszeug wieder einpackten, sich verabschiedeten und davonfuhren, wandte sich Max noch einmal an Frau Stein.

„Hatten Sie viele Wertsachen in Ihrer Handtasche?"

„Nein, nur meine Geldbörse mit ungefähr einhundert Euro und mein Handy waren drin. Den Fotoapparat hatte zum Glück gerade mein Mann in der Hand."

„Waren auch Scheck- und Kreditkarten in Ihrem Geldbeutel? Dann sollten Sie diese sofort sperren lassen, damit der Kerl mit den Karten auf keinen Fall etwas anstellen kann."

„Ich habe bereits mit unserer Bank in Frankfurt telefoniert und die Sperre veranlasst", antwortete ihm Herr Stein.

„Sehr gut. Haben Sie auch daran gedacht, das Handy sperren zu lassen?"

„Das ist nicht notwendig, Herr Hartinger. Ich habe kein Vertrags-Handy, sondern nur eines mit einer Prepaid-Karte", meinte sie. „Es war auch ein ganz konventionelles, altes Handy ohne Kamera und dem ganzen Internet-Schnickschnack."

Nun kam auch Emilio wieder dazu und bat Max, das Ehepaar Stein aufzufordern, zum Revier zu fahren, damit dort die Anzeige gegen den Unbekannten aufgenommen und von ihr unterschrieben werden könne.

„Ich habe schon die Fahndung nach dem Verbrecher veranlasst, die Kollegen der *Carabinieri* und auch die Streifenwagenbesatzungen der *Polizia* werden Augen und Ohren offenhalten, die Erfolgsaussichten halte ich allerdings eher für gering. Sicher hat er inzwischen die Kleidung gewechselt und das fehlende Nummernschild wieder angeschraubt."

Max erklärte Herrn Stein den kurzen Weg vom Parkplatz zum Revier der *Carabinieri* und machte sich dann selbst zusammen mit Emilio auf den Rückweg. Als sie wieder im Auto saßen, fragte er Emilio, ob sie in *Lazise* öfter mit derartigen Überfällen zu tun hätten.

„Nein, zum Glück kommt das hier sehr selten vor. So eine dreiste Masche mit einer *Vespa* oder einem Mofa hat während meiner Amtszeit hier noch keiner versucht."

„Das kennt man dann doch eher in Süditalien."

„Eben. Allerdings haben wir leider am Mittwoch immer wieder Fälle von Taschendiebstählen."

„Warum ausgerechnet am Mittwoch?"

„Weil da jede Woche Markt ist. Da sind der gesamte Ortskern und die ganze Uferpromenade voll von Marktständen und besonders in der Hochsaison drängeln sich so viele Menschen zwischen den Ständen durch, dass Taschendiebe natürlich oft leichtes Spiel haben. Zudem gehen viele Touristen sehr leichtsinnig mit ihren Geldbörsen, Handys und Fotoapparaten um. Die sind in dem Gedränge ganz schnell entwendet und bis es die Bestohlenen merken, sind die Täter längst weit weg."

Sie erreichten den Parkplatz vor dem Revier und waren noch nicht einmal ins Haus hineingegangen, da fuhr auch schon das Ehepaar Stein vor. Emilio ließ die beiden Urlauber in seinem Büro Platz nehmen, erklärte dem neugierig hereinschauenden Arturo, was passiert war und setzte sich mit Max zu den Steins. Schnell waren die Personalien aufgenommen, Max übersetzte jeweils die vorformulieren Fragen aus den Unterlagen zur Aufnahme einer Anzeige, ließ Frau Stein antworten und transferierte ihre Angaben dann ins Italienische.

„Ich hoffe, Sie lassen sich durch diesen unschönen Vorfall Ihren Urlaub nicht vollends vermiesen", meinte er abschließend, nachdem Frau Stein die Anzeige unterschrieben hatte.

Sie zuckte mit den Schultern.

„Es ist nun nicht mehr zu ändern und letztlich noch relativ glimpflich ausgegangen. Der Halunke hätte mich viel schwerer verletzten können und wenn er auch noch unseren Fotoapparat bekommen hätte, wären unsere ganzen schönen Urlaubsfotos der ersten Urlaubswoche weg gewesen."

Wie schon am Ort des Überfalles war ihr Mann jetzt auch sehr wortkarg, er nickte nur zustimmend und fragte dann, ob sie nun wieder zu ihrem Hotel zurückfahren könnten.

„Natürlich. Wo sind Sie untergebracht?"

Frau Stein erzählte, dass sie etwas außerhalb von *Lazise* ein Hotelzimmer in einem *Agriturismo* gebucht hätten.

„Die Chefin steht dort selbst in der Küche, ihr Essen ist jeden Tag ein Gedicht", schwärmte sie.

„Wie lange bleiben Sie noch?"

„Bis Samstag."

„Dann erholen Sie sich von dem heutigen Schreck und genießen Sie noch Ihre zweite Urlaubswoche so gut es geht."

„Vielen Dank für Ihre Hilfe, Herr Hartinger. Mit Ihnen als Dolmetscher war es für uns sicherlich sehr viel einfacher, als wenn wir das hier mit Händen und Füßen und unseren wenigen italienischen Worten hätten erklären müssen."

Kaum war die Tür hinter dem Ehepaar Stein zugefallen, stand auch schon Arturo in Emilios Büro.

„Vor ungefähr fünf Minuten hat Rocco angerufen, er hat in Beckers Geschäftsunterlagen einige sehr interessante Dinge entdeckt. Ich habe ihm zugesagt, dass wir ihn zurückrufen werden, sobald ihr mit der Aufnahme des Überfalles fertig seid."

„Danke, Arturo. Max wird ihn gleich anrufen."

„Kann ich inzwischen wegen des Überfalls etwas unternehmen?"

„Nein, eigentlich nicht. Wir haben die Anzeige aufgenommen, die Fahndung nach dem Fahrer der weißen *Vespa* habe ich rausgegeben. Es wäre schon ein großer Zufall, wenn wir den schnappen könnten. Bis wir verständigt waren, war der doch schon über alle Berge."

„Soll ich Rocco von deinem Telefon aus anrufen, Emilio, oder soll ich ins andere Büro hinübergehen?"

„Ruf ihn nur von hier aus an, Max, dann kann ich auch gleich zuhören."

Max ging zu Emilios Schreibtisch und wählte seine eigene Rosenheimer Dienstnummer, weil er wusste, dass Rocco an seinem Platz sitzen würde. Der meldete sich, obwohl er auf dem Display die ihm bekannte italienische Nummer gesehen hatte, auf Deutsch.

„Kriminalpolizei Rosenheim, Rocco Picedo, guten Tag."

„Schön hast du das auswendig gelernt, Rocco", lachte Max.

„Wiggerl würde an meiner Stelle jetzt bestimmt sofort wieder ‚Depp' zu dir sagen, Max."

„Da kannst du Recht haben. Ist er auch da?"

„Ja, er sitzt mir gegenüber."

„Hast du ihm schon erzählt, was du an Infos aus den Geschäftsunterlagen herausgezogen hast?"

„Ja, er weiß schon Bescheid."

„Sehr gut, dann schlage ich vor, dass du es uns auf Italienisch erklärst, dann können Emilio und Arturo auch gleich zuhören. Warte, ich schalte den Lautsprecher ein."

Arturo und Emilio begrüßten Rocco lautstark, als sie ihn hörten. Obwohl er mit Arturo zuvor schon länger gesprochen hatte, während Max und Emilio die Überfalls-Anzeige aufgenommen hatten, berichtete er nun noch einmal kurz, wie es ihm seit seiner Ankunft in Rosenheim ergangen war, ging dann aber sofort zum Fall Kurt Becker über.

„Also, ich habe mir die Bilanzen sowie die Gewinn- und Verlustrechnungen der letzten acht Jahre angesehen. Wie uns heute Vormittag schon von dem Prokuristen Schaller erklärt worden war, hat der Umsatz in dieser Zeit von Jahr zu Jahr zugenommen. Auch was die Gewinne der einzelnen Jahre anging, lag Schaller mit seiner Aussage richtig. In vier der letzten acht Jahre ist der Gewinn zum Teil geradezu dramatisch eingebrochen, die betreffenden vier Jahre habe ich mir natürlich besonders genau angesehen."

„Und was hast du herausgefunden?", unterbrach ihn Max, ungeduldig wie immer.

„Becker hat offenbar in den betreffenden vier Jahren relativ große Entnahmen getätigt."

„Aber als alleiniger Gesellschafter der GmbH kann er sich doch rausziehen so viel er will", fiel ihm Max wieder ins Wort.

„Das stimmt natürlich. Er kann neben seinem Geschäftsführergehalt Privatentnahmen in beliebiger Höhe tätigen.

Diese wären sogar steuerneutral, weil die Gewinne bereits auf der Ebene der GmbH versteuert wurden. Ich spreche hier allerdings nicht von gewöhnlichen Privatentnahmen."

„Sondern?"

„Sondern davon, dass Becker meiner Ansicht nach mit Hilfe von fingierten Rechnungen über eine Scheinfirma Kosten in den Büchern aufgeführt hat, die überhaupt nicht angefallen sind. Damit hat er sich nicht nur Geld aus der Firma rausgezogen, ohne dass das offiziell als Privatentnahme verbucht wurde, sondern hat damit auch den Gewinn seines Unternehmens wesentlich gedrückt, was letztlich zu einer geringeren Steuerlast geführt hat."

„Das wird immer verrückter", rief Max laut. „Jetzt war Becker also nicht nur drauf und dran, sich von seiner Frau scheiden zu lassen, sondern er war auch noch ein Steuerbetrüger. Hast du auch herausgefunden, wo die ganzen Gelder gelandet sind, die er sich so nebenbei aus der Firma herausgezogen hat?"

„Auf den Firmenkonten taucht davon natürlich nichts auf und seine privaten Bankunterlagen haben wir noch nicht. Ich würde aber darauf wetten, dass die da auch nicht auftauchen. Wiggerl ist gerade dabei, nach einem weiteren Bankkonto der Scheinfirma zu forschen, denn das Konto, auf das die Beträge für die fingierten Rechnungen geflossen sind, wurde vor zwei Monaten geschlossen. Mehr als diese Information haben wir zu diesem Konto noch nicht."

Emilio war genauso überrascht wie Max, welche Dimensionen ihr Fall mittlerweile annahm. Nachdem er bisher nur gespannt zugehört hatte, schaltete er sich nun auch in die Diskussion mit ein.

„Rocco, von welcher Größenordnung sprechen wir denn, was die verschleierten Entnahmen angeht?"

„Im ersten Jahr ging es nach meiner Rechnung um circa dreihunderttausend Euro, aber anscheinend ist Becker mit der Zeit mutiger geworden, weil ihm offenbar keiner auf die Schliche kam. Insgesamt summieren sich die Entnahmen über die fingierten Rechnungen auf gut zwei Millionen Euro."

Arturo pfiff durch die Zähne.

„Da hat er sich ein hübsches Sümmchen beiseite geschafft."

„Richtig", stimmte ihm Max zu. „Das könnte für unseren Fall nun auch bedeuten, dass Kurt Becker nicht nur mit fingierten

Rechnungen gearbeitet hat, sondern am Samstag auf der *Vicenza* auch einen Unglücksfall fingiert hat, um sich aus dem Staub zu machen."

„Aber warum?", rätselte Emilio. „Was sollte er für einen Grund dafür gehabt haben? Er ist Ende vierzig, wenn er sich tatsächlich abgesetzt haben sollte, dann sind die zwei Millionen nicht allzu üppig, um damit bis ans Lebensende auszukommen."

„Also mir würden zwei Millionen reichen", grinste Arturo.

Max sah es ähnlich wie Emilio.

„Täusch dich da nicht, Arturo. Zwei Millionen hören sich fürs Erste sehr viel an, aber wenn man sich das einmal aufs einzelne Jahr herunterbricht, sieht das Ergebnis schon ganz anders aus. Um beim konkreten Beispiel Becker zu bleiben: lass den mal noch vierzig Jahre leben, dann hat er in jedem Jahr fünfzigtausend Euro zur Verfügung, eine Inflationsrate noch nicht einmal mit eingerechnet. Für jemanden, der seit Jahren einen exklusiven und teuren Lebensstil gewöhnt ist, sind fünfzigtausend pro Jahr doch nicht viel, noch dazu, wenn man bedenkt, dass er mit seinem Abgang auch den gut bezahlten Job in seiner Firma aufgeben würde und nun sehr viel Freizeit und damit auch sehr viel Zeit zum Geldausgeben zur Verfügung hätte."

Arturo musste einsehen, dass Max mit dieser Argumentation wahrscheinlich richtig lag, wollte sich aber noch nicht so schnell geschlagen geben.

„Wer sagt uns denn, dass er wirklich nur zwei Millionen beiseite geschafft hat? Rocco hat sich doch nur die letzten acht Jahre angeschaut. Wer weiß, wie viel er sonst noch irgendwo gebunkert hat?"

„Das werden wir hoffentlich noch herausfinden", antwortete ihm Rocco. „Wie gesagt, Wiggerl ist bereits auf der Suche nach weiteren Konten der Scheinfirma."

Max wollte seinen deutschen Kollegen kurz sprechen und bat Rocco, ihn ans Telefon zu holen. Zwangsläufig musste er die Sprache wechseln, auch wenn Emilio und Arturo dann nichts mehr verstanden.

„Servus, Max, bei Beckers Firma haben wir wohl in ein richtiges Wespennest gestochen, ich bin gespannt, was da noch alles zum Vorschein kommen wird."

„Stimmt, der Fall nimmt mittlerweile Dimensionen an, die ich so nie erwartet hätte und alle paar Stunden sieht es wieder komplett anders aus. Am frühen Nachmittag sind wir noch davon ausgegangen, dass eventuell seine Frau einer möglichen Scheidung zuvorkommen wollte und ihn womöglich auf dem Gewissen hat und jetzt schaut es plötzlich wieder eher so aus, als hätte er sich doch einfach nur selbst abgesetzt, um irgendwo an einem sonnigen Fleckchen Erde seine Millionen zu verjubeln. Dazu würde natürlich auch der verschwundene Audi passen, mit dem er selbst auf der Flucht sein könnte."

„Das sehe ich auch so. Aber solange wir nicht wissen, wo er sein Geld gebunkert haben könnte, haben wir noch keinen Ansatzpunkt für eine konkrete Suche nach ihm."

„Mich wundert nur, dass seine Mauscheleien über diese Schein-firma noch nie jemandem aufgefallen sind. Wenn Rocco innerhalb weniger Stunden so etwas aus den Unterlagen herausziehen kann, dann sollte das doch bei einer Betriebsprüfung auch auffallen. Wiggerl, könntest du mal nachfragen, wann die BBA GmbH zuletzt geprüft wurde? Eventuell sind dem Becker die Steuerprüfer oder sogar die Steuerfahnder schon auf den Fersen gewesen und er hat sich deshalb aus dem Staub gemacht."

„Gute Idee, ich kümmere mich gleich darum. Wir hören uns sicher bald wieder. Servus, Max."

„*Ciao* Wiggerl."

Wiggerl gab den Hörer an Rocco zurück und Max fasste für Emilio und Arturo kurz auf Italienisch zusammen, was er mit seinem Rosenheimer Kollegen gerade besprochen hatte. Er war noch nicht ganz fertig damit, da hörte er im Hintergrund Wiggerl laut rufen:

„Beckers Handy-Daten sind da! Gerade kam eine Mail. Die nehme ich mir jetzt zuallererst vor."

Max machte nach dieser kurzen Unterbrechung weiter und fügte am Ende die neueste Information an.

„Die Auswertung der Handy-Daten sollten wir abwarten, bevor wir uns überlegen, wie wir weitermachen", schlug Emilio vor. „Denn was nutzt uns die Information, dass Becker einen Grund gehabt hätte, abzuhauen, wenn wir trotzdem keinen Anhaltspunkt für eine Suche nach ihm haben?"

„Stimmt. So wie ich Wiggerl kenne, wird er die Handy-Daten sehr schnell analysiert haben."

Emilio fragte Rocco, ob er aktuell noch weitere Infos für sie hätte.

„Nein, im Moment nicht. Weitere Einzelheiten gibt's wahrscheinlich erst, wenn uns die Bankunterlagen vorliegen."

„Dann müssen wir das eben abwarten. Ich habe sonst gerade keine Fragen mehr."

Er sah Max und Arturo an, aber beide schüttelten mit dem Kopf, um ihm anzudeuten, dass sie Rocco auch nichts mehr fragen wollten.

„Rocco, vielen Dank für deine exzellente Recherche. Bis später, *ciao*."

„*Ciao* ihr drei."

Max legte auf und zuckte mit den Schultern.

„Mir leuchtet das immer noch nicht so recht ein. Wenn Becker innerhalb von wenigen Jahren mit fingierten Rechnungen zwei Millionen aus seiner Firma rausgezogen haben sollte, dann muss der ganze Laden doch ein Vielfaches davon wert sein. Gibt man das so einfach auf, um irgendwo allein in einem fremden Land ganz neu anzufangen? Da müsste doch noch mehr dahinter stecken."

„Du weißt doch nicht, ob nicht im Ausland eine hübsche Geliebte auf ihn wartet", warf Arturo grinsend ein.

„Dann wären die zwei Millionen erst recht zu wenig, wenn sie für zwei Personen reichen sollen."

Emilio musste Max zustimmen.

„Ich kann mir das auch nicht erklären. Wahrscheinlich sind die zwei Millionen nur die halbe Wahrheit. Ich könnte mir schon vorstellen, dass er irgendwo weit mehr Kohle gebunkert hat, die locker ausreichen würde, dass er sich zusammen mit einer Geliebten bis ans Lebensende auf die faule Haut legen kann."

„Trotzdem wäre die Sache dann immer noch nicht rund. Warum sollte er seiner Sekretärin von seinen Scheidungsplänen erzählen, wenn er sich ohnehin ins Ausland absetzen und seine Firma zurücklassen will? Wenn ich so einen Ausstieg vorhabe, dann unternehme ich doch nichts, was auch nur im Geringsten darauf hindeuten könnte, dass eine größere

Veränderung ansteht. Ich glaube, wir bewegen uns mit unseren Überlegungen gerade in eine völlig falsche Richtung."

Emilio und Arturo waren genauso ratlos wie Max, weil sie seine Argumentation gut nachvollziehen konnten, aber auch nicht wussten, wie sie dieses Rätsel lösen sollten. Deshalb wollte sich Emilio vorerst einer anderen Arbeit zuwenden.

„Dann lasst uns mit dem Fall Becker erst einmal eine Pause machen, bis wir neue Infos aus Rosenheim bekommen. Max, wenn du willst, kann ich dir anhand der Anzeige von Frau Stein erklären, wie wir hier damit umgehen und die Daten weiter verarbeiten."

„Gerne. Ich hoffe zwar, dass wir in den nächsten vier Wochen nicht noch einmal zu so einem Einsatz ausrücken müssen, aber schließlich bin ich hier, um etwas zu lernen. Außerdem brauche ich auch etwas, was ich am Ende der vier Wochen in meinen Abschlussbericht hineinschreiben kann."

Max und Emilio setzten sich zusammen an den PC, während Arturo wieder in sein Büro ging, um weiter die Arbeiten zu erledigen, die nichts mit dem Fall Becker zu tun hatten.

Zwanzig Minuten später klingelte Emilios Telefon.

„Das bin ich ja selber", feixte Max, als er auf dem Display seine eigene Rosenheimer Diensttelefonnummer erkannte.

Trotzdem ließ er Emilio selbst abheben.

„*Pronto.*"

„*Ciao* Emilio, hier ist Rocco. Wir haben uns inzwischen die Handy-Daten von Kurt Becker genau angesehen und wie versprochen will ich euch gleich mit diesen Informationen versorgen."

„Sehr gut. Warte, ich schalte nur wieder den Lautsprecher ein, damit Max und Arturo mithören können."

Arturo hatte das Klingeln des Telefons auch gehört, war herübergekommen und setzte sich gegenüber von Emilio und Max hin.

„Du kannst loslegen, Rocco."

„Also, zuerst die wohl wichtigste Information. Mit Beckers Handy ist seit Freitagabend nicht mehr telefoniert worden. Seit Samstag ist seine Nummer zwar immer wieder einmal angerufen worden, die Gespräche wurden aber nie angenommen."

Max zog gleich die ersten Schlüsse aus dieser Information.

„Auf den ersten Blick könnte das bedeuten, dass ihm wirklich etwas zugestoßen ist und sein Handy vielleicht mit ihm am Grund des Gardasees liegt. Allerdings glaube ich auch nicht, dass er so blöd wäre, sein Handy weiter zu benutzen, wenn er sich aus dem Staub gemacht haben sollte. Denn dann wüsste er doch, dass er von einer Analyse seiner Handy-Daten ausgehen muss. Mit wem hat er zuletzt telefoniert und wer hat seit Samstag versucht, ihn zu erreichen?"

„Das wollte ich euch gerade erzählen."

Rocco klang etwas genervt, anscheinend weil ihn Max sofort unterbrochen hatte.

„Becker hat am Freitag gegen achtzehn Uhr seinen Prokuristen Schaller angerufen und vier Minuten mit ihm telefoniert. Seit Samstag finden sich immer wieder zwei verschiedene Nummer in seiner Anrufliste, die eine ist die Festnetznummer seines Bungalows in *Lazise*, die andere gehört zum Handy seiner Frau."

Weil Rocco eine kurze Pause machte, hakte diesmal Emilio ein.

„Die Versuche seiner Frau, ihn anzurufen, könnte man natürlich als Beweis dafür sehen, dass sie nichts mit seinem Verschwinden zu tun hat. Oder ist sie wirklich so dreist, dass sie sich damit quasi ein Alibi verschaffen will?"

Max schaute sehr skeptisch.

„Ich weiß nicht, ob ich ihr so viel Dreistigkeit zutrauen würde. Was geben denn die Handy-Daten sonst noch her, Rocco?"

„Im Lauf der letzten Woche, also während des Urlaubs, hat Becker jeden Tag einmal mit Schaller telefoniert. Am Dienstag gab es einen kurzen Anruf bei Spontini Pile in *Verona*, vielleicht wollte er da noch einmal den Termin vom Mittwoch bestätigen. Am Mittwoch dann hat er gegen Mittag seine Frau auf dem Handy angerufen. Mit seiner Sekretärin hat er übrigens während seines Urlaubs kein einziges Mal telefoniert."

„Und davor? Wie oft hat er da mit ihr gesprochen?", fragte Arturo, der immer noch ein Verhältnis von Becker mit seiner Sekretärin für möglich hielt.

„In den drei Wochen davor haben sie jeweils vier oder fünf Mal miteinander telefoniert, das war aber immer tagsüber während den normalen Arbeitszeiten. Am Abend oder gar am Wochenende war kein einziges Gespräch zwischen den beiden dabei, es sieht also nicht danach aus, dass die zwei etwas miteinander gehabt hätten. Im Gegenteil, er hat in der Zeit teilweise drei bis vier Mal am Tag mit seiner Frau telefoniert. Macht man das, wenn man drauf und dran ist, die Scheidung einzureichen? Es tut mir leid, dass ich euch in der Hinsicht nicht noch mehr helfen kann, aber die Handy-Daten geben für Wiggerl und mich nichts her, was darauf hindeuten könnte, dass er sich absetzen wollte. Und ein Hinweis auf ein mögliches Verbrechen lässt sich unserer Meinung nach auch nicht finden."

„*Merda*", fluchte Emilio leise vor sich hin. „Der kann sich doch nicht grundlos in Luft aufgelöst haben. Was sollen wir jetzt machen?"

„Wenn wir aus den Unterlagen zu Beckers privaten Konten keine nützlichen Infos rausziehen können und von der Scheinfirma auch nichts mehr finden sollten, dann sind wir hier mit unserem Latein auch am Ende", konstatierte Rocco.

Arturo war aufgestanden, im Büro auf und ab gegangen und bei Roccos letztem Satz abrupt stehen geblieben.

„Wir können doch nicht schon zwei Tage nach Beckers Verschwinden die Ermittlungen einstellen, nur weil uns momentan neue Ansatzpunkte dafür fehlen."

„Das werden wir auch nicht", meinte Max beschwichtigend. „Die zwei Millionen müssen doch irgendwo stecken und ich kann mir nicht vorstellen, dass Becker dazu keinen einzigen Beleg oder etwas Ähnliches hatte. Rocco, wenn die Bankunterlagen tatsächlich nichts hergeben sollten, müsste sich Wiggerl um einen Durchsuchungsbeschluss für Beckers Privathaus bemühen. Mit dem Hinweis auf eine mögliche Steuerhinterziehung dürfte er den auch problemlos bekommen. Wenn sich bei Becker zuhause auch kein Beleg finden lässt, dann vielleicht ein Schließfachschlüssel. Irgendwo muss doch eine Spur zu den zwei Millionen sein."

„Gut, dann haben wir hier noch genügend Hausaufgaben zu erledigen. Was macht ihr inzwischen? Wollt ihr nicht Nina Becker mal nach den zwei Millionen fragen?"

Max und Emilio schüttelten sofort mit dem Kopf und Max ließ Roccos Chef antworten.

„Solange wir noch nichts Näheres darüber wissen, sollten wir sie da erst einmal rauslassen. Ich bin mir auch relativ sicher, dass sie nichts davon weiß."

„Das denke ich auch", stimmte ihm Max zu.

„Und wenn sie doch davon weiß?" hakte Arturo ein. „Angenommen, das Ganze ist wirklich eine komplette Inszenierung. Zwei Millionen haben sie schon beiseite geschafft, er verschwindet, sie lässt ihn für tot erklären, kassiert womöglich noch eine riesige Lebensversicherung und macht sich dann mit dem Geld auch aus dem Staub."

Arturo war richtig Feuer und Flamme wegen seiner Idee, aber Max nahm ihm sofort den Wind aus den Segeln.

„Tut mir leid, Arturo, das ergibt leider überhaupt keinen Sinn. Es mag zwar solche Fälle von Versicherungsbetrug geben, aber warum sollten die beiden Beckers so einen Zirkus veranstalten, wenn ein Anruf von ihm in *Verona* genügen würde, um seine Firma zu verkaufen? Damit könnte er sicher ein Vielfaches der zwei Millionen erzielen und sich dann damit ein schönes, arbeitsfreies Leben machen, ohne in Deutschland seine Zelte abbrechen zu müssen."

Diesem Argument konnte Arturo nicht widersprechen und er sah ein, dass er mit seiner Idee auf dem Holzweg gewesen war.

„Ich denke, für heute sollten wir Schluss machen", meinte Emilio schließlich. „Rocco, wir hören uns bestimmt morgen Vormittag wieder."

„Da bin ich mir sicher. Euch einen schönen Abend am *Lago*."

„Danke, dir einen schönen bayerischen Abend."

„Den werde ich bestimmt haben. Wiggerl und sein Frau Gabi haben mich für heute Abend zu sich nach Hause zum Essen eingeladen."

Max, der Gabis Kochkünste schon öfters hatte genießen dürfen, war gleich richtig neidisch.

„Da kannst du dich auf ein vorzügliches Essen freuen, Rocco. Sag ihr einen lieben Gruß von mir."

„Das mache ich gerne."

Sie verabschiedeten sich und Emilio hängte ein.

„Ich habe gar nicht gemerkt, wie schnell der Nachmittag heute vergangen ist", stellte Max fest, der bei Emilios Bemerkung, dass sie für heute Schluss machen sollten, auf die Uhr gesehen hatte.

Mittlerweile war es tatsächlich schon nach sechs. Da Arturo mit einem Freund zum Abendessen verabredet war und Emilio zusammen mit seiner Frau für den Abend eine Essens-Einladung hatte, konnte Max den Abend für sich alleine verplanen.

„Ich marschiere erst einmal zu meiner Wohnung und werde mit Chiara telefonieren, bevor ich zum Abendessen gehe. Falls sich heute Abend bei unserem Fall noch etwas Neues ergeben sollte, kannst du mich natürlich jederzeit auf dem Handy erreichen, Emilio."

Zusammen mit Arturo verließ Max das Revier, während Emilio in seinem Büro noch ein paar Kleinigkeiten erledigen wollte. Arturo brauste in seinem Auto davon und Max ging die wenigen hundert Meter zu seiner Unterkunft. Dort angekommen legte er sich aufs Bett und wählte sofort Chiaras Nummer, um ihr von seinem erlebnisreichen Tag und dem immer rätselhafter werdenden Fall Becker zu erzählen.

12

Am nächsten Morgen war Max schon lange wach, bevor der Wecker klingelte, zu sehr beschäftigte ihn das mysteriöse Verschwinden von Kurt Becker. Am Abend hatte er lange mit Chiara gesprochen und ihr viel von den Recherchen in *Verona* und in Bayern erzählt, aber auch sie konnte sich keinen Reim darauf machen. Allerdings hielt sie es genauso wie Max für eher unwahrscheinlich, dass Becker freiwillig auf sein millionenschweres Firmenvermögen verzichtet und sich für ein neues Leben in der Karibik oder sonst irgendwo auf der Welt entschieden haben könnte. Danach hatte sie von ihrem Tag berichtet. Ihr Nachmittagskurs in der Volkshochschule war wieder nicht vollzählig gewesen, weil immer noch einige Kursteilnehmerinnen mit den Aufräumarbeiten nach dem Hochwasser beschäftigt waren und deshalb wenig Zeit und Lust hatten, italienisch zu lernen. Nach dem Telefonat mit seiner Frau hatte er auch noch kurz mit seiner Tochter Elena gesprochen. Am Nachmittag hatte er völlig überhört und übersehen, dass sie ihm eine SMS geschrieben hatte. Sie war an ihrem Studienort Fürstenfeldbruck, hatte am Vormittag das sehr gute Ergebnis einer Zwischenprüfung erhalten und wollte dies ihrem Papa natürlich mitteilen. Als er sie angerufen hatte, war sie gerade auf dem Weg in ihr Fitness-Studio gewesen. Max hatte sie für das wiederholt sehr gute Prüfungsergebnis gelobt, er war nicht nur wegen ihres erfolgreichen Studiums sehr stolz auf sie, sondern auch, weil sie beruflich ihrem Papa nacheiferte. Als Belohnung für die gute Prüfung hatte er ihr einen großen Eisbecher versprochen. Dieses Versprechen wollte er gleich einlösen, wenn Elena zusammen mit Chiara zu ihm nach *Lazise* kommen würde.

Zum Abendessen war Max bewusst in die *Pizzeria Da Tonio* gegangen, weil er sich erhoffte, vom Wirt zu erfahren, welche Gerüchte zum Fall Becker in *Lazise* kursierten. Kaum hatte er Platz genommen, war Tonio Ticino auch schon zu ihm an den Tisch gekommen, hatte ihm die Speisekarte gereicht, die Getränkebestellung aufgenommen und ihn dann sofort gefragt, ob der deutsche Urlauber noch immer nicht gefunden worden sei.

„Leider haben wir immer noch keine Spur von ihm“, hatte ihm Max geantwortet und ihn dann gefragt, ob *Capitano* di Salvo oder Graziano Olivieri in der Zwischenzeit auch wieder bei ihm zum Essen gewesen seien.

Beide waren allerdings seit Freitagabend nicht mehr in der *Pizzeria* gewesen. Auf die Frage, was die Einheimischen über den Fall Becker denken würden, konnte ihm Tonio leider nicht sehr viel antworten.

„Alle finden es schon äußerst merkwürdig, dass jemand so spurlos verschwinden kann. Immer wieder unterhalten sich Gäste von mir darüber, aber von allen wird anscheinend nur das weitererzählt, was man irgendwo aufgeschnappt hat.“

Sonderlich ergiebig waren also die Erkenntnisse in der *Pizzeria* nicht gewesen, wenigstens hatte Max die *Pizza* vorzüglich geschmeckt. Nach dem Essen war er neugierig darauf, die Fußgängerzone des kleinen Städtchens mit abendlicher Beleuchtung zu sehen. Deswegen war er über die *Via Rosenheim*, die hell erleuchtete *Piazza Vittorio Emanuele II.*, vorbei am *Porticciolo* bis zum *Lungolago Marconi* spaziert, wo sich das Licht der vielen Straßenlaternen im Wasser spiegelte. Dann war er durch die engen Altstadtgässchen zurück bis zur *Porta di San Zeno* gegangen, hatte vom Kreisverkehr aus die beleuchtete Scaliger-Burg bewundert, war dann zu seiner Wohnung abgebogen und war relativ bald ins Bett gegangen.

Nachdem er langsam aus dem Schlaf erwacht war, hatte er sich noch etwas im Bett hin und her gewälzt, aber da ihn sofort wieder die Gedanken an Becker beschäftigten, konnte er nicht wieder einschlafen.

„Dann kann ich auch aufstehen“, sagte er zu sich selbst.

Er genehmigte sich eine mehr als ausgiebige warme Dusche, dann war er bereit für den neuen Tag. Wie an den vorangegangen Tagen führte ihn der erste Weg zur *Bar Aurora* zum Frühstücken.

„*Buongiorno Commissario*“, wurde er von Sergio Cedro, dem *Barista*, freundlich begrüßt.

Auch Cedro war neugierig darauf, zu erfahren, was die Suche nach dem Vermissten bisher ergeben hatte. Max wollte nicht allzu viel von der Ermittlungsarbeit preisgeben, aber da er im Moment der einzige Gast in der Bar war, erzählte er dann doch ein wenig darüber, dass die Taucher bis Sonntag vergeblich nach dem Deutschen gesucht hatten.

„Aber nach zwei Tagen hat die *Guardia Costiera* die Suche zwangsläufig eingestellt. Das fragliche Gebiet, wo der Urlauber angeblich ins Wasser gefallen sein könnte, war genauestens abgesucht worden. Außerdem sahen die Kollegen keine Chance, dass er bis Sonntag im Wasser überlebt haben könnte."

Auch die Gäste in der Bar diskutierten laut Sergio immer wieder über den Fall, aber wie in der *Pizzeria* war keiner der Gäste selbst auf der *Vicenza* dabei gewesen. Nach seinem üblichen *Cappuccino* und dem mit Vanillecreme gefüllten *Cornetto* ging Max sofort in Richtung Revier. Er hatte es fast erreicht, als ihn kurz hintereinander zuerst Emilio und dann auch Arturo anhupten, als sie auf der *Strada Provinciale* an ihm vorbeifuhren.

„*Buongiorno*", rief Emilio, als Max in sein Büro kam.

„*Buongiorno* Emilio, gibt es Neuigkeiten?"

„Nein, bisher leider nicht. Ich habe gerade schon meine Mails gecheckt, aber zum Fall Becker war nichts dabei. Hoffentlich melden sich die beiden Rosenheimer bald."

„Bestimmt. Wiggerl ist meistens genauso ungeduldig wie ich, wenn es darum geht, bei einem Fall neue Informationen zu sammeln. Deswegen wird er uns auch sicher nicht länger als nötig warten lassen."

Max ging eine Tür weiter und begrüßte auch Arturo, der zwar ebenfalls einige neue Mails in seinem Postkorb vorgefunden hatte, aber auch ihn hatten keine zum Fall Becker erreicht. Inzwischen blätterte er schon in der Online-Ausgabe des *Corriere del Veneto*, um nach dem Foto von Becker zu suchen.

„Verschollen im Gardasee – deutscher Geschäftsmann auf mysteriöse Weise verschwunden", las er dann laut die Schlagzeile vor, mit der der Artikel überschrieben war.

Max stand sofort auf und schaute Arturo über die Schulter.

„Ich hätte nicht gedacht, dass das Foto in schwarz-weiß so gut aussehen wird."

Arturo las den Artikel laut vor und stellte zufrieden fest, dass alle Infos, die Emilio dem Journalisten gegeben hatte, mit verarbeitet worden waren.

„Jetzt können wir nur abwarten und hoffen, dass die richtigen Leute heute die Zeitung aufschlagen."

„Wer soll wen schlagen?", fragte plötzlich jemand ganz laut.

Weder Max noch Arturo hatten bemerkt, dass Ignazio hereingekommen und bei der Tür stehen geblieben war.

„Niemand wird geschlagen", lachte Arturo, der ahnte, dass Ignazio natürlich genau verstanden hatte, was er wirklich gesagt hatte. „Die richtigen Leute sollen die Zeitung aufschlagen", wiederholte er aber trotzdem noch einmal.

Max erkundigte sich sofort Ignazios Frau.

„Ich habe heute selbstverständlich schon mit Eleonora telefoniert. Sie hat ganz gut geschlafen, solange die Wirkung der Schmerzmittel angehalten hat. Wie ich gestern schon erzählt habe, ist die Operation ohne Komplikationen verlaufen, jetzt können wir nur warten und hoffen, dass die Knochen schnell wieder zusammenwachsen."

„Und wie geht es deinen Kindern dabei?", fragte Arturo.

„Für die ist die Situation natürlich sehr ungewohnt, dass die Mama abends und in der Früh auf einmal nicht mehr da ist. Ich habe sie gerade zur Schule gefahren, hole sie mittags wieder ab, gehe mit ihnen zum *Pizza*-Essen und dann werden wir alle zusammen nach *Bussolengo* ins Krankenhaus fahren. Ab morgen ist dann meine Schwiegermutter da, dann sollte ich auch wieder ganz normal arbeiten können. Was hat sich hier seit gestern Nachmittag getan? Emilio konnte ich noch nicht fragen, weil er gerade am Telefon hing, als ich bei ihm reingeschaut habe."

Max gab ihm einen kurzen Überblick über das, was sie bisher über Becker, seine Geschäftspartner in *Verona*, seine Firma in Unterhaching und seine finanziellen Verhältnisse herausgefunden hatten.

„Im Laufe des Vormittags erfahren wir hoffentlich noch etwas über seine privaten Konten, ob ihm die deutschen Steuerfahnder schon auf den Fersen sind und wo die zwei Millionen stecken."

„Von dem Audi gibt es keine weitere Spur?"

„Außer dem Blitzerfoto von der Autobahn bei *Loreto* leider nicht", antwortete ihm Arturo. „Wir wären wirklich für jeden noch so kleinen Hinweis dankbar, um ein bisschen Licht in dieses Dunkel zu bringen."

„Vielleicht sind wir gleich ein bisschen schlauer“, stellte Max in Aussicht, als sein Telefon klingelte und er Wiggerls Nummer auf dem Display erkennen konnte.

„Guten Morgen, Wiggerl. Du hast hoffentlich interessante Infos für uns.“

„Servus, Max. Ja, ich habe etwas für euch. Wir haben gerade ziemlich umfangreiche Unterlagen von Beckers Bank bekommen, die alle seine privaten Konten betreffen. Da wühlt sich Rocco bereits durch und wird dir dann berichten. Ich habe von einer anderen Bank die Kontobewegungen von Beckers offensichtlicher Scheinfirma vor mir.“

„Jetzt bin ich aber gespannt.“

„Es waren auf dem Konto gar nicht viele Umsätze, Max. Die wenigen Zahlungseingänge passen exakt zu den Beträgen der Rechnungen, die Rocco als fingiert vermutet hat. Im letzten Jahr wurde von dem Konto zweimal etwas in bar abgehoben.“

„Wie viel?“, unterbrach ihn Max.

„Jeweils nur zehntausend Euro. Der gesamte Restsaldo, das waren zwei Millionen und einhundertzwanzigtausend Euro, ging vor drei Monaten auf ein Nummernkonto in der Schweiz, ein paar Wochen später wurde das Konto dann geschlossen.“

„Bingo! Rocco hat wirklich einen guten Riecher gehabt, als er die Rechnungen von dieser Scheinfirma aus den Geschäftsunterlagen rausgezogen hat. Meinst du, ob wir von den Schweizern Auskünfte über das Nummernkonto bekommen?“

„Das wird schwierig. Solange wir keinen Nachweis für ein Verbrechen an Becker haben, werden die sicher keinen Grund sehen, uns Auskünfte zu erteilen. Anders könnte es wahrscheinlich aussehen, wenn wir dort mit dem Vorwurf der Steuerhinterziehung auf der Matte stehen. Für Unterhaching ist das Finanzamt in München zuständig, ich warte noch auf einen Rückruf von dem Finanzbeamten, der die Steuererklärungen von Beckers Firma jeweils prüft. Den habe ich gestern Nachmittag nicht mehr erreicht.“

„Ich frage mich, ob es nur ein Zufall ist, dass das Konto der Scheinfirma vor zwei Monaten geschlossen worden ist. Das könnte natürlich schon ein Hinweis darauf sein, dass Becker von langer Hand geplant hat, zu verschwinden. Aber solange wir nicht wissen, ob die zwei Millionen von der Schweiz aus beispielsweise auf die Bahamas oder nach Südamerika überwiesen wurden, können wir nur spekulieren, wo Becker stecken könnte."

„Andererseits wäre es aber auch denkbar, dass ihm die Geschichte mit der Steuerhinterziehung einfach nur zu heiß geworden ist. Nachdem die fingierten Rechnungen bisher offenbar nicht entdeckt worden waren, wollte er vielleicht nicht riskieren, dass er doch noch auffliegt, wenn er mit dieser Scheinfirma einfach immer weiter macht. Deshalb hat er das Konto geschlossen, um mögliche Spuren zu verwischen."

„Ich weiß nicht, Wiggerl, ob du damit richtig liegst. Ich würde eher vom Gegenteil ausgehen. Wenn einer so gierig ist, dass er trotz einer millionenschweren Firma, die ihm allein gehört, Steuern hinterzieht und das Geld in die Schweiz schafft, dann müsste ihn die Tatsache, dass er bisher nicht aufgeflogen ist, doch eher dazu animieren, immer weiter zu machen."

„Wenn er aber das Konto nicht aufgelöst hat, weil ihm die Sache zu heiß geworden ist, dann bleibt wirklich nur ein von langer Hand geplanter Abgang als Grund für die Kontolöschung."

„Eben. Und daraus werde ich einfach nicht schlau, weil das sonst so gar nicht zu den anderen Infos, die wir bisher haben, passt. Mir geht das einfach nicht in den Kopf, dass einer wie er seine Firma einfach so im Stich lassen sollte und sich mit einem Bruchteil seines Vermögens aus dem Staub macht. Ich habe gestern Abend mit Chiara telefoniert, für sie ist das auch nicht nachvollziehbar."

„Aber was ist dann passiert, Max?"

„Das fragen wir uns doch seit Samstag pausenlos und kommen zu keiner Lösung. Wenn er sich tatsächlich abgesetzt haben sollte, dann muss es da außer den zwei Millionen noch einen ganz anderen Grund gegeben haben. Was meinst du, wie lange wird Rocco noch brauchen, bis er mit den Kontounterlagen durch ist?"

„Warte, ich frage ihn."

Max hörte, wie Wiggerl den Telefonhörer beiseitelegte, mit Rocco über seine Frage sprach und dann den Hörer wieder zur Hand nahm.

„Max, er hat gemeint, ich soll dich gleich mit ihm verbinden."

„Sehr gut. Bis bald, Wiggerl. Wir hören uns heute sicher noch einmal."
„Bestimmt. Servus, Max."

Wiggerl stellte das Gespräch auf den Apparat von Rocco, der sofort abnahm und Max begrüßte.
„Mir liegen die Kontoauszüge der letzten fünf Jahre vor, die ersten drei Jahre habe ich schon überflogen."
„Hast du dabei schon etwas Interessantes gefunden?"
„Eher nicht. Becker überweist sich von seiner Batterien-Firma jeden Monat ein ziemlich üppiges Geschäftsführergehalt. Die regelmäßigen Ausgaben sind alle nachvollziehbar: monatliche Raten für eine Immobilienfinanzierung, Stromabschlagszahlung, Pay-TV, Versicherungsbeiträge, Mitgliedsbeiträge von einem Sportverein. Also alles nichts Außergewöhnliches. Es wurden auch nie größere Beträge in bar abgehoben, die höchste Barauszahlung war zweitausend Euro. Nur seine Frau scheint immer kräftig einzukaufen, die Abrechnungen von ihrer Kreditkarte fallen zum Teil schon ziemlich hoch aus."
„Solange der Mann die Abrechnungen immer begleicht, macht sie natürlich weiter", lachte Max, um dann gleich wieder ernster zu werden. „Kein Hinweis darauf, dass er Gelder ins Ausland transferiert haben könnte?"
„Nein, überhaupt nicht. Seine überschüssige Liquidität hat er regelmäßig in einem Wertpapierdepot angelegt. Alles sieht ganz gewöhnlich aus."
„Hat er vielleicht Wertpapiere zu einer ausländischen Bank übertragen?"
„So weit bin ich noch nicht, Max. Ich schaue mir jetzt noch die restlichen Kontoauszüge an, dann werde ich mir das Depot vornehmen. Bist du den ganzen Vormittag auf dem Revier?"
„Aus jetziger Sicht schon, aber ich weiß natürlich nicht, welche Überraschungen heute noch auf uns warten."
„Ich melde mich so bald wie möglich."
„Danke, Rocco. *Ciao*."
„*Ciao*."

Da Rocco von seiner Recherche auf Deutsch erzählt hatte, war Max natürlich darauf eingegangen und hatte ihm auch in seiner Muttersprache geantwortet. Arturo hatte ihn mehrfach fragend angesehen, weshalb er ihm mit einem Wink zu verstehen gegeben hatte, dass er die Infos nach seinem Telefonat für alle zusammenfassen würde. Ignazio war unterdessen in Emilios Büro hinübergegangen. Als Max nun aufgelegt hatte, rief Emilio herüber, dass Arturo und Max auch in sein Büro zu einer kurzen Lagebesprechung kommen sollten. Gespannt hörten die drei *Carabinieri* zu, als Max berichtete, was er von Wiggerl und Rocco soeben erfahren hatte.

„Ich verstehe bald gar nichts mehr", seufzte Emilio. „Wir waren doch eigentlich schon so weit, dass wir aufgrund des riesigen Firmenvermögens einen selbst inszenierten Abgang Beckers ausgeschlossen haben. Die Umsätze auf dem Konto dieser Scheinfirma und vor allem die Kontoauflösung und der Transfer in die Schweiz lassen nun doch wieder einen anderen Schluss zu."

„Das Konto ist übrigens bei einer Bank in *Lugano*", ergänzte Max.

„Wenn der Audi irgendwo rund um Mailand oder dann weiter Richtung Schweizer Grenze geblitzt worden wäre, dann hätte ich gesagt, Becker war damit auf dem Weg zu seinem Geld am *Lago di Lugano*", meinte Arturo. „Aber Beckers Auto ist doch in einer völlig anderen Richtung unterwegs gewesen."

„Mir sind die ganzen Hintergründe überhaupt noch nicht klar", musste Ignazio zugeben, dem natürlich etliche Informationen über Becker fehlten, obwohl ihn Max in die Geschehnisse seit Samstagvormittag eingeweiht hatte.

„Es ist wirklich paradox. Die meisten Infos, die wir gestern und heute bekommen haben, stiften eher noch mehr Verwirrung, als dass sie uns vorwärts bringen. Uns sind die Hintergründe also auch überhaupt nicht klar, Ignazio. Wir sitzen im selben Boot", lachte Emilio, obwohl ihm eigentlich gar nicht zum Lachen zumute war.

„Gibt es noch keine Reaktion auf den Artikel im *Corriere del Veneto*?", wollte Max wissen. „Ich finde, der ist in der Zeitung richtig gut platziert."

Emilio stimmte ihm zu.

„Ich finde auch, dass der Artikel von der Größe und Aufmachung her sehr gut geworden ist, aber bisher hat sich noch niemand deswegen gemeldet. Leider auch nicht wegen unserer Plakate und Flyer von gestern."

„Was können wir denn jetzt von uns aus noch unternehmen?", fragte Ignazio.

Max kam mit seiner Antwort Emilio zuvor.

„Wir müssen natürlich noch abwarten, was uns Rocco und Wiggerl heute Vormittag noch an Infos liefern werden. Abgesehen davon sollten wir noch einmal zu Nina Becker fahren. Nachdem wir jetzt wissen, wo die zwei Millionen gelandet sind, sollten wir sie schon mit unseren Ermittlungsergebnissen konfrontieren. Vielleicht ergibt sich für uns auf diesem Weg dann wieder ein neuer Ansatzpunkt für weitere Recherchen."

„Ist sie für euch schon völlig aus dem Schneider?", bohrte Ignazio nach und diesmal überließ es Max Emilio zu antworten.

„Nein, ganz ausschließen können wir es natürlich nicht, dass sie vielleicht etwas nachgeholfen und ihren Mann vom Schiff in den See befördert hat, aber einen Beweis dafür haben wir nicht. Als Alleinerbin hätte sie freilich grundsätzlich ein Motiv, aber so wie sie sich seit Samstag verhalten hat, glaube ich nicht, dass sie mit seinem Verschwinden etwas zu tun hat."

Und zu Max gewandt meinte er:

„Wann willst du zu ihr fahren? Sofort?"

„Ich würde eher noch den nächsten Anruf von Rocco abwarten, allzu lange wird er mit den restlichen Kontounterlagen nicht mehr brauchen. Dann wären wir in dieser Hinsicht umfassend informiert und könnten sie auf dieser Basis noch einmal eingehend befragen."

„Gut, einverstanden."

Emilio übertrug allen noch einige kleinere Tätigkeiten, die nichts mit dem Fall Becker zu tun hatten und ließ seine drei Kollegen in ihr Büro zurückgehen.

Max beschäftigte sich mit einer Akte zu zwei ungeklärten Einbrüchen in Wohnwägen auf einem Campingplatz südlich von *Lazise*. Der oder die Täter waren immer noch nicht gefasst, die Vorgehensweise deutete aber darauf hin, dass es sich jeweils um denselben Einbrecher gehandelt haben könnte, der auch schon im Vorjahr mehrfach auf Campingplätzen am Gardasee sein Unwesen getrieben hatte. Max las gerade einen detaillierten Bericht vom letzten September, als sein Telefon wieder einmal klingelte.

„*Pronto*. Hast du noch etwas Interessantes gefunden, Rocco?"

„*Salve* Max. Ich habe nun alle privaten Kontobewegungen der letzten fünf Jahre überprüft und dabei keinen einzigen Hinweis gefunden, dass Becker Gelder ins Ausland überwiesen haben könnte. Mir sind zwar noch ein paar Überweisungen nach Italien untergekommen, das waren allerdings alles Handwerkerrechnungen für Arbeiten am oder im Bungalow in *Lazise*. Auch aus dem Wertpapierdepot ging nichts ins Ausland. Wenn festverzinsliche Wertpapiere fällig waren oder andere Papiere verkauft wurden, dann ist der Gegenwert jeweils relativ schnell wieder investiert worden. Ich kann mich nur wiederholen, bei Beckers privaten Finanzen sieht alles ganz normal aus."

„Das habe ich fast erwartet, es wäre dann doch zu leicht nachzuvollziehen, wenn er von seinem Privatkonto Gelder in die Schweiz überwiesen hätte."

„Richtig, über diese Scheinfirma war das viel besser zu verschleiern. Mein Part ist jetzt erst einmal erledigt, Max, ich kann dir aber gleich noch den Wiggerl geben, der hat nämlich in der Zwischenzeit einen Anruf vom Finanzamt bekommen."

„Gut, dann stell mich mal rüber. Dir vielen Dank für deine tolle Unterstützung."

Es knackte und tutete einmal in der Leitung, dann war Wiggerl am Apparat.

„So, Wiggerl, hast du inzwischen auch mal was gearbeitet?"

Ohne sich gegenseitig anzuspitzen oder auf den Arm zu nehmen, konnten die beiden Kollegen nicht telefonieren. Wiggerl schoss natürlich sofort zurück.

„Einer muss doch hier arbeiten, wenn du in den Süden abhaust und lieber einen auf *dolce vita* machst."

„*Dolce vita*, von wegen. Wir jagen hier permanent hinter einem Mörder oder einem verschwundenen Steuerhinterzieher her."

„Ich kann mir schon vorstellen, wie diese Jagd bei dir aussieht. Hier ein *Cappuccino*, da ein *Gelato*, dann wieder eine *Pizza*, natürlich gefolgt von einem *Espresso*. Wahrscheinlich wirst du nach den vier Wochen am Gardasee heimkugeln."

„Genau, dann überroll ich dich, dann hab ich endlich Ruhe von dir", lachte Max.

„Willst du vorher noch eine Auskunft von mir?"

„Klar, raus damit."

„Vorhin kam der Rückruf vom Finanzamt München, die haben Beckers Firma noch nicht im Visier. Der Finanzbeamte ist aber natürlich sofort hellhörig geworden, als ich ihm von Roccos Entdeckungen erzählt habe."

„Was unternimmt er jetzt?"

„Zuerst einmal habe ich ihm die fraglichen Belege eingescannt und zusammen mit den Kontoauszügen der Scheinfirma per Mail geschickt. Es wird wohl auf eine baldige umfassende Betriebsprüfung bei der BBA GmbH hinauslaufen, aber bis wir davon ein aussagekräftiges Ergebnis bekommen, können schon einige Wochen vergehen."

„Solange können wir selbstverständlich nicht warten, aber ich denke, das was Rocco gefunden hat, ist Indiz genug dafür, dass Becker am Fiskus vorbei Millionen in die Schweiz gescheffelt hat."

„Wie geht es bei euch jetzt weiter?"

„Ich werde mit Emilio gleich zu Nina Becker fahren. Mal sehen, was sie zu diesen Transaktionen sagen wird. Ich glaube, die weiß davon nichts."

„Ich wäre mir da nicht so sicher, Max, vielleicht war sie doch eingeweiht. Wenn Becker die Gelder verschoben haben sollte, um sich dann damit abzusetzen, dann gebe ich dir Recht, dann hat er das bestimmt ohne ihr Wissen getan. Sollte es ihm aber nur darum gegangen sein, die Steuerlast der Firma zu reduzieren und nebenbei ein kleines Vermögen aufzubauen, für das er dann auch keine Steuern zahlen will, könnte ich mir schon vorstellen, dass sie Bescheid wusste."

„Das wird sich jetzt dann gleich herausstellen. Ich halte dich auf alle Fälle auf dem Laufenden. Danke für die Infos. Bis bald. *Ciao.*"

„Servus, Max."

Im Anschluss an das Telefonat steckten die vier Kollegen in *Lazise* zum wiederholten Male die Köpfe zusammen, um die neuesten Informationen aus Bayern zu hören. Danach machten sich Emilio und Max wie besprochen auf den Weg zu Nina Becker, um sie mit den bisherigen deutsch-italienischen Ermittlungsergebnissen zu überraschen.

13

Nina Becker hielt sich wieder auf der Terrasse auf, als Emilio und Max beim Bungalow ankamen. Trotz ihrer schönen Sonnenbräune war ihr anzusehen, dass es ihr nicht allzu gut ging. Sie legte das Buch beiseite, in dem sie gelesen hatte, erhob sich und kam ihnen durch den Garten entgegen. Diesmal fragte sie nicht sofort, ob ihr Mann endlich gefunden worden sei, sondern blickte Emilio stumm und erwartungsvoll an.

„*Buongiorno Signora* Becker, wie geht es Ihnen?"

„Nicht gut, *Maresciallo*. Diese Ungewissheit ist wirklich brutal."

Gemeinsam gingen alle drei zur Terrasse und setzten sich auf die großen gepolsterten Gartenstühle. Bevor ihr Emilio sagen konnte, warum er mit Max zu ihr gekommen war, sprach sie mit schwacher Stimme weiter.

„Je länger diese Ungewissheit andauert, desto mehr wünsche ich mir, endlich eine Nachricht zu erhalten, was mit Kurt passiert ist, egal wie diese dann ausfallen sollte. Wann wird dieses ewige Warten ein Ende haben?"

Emilio nickte verständnisvoll, machte eine kurze Pause und antwortete ihr dann.

„Ich kann Ihre Nervenanspannung gut verstehen, *Signora* Becker, aber leider können wir Ihnen diese Ungewissheit jetzt auch noch nicht nehmen, weil wir noch immer keine Spur von Ihrem Mann haben."

„Die Taucher suchen wahrscheinlich gar nicht mehr nach ihm, oder?"

Emilio war froh, dass sie das Thema selbst anschnitt. Er hatte schon länger darüber nachgedacht, wie er ihr diese Nachricht beibringen sollte.

„Die Taucher haben wirklich alles versucht, um ihren Mann zu finden. Aber nach drei Tagen ist es leider völlig ausgeschlossen, dass er im Wasser überlebt haben könnte."

„Heißt das jetzt, ich muss mich darauf einstellen, dass er nie gefunden wird?"

Max und Emilio schüttelten gleichzeitig mit dem Kopf und diesmal antwortete ihr Max.

„Wir wollen Ihnen natürlich nichts vormachen, Frau Becker, denn es gibt leider auch Fälle, bei denen der See sein Opfer nicht mehr hergibt. Wir haben allerdings berechtigte Zweifel daran, dass Ihr Mann überhaupt ins Wasser gefallen ist."

„Glauben Sie etwa immer noch, dass er mich auf so gemeine Weise einfach sitzengelassen hat?"

„In unserem Job geht es weniger darum, was wir glauben, sondern welche Schlüsse die Faktenlage zulässt, und da haben wir gestern und heute einiges erfahren, was es weiterhin möglich erscheinen lässt, dass sich Ihr Mann tatsächlich einfach nur abgesetzt hat."

„Spielen Sie auf die Bemerkung seiner dusseligen Sekretärin an?"

Max ging ihr nicht auf den Leim, er ließ es weiter offen, von wem sie von Beckers möglichen Scheidungsplänen erfahren hatten.

„Ob Ihr Mann sich scheiden lassen wollte oder nicht, ist für uns nicht entscheidend. Wenn er tatsächlich Scheidungspläne gehabt hätte, würde das sogar gegen ein freiwilliges Verschwinden sprechen."

Mehr sagte Max nicht dazu, sondern wechselte dann das Thema.

„Waren Sie mit Ihrem Mann schon einmal im Tessin?"

„Nein, nie", antwortete sie ohne zu zögern. „Aber Kurt war dieses Jahr im Februar einmal geschäftlich in der Schweiz, da war er unter anderem auch im Tessin, genauer gesagt in *Lugano*."

Max warf Emilio einen vielsagenden Blick zu und erntete dafür ein kurzes, kaum merkliches Zurückblinzeln.

„Außer den geschäftlichen Beziehungen gibt es keine privaten Verbindungen in die Schweiz?"

„Nein, überhaupt nicht. Ich weiß gar nicht, worauf Sie hinauswollen."

Max ließ sie noch etwas zappeln.

„War das im Februar die erste Schweiz-Reise von Ihrem Mann?"

„Ja, seit ich ihn kenne war er auf alle Fälle zum ersten Mal dort. Sie sprechen für mich aber immer noch in Rätseln, Herr Hartinger. Was hat die Schweiz mit unserer Schifffahrt am Gardasee zu tun?"

„Vielleicht liegt der Grund für das, was auf dem Schiff passiert ist, in der Schweiz. Wussten Sie, dass Ihr Mann dort ein Konto hatte?“

„Ein Konto in der Schweiz? Ausgeschlossen.“

Sie schüttelte energisch mit dem Kopf.

„Warum sind Sie sich da so sicher?“

„Um die Finanzen hat sich zwar in erster Linie mein Mann gekümmert, aber ich weiß, dass er sein privates Konto bei einer Bank in München hatte, schließlich kommt von da relativ häufig Post. Wenn er auch in der Schweiz ein Konto haben würde, dann wäre doch irgendwann einmal auch von dort Post bei uns zuhause angekommen. Unser Briefträger kommt in der Regel am späten Vormittag, also zu einer Zeit, zu der mein Mann immer in der Firma ist. Deswegen leere ich jeweils den Briefkasten und kann deshalb auch ausschließen, das irgendwann einmal Post aus der Schweiz gekommen ist.“

Nun musste Max die Katze aus dem Sack lassen.

„Wir sind bei unseren Recherchen auf Hinweise gestoßen, dass Ihr Mann über mehrere Jahre am Fiskus vorbei Gelder aus seiner Firma herausgezogen und diese dann über eine Scheinfirma zu einer Bank in *Lugano* transferiert hat.“

Nina Becker konnte nicht mehr ruhig sitzen bleiben. Sie stand abrupt auf und ging auf der Terrasse hin und her.

„Das kann doch alles nicht wahr sein“, wiederholte sie mehrfach. „Ein Irrtum ist völlig ausgeschlossen?“

„Die Beweise sind eindeutig. Wir haben die Belege aus den Unterlagen der BBA GmbH, kennen das dazugehörige Konto der Scheinfirma und wissen, dass der Transfer in die Schweiz erst vor drei Monaten vonstattenging. Dazu kommt jetzt noch Ihre Aussage, dass Ihr Mann im Februar in der Schweiz war.“

Endlich kam dann die Frage, auf die Max schon die ganze Zeit gewartet hatte.

„Über welche Summe reden wir eigentlich?“

Max zögerte einen Augenblick, weil er den Betrag nur mit Emilios Einverständnis preisgeben wollte. Dessen kurzes Nicken ließ Max freie Bahn.

„Soweit wir wissen über zwei Millionen Euro.“

Ihr entfuhr ein kurzer, spitzer Schrei, dann schnappte sie nach Luft und musste sich erst einmal wieder hinsetzen.

„Wie bitte? Über zwei Millionen?“

„Können Sie jetzt nachvollziehen, warum wir es nicht ausschließen wollen, dass Ihr Mann einfach nur abgehauen ist?"

„Ist das Geld auch weg?"

„Das wissen wir noch nicht, wir haben noch keine Information von der Bank in *Lugano*. Wir haben nur die Daten der Überweisung dorthin, die, wie gesagt, vor drei Monaten erfolgte."

Nina Becker schüttelte nur noch mit dem Kopf und konnte auch die Tränen nicht mehr zurückhalten. Deshalb wollte ihr Max bis zur nächsten Frage noch etwas Zeit lassen, aber Emilio kam ihm zuvor.

„*Signora* Becker, haben Sie oder Ihr Mann irgendwelche Kontakte oder Verbindungen in die Karibik oder nach Südamerika?"

Ohne zu antworten stand sie auf, ging bei der Terrassentür ins Haus hinein und kam kurz darauf mit einem ungeöffneten Päckchen Papiertaschentücher wieder zurück. Erst nachdem sie in eines der Taschentücher mehrfach hineingeschnieft hatte, konnte sie auf Emilios Frage eingehen.

„Wir waren dort noch nie in Urlaub, ich wüsste auch nicht, dass mein Mann zu einem der Länder dort schon jemals geschäftliche Kontakte gehabt hätte. Haben Sie denn auch einen Hinweis, dass er in die Karibik oder nach Südamerika abgehauen sein könnte?"

„Nein, die haben wir nicht, dies ist nun von unserer Seite aus reine Spekulation. Wissen Sie, wir stellen uns eben die Frage, wohin jemand wie Ihr Mann mit mindestens zwei Millionen Startkapital geflohen sein könnte."

Sie schüttelte fortwährend mit dem Kopf.

„Ich mag das alles immer noch nicht glauben. Das passt überhaupt nicht zu Kurt und wäre auch völlig unlogisch."

„Wie meinen Sie das?"

„In der letzten Woche hat er zum wiederholten Mal das Übernahmeangebot von dieser Batterien-Firma in *Verona* ausgeschlagen, weil er das, was sein Vater mit viel Mühe und jahrelangem Engagement aufgebaut hat, nicht in fremde Hände geben wollte. Und jetzt soll er die Firma auf einmal einfach so, ohne einen Gegenwert dafür zu erhalten, ihrem eigenen Schicksal überlassen?"

Max und Emilio konnten diesem Argument nicht widersprechen, weil sie sich genau darüber selbst schon mehrfach unterhalten hatten. Der *Maresciallo* kam aber nicht mehr dazu, die nächste Frage zu stellen, weil sein Handy klingelte.

„*Pronto. Ciao* Ignazio."

Emilio hörte kurz zu, stand dann auf und ging mit dem Handy am Ohr in Richtung Gartentor davon. Max wollte noch einmal auf einen möglichen Aufenthaltsort von Kurt Becker zurückkommen.

„Gibt es hier in Europa auch keinen Ort, an den Ihr Mann im Zweifelsfall geflüchtet sein könnte? Irgendwo, wo Sie vielleicht schon einmal gemeinsam waren oder wo er über geschäftliche Kontakte vielleicht eine Anlaufstellen hätte?"

„Die Frage habe ich mir natürlich selbst schon immer wieder gestellt, seit Sie darüber spekulieren, Kurt wäre ein Aussteiger. Aber ich habe keine Antwort darauf. Wir haben auch außer dem Bungalow hier keinen Immobilienbesitz im Ausland."

Plötzlich kam Emilio zurück und wirkte ziemlich hektisch.

„*Signora* Becker, wir müssen an dieser Stelle leider unterbrechen, *Signor* Hartinger und ich müssen dringend zu einem Notfall."

Max sah ihn genauso erstaunt an wie Nina Becker. Sie verabschiedeten sich kurz und Max sprintete Emilio hinterher, der im Laufschritt quer durch den Garten auf die Straße hinaus zu seinem Auto lief. Max war kaum neben ihm eingestiegen, da raste Emilio schon mit Blaulicht und Signalhorn los.

„Was ist denn passiert, Emilio?"

„Zwei Sportbootfahrer haben in der Nähe von *Peschiera* einen Leichnam im Wasser treiben gesehen."

„Oh Gott. Gibt es schon einen Hinweis darauf, dass es sich um Kurt Becker handeln könnte? Der Fundort passt doch gar nicht zu unseren bisherigen Informationen."

„Die *Guardia Costiera* hat den Leichnam geborgen und sofort bei uns auf dem Revier angerufen, weil wir auch für *Peschiera* zuständig sind. Ich weiß noch nicht, ob die Beschreibung von Becker in etwa zur Wasserleiche passen würde."

„Habt ihr *Carabinieri* in *Peschiera* kein eigenes Revier?"

„Nein, die nächsten Einheiten wären in *Mozambano*, das liegt ungefähr sieben Kilometer südlich von *Peschiera*, oder dann am See in *Sirmione*."

Nachdem Emilio von der *Viale Roma* in die *Via Gardesana* abgebogen war und die beiden Kreisverkehre in *Lazise* passiert hatte, stieg er so richtig aufs Gas und raste Richtung Süden.

„Der Zuständigkeitsbereich resultiert aus der regionalen Zugehörigkeit der einzelnen Reviere, am Südufer des Sees verlaufen eben mehrere Grenzen. *Mozambano* gehört zur Provinz *Mantova*, *Sirmione* zur Provinz *Brescia*, also beides in der Lombardei. *Peschiera* aber liegt wie *Lazise* in der Provinz *Verona*."

„Und die gehört zum *Veneto*", ergänzte Max.

„Genau, und deshalb sind wir eben für diese südöstliche Ecke vom See auch noch zuständig. Arturo ist schon Richtung *Peschiera* vorausgefahren, Ignazio bleibt auf dem Revier und stellt dann die Telefone auf mein Handy um, falls wir noch nicht zurück sein sollten, wenn er seine Kinder aus der Schule abholen muss."

„Wusste Ignazio schon nähere Einzelheiten?"

„Nicht viel. Nur, dass die Beine des Toten mit einem Strick fest verschnürt waren, das andere Ende des Stricks war ziemlich ausgefranst und sieht aus, als wäre dort etwas abgerissen."

„Ein abgerissener Strick? Wir haben es also mit einem vorsätzlichen Mord zu tun?"

„Es sieht ganz danach aus. Es könnte sein, dass unser Fall Becker gerade schon wieder eine Kehrtwende macht."

„Das wollte ich gerade auch schon sagen. Wenn es tatsächlich Kurt Becker sein sollte, dann ist das, was wir gerade mit seiner Frau besprochen haben, schon wieder hinfällig. Mir ist nur schleierhaft, wieso die Leiche soweit südlich vom Suchgebiet der Taucher entfernt gefunden wurde. Da sind doch etliche Kilometer dazwischen."

„Ohne zu wissen, wo genau der Tote im Wasser getrieben ist, würde ich schätzen, dass wir von einer Entfernung von sieben bis acht Kilometern reden."

„Eben. Ich kenne die Strömungsverhältnisse im See nicht, aber hältst du es für denkbar, dass die Leiche in drei Tagen soweit abgetrieben worden sein könnte?"

„Ich bin leider auch kein Experte was die Wasserströmungs- und Windverhältnisse am See angeht. Aber zum einen haben wir hier relativ häufig, besonders bis zum frühen Nachmittag, einen zum Teil kräftigen Wind aus dem Norden, zum anderen ist direkt in *Peschiera* der einzige Abfluss des Gardasees, der

Mincio. Allerdings kann ich überhaupt nicht beurteilen, ob die Strömung des abfließenden Wasser wirklich so stark ist, dass eine Leiche im See pro Tag zwischen zwei und drei Kilometer zurücklegen könnte."

Emilio musste scharf abbremsen, weil auf seiner Straßenseite ein Rennradfahrer unterwegs war, den er nicht überholen konnte, da ihnen gleichzeitig mehrere Autos entgegen kamen. Kurz darauf erreichten sie *Pacengo*, auch hier musste Emilio vom Gas gehen, weil es viel zu gefährlich gewesen wäre, die enge Ortsdurchfahrt in zu hohem Tempo zu passieren. In erster Linie musste er hier auf die Fußgänger achten, denn insbesondere im Bereich der *Chiesa San Giovanni Battista* gab es nur auf einer Straßenseite einen Gehsteig. Am Ortsausgang konnte er endlich wieder richtig beschleunigen. Hinter *Pacengo* verlief die *Via Gardesana* teilweise schnurgerade, sodass sie zügig vorwärts kamen und schon wenige Minuten später die Ortsgrenze von *Peschiera* erreichten.

„Schau, Max, hier auf der rechten Seite, das ist der Supermarkt, wo vor zwei Jahren auf dem Parkplatz der Geldbote überfallen wurde", erklärte Emilio, als er in den großen Kreisverkehr einfuhr. „Das war kurz bevor ich befördert und nach *Lazise* versetzt worden bin, deswegen war ich in die Ermittlungen damals noch nicht mit eingeschaltet."

Wenige hundert Meter weiter passierten sie einen zweiten Kreisverkehr, hinter dem sich die Autos stauten.

„Zu welchem Hafen müssen wir jetzt hin?", fragte Max an der nächsten Gabelung. „Gleich rechts zum *Porto Turistico* oder geradeaus Richtung *Porto*?"

„Die *Guardia Costiera* macht ihr Boot immer am Hafen fest, an dem auch die Linienschiffe ablegen, deswegen müssen wir dort hin. Im *Porto Turistico,* der in einem der Arme des *Mincio* liegt, gibt es nur Liegeplätze für private Boote."

Sie überquerten den ersten Arm des *Mincio* und Max staunte über die vom Wasser umgebene, imposante Festungsanlage.

„Dieses südöstlichste Ende des Sees hatte von jeher eine wichtige strategische Bedeutung, schon die Römer haben hier erste Wehranlagen gegen feindliche Übergriffe errichtet", erklärte ihm Emilio. „Solange du hier bist, solltest du an einem der Wochenenden einmal herfahren und dir den Ort in Ruhe ansehen."

Nachdem sie die *Porta Verona* passiert und auch die Brücke über den zweiten Arm des *Mincio* hinter sich gelassen hatten, bog Emilio sofort nach rechts auf den Parkplatz des Hafens ab. Am Beginn der etwa achtzig Meter in den See ragenden, massiven Mole, an der rechts und links die Linienschiffe festmachen konnten, war Arturos Dienstwagen abgestellt. Arturo selbst stand daneben und sicherte den Zugang zur Mole ab. Als Emilio und Max vorfuhren, hob er das rot-weiß-gestreifte Absperrband in die Höhe, sodass sie bis zu der Stelle fahren konnten, an der das weiße Boot der *Guardia Costiera* mit einem dicken Tau befestigt war. Emilio hielt direkt hinter dem Rettungswagen, der dort bereits mit weit geöffneten Türen stand.

„*Salve* Emilio."

Federico Canobbio stand auf der Mole neben der schmalen Alubrücke, die zu seinem Boot hinüberführte und rauchte.

„*Salve* Federico. Dich hätte ich jetzt hier nicht erwartet. Darf ich dir meinen deutschen Kollegen Max vorstellen?"

Canobbio schüttelte Max die Hand und erklärte ihnen dann, dass er mit seinem Kollegen Luca Rinaldi zufällig südlich von *Lazise* auf dem See unterwegs gewesen war, als die beiden Sportbootfahrer ihren Notruf abgesetzt hatten.

„Deswegen waren wir innerhalb weniger Minuten vor Ort. Es war gar nicht so einfach, die Leiche ins Boot zu holen."

„Das kann ich mir denken", antwortete ihm Emilio. „Was haben die beiden, die die Leiche gefunden haben, ausgesagt?"

„Nicht viel. Sie konnten einen Zusammenstoß mit der Leiche gerade noch verhindern, am Fundort war sonst weit und breit niemand unterwegs. Wir haben ihre Personalien aufgenommen, sie wollten dann sofort hierher zurück, denen ist der Schreck ganz schön in die Glieder gefahren."

„Du warst doch schon am Samstag an der Suche nach Kurt Becker beteiligt. Meinst du, dass er es ist?"

Canobbio nickte.

„Da bin ich mir sicher. Die Kleidung, also dunkelblaue Shorts und hellblaues Polohemd, passt, außerdem war in der hinteren Hosentasche der Geldbeutel drin. Personalausweis, Führerschein, Scheckkarte, zwei Kreditkarten, alles auf Kurt Becker ausgestellt. Für mich ist das eindeutig."

„Wie ist der Zustand der Leiche?", wollte Max wissen. „Ich meine, ob Sie in etwa abschätzen können, wie lange sie im Wasser lag."

„Von mir aus können wir das Sie gerne weglassen."

Canobbio streckte Max die Hand entgegen.

„Natürlich, gerne."

„Ich heiße Federico."

„Max oder Massimiliano."

„Oder Massimo", ergänzte Canobbio. „So nennen wir meinen Schwager. Aber zurück zu deiner Frage. Ich will dem Gerichtsmediziner nicht vorgreifen, aber so aufgedunsen wie das Gesicht war, würde ich schon darauf tippen, dass die Leiche seit Samstag im Wasser war."

„Wo sind eure Gerichtsmediziner? In *Verona*?"

„Richtig. Zum Glück brauchen wir die nicht allzu oft."

„Kannst du zur Todesursache etwas sagen?"

Bevor er antwortete, warf Canobbio seine Zigarettenkippe auf den Boden und trat sie mit dem Absatz seines Schuhs aus.

„Ganz offensichtlich wurde Becker mit einem Gewicht, das an den Beinen befestigt war, ins Wasser geworfen. Ob er erst dabei ertrunken ist oder bereits vorher tot war, konnte ich nicht so ohne weiteres feststellen. Vielleicht bekommen wir dazu gleich eine Aussage von den Rettungssanitätern."

Plötzlich waren laute Stimmen zu hören, die vom Beginn der Mole her kamen. Sie sahen, wie Arturo mit zwei Herren, die offenbar die Absperrung ignorieren wollten, diskutierte. Der größere der beiden hatte eine Filmkamera auf der Schulter.

„Wer hat denn schon die Medien über den Leichenfund informiert?", fragte Emilio sichtlich genervt.

„Ich ganz bestimmt nicht", verteidigte sich Federico und nahm auch gleich seinen Kollegen Luca Rinaldi in Schutz. „Wer weiß, vielleicht haben die den Funk abgehört? Oder die zwei, die Becker entdeckt haben, wollten sich gleich wichtigmachen und haben beim Fernsehen angerufen. Was meinst du, Emilio, sollen wir sie kurz reinlassen? Solange sie nur die Mole und unser Boot filmen und keine Bilder von der Leiche machen können, hätte ich nichts dagegen."

„Von mir aus. Willst du dich für Fragen zur Verfügung stellen, Federico?"

„Kann ich gerne machen."

Während Federico und Max beim Boot stehen blieben, ging Emilio zu Arturo, der sich immer noch vehement dagegen sträubte, die beiden Reporter durchzulassen.

„*Buongiorno Signori*."

„*Buongiorno Maresciallo*. Wird auf dem Boot der *Guardia Costiera* gerade die Wasserleiche untersucht?", fragte der Kameramann sofort.

„Woher wissen Sie davon?"

„Aber *Maresciallo*", grinste er. „Man gibt doch seinen Informanten niemals preis."

Emilio blieb völlig ernst.

„Und wir müssen auch keine Informationen darüber preisgeben, was sich dort auf dem Boot der *Guardia Costiera* im Moment abspielt."

Der kleinere der beiden Reporter, der schon mit gezücktem Bleistift und einem Notizblock in der Hand bereitstand, sah ein, dass sie nachgeben mussten, wenn sie nicht umsonst nach *Peschiera* gefahren sein wollten.

„Also gut. Einer der beiden Bootsfahrer, die die *Guardia Costiera* alarmiert haben, hat mich angerufen. Sein Cousin ist ein guter Freund von mir, deshalb kennen wir uns auch und deswegen hatte er auch meine Handy-Nummer parat. Wir waren zufällig nicht beim Sender in *Verona*, sondern auf dem Weg zu einem Interview in *Desenzano*. Von *Verona* aus wären wir sonst natürlich noch nicht hier."

Emilio ließ sich ihren Presseausweis zeigen, beide waren tatsächlich beim staatlichen Fernsehen *Rai* beschäftigt. Im dritten Programm *Rai Tre* wurde jeden Abend um halb acht eine dreißigminütige, regionale Ausgabe der Nachrichtensendung *TeleGiornale* ausgestrahlt, deshalb gab es in vielen Städten kleinere Redaktionsteams, die wichtige Nachrichten über das lokale Geschehen zusammentrugen. Nachdem Emilio die Presseausweise zurückgegeben hatte, hob er das rot-weiße Absperrband in die Höhe und ließ die beiden Reporter passieren.

„*Ispettore* Canobbio wird Ihnen einige Fragen beantworten. Fotos oder Filmmaterial des Leichnams sind allerdings tabu."

Emilio war sich nicht sicher, ob sie ihm überhaupt zugehört hatten, so forsch waren sie an ihm vorbei in Richtung von

Federico und Max losmarschiert. Emilio dagegen ging langsam zu ihnen zurück. Der Kameramann filmte zuerst das Dienstauto der *Carabinieri*, den Rettungswagen und das Boot der *Guardia Costiera*, bevor sich Federico so zum Interview hinstellte, dass sein weißes Boot im Hintergrund zu sehen war.

„*Ispettore* Canobbio", begann der kleinere Reporter. „Die *Guardia Costiera* hat heute am späten Vormittag eine männliche Leiche aus dem Gardasee geborgen. Wo genau war das?"

„Der Fundort lag ungefähr einen Kilometer vor *Peschiera*."

„Können Sie etwas zur Todesursache sagen?"

„Nein, leider noch nicht. Dazu müssen wir das Obduktionsergebnis abwarten, das uns sicher erst morgen vorliegen wird."

„Ist es richtig, dass es sich bei dem Gefundenen um den deutschen Geschäftsmann handelt, der seit Samstag vermisst wird?"

„Auch dazu kann ich noch keine Aussage treffen, die genaue Identität muss auch im Rahmen der Obduktion geklärt werden."

„Haben Sie schon eine Erklärung dafür, warum die Beine des Toten mit einem Strick zusammengebunden waren?"

Bisher hatte Federico Canobbio souverän gewirkt, diese Frage brachte ihn aber etwas ins Stottern, obwohl er darauf eigentlich hätte vorbereitet sein müssen.

„Äh, der Strick. Ja, wir stehen mit unseren Ermittlungen, wie Sie sich denken können, erst ganz am Anfang, deshalb können wir im Moment noch nicht beurteilen, welche Rolle der Strick gespielt haben könnte."

„Sie gehen aber von Mord aus?"

„Wir gehen noch von gar nichts aus, solange wir noch nicht einmal richtig zu ermitteln begonnen haben", antwortete er ziemlich unwirsch.

Als Federico sah, dass im gleichen Augenblick der erste der Rettungssanitäter vom Boot auf die Mole herüberkam, hielt er den ausgestreckten Arm vor das Objektiv der Kamera.

„So, das muss reichen, jetzt machen Sie bitte Ihre Kamera wieder aus und verlassen die Mole."

Der Kameramann machte aber keine Anstalten, seinen Platz zu verlassen, sondern drehte sich mit der Kamera in Richtung des Rettungssanitäters. Deshalb ging Emilio dazwischen und stellte sich direkt vor die Kamera.

„Sie haben gehört, was der *Ispettore* gesagt hat. Wenn Sie Interesse an Ermittlungsergebnissen haben, dann müssen Sie uns auch in Ruhe ermitteln lassen.“

Arturo hatte von seinem Standpunkt aus die ganze Zeit beobachtet, was sich auf der Mole abspielte. Nun bekam er von Emilio einen Wink und kam sofort gelaufen.

„Arturo, bitte begleite die beiden Herren zurück zu ihrem Auto.“

Widerwillig drehten sich die Reporter um und schlenderten sehr langsam bis zur Absperrung zurück. Allerdings gingen sie nicht bis zu ihrem Auto weiter, sondern blieben direkt hinter dem rot-weißen Band stehen. Emilio hatte ihnen nachgeschaut, erst als sie weit genug weg waren, wandte er sich dem ersten Rettungssanitäter zu. Dessen Kollege kam ebenfalls gerade vom Boot auf die Mole zurück, blieb aber nicht bei ihnen stehen, sondern begann, die Untersuchungsutensilien im Rettungswagen zu verstauen.

„Was haben Sie herausgefunden?“, fragte Emilio den ersten Rettungssanitäter.

Auch Max und Federico gingen näher zu dem Sanitäter, damit er möglichst leise über die erste Untersuchung des Leichnams berichten konnte.

„Aufgrund des Zustandes der Leiche müssen wir davon ausgehen, dass der Tote etwa zwei bis drei Tage im Wasser gelegen hat. Anhand der Verletzungen, die der Strick hinterlassen hat, kann bei der Obduktion festgestellt werden, ob das Opfer noch gelebt hat, als es, vermutlich mit einem Gewicht beschwert, ins Wasser geworfen wurde. Ich würde aber davon ausgehen, dass er zu diesem Zeitpunkt längst tot war.

„Warum?“, fragten Max und Emilio fast gleichzeitig.

„Weil man sich in der Regel eine Schussverletzung nicht unter Wasser zuzieht.“

„Eine Schussverletzung?“, rief Federico erstaunt. „Die haben wir gar nicht gesehen, als wir die Leiche aus dem Wasser gezogen haben.“

„Wir haben sie auch erst bemerkt, als wir ihm das Poloshirt ausgezogen haben. Die Einschusslöcher waren aufgrund der Verschmutzung des Shirts nicht sofort zu erkennen.“

„Es waren also gleich mehrere Schussverletzungen?“, bohrte Max nach.

„Ja, das Opfer wurde von drei Schüssen in der Herzgegend getroffen. Da es keine Austrittswunden am Rücken der Leiche gibt, müssen alle drei Projektile demzufolge immer noch im Körper stecken."

„Also könnte uns eine ballistische Untersuchung der Projektile vielleicht auf die Spur des Mörders bringen", ergänzte Max.

„Wenn wir Glück haben schon", stimmte ihm Emilio zu. „Was konnten Sie sonst noch feststellen?"

„Keine weiteren, offensichtlichen Verletzungen."

Max dachte an die Identifizierung des Toten.

„Anhand der Kleidung und des gefundenen Geldbeutels gehen wir davon aus, dass es sich um einen seit Samstag vermissten Geschäftsmann aus München handelt, der mit seiner Frau in *Lazise* in Urlaub war. Ist es seiner Frau zuzumuten, sich die Leiche anzusehen, um ihren Mann eindeutig zu identifizieren?"

„Nein, diesen Anblick sollten Sie der Frau auf alle Fälle ersparen. Es ist besser, wenn sie ihren Mann so in Erinnerung behält, wie er vorher immer war. Das Bild der Leiche würde sie bestimmt ihr Leben lang nicht mehr vergessen. Wir könnten uns anderweitig behelfen. Der Tote hatte ein markantes Gebiss mit zwei Goldzähnen. Wenn wir von seinem Zahnarzt Unterlagen über die Zahnbehandlungen der letzten Jahre bekommen, dann sollte es möglich sein, eindeutig festzustellen, ob es sich tatsächlich um den Deutschen handelt."

„In Ordnung", erwiderte Max. „Wir müssen *Signora* Becker ohnehin informieren, dass wir ihren Mann wahrscheinlich gefunden haben, dann kann sie uns gleich den Namen und die Adressdaten vom Zahnarzt nennen."

Federico wollte anders vorgehen.

„Sollen wir uns den Namen von dem Zahnarzt nicht anderweitig besorgen, zum Beispiel über Beckers Krankenasse, und seine Frau erst informieren, wenn nach der Obduktion eindeutig feststeht, dass es wirklich Kurt Becker ist?"

Max schüttelte den Kopf und begründete seine Vorgehensweise.

„Stell dir mal vor, sie schaltet heute Abend den Fernseher ein und sieht im *TG Regione* einen Bericht über den Leichenfund. Möchtest du auf diesem Weg erfahren, dass dein Ehepartner vermutlich tot ist?"

Nun sah Federico ein, dass es notwendig war, Nina Becker sofort zu informieren, auch wenn noch ein kleines Restrisiko bestand, dass der Tote doch nicht ihr Mann war.

„Im Moment können wir hier nichts mehr ausrichten", warf der erste Rettungssanitäter ein. „Deshalb sollten wir die Leiche jetzt in die Gerichtsmedizin nach *Verona* bringen."

„Brauchen Sie Unterstützung?", fragte Federico.

„Nein, aber Sie könnten vielleicht dafür sorgen, dass uns die Reporter nicht unbedingt dabei filmen."

„Darum kümmern wir uns", bot Emilio an und gab Max einen Wink. „Wir halten die beiden in Schach, bis Sie den Leichnam im Wagen haben."

Max und Emilio verabschiedeten sich schon einmal von Federico und gingen dann sofort bis zu der rot-weißen Absperrung, hinter der die beiden Reporter immer noch warteten. Trotz der mehrfachen Aufforderung von Arturo, endlich abzufahren, waren sie geblieben. Als der Kameramann sah, dass sich beim Rettungswagen und dem Boot der *Guardia Costiera* endlich wieder etwas rührte, war er sofort aufnahmebereit und schaltete seine Kamera ein. Emilio und Max kamen gerade rechtzeitig dazu.

„So, jetzt ist erst einmal Sendepause", sagte Emilio energisch, stellte sich direkt vor die Kamera und ignorierte den lauten Protest des Reporters.

„Sie können in ein paar Minuten wieder filmen, wenn der Rettungswagen abfährt."

Auch der andere Reporter protestierte, musste sich letztlich aber den Anweisungen des *Carabiniere* beugen.

Es dauerte nur wenigen Minuten, dann war der Rettungswagen mit dem Leichnam abfahrbereit. Als die Türen geschlossen waren, lief Emilio zu seinem Dienstwagen zurück und fuhr ihn zur Seite, damit der Rettungswagen vorbei kam. Arturo wickelte das Absperrband zusammen und legte es in den Kofferraum seines Autos.

„Max, fährst du mit mir mit?"

„Nein, ich steige wieder bei Emilio ein. Ich denke, wir werden gleich zu Nina Becker fahren."

„Gut, dann sehen wir uns später auf dem Revier. Ich fahre schon los, denn mittlerweile wird Ignazio bestimmt schon in

Richtung Schule aufgebrochen sein, um seine Kinder abzuholen."

„Bis später."

Arturo fuhr davon und Max wartete am Beginn der Mole, bis der Rettungswagen vorbeigefahren war. Da er dann sah, dass Emilio noch einmal ausgestiegen war und wieder mit Federico diskutierte, ging er das kurze Stück auf der Mole zurück. Hinter ihm hatten die Reporter endlich genug gesehen und luden die Kamera in ihr Auto, nachdem sie die Abfahrt des Rettungswagens auch noch gefilmt hatten. Als Max Emilio und Federico erreichte, kam auch noch Federicos Kollege Luca Rinaldi dazu, der die ganze Zeit auf dem Boot der *Guardia Costiera* geblieben war und den Einsatz der Rettungssanitäter beobachtet hatte.

„Arturo ist schon nach *Lazise* vorausgefahren, Emilio."

„Gut, dann kann er Ignazio ablösen", antwortete ihm Emilio und berichtete Max dann, worüber er mit Federico gesprochen hatte. „Wir haben uns darüber unterhalten, ob es Sinn machen würde, nach dem Gewicht zu tauchen, mit dem die Leiche offenbar im See versenkt worden war."

„Was versprichst du dir davon, Emilio? Wir wissen doch nicht, wie lange die Leiche schon an der Wasseroberfläche getrieben ist und welche Entfernung sie dabei zurückgelegt hat. Auch wenn ihr die genauen Koordinaten der Fundstelle habt, wäre es doch schon ein sehr großer Zufall, wenn wir genau da am Grund des Sees das Gewicht finden würden."

Federico und Luca Rinaldi stimmten Max zu und Federico sah auch keinen Nutzen aus neuerlichen Tauchgängen.

„Selbst wenn wir das Gewicht finden würden, glaube ich nicht, dass es uns weiterhelfen würde. Wenn die Leiche zwei bis drei Tage im Wasser war, dann war es das Gewicht doch auch. Welche Spuren vom Mörder sollten da noch dran sein? Es ist bestimmt sinnvoller, auf das Obduktionsergebnis zu warten, damit wir Einzelheiten zur genauen Todesursache kennen und eventuell über die Ergebnisse der ballistischen Untersuchung weiterkommen."

Emilio sah ein, dass Max und Federico mit ihren Argumenten wahrscheinlich Recht hatten.

„Gut, dann lassen wir das Tauchen und warten darauf, dass die Gerichtsmediziner in *Verona* schnell Ergebnisse liefern."

„Ihr könnt uns natürlich gerne wieder engagieren, wenn wir euch irgendwie weiterhelfen können“, bot Federico an.

„Vielen Dank.“

Nun verabschiedeten sich Max und Emilio endgültig von den Kollegen der *Guardia Costiera* und machten sich auf den Rückweg nach *Lazise*, um Nina Becker schonend beizubringen, dass ihr Mann höchstwahrscheinlich tot war.

14

Am späten Vormittag waren immer mehr dunkle Wolken am Himmel aufgezogen, deswegen wunderten sich Max und Emilio nicht, dass sich Nina Becker diesmal nicht auf der Terrasse aufhielt, als sie am Bungalow eintrafen. Allerdings reagierte sie auch nicht auf mehrfaches Klingeln an der Haustür.

„Vielleicht ist sie heute zum Mittagessen in ein *Ristorante* gegangen“, überlegte Max laut.

Mittlerweile hatte er auch schon einen Mordshunger, schließlich war es schon halb zwei und er hatte seit dem Frühstück nichts mehr gegessen.

„Lass uns zum Revier zurückfahren, dann kommen wir eben in einer Stunde nochmal vorbei.“

„Willst du sie nicht am Handy anrufen?“

„Ungern, denn dann kann sie sich doch ausrechnen, dass wir schlechte Nachrichten für sie haben. Ich würde es ihr lieber persönlich sagen.“

Bei der Fahrt zum Revier schwiegen beide, genauso wie sie bei der Rückfahrt von *Peschiera* kaum geredet hatten. Jeder versuchte erst einmal für sich, die Geschehnisse einzuordnen und zu bewerten. Schließlich hatte Emilio vorgeschlagen, sich gleich nach dem Besuch bei Nina Becker auf dem Revier zusammenzusetzen und zu dritt mögliche Tathergänge und Hintergründe zu diskutieren.

„Ignazio ist schon weg“, war Arturos erster Kommentar, als Emilio und Max auf dem Revier eintrafen. „Er hat mir eine kurze Mail geschrieben, dass der restliche Vormittag absolut ruhig verlaufen sei, keine Anrufe, keine Mails zu unserem Fall.“

Plötzlich stutzte er.

„Warum seid ihr eigentlich schon da? Wolltet ihr nicht gleich zu Nina Becker.“

„Doch“, erwiderte Emilio. „Sie war nicht zuhause, wir probieren es nach dem Mittagessen noch einmal.“

„Mittagessen ist ein gutes Stichwort.“

Arturo und Emilio lachten bei dieser Bemerkung von Max laut los.

„Ich habe mich schon gewundert, dass du dich noch nicht über die vorgerückte Essenszeit beschwert hast, Max", zog ihn Emilio auf und Arturo stieß ins gleiche Horn.

„Ein Wunder, dass du uns noch nicht umgekippt bist."

„Ich glaube, jetzt habe ich wieder einen wichtigen Punkt für meinen Abschlussbericht", schoss Max zurück. „Wenn nach mir nochmal jemand aus Bayern für vier Wochen hierher kommt, dann soll er wenigstens gewarnt sein, dass man hier hungern muss."

„Du schaust wirklich schon sehr schlecht aus, Max", lästerte Arturo weiter, ging dann aber doch zur Planung des Mittagessens über. „Sollen wir wie gestern ins *La Barca* gehen oder wollt ihr heute woanders hin? Mir ist es egal."

Emilio war ausnahmsweise dagegen, in die angestammte *Trattoria* zu gehen.

„Ich glaube, heute wäre es besser, wenn wir nur schnell zum *Pizza*-Essen gehen. Wenn wir erst einmal bei Nino im *La Barca* sitzen, dann stehen wir doch sowieso so schnell nicht wieder auf, dazu fehlt uns aber heute die Zeit, schließlich haben wir einen Mord aufzuklären."

„Ich war zwar erst gestern Abend im *Da Tonio*, aber für eine *Pizza* bin ich immer zu haben", stimmte Max dem Vorschlag von Emilio zu.

Arturo war ebenfalls einverstanden und so machten sie sich sofort auf den kurzen Fußweg zur *Pizzeria*. Unterwegs berichtete Max, was ihm Tonio am Vorabend erzählt hatte, nämlich dass sich viele Gäste über den Unglücksfall auf dem See unterhielten, aber im Grunde nur das weitererzählten, was sie irgendwo anders aufgeschnappt hatten.

„Mittlerweile bezweifle ich, dass wir noch einen Augenzeugen finden werden", meinte Emilio mit einem resignierenden Unterton.

Max dagegen wollte diesbezüglich die Hoffnung noch nicht aufgeben.

„Auch wenn die beiden Reporter vorhin lästig waren, könnte es uns eventuell helfen, wenn heute Abend im *TG Regione* ein Bericht über den Leichenfund im See ausgestrahlt werden sollte. Und auch was die Plakate betrifft, würde ich da noch keinen Schlussstrich ziehen. Wer sagt uns denn, dass die Passagiere vom Samstag jeden Tag mit dem Schiff unterwegs sind?"

Da sie in der *Pizzeria* dann relativ nahe bei den anderen Gästen saßen, konnten sie sich nicht großartig über ihren Fall unterhalten. Tonio Ticino kam einmal an ihrem Tisch vorbei, fragte aber nicht nach, ob der deutsche Urlauber nun endlich gefunden sei, sondern ließ eine Bemerkung zu den Gerüchten über den Verschollenen fallen, aus der herauszuhören war, dass er noch nichts von der Wasserleiche wusste. Nach dem Essen marschierten die drei zum Revier zurück, Max und Emilio gingen aber erst gar nicht hinein, sondern setzten sich sofort in Emilios Dienstwagen, um erneut zum Bungalow am Seeufer zu fahren. Als sie dort vor dem Gartentor aus dem Auto stiegen, kam ihnen Nina Becker an der Uferpromenade entgegen.

„Jetzt haben Sie aber Glück gehabt, dass Sie nicht umsonst hergefahren sind. Ich musste einfach mal raus und bin jetzt fast zwei Stunden am See spazieren gegangen."

Weder Emilio noch Max sagten ihr, dass sie vor ungefähr einer Stunde schon einmal da gewesen waren. Sie warteten, bis sie das Gartentor geöffnet hatte und gingen hinter ihr hinein.

„Bitte setzen Sie sich schon auf die Terrasse und bedienen Sie sich beim Wasser, ich muss unbedingt zur Toilette, bin dann aber gleich für Sie da."

Max und Emilio gingen auf die Terrasse, während Nina Becker die Haustür aufsperrte und im Innern des Bungalows verschwand. Da die beiden nichts trinken wollten, stellte Max nur an ihren Platz ein Glas und eine Flasche *Acqua minerale*. Gleich darauf wurde schon der Vorhang zurückgezogen und die Terrassentür ging auf. Nina Becker hatte sich allerdings kaum hingesetzt, da begann es zu regnen. Der Regen setzte unmittelbar so stark ein, dass es bis unter die Überdachung der Terrasse spritzte.

„Ich glaube, es ist besser, wenn wir hineingehen", schlug sie vor und stand auf.

Max und Emilio folgten ihr ins Wohnzimmer hinein.

„Da habe ich aber Glück gehabt, dass ich noch trocken heimgekommen bin, ich hätte nämlich keinen Schirm dabei gehabt."

Als sich ihre Besucher gesetzt hatten, schaute sie Emilio fragend an und kam sofort darauf zu sprechen, warum sie die Krimanaler bereits am Vormittag aufgesucht hatten.

„Haben Sie inzwischen noch etwas über diese dubiose Überweisung in die Schweiz herausgefunden oder waren Sie länger mit Ihrem Notfall beschäftigt?“

„Zur Überweisung gibt es noch nichts Neues, wir waren in der Tat länger bei unserem Notfalleinsatz.“

Emilio machte eine Pause, die ein wenig zu lang ausfiel. Plötzlich zuckte Nina Becker zusammen und starrte ihn mit weit aufgerissenen Augen an.

„Betraf der Notfall etwa meinen Kurt?“

„Das wissen wir noch nicht genau. Wir wurde heute Vormittag nach *Peschiera* gerufen und waren länger beschäftigt, weil man dort“ – wieder machte Emilio eine Pause – „weil man dort im Wasser einen Toten gefunden hatte.“

„Nein“, schrie sie auf, schlug sich die rechte Hand auf den Mund und sackte auf ihrem Stuhl regelrecht zusammen.

Dann wurde sie von einem heftigen Weinkrampf geschüttelt. Er wartete, bis sie sich wenigstens ein bisschen beruhigt hatte, bevor er ihr Einzelheiten erläuterte.

„Es tut mir sehr leid, dass wir keine anderen Nachrichten für Sie haben. Wie gesagt, wir haben noch keine hundertprozentige Sicherheit, ob es sich bei dem Toten um Ihren Mann handelt, aber die äußeren Umstände sprechen dafür, wie zum Beispiel die Kleidung sowie der Geldbeutel, den wir bei ihm gefunden haben.“

„Wie geht es jetzt weiter?“, fragte sie mit tränenerstickter Stimme.

„In der Gerichtsmedizin in *Verona* wird noch heute Nachmittag oder spätestens morgen Früh eine Obduktion durchgeführt, dann wissen wir mehr.“

„Ich kann mir das nicht erklären, wie er über Bord gefallen sein könnte.“

Max und Emilio hatten zuvor im Auto besprochen, ihr nichts davon zu erzählen, dass das Opfer offenbar mit einem Gewicht im See versenkt worden war. Die Schussverletzungen konnten sie ihr allerdings nicht vorenthalten.

„So wie es aussieht, ist er nicht einfach über die Reling gefallen.“

„Sondern?“

„Der Leichnam, der gefunden wurde, hatte in der Herzgegend drei Schussverletzungen.“

„Erschossen? Mein Kurt? Das gibt es doch gar nicht. Wer sollte denn ein Interesse daran haben, Kurt zu ermorden?"

„Genau das wollen wir herausfinden. Entschuldigen Sie die Frage, *Signora* Becker, aber haben Sie oder Ihr Mann eine Waffe?"

Nina Becker sah Emilio völlig entgeistert an und schüttelte sofort mit dem Kopf.

„Nein, Kurt hatte nie eine Waffe und ich schon gleich gar nicht. Ich kenne auch niemanden, der eine Waffe besitzen würde."

Wieder schüttelte sie mit dem Kopf.

„Das ergibt für mich alles überhaupt keinen Sinn. Wir wollten doch nur zum Markt nach *Malcesine* fahren und auf dem Schiff konnte auch niemand wissen, dass ich kurz nach der Abfahrt in *Lazise* auf die Toilette musste. Wo sollte da plötzlich jemand mit einer Waffe herkommen? Vielleicht haben Sie sich doch geirrt und der Tote ist gar nicht mein Kurt."

„Um jeden Zweifel auszuräumen, bräuchten wir noch eine Auskunft von Ihnen. Könnten Sie mir bitte den Namen und die Adresse vom Zahnarzt Ihres Mannes nennen?"

„Kurts Zahnarzt? Jetzt kapiere ich überhaupt nichts mehr."

Nachdem bisher nur Emilio geredet hatte, übernahm nun Max diese Erklärung.

„Wenn andere Möglichkeiten der Identifizierung schlecht machbar oder sogar ausgeschlossen sind, behilft man sich oft mit der Untersuchung des Gebisses. Der Zahnarzt weiß darüber naturgemäß am besten Bescheid. Nach einem Abgleich des Gebisses von dem Toten mit den Untersuchungsberichten vom Zahnarzt Ihres Mannes sollten wir dann endgültig Sicherheit haben."

„Kurt hatte zwei Goldzähne."

Weil Emilio und Max nicht sofort reagierten, sondern sich nur kaum sichtbar zunickten, fragte sie nach.

„Hatte der Tote auch zwei Goldzähne?"

„Ja, das haben die Rettungssanitäter festgestellt", antwortete ihr Emilio.

Wieder schossen ihr die Tränen in die Augen.

„Kurt", schluchzte sie laut auf.

Diesmal dauerte es etwas länger, bis sie sich halbwegs wieder beruhigt hatte.

„Wann kann ich ihn noch einmal sehen? Ich könnte ihn doch gleich selbst identifizieren."

„*Signora* Becker", begann Emilio langsam. „Die Rettungssanitäter haben leider dringend davon abgeraten, dass Sie sich den Leichnam ansehen."

„Aber warum denn?"

„Ob es sich nun um Ihren Mann handelt oder nicht, wir müssen davon ausgehen, dass der Tote mehrere Tage im Wasser gelegen hat. Das hinterlässt natürlich Spuren an einem Leichnam, deshalb sollten Sie sich diesen Anblick wirklich ersparen und Ihren Mann, so wie er lebend war, in Erinnerung behalten."

Sie schwieg eine ganze Weile und schien mit ihren Gedanken ganz weit weg zu sein, dann sagte sie plötzlich leise:

„Dr. Heiderer in Unterhaching. Den ersten Goldzahn hat Kurt vor drei Jahren bekommen, den zweiten erst Anfang letzten Jahres. Darüber sollten also noch alle Unterlagen bei Dr. Heiderer vorhanden sein."

Max versprach ihr, sich sofort mit der Praxis in Verbindung zu setzen, die Behandlungsunterlagen anzufordern und dann nach *Verona* weiterzuleiten.

„Wir wollen natürlich auch so schnell wie möglich Klarheit haben."

„Und wie wollen Sie denjenigen finden, der ihn auf dem Gewissen hat?"

Max musste zugeben, dass sie in der Hinsicht noch sehr viel Arbeit vor sich hatten.

„Wir haben in den vergangenen Tagen schon sehr viele Informationen über Ihren Mann zusammengetragen. Sie wissen, welche Möglichkeiten wir in Betracht gezogen hatten, was auf dem Schiff passiert sein könnte. Auf ein Motiv für einen Mord sind wir allerdings noch nicht gestoßen. Einen Raubmord können wir meines Erachtens auch ausschließen, da Ihr Mann seinen Geldbeutel in der Hosentasche hatte und offenbar sämtliche Karten vorhanden waren."

„War kein Geld drin? Er müsste ungefähr dreihundert Euro im Geldbeutel gehabt haben."

„Diese Information fehlt uns noch, Frau Becker, wir wissen bisher nur, dass der Personalausweis und der Führerschein von Ihrem Mann drin waren und außerdem noch eine Scheckkarte sowie zwei Kreditkarten auf den Namen Ihres Mannes vorhanden waren. Dies erfuhren wir aber nur im Zusammenhang mit der Identifizierung des Toten. Alles Weitere muss ich mit der Gerichtsmedizin in *Verona* klären."

Wieder schüttelte sie mit dem Kopf.

„Ich habe wirklich keine Ahnung, wer so einen Hass auf Kurt gehabt haben könnte, dass er ihn gleich umbringt. Jetzt, nachdem er endlich gefunden wurde, möchte ich natürlich so schnell wie möglich nach Hause."

Emilio hatte dafür vollstes Verständnis, musste sie aber noch ein bisschen vertrösten.

„Selbst wenn die Obduktion zu dem Ergebnis führen sollte, dass wir tatsächlich Ihren Mann gefunden haben, heißt das nicht automatisch, dass der Leichnam gleich morgen freigegeben wird. Das könnte unter Umständen noch einige Tage dauern, vor allem wenn wir mit unseren Ermittlungen gar nicht weiterkommen."

Nina Becker nickte stumm.

„Bitte geben Sie mir aber so schnell wie möglich Bescheid, schließlich muss ich jetzt Kurts Beerdigung organisieren und ohne konkreten Überführungstermin nach Deutschland kann ich schlecht mit der eigentlichen, detaillierten Planung beginnen."

„Können wir im Moment noch etwas für Sie tun?"

„Nein, Herr Hartinger, mit dieser schlimmen Nachricht muss ich wohl erst einmal alleine fertig werden."

Emilio hatte noch einen Rat für sie.

„Als wir in *Peschiera* waren, sind plötzlich zwei ziemlich aufdringliche Reporter da gewesen. Schauen Sie sich heute Abend lieber keine Nachrichten im italienischen Fernsehen an, ich weiß nämlich nicht, in welcher reißerischen Aufmachung dort über den Fund der Leiche im See berichtet wird."

„Danke für den Hinweis. Normalerweise sehe ich mir die Nachrichten schon ab und zu an, aber das lasse ich dann heute lieber."

Max bot ihr nochmals an, dass sie sich jederzeit an die *Carabinieri* wenden könnte, wenn sie Hilfe brauchen oder wenn ihr noch etwas einfallen würde, was die Ermittlungen voranbringen könnte. Sie blieb sitzen, als sich Max und Emilio von ihr verabschiedeten und über die Terrassentür den Bungalow wieder verließen. Der starke Regen hatte etwas nachgelassen, trotzdem beeilten sie sich, zu Emilios Auto zu kommen. Bei der kurzen Rückfahrt zum Revier unterhielten sie sich über das Verhalten von Nina Becker. Max war der Meinung, dass sie immer noch zum Kreis der potentiellen Täter gehörte.

„Ihr Motiv bleibt. Bei einer Scheidung wäre sie, was die Firma angeht, leer ausgegangen. Jetzt kommen sogar noch die zwei Millionen in der Schweiz dazu, von denen hätte sie bei einer Scheidung vermutlich auch nichts gesehen. Auch wenn sie gestern so überrascht darauf reagiert hat, könnte es schon sein, dass sie von dem Geld gewusst hat."

„Dann hast du vorhin ihr gegenüber wohl bewusst so betont, dass wir noch kein Motiv für einen Mord haben?"

„Genau, sie soll sich ruhig ein bisschen sicher fühlen, falls sie tatsächlich etwas damit zu tun haben sollte."

Emilio fuhr auf den Parkplatz direkt vor dem Revier.

„Lass uns in meinem Büro gleich weitermachen, Max."

Mittlerweile hatte es wieder aufgehört zu regnen und die ersten Sonnenstrahlen bahnten sich ihren Weg durch die Wolken.

Arturo hatte keine Neuigkeiten für sie, er setzte sich gleich mit an den kleinen Tisch in Emilios Büro und ließ sich kurz von dem Gespräch mit Nina Becker berichten.

„Sie hat mich mit einer kleinen Bemerkung selbst darauf gebracht, dass sie an der Tat beteiligt sein könnte", führte Max dann seine Überlegungen weiter. „Sie hat gemeint, dass keiner wissen konnte, dass sie kurz nach der Abfahrt in *Lazise* zur Toilette gehen würde."

Max machte eine kurze Pause.

„Außer..."

„Außer sie selbst", ergänzte Arturo.

„Richtig, sie selbst oder vielleicht jemand, der von ihr eingeweiht war."

Emilio blickte skeptisch drein.

„Das würde also bedeuten, Kurt Becker wurde sofort auf dem Schiff erschossen. Gut, das ist natürlich eine Möglichkeit, dann lag aber der Tatort zwischen *Lazise* und *Bardolino*. Wie kam dann die Leiche nach *Peschiera*?"

Auch darüber hatte sich Max schon Gedanken gemacht.

„Theoretisch könnte es schon so gewesen sein, dass Becker an Bord erschossen und dann seine Leiche unmittelbar ins Wasser geworfen wurde. Dann müsste allerdings auch schon etwas zum Versenken bereitgelegen haben, was wiederum bedeuten würde, dass Nina Becker, wenn sie beteiligt war, nicht allein gehandelt hat, denn wenn sie ein Gewicht oder ähnliches mitgeschleppt hätte, wäre das ihrem Mann doch sicher aufgefallen. Dieses Szenario würde aber nicht mit dem Fundort der Leiche zusammenpassen, außer das Gewicht an der Leiche ist sehr schnell abgerissen und die Leiche trieb drei Tage in Richtung *Peschiera*. Emilio, wer könnte uns am besten über die Strömungsverhältnisse im See Auskunft geben?"

„Auf Anhieb fällt mir niemand ein. Eigentlich hätte ich vorhin Federico danach fragen können, er weiß bestimmt, wer uns da am besten weiterhelfen kann. Ich werde ihn hinterher gleich anrufen."

„Und wenn die Leiche gar nicht so weit geschwommen ist, sondern direkt bei *Peschiera* versenkt wurde?", stellte Arturo in den Raum und Max ging sofort darauf ein.

„Das habe ich auch in Betracht gezogen. Wenn es so gewesen sein sollte, hieße das entweder, dass die Leiche auf anderem Weg nach *Peschiera* transportiert worden ist oder Becker lebte noch, wurde entführt, später erschossen und dann in den See geworfen. Für mich ist letzteres aber nicht so wahrscheinlich."

„Eben", stimmte ihm Emilio zu. „Wenn er noch länger an Bord gewesen wäre, hätte er bei der Suchaktion auf der *Vicenza* gefunden werden müssen. Wie sieht deine Theorie genau aus, Max?"

„Nina Becker müsste zumindest einen Helfer gehabt haben, der aber nicht auf der *Vicenza*, sondern mit einem anderen Boot auf dem See unterwegs war. Sie erschießt ihren Kurt und wirft seine Leiche sofort über die Reling. Ihr Helfer, der sich in der Nähe aufhält, fischt die Leiche aus dem Wasser und verschwindet damit. Sobald das Boot weit genug weg ist, schlägt sie beim *Capitano* Alarm und sorgt dafür, dass zuerst überall auf dem Schiff nach ihrem Mann gesucht wird und schließlich die *Guardia Costiera* alarmiert wird, um nach ihm zu tauchen."

Arturo und Emilio sagten erst einmal gar nichts zu diesen Überlegungen, sondern ließen sich diese Mutmaßungen von

Max durch den Kopf gehen. Arturo brach dann nach einiger Zeit das Schweigen.

„Wäre das nicht viel zu riskant gewesen? Besonders am Wochenende sind doch auch viele private Boote auf dem See unterwegs, da wäre für mich das Risiko, beobachtet zu werden, viel zu groß."

Max sah das ähnlich, wollte sich aber von seiner Theorie nicht so schnell abringen lassen.

„Das stimmt schon, Arturo. Allerdings hätte Nina Becker sehen können, ob außer dem Boot von ihrem Helfer noch weitere in der Nähe gewesen wären. Sie musste doch nur den günstigsten Augenblick abwarten. Bis *Malcesine* wäre dazu genügend Zeit gewesen."

Arturo hatte noch einen Einwand.

„Die Leiche hätte aber sofort untergehen müssen, nachdem sie über Bord geworfen wurde."

„Theoretisch schon. Allerdings hängen auf den Linienschiffen doch genügend Rettungsringe, es wäre ein Leichtes für Frau Becker gewesen, einen der Ringe an der Leiche festzubinden, um zu verhindern, dass sie sofort untergeht."

Diesem Argument von Max konnte Arturo nun nicht mehr widersprechen. Emilio dachte eher darüber nach, wie man so einen Tathergang beweisen könnte.

„Ohne Zeugen wird das verdammt schwer, Max. Die Tatwaffe könnte weiterhelfen, aber die liegt bestimmt längst am Grund vom See."

„Ich weiß, dass meine Theorie schon auf etwas wackligen Beinen steht, auch was die Beweise dafür angeht."

„Vielleicht hätte uns die Spurensicherung weiterhelfen können, wenn sie gleich am Samstag auf der *Vicenza* den Bereich genau untersucht hätte, in dem sich das Ehepaar Becker aufgehalten hat und wo wahrscheinlich der Mord passiert ist."

Emilio reagierte etwas gereizt auf diese Feststellung von Arturo, weil er sie als Kritik an seiner Arbeit auffasste.

„Wir konnten doch am Samstag noch nicht ahnen, in welche Richtung sich dieser Fall entwickeln wird, nach den ersten Aussagen von Nina Becker und der Schiffsbesatzung mussten wir von einem Unglücksfall ausgehen. Du weißt ja gar nicht, wie ausführlich ich mich hätte dafür rechtfertigen müssen, wenn die Spurensicherung hier mit drei Mann aus *Verona* anrückt und sich dann herausstellt, dass *Signor* Becker einfach nur über die Reling gefallen ist."

Max kannte zwar aus eigener Erfahrung die Schwierigkeiten, die man sich mit seinem Vorgesetzten einhandeln konnte, wenn man mehrere Kollegen einer Spezialabteilung anscheinend vorschnell angefordert hatte, in diesem Fall musste er aber Arturo Recht geben.

„Im Nachhinein wäre es natürlich von Vorteil gewesen, wenn das Heck der *Vicenza* gleich am Samstag von der Spurensicherung unter die Lupe genommen worden wäre."

Auch auf die Gefahr hin, wieder einen bösen Blick von seinem Vorgesetzten abzubekommen, wollte Arturo noch einmal betonen, dass es besser gewesen wäre, die Spurensicherung sofort zu alarmieren.

„Sie jetzt noch anrücken zu lassen, macht wahrscheinlich wenig Sinn. Wenn dort tatsächlich noch irgendwelche Spuren vorhanden gewesen sein sollten, dann hat sie doch bestimmt der Wolkenbruch von vorhin endgültig weggewaschen."

„Außer Blutspuren", widersprach ihm Max. „Die wären selbst nach dem starken Regen höchstwahrscheinlich noch nachweisbar. Allerdings wüssten wir doch von vornherein, dass sie von Kurt Becker wären."

Nun schlug sich sogar Emilio auf Arturos Seite.

„Auch wenn wir schon von vornherein wüssten, dass die Blutspuren nur von Becker stammen könnten, dann hätten wir wenigstens einen Nachweis, dass er nicht entführt, sondern bereits an Bord der *Vicenza* erschossen worden ist."

Er blickte auf seine Armbanduhr.

„Momentan ist die *Vicenza* noch auf dem See unterwegs. Ich denke, es macht keinen Sinn, sie jetzt irgendwo zu stoppen, die Passagiere von Bord zu holen und das Schiff dann zu untersuchen. Ich werde aber veranlassen, dass die Kollegen der Spurensicherung die *Vicenza* sofort unter die Lupe nehmen, wenn sie an ihrer Endstation in *Peschiera* festmacht."

Arturo grinste zufrieden in sich hinein, wollte aber bis dahin natürlich nicht tatenlos herumsitzen.

„Was machen wir in der Zwischenzeit?"

Emilio zuckte mit den Schultern.

„Wenn wir uns auf die Theorie von Max konzentrieren, frage ich mich auch, wie wir weitermachen sollen. Wir haben gegen

Nina Becker keinen einzigen Beweis in der Hand und gegen einen unbekannten Helfer erst recht nicht. Also, wie sollen wir jetzt vorgehen?"

„Im Moment hilft wahrscheinlich nur das Ausschlussprinzip. Emilio, wenn du, nachdem du die Spurensicherung angefordert hast, mit Federico telefonierst und dich um die Strömungsverhältnisse im See kümmerst, könnten wir eventuell schon einmal ausschließen, dass die Leiche von *Lazise* bis nach *Peschiera* abgetrieben worden sein könnte. Arturo, du könntest anfangen, die Bootsverleiher in *Lazise, Bardolino* und *Peschiera* anzurufen, ob Nina Becker dort eventuell für den Samstag ein Boot gemietet hatte oder ob den Bootsverleihern am Wochenende irgendetwas Ungewöhnliches aufgefallen ist. Ich werde sofort versuchen, diesen Dr. Heiderer in Unterhaching zu erreichen, damit wir so schnell wie möglich die notwendigen Unterlagen für die Gerichtsmedizin bekommen. Dann möchte ich kurz Wiggerl und Rocco anrufen und über den Leichenfund informieren. Vielleicht haben die beiden noch eine gute Idee für unseren Fall. Anschließend kann ich auch mithelfen, die Bootsverleiher abzutelefonieren."

Emilio nickte zustimmend und wollte schon aufstehen, um sich zum Telefonieren an seinen Schreibtisch zu setzen, aber Max hatte noch einen offenen Punkt.

„Ein Aspekt kommt bei unseren Überlegungen noch überhaupt nicht vor. Wie passt der verschwundene Audi in diese ganze Geschichte? Dazu ist mir bisher rein gar nichts eingefallen."

Arturo hatte eine Vermutung gehabt, die aber mittlerweile hinfällig war.

„Ich hatte gedacht, dass er eventuell dazu benutzt worden wäre, um Beckers Leiche wegzuschaffen, aber nach den heutigen Erkenntnissen glaube ich nicht, dass Becker, egal ob lebend oder bereits tot, den See noch einmal verlassen hat."

Die gleiche Schlussfolgerung hatte Max für sich auch schon gezogen, Emilio sah wegen des Autos derzeit keine Handlungsmöglichkeit.

„Es ist zur Fahndung ausgeschrieben, erst wenn es gefunden sein sollte, könnten wir über die Spurensicherung herausfinden lassen, was mit dem Auto angestellt worden sein könnte. Ich sehe aber auch noch immer keinen Zusammenhang mit dem Mord an Becker, deswegen müssen wir diesen Punkt erst einmal außen vor lassen, solange wir mit anderen Ermittlungen beschäftigt sind."

Nach dieser ausführlichen Diskussion zogen sich alle drei an ihren Schreibtisch zurück. Während Emilio sofort anfangen konnte, zu telefonieren, suchte sich Arturo erst einmal in den *Pagine gialle*, dem italienischen Branchentelefonbuch, die ersten Telefonnummern der Bootsverleiher von *Lazise* heraus. Max hatte im Internet sofort die Nummer von Dr. Heiderer in Unterhaching gefunden. Bei seinem Anruf traf er erst einmal auf eine ziemlich unfreundliche Arzthelferin, die ihn nach einigem Zureden widerwillig zu ihrem Chef durchstellte. Der Zahnarzt selbst berief sich sofort auf seine ärztliche Schweigepflicht und schloss es kategorisch aus, irgendwelche Patientendaten nach Italien zu schicken. Erst als ihm Max vorschlug, telefonisch bei der Kripo in Rosenheim Rücksprache zu halten und die Unterlagen dann an seinen Kollegen Ludwig Maler zu mailen, zeigte sich Dr. Heiderer kompromissbereit. Nach diesem unnötig langen Telefonat legte er nicht auf, sondern drückte nur auf die Gabel, um wieder ein Freizeichen zu erhalten und wählte sofort Wiggerls Nummer in Rosenheim.

„*Pronto.*"

„Wiggerl, schön langsam wirst du mir unheimlich", lachte Max.

„Wieso unheimlich? Du sagst doch selbst immer, dass wir bei unserem Job sehr flexibel sein müssen."

„Stimmt, aber so viel Flexibilität hätte ich dir gar nicht zugetraut."

„Depp."

Nach ihren üblichen Lästereien wurde Max aber sofort wieder ernster und bereitete Wiggerl auf den Anruf und die Mail von Dr. Heiderer vor. Anschließend, nachdem Wiggerl an seinem Telefon für Rocco den Lautsprecher eingeschaltet hatte, schilderte er den beiden ausführlich, was seit ihrem letzten Telefonat am frühen Vormittag in *Lazise* und *Peschiera* alles passiert war und was er mit Arturo und Emilio zuvor besprochen hatte.

„Dann hab ihr euch also jetzt erst einmal auf Nina Becker als Täterin versteift", stellte Wiggerl fest.

„Ja, zwangsläufig. Sie ist bisher die Einzige, die ein Motiv hätte und ein Alibi kann sie eben auch nicht vorweisen. Wir müssen nun versuchen, ihr etwas nachzuweisen."

„Das kann wirklich schwierig werden. Vielleicht liegst du aber mit deiner Theorie zum Mord auf der *Vicenza* und dem sofortigen Abtransport der Leiche über den See nur halb richtig."

„Wie meinst du das, Wiggerl?"

„Du hast erwähnt, dass Nina Becker während der ganzen Fahrt bis nach *Malcesine* Zeit gehabt hätte, den günstigsten Augenblick abzuwarten, um ihren Mann zu erschießen."

„Richtig."

„Genauso würde das aber auch auf jemanden zutreffen, der als normaler Fahrgast getarnt an Bord der *Vicenza* war, um Kurt Becker zu ermorden. Wenn er wusste, dass die Beckers auf dem Schiff waren, dann wusste er sicher auch, dass sie bis nach *Malcesine* fahren wollten. Also hätte auch er genügend Zeit gehabt, auf den günstigsten Moment zu warten. Dass diese Gelegenheit dann schon kurz nach dem Zustieg der Beckers in *Lazise* gekommen ist, kann wirklich reiner Zufall sein."

Max ließ sich auf seinem Schreibtischstuhl zurückfallen und schnaufte einmal tief durch.

„Es müssten dann allerdings zwei Komponenten zusammengekommen sein. Zum einen musste Nina Becker ihren Mann alleine lassen und gleichzeitig durfte auf dem See niemand in der Nähe sein, außer einem Helfer auf einem Boot natürlich, der das Geschehen auf dem Schiff hätte beobachten können. Ob sich ein potentieller Mörder auf so viele Eventualitäten eingelassen hätte? Wenn es sich tatsächlich so abgespielt haben sollte, dann wäre es für uns natürlich noch schwieriger, das zu beweisen. Dazu müssten wir zuerst einmal den Mörder kennen."

„Kam auf die Plakataktion und den Zeitungsartikel immer noch keine Resonanz?", fragte Rocco dazwischen.

„Nein, leider nicht. Da würde ich uns aber schon noch ein paar Tage Zeit geben, zumindest bis nächsten Samstag, denn vielleicht gibt es Fahrgäste, die tatsächlich nur samstags mit dem Schiff unterwegs sind."

Plötzlich hörte Max, wie im Hintergrund eine Computertastatur bedient wurde.

„Max, gerade ist bei mir eine Mail von diesem Dr. Heiderer mit einem sehr großen Dateianhang eingegangen. Das sind ganz ausführliche Unterlagen zu Beckers Gebiss.“

„Sehr gut. Nachdem sein Vorzimmerdrachen und er sich vorhin so wenig kooperativ gezeigt haben, hätte ich nicht gedacht, dass wir das so schnell bekommen. Kannst du das bitte sofort an Emilio weiterleiten?“

Er diktierte Wiggerl Emilios Mail-Adresse.

„Je schneller das in der Gerichtsmedizin in *Verona* vorliegt, umso eher bekommen wir ein detailliertes Obduktionsergebnis, wobei ich mir relativ sicher bin, dass der Tote Kurt Becker ist.“

„Die Mail ist schon unterwegs, Max.“

„Danke.“

Anschließend nutzte Wiggerl noch die Gelegenheit, seinen Kollegen zu einem Fall zu befragen, den Max vor seiner Abreise nach *Lazise* schon teilweise bearbeitet hatte und der nun von ihm fertig recherchiert und abgeschlossen werden musste. Nachdem sie sich ausführlich darüber unterhalten hatten, kam Max noch einmal auf den Grund seines Anrufes zurück.

„Ist euch gestern in der Batterien-Firma wirklich nichts aufgefallen, was auch nur einen Hauch von einem Motiv darstellen könnte?“

„Nein, nichts außer dem Geld oder enttäuschter Liebe. Aber bei beidem landest du zwangsläufig wieder bei Nina Becker als Tatverdächtiger.“

„Nicht unbedingt, Wiggerl“, erwiderte Max nach einer kurzen Denkpause.

„Wen hast du jetzt im Visier?“

„Noch niemand bestimmten, aber vielleicht betrifft die enttäuschte Liebe eine andere Frau, zum Beispiel diejenige, die von Beckers Scheidungsabsichten profitiert hätte. Wenn er es sich noch einmal anders überlegt hätte und entgegen seinen mehrfach geäußerten Plänen nun doch bei seiner Nina bleiben wollte, dann hätte die verlassene Geliebte eindeutig ein Motiv.“

„Auf Anhieb fällt mir da nur Isabella Miller, seine Chefsekretärin ein.“

„Der Gedanke ist gar nicht mal so schlecht, Wiggerl. Als ich Nina Becker von den angeblichen Scheidungsplänen ihres Mannes erzählt habe, hat sie sofort auf die Miller geschimpft und sie sogar als dumme Pute bezeichnet. Dabei hatte ich bewusst nicht erwähnt, von wem wir die Infos bezüglich der geplanten Scheidung hatten. Allerdings sind wir doch gestern anhand der Handy-Daten, die du, Rocco, für uns analysiert hattest, zu dem Schluss gekommen, dass die beiden kein Paar waren."

„Genau", bestätigte ihn Rocco. „Der Becker und die Miller haben doch die ganze Woche nicht miteinander telefoniert."

Max wollte seine Idee trotzdem noch ein wenig durchdenken.

„Nur mal angenommen, sie war doch seine Geliebte, er hätte sie aber schon vor dem Urlaub verlassen, dann hätten sie keinen Grund gehabt, während seiner Abwesenheit zu telefonieren. Weil er sie sitzen gelassen hat, wollte sie sich nun rächen. Zeitlich wäre es für Isabella Miller kein Problem gewesen, am freien Samstag in aller Früh loszufahren, um so rechtzeitig am Gardasee zu sein, dass sie in *Peschiera* an Bord der *Vicenza* gehen konnte. Aber woher sollte sie gewusst haben, dass ihr Ex für den Samstag diesen Ausflug geplant hatte?"

„Theoretisch hätte er die Schiffstour bei einem seiner täglichen Telefonate mit Schaller erwähnen könne, aber was hätte der für einen Grund haben sollen, das weiterzuerzählen?"

Rocco hielt das ganze Szenario für unrealistisch.

„Die Wahrscheinlichkeit, dass die Beckers auf dem verhältnismäßig kleinen Schiff seine Sekretärin entdeckt und erkannt hätten, wäre doch enorm groß gewesen, außer sie hätte ihr Aussehen zum Beispiel mit einer Perücke total verändert. Außerdem hätte es für die Miller doch bestimmt sehr viel günstigere Gelegenheiten gegeben, ihren Chef umzulegen. Warum hätte sie sich ausgerechnet das Schiff dafür aussuchen sollen, wo sie im Zweifelsfall nicht einmal die Gelegenheit gehabt hätte, zu fliehen?"

„Im Grunde genommen hast du damit Recht, Rocco", erwiderte Max. „Aber irgendjemand hat sich meiner Meinung nach ganz bewusst das Schiff als Tatort ausgesucht, denn ich glaube nicht, dass der Mord spontan oder im Affekt passiert ist."

Wiggerl dachte darüber nach, was nach dem Mord geschehen war.

„Habt ihr eine plausible Erklärung dafür, warum der Mörder die Leiche anschließend im See versenkt hat?"

Diesen Punkt hatte Max mit Emilio und Arturo noch nicht diskutiert, er sah darin aber nicht unbedingt einen Anhaltspunkt, der Rückschlüsse auf den oder die Täter zuließ.

„Wahrscheinlich ging es schlicht und einfach darum, die Leiche dauerhaft verschwinden zu lassen, um die Suche nach dem Täter unmöglich zu machen oder zumindest erheblich zu erschweren. Vielleicht liefert uns die Obduktion noch einen weiteren Grund dafür."

„Können wir euch von hier aus noch irgendwie unterstützen?", fragte Wiggerl.

„Ihr könntet überprüfen, ob Isabella Miller für den Samstag ein Alibi hätte."

„Darum werde ich mich gleich kümmern", versprach Wiggerl. „Und sonst?"

„Sonst fällt mir im Moment nichts ein. Sobald zweifelsfrei geklärt ist, dass es sich bei dem Toten um Kurt Becker handelt, könntet ihr aber versuchen, eine Auskunft von der Schweizer Bank zu bekommen. Wenn darüber hinaus noch etwas bei uns anfällt, was beispielsweise die Firma betreffen würde, melde ich mich wieder."

„In Ordnung. Servus, Max."

„*Ciao* ihr beiden."

Das Telefonat mit den Rosenheimer Kollegen war länger ausgefallen als gedacht. Max hatte zwischendurch immer wieder zu Arturo hinübergesehen, der anscheinend in der Zwischenzeit schon mit etlichen Bootsverleihern telefoniert hatte.

„Hast du einen wichtigen Hinweis bekommen, Arturo?"

„Nein, überhaupt nicht. Auf den Namen Becker wurde kein Boot angemietet und an einen ungewöhnlichen Vorfall am Samstag konnte sich auch keiner der Verleiher erinnern."

„Kann ich dir noch ein paar Anrufe abnehmen?"

„Danke, Max, ich habe nur noch drei Nummern hier, die mache ich selbst, schließlich kann ich meinen Spruch inzwischen schon auswendig, wenn ich mich nach dem Samstagvormittag erkundige."

„Gut, dann schaue ich zu Emilio rüber, wie es bei ihm aussieht."

Max traf Emilio allerdings nicht in seinem Büro an, sondern hörte, dass er in der Küche anscheinend dabei war, *Caffè* zu kochen.

„Für mich bitte auch eine Tasse", wünschte er sich, als er in die Küche kam.

„Ich habe sowieso eine Tasse für jeden von uns aufgesetzt. Die Mail aus Rosenheim mit den Zahnarztunterlagen habe ich schon nach *Verona* weitergeleitet. Gibt's bei dir was Neues?"

„Nicht direkt, Wiggerl und Rocco haben darüber spekuliert, wer unser Mörder sein könnte, aber wirklich weitergekommen sind wir dabei nicht."

Er erzählte ihm kurz, wie Wiggerl Isabella Miller als Verdächtige ins Spiel gebracht hatte und dass sicherheitshalber deren Alibi für den Samstagvormittag überprüft wurde.

„Die sitzengelassene Geliebte, leider immer wieder einmal ein Motiv für ein Verbrechen. Aber Roccos Einwand ist mehr als berechtigt, so stümperhaft kann man doch gar keinen Mord planen: die Rivalin womöglich als Zeugin vor Ort und keinerlei Fluchtmöglichkeiten. Ich würde sie als Mörderin eher ausschließen, aber ihr Alibi trotzdem zu überprüfen ist natürlich sinnvoll."

„Hast du inzwischen etwas erreicht?"

„Ja, bei beiden Hausaufgaben, die du mir gegeben hattest", antwortete Emilio mit einem süffisanten Unterton. „Die *Vicenza* müsste laut Fahrplan um sechs Uhr abends wieder in *Peschiera* zurück sein, dann werden die Kollegen von der Spurensicherung bereitstehen, um das Schiff genau unter die Lupe zu nehmen."

„Und wie sieht es mit der Strömung vom See aus?"

„Federico hat mich mit einem seiner Kollegen bei der *Guardia Costiera* verbunden, der sich damit etwas besser auskennt. Der hat mir erzählt, dass es keine exakten Messungen für den See gibt, er konnte mir aber dann doch noch weiterhelfen, indem er eine Vergleichsrechnung angestellt hat. Bei Flüssen geht man von einer Fließgeschwindigkeit von zehn Zentimetern bis zu sechs Metern pro Sekunde aus. Wenn wir die Strecke von *Lazise* bis *Peschiera* von ungefähr acht Kilometern ins Verhältnis setzen zu den drei Tagen, die die Leiche vermutlich im Wasser war, dann hätte sie pro Sekunde circa drei Zentimeter zurücklegen müssen."

„Das hört sich durchaus realistisch an."

„Ja, das hat er auch gemeint, vor allem, weil die Leiche eben in Richtung des einzigen Abflusses aus dem Gardasee, dem *Mincio*, getrieben wurde. Zusätzlich könnte auch der häufige, Richtung Süden wehende kräftige Wind dazu beigetragen haben, dass der Tote die gesamte Strecke in den drei Tagen zurückgelegt hat. Jetzt stellt sich nur die Frage, welche Schlüsse wir für unseren Fall daraus ziehen."

„Wenn wir bei Nina Becker als Verdächtiger bleiben, dann heißt das, sie müsste nicht einmal einen Helfer auf einem anderen Boot gehabt haben, sondern könnte ihren Mann nach dem Erschießen einfach so über die Reling geworfen haben, nachdem er noch mit einem Gewicht beschwert worden war. Offen bleibt aber, was sie als Gewicht an Bord gebracht hat oder was sie direkt von dort genommen haben könnte."

Vielleicht sollten wir das Schiff selbst auch noch einmal in Augenschein nehmen, Max."

„Das können wir doch gleich um sechs machen, oder wolltest du etwa nicht dabei sein, wenn die Spurensicherung anrückt?"

„Doch, doch, natürlich", sagte Emilio schnell, aber sein überraschter Blick ließ eher darauf schließen, dass er es nicht vorgehabt hatte.

Demonstrativ schaute er auf die Uhr.

„Bis in einer Viertelstunde sollten wir losfahren."

Gerade als der *Caffè* fertig war und Emilio ihn in die bereitstehenden Tassen goss, kam auch Arturo in die Küche.

„So, jetzt habe ich alle Bootsverleiher durch, die ich in den *Pagine gialle* finden konnte. Der Name Becker war keinem bekannt und der einzige ungewöhnliche Vorfall am Samstag war, dass ein Urlauber während einer Bootstour mit seiner Frau im Ruderboot aufgestanden und ins Wasser gefallen und deshalb bis auf die Haut nass war, als er das Boot zurückbrachte."

„Schade", seufzte Max. „Wieder ein möglicher Beweis gegen Nina Becker weniger."

Sie tranken im Stehen ihren *Caffè* und Arturo wollte wissen, was als nächstes anstand.

„Wir fahren noch einmal nach *Peschiera*, um dabei zu sein, wenn die Spurensicherung die *Vicenza* inspiziert", sagte Emilio selbstsicher, als hätte er den ganzen Tag schon nichts anderes vorgehabt.

„Es schadet bestimmt auch nicht, wenn wir uns auch nochmals mit dem *Capitano* unterhalten. Vielleicht sieht er manche Dinge, die am Samstag an Bord passiert sind, inzwischen etwas anders. Fährst du auch mit, Arturo?"

„Klar."

„Gut, dann fahren wir aber nur mit einem Auto", schlug Emilio vor. „Ich werde noch schnell zuhause anrufen, damit Elisabetta Bescheid weiß, dass ich heute wieder einmal etwas später nach Hause kommen werde."

Während Emilio in seinem Büro verschwand, gingen auch Arturo und Max zu ihren Schreibtischen zurück. Eine Viertelstunde später brachen sie dann gemeinsam in Richtung *Peschiera* auf.

15

Wie üblich war auf der *Via Gardesana* ziemlich viel Verkehr. Nach der Ortsgrenze von *Lazise* kamen die beiden *Carabinieri* und Max dennoch relativ zügig vorwärts, bis der Verkehr kurz vor *Pacengo* wieder dichter und immer langsamer wurde. Mehrere hundert Meter vor dem Ortsschild ging es dann überhaupt nicht mehr vorwärts. Nachdem sie einige Minuten gewartet hatten und Emilio immer wieder auf die Uhr schaute, weil es schon Viertel vor sechs war, fiel Max auf, dass ihnen überhaupt keine Autos entgegenkamen.

„Das ist doch eigenartig. Vielleicht hat es dort vorne gekracht, dann stehen wir hier sicher noch länger rum."

„Nein, wieso denn?", grinste Emilio.

Er legte den Rückwärtsgang ein, stieß soweit zurück, dass er nach links ausscheren konnte, schaltete Blaulicht und Sirene ein und fuhr auf der Gegenfahrbahn am Stau vorbei. Der Kirchturm der *Chiesa San Giovanni Battista* war bereits in Sichtweite, als sie ein Stück davor mehrere Blaulichter sahen, die von mindestens fünf Einsatzfahrzeugen stammen mussten.

„Oha, da muss aber mehr passiert sein", rief Arturo.

Je näher sie den vielen Blaulichtern kamen, desto mehr war zu erkennen, was passiert war. Aus der kurz vor der Kirche nach links abzweigenden *Via Marengo* war ein Lieferwagen wohl etwas zu knapp auf die *Via Gardesana* eingebogen, hatte dabei einen in Richtung *Lazise* fahrenden *Lancia* erfasst und diesen auf die Gegenfahrbahn geschoben, wo er noch mit einem VW Passat mit deutschem Kennzeichen zusammengestoßen war. Auch ohne die Absperrung der *Polizia Stradale* hätte an dieser Stelle aufgrund der Unfallfahrzeuge kein Auto mehr die *Via Gardesana* passieren können. Die Sanitäter kümmerten sich um die Beifahrerin in dem *Lancia*, die als einzige etwas schwerer verletzt war. Emilio hielt hinter einem der Polizeifahrzeuge an und stieg aus.

„Ich frage nach, ob sie unsere Hilfe brauchen."

Als Max das Augsburger Kennzeichen an dem Passat sah, stieg auch er aus und ging direkt zu den Unfallfahrzeugen. Das deutsche Ehepaar stand neben seinem ziemlich beschädigten

Auto, während einer der Polizisten, der nur wenige Worte deutsch sprach, versuchte, von ihnen die notwendigen Angaben zum Unfallhergang zu bekommen. Max stellte sich kurz vor und erklärte dem Polizisten, dass er ein Kollege war. Die beiden Augsburger waren sichtlich froh, dass er für sie als Dolmetscher fungierte und sie ihre Aussage zum Unfall auf Deutsch machen konnten. Anschließend ließ sich Max von Emilio eine Visitenkarte geben, die er an die deutschen Urlauber weiterreichte.

„Wenn Sie wegen des Unfalls noch Hilfe brauchen sollten, können Sie gerne bei den *Carabinieri* in *Lazise* anrufen und nach mir fragen."

Die beiden Augsburger bedankten sich für das Angebot, waren aber der Meinung, dass sie alleine zurechtkommen würden. Trotz der Beschädigungen war ihr Auto noch fahrtüchtig, zudem wollten sie schon am nächsten Tag die Heimreise antreten. Nachdem Max nun an der Unfallstelle nicht mehr gebraucht wurde und dies auch bei Emilio der Fall war, gingen sie zum Auto zurück. Arturo war auch längst wieder eingestiegen, als er gesehen hatte, dass genügend Kollegen der *Polizia Stradale* vor Ort waren. Die verletzte Beifahrerin war inzwischen aus dem *Lancia* geborgen worden und lag bereits im Rettungswagen, den Lieferwagen des Unfallverursachers hatte man soweit in die *Via Marengo* zurückgefahren, dass wenigstens eine Seite der *Via Gardesana* wieder frei war. Bevor der gesamte Verkehr dort wieder durchfahren konnte, mussten allerdings noch die vielen Glasscherben von der Fahrbahn geräumt werden, nur das Dienstfahrzeug der *Carabinieri* ließ man vorab langsam passieren.

Die drei waren schon fast in *Peschiera*, als Emilios Handy klingelte. Über die Freisprechanlage nahm er das Gespräch an.

„*Pronto*."

„*Salve* Emilio, hier ist Rodolfo Vigasio."

„Rodolfo, habt ihr schon etwas Interessantes entdeckt?"

„Nein, wir haben noch nicht einmal angefangen. Könntest du auch herkommen?"

„Wir sind zu dritt auf dem Weg zu euch, wenn uns in *Pacengo* nicht ein Unfall aufgehalten hätte, dann wären wir schon längst da. Gibt es ein Problem?"

„Ja, der *Capitano* will uns nicht aufs Schiff lassen, weil er uns nicht kennt und wir keinen Durchsuchungsbeschluss haben. Die beiden anderen von der Crew hat er inzwischen nach Hause geschickt, nur er bleibt standhaft auf seinem Schiff."

„Ihr sollt doch nichts durchsuchen, sondern nur Spuren sichern, da braucht man keinen Durchsuchungsbeschluss. Wie gesagt, wir sind gleich da, dann könnt ihr sicher sofort anfangen, mich kennt der *Capitano* di Salvo schon. Bis gleich."

„*Ciao.*"

Im Hafen angekommen fuhr Emilio auf der Mole bis zum Anlegeplatz der *Vicenza*, wo auch schon das Auto der Spurensicherung stand. Rodolfo hatte zwei Kollegen mitgebracht, die wie er tatenlos herumstanden. Di Salvo stand allein auf seinem Schiff hinter der geschlossenen Seitentür, durch die sonst die Fahrgäste ein- und ausstiegen. Als er Emilio sah, öffnete er die Tür und kam über die Alubrücke herüber auf die Mole.

„*Buonasera Maresciallo.*"

„*Buonasera Signor* di Salvo. Was gibt es für ein Problem?"

Di Salvo beschwerte sich darüber, nicht vorab informiert worden zu sein, dass sein Schiff durchsucht werden müsse und die Herren aus *Verona* auch keinen Durchsuchungsbeschluss vorlegen konnten.

„*Signor* di Salvo, es geht hier nicht darum, Ihr Schiff von oben bis unten auf den Kopf zu stellen. Wir müssen allerdings an Bord und versuchen, noch Spuren vom Samstag zu sichern, schließlich geht es hier um Mord."

„Mord?", fragte der *Capitano* erschrocken.

„Ja. Haben Sie noch nicht gehört, dass man heute Vormittag hier einen Toten aus dem Wasser gezogen hat?"

„Doch, natürlich habe ich davon gehört, aber ich habe das nicht mit unserem Schiff in Verbindung gebracht."

„Nach Lage der Dinge müssen wir davon ausgehen, dass Kurt Becker am Samstag auf Ihrem Schiff ermordet wurde."

Emilio erwähnte bewusst nicht, wie Becker ums Leben gekommen war.

„*O mio dio,* das ist ja furchtbar. Der arme Kurt."

„Verstehen Sie jetzt, warum wir versuchen müssen, noch Spuren vom Samstag zu finden? Wie oft und vom wem wird die *Vicenza* gereinigt?"

„Die grobe Reinigung, also zusammenkehren, den Müll wegbringen oder ähnliches machen wir selbst, meistens in der Mittagspause zwischen unseren beiden täglichen Touren nach *Malcesine*. Für eine gründlichere Reinigung fordern wir je nach Bedarf alle paar Tage eine Putzfrau an, die dann abends, wenn wir hier wieder angelegt haben, Schrubber und Putzlappen schwingt. Weil sie erst gestern da war, ist sie heute nicht hier."

Dem Gesichtsausdruck von Rodolfo war anzusehen, wie begeistert er darüber war, dass das Schiff nach dem Mord schon intensiv gereinigt worden war. Das verminderte natürlich die Chancen, noch Spuren des Mordes zu finden, erheblich. Emilio wandte sich an die Kollegen.

„Meine Herren, Sie können anfangen."

Capitano di Salvo trat zur Seite und ließ die drei an Bord, die sich sofort dem Heck des Schiffes zuwandten.

„Ich kapier immer noch nicht, was da am Samstag passiert sein soll. Wenn Kurt Becker auf unserer Fahrt von *Lazise* nach *Bardolino* ermordet worden sein sollte, wie kommt die Leiche dann nach *Peschiera*?"

„Diesem Rätsel sind wir gerade auf der Spur", antwortete ihm Max. „Wo könnte man auf dem Schiff die Leiche so verstecken, dass sie nicht so einfach gefunden werden könnte?"

„Sie meinen, wir hatten die Leiche bei unserer Rückfahrt nach *Peschiera* mit an Bord? Das kann ich mir nicht vorstellen. Wir haben doch das ganze Schiff nach Kurt abgesucht."

„Haben Sie auch in den Rettungsbooten gesucht?"

Di Salvo sah Max ziemlich verdutzt an.

„Nein, dort haben wir nicht nachgesehen. Wir sind doch nicht davon ausgegangen, dass er sich dort versteckt halten könnte. Und von einem Mord haben wir natürlich erst recht nichts geahnt."

„Wo könnte man an Bord sonst noch eine Leiche verstecken?"

„In den für die Passagiere frei zugänglichen Bereichen kommen eigentlich nur die Rettungsboote in Frage. Die einzigen abgetrennten Räume sind die Toiletten, aber dort haben wir alles mehrfach ohne Erfolg abgesucht."

Max hatte plötzlich eine Idee, die er aber nicht preisgeben wollte, solange di Salvo dabeistand. Deshalb wollte er ihn wegschicken.

„*Signor* di Salvo, könnten Sie bitte zu unseren Kollegen gehen und ihnen, falls es nötig sein sollte, für Fragen zur Verfügung stehen?“

Di Salvo hatte offenbar nicht bemerkt, dass Max ihn loswerden wollte, nickte nur und ging hinüber aufs Schiff.

„Wir kommen auch gleich“, rief ihm Max nach und sagte dann leise zu Emilio und Arturo: „Ich habe gerade eine Idee gehabt. Vielleicht waren wir auf dem Holzweg, als wir ständig davon ausgegangen sind, Becker sei mit einem Gewicht im See versenkt worden. Könnte es nicht sein, dass man ihm hier an Bord die Beine zusammengebunden, den Strick irgendwo an der Reling befestigt und ihn dann so über Bord geworfen hat? Dann wäre Becker ebenfalls nicht zu finden gewesen, seine Leiche wäre hinter dem Schiff hergezogen worden und vermutlich kurz vor *Peschiera* abgerissen.“

„Das ist ein genialer Gedanke, Max“, rief Emilio. „Dann sollten wir selbst das Heck noch dahingehend inspizieren, ob irgendwo unbemerkt ein Strick angebracht werden konnte, an dem dann die Leiche während der Rückfahrt hing.“

Lorenzo di Salvo stand an der Glastür, die zum Heck führte, als die drei dazukamen, und sah dabei zu, wie das Rettungsboot, das rechts von der Tür direkt neben der Reling angebracht war, inspiziert wurde. Vigasio und einer seiner Kollegen hatten die dunkelblaue Kunststoffabdeckung vom Rettungsboot, auf der noch kleinere Wasserlachen von dem Regenschauer am Mittag zurückgeblieben waren, entfernt und suchten nach Blutspuren und weiteren Beweisen dafür, dass in dem Boot eventuell eine Leiche gelegen hatte. Der zweite Kollege von Vigasio hatte sich vom *Capitano* zeigen lassen, wo Kurt Becker gesessen war, als er selbst kurz nach der Abfahrt in *Lazise* von der Brücke heruntergekommen war, um Kurt und Nina zu begrüßen. Genau an der Stelle wurden die Sitzbank und der Fußboden intensiv nach Blutspuren abgesucht. Nachdem die Veroneser Kollegen erst einmal beschäftigt waren, nahm Max di Salvo beiseite und setzte sich mit ihm im Fahrgastraum an einen der wenigen Tische.

„*Signor* di Salvo, Sie wissen jetzt, dass Kurt Becker am Samstag nicht aus Unachtsamkeit oder aufgrund von gesundheitlichen Problemen über die Reling in den See gefallen ist, sondern höchstwahrscheinlich dort draußen ermordet wurde. Wenn Sie noch einmal über den Samstagvormittag nachdenken, fällt Ihnen dann nichts ein, was da vielleicht ungewöhnlich oder seltsam war und was Sie nun in dem Wissen um den Mord vielleicht anders deuten oder bewerten würden?"

„Was meinen Sie, wie es mir geht? Ich denke pausenlos darüber nach, was am Samstag passiert sein könnte. Zum ersten Mal in den fast dreißig Jahren, in denen ich auf dem See unterwegs bin, habe ich nicht alle meine Fahrgäste wieder sicher an Land gebracht. Aber solange ich auch darüber nachdenke, ich finde keinen Hinweis darauf, dass etwas außergewöhnlich war."

„Wir sind am Samstag am späten Vormittag in *Lazise* von Bord gegangen, um Nina Becker nach Hause zu bringen. Sind Sie dann von dort aus direkt hierher gefahren?"

„Ja. In Absprache mit der *Navigarda*-Geschäftsleitung wurde aufgrund der Vorfälle vom Vormittag für unsere übliche Nachmittagstour ein anderes Schiff eingesetzt und wir drei, also Maurizio, Graziano und ich, bekamen den Rest des Tages frei."

„Was haben Sie gemacht, nachdem Sie hier im Hafen angekommen waren?"

„Ich verstehe nicht, worauf Sie hinauswollen. Verdächtigen Sie etwa mich?"

Emilio und Arturo waren die ganze Zeit an der Glastür zum Heck gestanden, hatten aber natürlich auch zugehört, was Max mit dem *Capitano* besprach. Nun drehte sich Emilio um und setzte sich mit an den Tisch.

„*Signor* di Salvo, es geht keineswegs darum, Sie zu verdächtigen. Aber es gibt inzwischen genügend Gründe dafür, anzunehmen, dass sich die Leiche von Kurt Becker noch an Bord befand, als Sie Samstagmittag hierher zurückgekommen sind. Da ist es doch ganz selbstverständlich, dass wir Sie fragen müssen, was nach der Ankunft hier im Hafen noch passiert ist."

„Wie ich vorhin erwähnt habe, nutzen wir die Pause zwischen der Vormittags- und der Nachmittagsfahrt jeweils, um das Schiff etwas sauber zu machen. Am Samstag war dafür Graziano Olivieri eingeteilt. Ich habe danach geschaut, dass die *Vicenza* ausreichend vertäut war, so wie sie eben sonst immer nur über Nacht an der Mole gesichert ist. Maurizio Cascina hat die Brücke in Ordnung gebracht, dort oben abgesperrt und ist heruntergekommen, als ich auch mit allem fertig war. Graziano war noch damit beschäftigt, den Müll wegzubringen. Ich bin mit Maurizio dann schon zum Mittagessen vorausgegangen und Graziano ist etwa fünf Minuten später nachgekommen. Wir haben hier gleich am Hafen im *Ristorante Blu Mincio* gegessen."

Max reichte die Erklärung zur nächtlichen Sicherung des Schiffes noch nicht aus.

„Abgesehen vom Vertäuen des Schiffes, wie wird es über Nacht vor ungebetenen Gästen geschützt?"

„Ungebetene Gäste? Sie meinen Einbrecher? Ich wüsste nicht, was auf dem Schiff zu holen sein sollte. Die Einnahmen der Bar nimmt Graziano jeweils mit und verrechnet das direkt mit den Ausgaben für die täglich frischen Lebensmittel. Gut, es sind schon immer einige Lebensmittel und Getränke an Bord, aber es ist noch nie vorgekommen, dass sich über Nacht jemand daran zu schaffen gemacht hätte. Wir sperren abends die Seitentüren ab, oben ist die Brücke noch einmal separat abgesperrt, genauso wie die Tür zum Heck. Die Tür zum Bug ist ohnehin versperrt, wenn Fahrgäste an Bord sind.

„Wie haben Sie den Rest vom Samstag verbracht?", wollte Emilio wissen.

„Nach dem Mittagessen bin ich nach Hause gefahren, ich wohne in *Lazise*. Von dort aus habe ich am Spätnachmittag bei der *Guardia Costiera* den *Ispettore* Canobbio angerufen und mich erkundigt, ob Kurt gefunden worden sei."

„Und Ihre beiden Kollegen? Was haben die gemacht?"

„Das kann ich Ihnen nicht sagen. Wir haben das *Blu Mincio* gemeinsam verlassen, ich nehme an, die sind auch heim, jedenfalls ist mir nichts anderes bekannt."

Max dachte darüber nach, ob Beckers Leiche eventuell erst in der Nacht von der *Vicenza* geholt worden sein könnte.

„Haben Sie denn am Sonntag in der Früh, als Sie wieder hierhergekommen sind, bemerkt, dass etwas anders als sonst gewesen wäre?"

„Nein, da ist mir nichts aufgefallen."

„Waren Sie als Erster hier?"

Di Salvo überlegte einen Moment. Dann schüttelte er mit dem Kopf.

„Nein, am Sonntag war Graziano schon vor mir da und hat gerade die frischen *Cornetti* und *Panini* in der Kühlvitrine an der Bar sorgfältig aneinander gereiht. Er holt die Sachen immer ganz in der Nähe in einer kleinen Bäckerei. Maurizio kam ungefähr fünf Minuten nach mir und ist wie immer sofort auf die Brücke rauf. Ich habe alles so vorgefunden wie immer und um halb neun sind wir dann mit etwa zehn Fahrgästen an Bord plangemäß ausgelaufen."

„So, mit dem Heck wären wir jetzt fertig."

Alle vier drehten sich um, als Rodolfo mit seinen beiden Kollegen vom Heck des Schiffes in den Fahrgastraum hereinkam. Vigasio sprach nicht weiter, sondern warf Emilio einen fragenden Blick zu. Erst als ihm Emilio zunickte, fuhr er fort.

„Wir haben keinerlei Blut- oder Leichenspuren feststellen können, weder auf dem Fußboden, noch in dem Rettungsboot. Mit an Sicherheit grenzender Wahrscheinlichkeit kann ich ausschließen, dass Kurt Beckers Leiche längere Zeit am Heck gelegen haben könnte. Wo sollen wir weitermachen?"

Max stand auf und ging zu der Tür am Heck hinüber.

„Mal angenommen, Kurt Becker wurde tatsächlich dort draußen erschossen und nicht sofort über Bord geworfen. Dann kann er doch nur hier herein gebracht worden sein. Aber wo ist der Mörder dann mit ihm hin? Vor allem vor dem Hintergrund, dass alles ganz schnell gehen musste, weil jeden Moment Nina Becker aus einer der Toiletten dort herauskommen konnte."

Alle sahen sich um und Vigasio deutete auf die Tür zum Bug. Di Salvo schüttelte sofort mit dem Kopf.

„Die Tür ist immer abgesperrt, weil sich dort während der Fahrt niemand aufhalten darf."

„Aber da steckt doch ein Schlüssel im Schloss", rief Arturo.

Der *Capitano* musste kleinlaut zugeben, dass die Tür zwar abgeschlossen war, aber der Schlüssel tatsächlich immer im Schloss steckte.

„Bisher ist aber noch nie einer der Passagiere auf die Idee gekommen, dort selbst aufzusperren."

„Und die Stahltür links von der Bar?", fragte Max.

„Also die ist wirklich immer abgesperrt, da geht es nämlich in den Maschinenraum hinunter."

Max wollte mehr darüber wissen.
„Wer hat da Zutritt?"
„Den Schlüssel dazu hat Graziano, weil er für die Technik an Bord zuständig ist und im Zweifelsfall in den Maschinenraum hinunter muss, wenn es ein technisches Problem geben sollte. Einen Zweitschlüssel haben wir oben auf der Brücke in einem kleinen Schlüsselkasten hängen."
„Dann schlage ich vor, diesen Schlüssel holen Sie gleich mal herunter, damit nicht nur der Bug, sondern auch der Maschinenraum von unseren Kollegen inspiziert werden kann."
„Aber in den Maschinenraum konnte doch wirklich keiner rein", wollte di Salvo dem Vorschlag widersprechen, aber Max ließ sich auf keine Diskussion ein.
„Holen Sie einfach den Schlüssel, damit wir unsere Arbeit machen können."
Als der *Capitano* aufstand und sich der Treppe zuwandte, gab Emilio Arturo einen Wink, dass er mit nach oben gehen solle. Rodolfo sperrte die Tür zum Bug auf und sah, dass die Fläche viel kleiner war als das Heck des Schiffes, dort aber sogar zwei Rettungsboote vorhanden waren. Deshalb sollten sich seine beiden Kollegen den Bug vornehmen, er selbst wollte sich im Maschinenraum umsehen. Sobald di Salvo und Arturo auf der Treppe nicht mehr zu sehen waren, erzählte Emilio Rodolfo, welche Idee Max gehabt hatte.
„Der Gedanke ist vielleicht gar nicht mal so abwegig, aber wir haben natürlich nicht speziell danach gesucht, wo man am Heck mit einem Strick eine Leiche ins Wasser hängen könnte. Die Reste vom Strick wären bestimmt auch nicht mehr da, denn die hätte der Mörder doch sicher entfernt, als er feststellen musste, dass der Strick mitsamt der Leiche abgerissen war."
Max wollte sich damit nicht zufriedengeben und das Heck selbst noch diesbezüglich absuchen. Er wartete darauf, bis Arturo mit dem *Capitano* wieder herunter kam, dann überließ er es Emilio, mit Rodolfo und dem *Capitano* in den Maschinenraum hinunter zu gehen, er selbst nahm Arturo mit hinaus zum offenen Heck. Während Arturo auf der rechten Seite begann, fing Max auf der linken Seite an, die Reling nach einer geeigneten Stelle abzusuchen, an der der Mörder Beckers Leiche hätte festbinden können. Schließlich trafen sie sich

genau da, wo an einem weißen Fahnenmast die grün-weiß-rote italienische Flagge hing.

„Theoretisch hätte man die Leiche überall an der Reling befestigen können, aber dann wäre der Strick sicher Nina Becker oder einem der Besatzungsmitglieder aufgefallen, als sie nach Kurt Becker gesucht haben", argumentierte Max. „Dort drüben gibt es unterhalb der Reling ein kleines Abflussrohr, aber zum Festbinden des Stricks hätte sich der Mörder während der Fahrt wahrscheinlich nicht so weit hinunterbeugen können."

Plötzlich flog die Tür auf und Emilio rief laut:

„Rodolfo hat Blutspuren gefunden. Sie waren zwar weggewischt, aber ganz leichte Rückstände waren doch noch nachweisbar."

Max und Arturo waren sofort zur Stelle und Max wollte sogleich wissen, ob man über eine DNA-Analyse feststellen könne, von wem das Blut stammte.

„Dazu hat sich Rodolfo noch nicht geäußert, er ist erst einmal damit beschäftigt, soviel wie möglich von den Blutspuren zu sichern. Di Salvo war ziemlich entsetzt darüber, dann ist ihm aber eingefallen, dass sich Graziano Olivieri Mitte letzter Woche beim Warten des Motors an einer Schraube verletzt und aus einer Wunde am Handrücken geblutet hatte. Die Spuren könnten also auch von ihm stammen."

Wie immer konnte sich Max sehr schnell auf neue Gegebenheiten einstellen und zog sofort seine Schlüsse daraus.

„Wenn das Blut von Becker stammen und er im Maschinenraum gelegen haben sollte, könnte das bedeuten, dass er auch dort unten erschossen wurde."

„Aber warum sollte er denn dort hinuntergegangen sein?", fragte Arturo erstaunt.

„Warum? Vielleicht weil ihn jemand mit vorgehaltener Waffe dazu gezwungen hat. Das würde auch erklären, warum hier draußen keine Blutspuren zu finden waren und wir auch nirgends einen Hinweis gefunden haben, dass die Leiche am Strick befestigt ins Wasser geworfen worden wäre. Außerdem wäre Kurt Becker viel schneller von der Bildfläche verschwunden gewesen und somit wäre das Risiko, entdeckt zu werden, für seinen Mörder viel geringer gewesen."

Emilio klopfte Max anerkennend auf die Schulter.

„So könnte sich das tatsächlich abgespielt haben. Aber wer Becker gezwungen hat, in den Maschinenraum hinunter zu steigen, wissen wir immer noch nicht. Nina Becker können wir wohl ausschließen."

„Nicht unbedingt, Emilio", widersprach Max. „Ich würde es zwar ausschließen, dass sie allein gehandelt hat, aber eine Tatbeteiligung könnte ich mir immer noch vorstellen."

„Und wer könnte ihr geholfen haben?", rätselte Arturo.

„Dafür kommen für mich jetzt nur noch drei Personen in Frage, di Salvo, Olivieri oder Cascina. Denn wer sonst hätte Zugang zum Maschinenraum gehabt und hätte dann, vermutlich im Schutz der Dunkelheit, die Gelegenheit dazu gehabt, die Leiche aus dem Maschinenraum wieder herauszuholen? Theoretisch könnten sie sogar alle drei unter einer Decke stecken, dann wäre es für sie auch ein Leichtes gewesen, auf der Rückfahrt von *Lazise*, nachdem wir mit Nina Becker von Bord gegangen waren, die Leiche mit einem Gewicht im See zu versenken, schließlich waren die drei da alleine unterwegs."

„Dann müssen wir alle drei gleich verhaften", urteilte Arturo etwas vorschnell.

„Halt, halt, so einfach geht's leider nicht, Arturo", bremste ihn Emilio. „Wir haben doch noch keinerlei Beweise. Solange die Blutspuren noch nicht analysiert und ausgewertet sind, wissen wir doch noch nicht einmal, ob Kurt Beckers Leiche tatsächlich dort unten gelegen hat."

„Richtig, Emilio", stimmte ihm Max zu. „Solange uns die Beweise fehlen, sollten wir umsichtig vorgehen, um den Täter nicht zu warnen und ihm damit keine Möglichkeit zur Flucht zu geben."

„Du willst die drei von der Crew nicht gleich verhören, Max?"

Arturo verstand das überhaupt nicht, aber Max hatte eine Erklärung für diese Vorgehensweise parat.

„Die beiden anderen von der Crew erfahren doch sowieso noch heute Abend, dass nicht nur die Spurensicherung, sondern auch wir jetzt hier waren, denn der *Capitano* weiß nun zwangsläufig schon von den Spuren, die wir gefunden haben und sobald wir wieder weg sind, ruft der doch sofort die anderen an, um sie darüber zu informieren. Auch wenn ich es selbst gerade erwähnt habe, dass sie alle drei gemeinsam an dem Mord beteiligt gewesen sein könnten, glaube ich das nicht. Aus welchem Grund sollten sie gemeinsam zu Mördern geworden sein? Wahrscheinlicher ist es doch, dass einer allein Becker auf dem Gewissen hat. Allerdings haben wir jetzt zwar eine Leiche, vielleicht auch den Tatort, aber ein Motiv für den Mord haben wir immer noch nicht."

„Für mich hat sich der *Capitano* schon verdächtig gemacht, als er uns nicht in den Maschinenraum hinunterlassen wollte. Das macht der doch nur, wenn er damit verhindern will, dass wir Spuren finden."

„Nicht unbedingt, Arturo", widersprach ihm Max. „Es könnte auch bedeuten, dass er es ausgeschlossen hat, dort unten Spuren zu finden, zum einen, weil er von sich weiß, dass er nicht mit der Leiche unten war, zum anderen, weil er seinen beiden Kollegen einfach keinen Mord zutraut."

Bevor Arturo noch einmal dagegen argumentieren konnte, ging Emilio dazwischen.

„Ich finde, diese Diskussion macht jetzt keinen Sinn. Wir haben weder gegen di Salvo, noch gegen die beiden anderen einen Beweis in der Hand. Es wird uns wohl nichts anderes übrig bleiben, als die Analyse der Blutspuren abzuwarten. Dann hätten wir Gewissheit, dass einer der drei der Mörder ist. Wir können den *Capitano* natürlich noch nach einem Alibi für die Nacht von Samstag auf Sonntag fragen, aber das würde uns auch nur bedingt weiterhelfen, weil Kurt Beckers Leiche schon lange vorher, sprich bei der Rückfahrt von *Lazise*, im Wasser gelandet sein könnte. Wir können es drehen und wenden wie wir wollen, in der aktuellen Situation wäre eine Verhaftung völlig überzogen."

„Vielleicht ist es am sinnvollsten, ihn auf unsere Seite zu ziehen", schlug Max vor.

Emilio und Arturo wussten nicht, auf was er hinauswollte.

„Ganz einfach. Wir nehmen an, einer der drei von der Crew ist der Mörder von Becker. Wenn wir di Salvo erklären, was wir bisher herausgefunden haben und was wir nun vermuten, dann könnte das einen doppelten Effekt für uns haben. Einerseits könnte er sich in Sicherheit wiegen, wenn wir ihm das Gefühl geben, dass er für uns nicht als Mörder in Frage kommt und er es trotzdem gewesen sein sollte. Andererseits, wenn er wirklich unschuldig ist, dann weiß er, dass entweder Graziano oder Maurizio der Mörder sein muss. Ich kann mir nicht vorstellen, dass er denjenigen decken würde, sondern gehe davon aus, dass er uns, sobald er auch nur den kleinsten Hinweis auf den Mörder hat, sofort informieren würde."

Arturo sah ein, dass eine Verhaftung derzeit noch keinen Sinn machte. Nach einigem Überlegen stimmte auch Emilio zu, weil die von Max vorgeschlagene Vorgehensweise im Moment anscheinend der einzig gangbare Weg war.

Die beiden Kollegen von Rodolfo hatten ihre Arbeit am Bug des Schiffes beendet und dort genauso wie am Heck keinerlei Blut- oder Leichenspuren gefunden. Max und Arturo saßen inzwischen auch schon wieder im Fahrgastraum, während Emilio noch einmal in den Maschinenraum hinuntergegangen war, um *Capitano* di Salvo nach oben zu holen.

„Rodolfo wird noch ein paar Minuten brauchen", meinte er in Richtung der beiden Kollegen von Vigasio, als er in den Fahrgastraum zurückkam.

Dann bat er den *Capitano*, auch Platz zu nehmen.

„*Signor* di Salvo, Sie haben selbst mitgekommen, auf welche Spuren der Kollege Vigasio im Maschinenraum gestoßen ist. Auch wenn Sie es nicht gerne hören werden, müssen wir nun davon ausgehen, dass Kurt Becker dort unten erschossen wurde oder zumindest seine Leiche im Maschinenraum abgelegt worden ist."

Di Salvo schüttelte energisch mit dem Kopf.

„Ich kann mir das einfach nicht vorstellen."

„Entschuldigen Sie, aber ich muss Sie das routinemäßig fragen. Kann irgendjemand bezeugen, dass Sie am Samstag schon am Nachmittag zuhause waren und abends oder in der Nacht nicht noch einmal an Bord gegangen sind?"

„Wie bitte? Sie wollen von mir ein Alibi?"

„Wie gesagt, das ist reine Routine."

„Meine Lebensgefährtin kann Ihnen das alles bestätigen. Sie hat sich am Samstagnachmittag richtig gefreut, dass ich schon so früh zuhause war, bis sie den Grund dafür gehört hatte. Wir waren den Rest des Tages und die ganze Nacht zusammen, Sie können Sie gerne anrufen und sich das bestätigen lassen."

Arturo notierte sich die private Telefonnummer von di Salvo und ließ sich auch noch die Nummer vom Arbeitsplatz seiner Lebensgefährtin im Krankenhaus von *Bussolengo* geben.

„Heute hatte sie die Frühschicht und müsste längst daheim sein."

Dann ging Emilio weiter vor wie besprochen.

„*Signor* di Salvo, wenn Sie mit dem Mord nichts zu tun haben, dann kommen dafür meines Erachtens nur noch zwei andere Personen in Frage, Ihre Kollegen Olivieri und Cascina. Oder hatte außer den beiden noch jemand die Möglichkeit, in den Maschinenraum zu gelangen? Wäre es Ihrer Meinung nach möglich, dass sich jemand den Schlüssel zum Maschinenraum besorgt haben könnte, vielleicht nicht nur in der Absicht, Kurt Becker dort unten umzubringen, sondern auch mit dem Plan, die Schuld dafür möglichst jemandem von der Schiffsbesatzung in die Schuhe zu schieben?"

Lorenzo di Salvo schüttelte immer wieder sprachlos den Kopf. Emilio ließ ihm bewusst viel Zeit zu antworten und wartete wie seine Kollegen gespannt auf eine Reaktion.

„Das ist doch alles ein Wahnsinn", stammelte der *Capitano* schließlich, nickte Arturo zu und ergänzte: „Sie haben vorhin gerade gesehen, dass der Deckel von unserem Schlüsselkästchen oben auf der Brücke etwas verstaubt war. Deshalb würde ich ausschließen, dass sich dort in den letzten Tagen jemand den Schlüssel geholt haben könnte. Graziano hat seinen in der Regel an seinem Schlüsselbund in der Hosentasche. Wenn er ihn verloren hätte oder er ihm gestohlen worden wäre, dann hätte er mich sicher darüber informiert."

Bevor Emilio die nächste Frage stellen konnte, gab ihm Max unter dem Tisch einen leichten Tritt ans Schienbein, um seine Aufmerksamkeit auf sich zu ziehen. Emilio verstand sofort und überließ Max das Wort.

„Ich schlage vor, wir machen hier eine kurze Pause, damit Emilio und ich zu Rodolfo hinuntergehen können, um zu sehen, ob er noch weitere Spuren gefunden hat, die uns weiterhelfen könnten."

Emilio ging Max hinterher zur stählernen Tür, die zum Maschinenraum hinunter führte. Er war sich sicher, dass das Argument von Max nur vorgeschoben war und wurde darin sogleich bestätigt, sobald die Tür hinter ihnen zugefallen war.

„Emilio, auch wenn wir noch keinen endgültigen Beweis in der Hand haben, ist es doch langsam an der Zeit, zu handeln. Für mich klingen alle Erklärungen von di Salvo plausibel und nachvollziehbar. Wenn alles stimmt, was er uns gerade und auch am Samstag und gestern erzählt hat, dann kann es von der Besatzung eigentlich nur Graziano Olivieri gewesen sein."

„Warum würdest du Maurizio Cascina auch ausschließen?"

„Dafür gibt es inzwischen mehrere Gründe. Zum einen haben wir seine eigene Aussage, dass er während der gesamten Fahrt die Brücke nicht verlassen hat. Er selbst könnte natürlich gelogen haben. Aber erinnere dich, was uns Agostino Cornali, der Cousin von *Capitano* Rosaros Frau, gestern Abend erzählt hat. Er saß oben auf der *Vicenza* ganz weit vorne und hat ausgesagt, dass einer von der Besatzung die Brücke die ganze Zeit nicht verlassen hat. Nachdem di Salvo das nicht gewesen sein kann, weil er doch kurz zu den Beckers hinunter ist, war also Cascina die ganze Zeit oben. Dazu passt auch, dass der Ersatzschlüssel für die Tür zum Maschinenraum, der oben auf der Brücke verwahrt wird, offenbar schon länger nicht verwendet wurde. Also, wenn es einer von der Crew war, dann Olivieri."

Emilio legte die Stirn in Falten und ließ sich die Argumente von Max durch den Kopf gehen. Schließlich nickte er.

„Du hast Recht, unter der Voraussetzung, dass uns di Salvo, Cascina und auch Cornali die Wahrheit gesagt haben, kann es nur Graziano Olivieri gewesen sein. Was schlägst du nun vor?"

„Einen Haftbefehl werden wir für ihn wahrscheinlich noch nicht bekommen, dafür reicht die Beweislage nicht aus. Trotzdem sollten wir uns von di Salvo seine Adresse geben lassen, ihn gleich zu einem eingehenden Verhör abholen und mit aufs Revier nehmen. Vielleicht bringen wir ihn zu einem Geständnis, wenn wir ihn ordentlich in die Mangel nehmen."

„Wir müssen allerdings verhindern, dass er von di Salvo gewarnt wird, Max."

„Klar, dann muss eben Arturo solange hier bleiben, bis wir Olivieri im Auto haben."

„Mist, dann wäre es doch besser gewesen, wir wären mit zwei Autos gefahren."

„Ist das so ein großes Problem, wenn Arturo sich ein Taxi bis nach *Lazise* nimmt? Das kann doch nicht so teuer sein."

„Ach, du kennst unsere Controller nicht, Max. Die regen sich über jede noch so kleine Ausgabe auf. Aber das ist mir heute egal, wenn wir dadurch verhindern können, dass uns ein potentieller Mörder durch die Lappen geht."

„Was macht ihr beiden denn da?"

Rodolfo hatte im Maschinenraum seine Untersuchungsutensilien wieder eingepackt und kam die Treppe herauf. Bevor ihm Emilio auf seine Frage antwortete, wollte er von Rodolfo wissen, ob er noch weitere Spuren gefunden hätte.

„Nein. Außer den Blutspuren, von denen ihr schon wisst, gibt es dort unten kein weiteres Beweismaterial."

Dann erklärte ihm Emilio, welche Schlüsse Max aus den bisherigen Ermittlungen gezogen hatte und wie sie jetzt weiter vorgehen wollten. Rodolfo sah auch keine Alternative dazu.

„Diesen Olivieri müsst ihr wirklich sofort dingfest machen, auch wenn euch noch kein Haftbefehl vorliegt. Ich sehe da auch höchste Fluchtgefahr, wenn der erfahren sollte, was wir hier herausgefunden haben."

„Gut, dann sind wir uns ja einig", resümierte Emilio und sah auf seine Uhr. „Halb acht. Wenn Olivieri abends zum Essen gehen sollte, dann könnten wir ihn vielleicht vorher noch zuhause abfangen. Lasst uns wieder nach oben gehen und dann so schnell wie möglich aufbrechen. Rodolfo, bis wann bekommen wir von dir ein Ergebnis der Blutuntersuchung?"

„Frühestens morgen Nachmittag, aber selbst das kann ich dir nicht versprechen, Emilio. Du kannst dir aber sicher sein, dass ich die Untersuchung so intensiv wie möglich vorantreiben werde."

„Danke."

Gemeinsam gingen sie die letzten Stufen nach oben und wurden sofort von neugierigen Blicken getroffen, als sie die massive Stahltür hinter sich zufallen ließen. Rodolfo ließ seine Kollegen gleich ihre Untersuchungskoffer ins Auto tragen und verabschiedete sich von Emilio, Arturo und Max. Emilio und Max setzten sich wieder an den Tisch und Emilio fragte di Salvo sofort, ob er die private Anschrift von Graziano Olivieri hätte.

„Natürlich habe ich die."

Emilio schob ihm seinen kleinen Notizblock samt Stift hinüber und di Salvo schrieb ihnen Olivieris Handy-Nummer sowie seine genaue Anschrift in der *Via Abruzzo* in *Peschiera* auf.

„Er wohnt dort in einem ziemlich hässlichen gelben Wohnblock."

Emilio steckte seinen Notizblock wieder ein und gab Arturo ein Zeichen, mit ihm hinaus zu gehen. Als die beiden draußen waren, sah di Salvo Max fragend an.

„Was passiert jetzt? Gerade wollten sie mich noch verhören und auf einmal scheinen alle fluchtartig mein Schiff zu verlassen."

Max ging darauf vorerst nicht ein, sondern hatte noch eine Frage an ihn.

„*Signor* di Salvo, wohin geht Ihr Kollege Olivieri gewöhnlich zum Abendessen?"

„Graziano? Am Wochenende kommt er dazu ganz gerne mal nach *Lazise*, aber unter der Woche isst er meistens in einem *Ristorante*, das direkt am *Mincio* liegt. Von seiner Wohnung sind es zu Fuß nur ein paar Minuten bis dorthin."

„Wie heißt das *Ristorante*?"

„*Terrazza sul Mincio*. Warum wollen Sie das alles so genau wissen?"

„Weil wir heute noch dringend mit ihm sprechen müssen und einen Anhaltspunkt brauchen, wo wir ihn suchen könnten, falls wir ihn jetzt zuhause nicht antreffen sollten."

„Sie wollen ihn verhaften?"

„Nein, erst einmal nur verhören. Aber nach allem, was wir bisher herausgefunden haben, sehen wir eine hohe Wahrscheinlichkeit dafür, dass er Kurt Becker ermordet hat."

Der *Capitano* schlug die Hände über dem Kopf zusammen.

„Das verzeih ich ihm nie", knurrte er zuerst, um dann immer lauter zu werden. „Dieser elende Hund, wie kann er Nina so etwas antun? Ganz zu schweigen von Maurizio und mir. Ich habe seit Samstag kaum geschlafen, weil ich mir selbst solche Vorwürfe gemacht habe, dass ich nicht alle meine Fahrgäste wohlbehalten wieder an Land gebracht habe. Und er? Tut die ganze Zeit so scheinheilig, dass er die Geschehnisse vom Samstag auch ganz schrecklich findet, dabei war er selbst dafür verantwortlich."

Nach dieser Schimpftirade dachte sich Max, dass di Salvo seinen Kollegen wohl kaum warnen würde, wenn die *Carabinieri* gleich zu ihm nach Hause fahren würden und es deshalb vielleicht gar nicht notwendig war, dass Arturo bei ihm blieb. Aber es blieben doch noch leichte Zweifel, ob der *Capitano* nicht einfach nur ein grandioser Schauspieler war und hier gerade eine perfekte Show abgezogen hatte. Er brauchte aber gar nicht länger darüber nachzudenken, weil im selben Augenblick Emilio und Arturo zurückkamen. Di Salvo protestierte energisch dagegen, dass ihm Emilio seinen jungen Kollegen als Aufpasser da lassen wollte, aber Erfolg hatte er damit natürlich nicht.

„Arturo, wir melden uns so schnell es geht bei dir", versprach ihm Emilio und machte sich mit Max auf den Weg in die *Via Abruzzo* in der Hoffnung, dass ihr Hauptverdächtiger Graziano Olivieri momentan zuhause war.

16

Die *Via Abruzzo* lag ganz in der Nähe der *Strada Statale 11*, die im Süden von *Peschiera*, weitgehend parallel zur Autobahn A4 *Torino – Trieste*, vorbeiführte. Vom Hafen aus hatten sie nur ungefähr eineinhalb Kilometer zu fahren, bis sie vor Olivieris Haus ankamen.

„Di Salvo hatte Recht, der Wohnblock schaut wirklich hässlich aus“, meinte Max, als Emilio vor dem Haus anhielt.

Ebenerdig zur Straße waren unter dem Haus, das wie auf Stelzen gebaut aussah, ein Dutzend Autostellplätze, darüber lagen drei Stockwerke mit insgesamt zwölf Wohnungen. Emilio fuhr durch das offene Tor auf das Grundstück und stoppte direkt vor der Haustür. Vor dem Haus hielt sich niemand auf, von den Autostellplätzen waren nur sieben belegt.

„Er wohnt ganz oben“, stellte Emilio fest, als er neben der Haustür alle Klingelschilder gelesen hatte.

Er drückte zweimal auf Olivieris Klingel und wartete, dass er sich über die Gegensprechanlage melden würde. Aber nichts passierte. Nach etwa einer Minute klingelte er noch zweimal und ließ dabei jedes Mal den Finger noch etwas länger auf dem Klingelknopf. Wieder rührte sich nichts.

„Mir scheint, der Vogel ist ausgeflogen, Emilio. Ruf ihn doch mal am Handy an.“

Emilio zog seinen Notizblock und sein Handy aus der Tasche und wählte die Nummer, die ihm der *Capitano* aufgeschrieben hatte. Ohne Klingelton kam unmittelbar die Ansage, dass der gewünschte Teilnehmer derzeit nicht erreichbar sei.

„Sein Handy ist ausgeschaltet.“

Sofort wählte Emilio eine der eingespeicherten Nummern, schon nach dem zweiten Klingeln war Arturo dran.

„Ich bin es, er scheint nicht zuhause zu sein, Arturo. Kannst du mir mal bitte den *Capitano* geben?“

„Moment.“

Arturo gab sein Handy weiter.

„*Signor* di Salvo, können Sie mir sagen, was für ein Auto Olivieri fährt und was er für eine Festnetznummer hat?“

„Soviel ich weiß, hat Graziano kein Festnetztelefon. Er fährt einen silbernen *Fiat Punto*, das ältere Modell. Er hat den zweiten Stellplatz rechts von der Haustür."

Emilio machte einen Schritt zurück und sah, dass das Auto an seinem Platz stand.

„War er heute mit dem *Fiat* am Hafen?"

„Natürlich, er kommt immer mit dem Auto."

„Danke. Bitte geben Sie mir noch einmal meinen Kollegen."

Bevor der *Capitano* das Handy zurückgab, wollte er wissen, wann auch er endlich nach Hause fahren könne.

„Gedulden Sie sich bitte noch ein paar Minuten."

Di Salvo protestierte wieder und gab schimpfend das Handy an Arturo zurück.

„Arturo, Olivieris Auto steht hier, er ist also heute vom Hafen aus erst einmal nach Hause gefahren. Ich werde gleich überprüfen, ob er vielleicht zu Fuß in sein übliches *Ristorante* zum Abendessen gegangen ist. Solange müsstest du noch auf den *Capitano* aufpassen."

„Kein Problem, das schaffe ich schon."

„Ich melde mich so schnell wie möglich. *Ciao.*"

„Bevor wir zum *Terrazza sul Mincio* fahren, sollten wir vielleicht bei den Nachbarn klingeln und nachfragen, ob ihn heute Abend jemand gesehen hat", schlug Max vor.

„Dann fangen wir am besten bei den direkten Nachbarn an", erwiderte Emilio und drückte auf den Klingelknopf neben dem von Olivieri.

Es dauerte nicht lange, da meldete sich eine ältere Dame.

„*Buonasera Signora* Cardicci, ich bin *Maresciallo* Brentani von den *Carabinieri*. Könnte ich kurz zu Ihnen hinaufkommen? Ich hätte nur eine Frage an Sie."

Sofort summte der Türöffner und Max konnte die Haustür aufdrücken. Über ein relativ dunkles Treppenhaus gelangten sie zu Fuß in den zweiten Stock, wo *Signora* Cardicci bereits an der offenen Wohnungstür wartete.

„*Signori*, ich hatte noch nie mit den *Carabinieri* zu tun", sagte sie ängstlich.

Emilio gab ihr die Hand, nannte ihr nochmals seinen Namen und stellte auch Max vor. Sie wollte beide hereinlassen, was Emilio aber ablehnte.

„*Signora* Cardicci, wir müssen Sie nicht lange behelligen, wir bräuchten nur eine Auskunft von Ihrem Nachbarn, *Signor* Olivieri, aber er ist anscheinend nicht zuhause. Wann haben Sie ihn zuletzt gesehen?"

„*Signor* Olivieri? Ich habe ihn vorhin zufällig unten vor dem Haus getroffen, als er gerade aus seinem Auto gestiegen ist und ich vom Einkaufen zurückgekommen bin. Sie müssen wissen, dass meine Tochter mit meinem kleinen Enkel Michele morgen zu mir zu Besuch kommt. Sie hat mir das allerdings erste heute Nachmittag am Telefon erzählt. Ich muss für morgen natürlich einen Kuchen backen und weil ich keine frischen Eier mehr im Haus hatte, musste ich noch schnell zu unserem Supermarkt gehen."

Emilio ließ die redselige alte Dame zuerst gewähren, fragte dann aber doch nach, wann sie ungefähr nach Hause gekommen war.

„Das muss zwischen sechs und Viertel nach sechs gewesen sein, denn ich habe zuerst meine Einkäufe noch komplett im Kühlschrank verstaut und bin dann ins Wohnzimmer hinüber, um mir wie jeden Abend um halb sieben zuerst die Nachrichten im *Studio Aperto* in *Italia 1* und dann auch noch im *TG Regione* anzusehen. Stellen Sie sich vor, *Maresciallo*, heute Vormittag hat man doch tatsächlich hier in *Peschiera* einen Toten aus dem See gefischt. Ist das nicht schrecklich?"

Plötzlich hielt sie inne und starrte Emilio an.

„Waren das nicht Sie, der da im Fernsehen über den Leichenfund gesprochen hat?"

„Nein, da täuschen Sie sich. Das war ein Kollege von der *Guardia Costiera*. Wir sind aber auch wegen dem Toten hier. Sie wissen bestimmt, dass Ihr Nachbar bei der *Navigarda* arbeitet und wir befragen nun alle, die regelmäßig auf dem See unterwegs sind, ob Sie uns vielleicht weiterhelfen könnten."

„Geschickt ausgedrückt", dachte sich Max.

Emilio versuchte weiter, eine brauchbare Aussage von *Signora Cardicci* zu bekommen.

„Haben Sie *Signor* Olivieri auch wieder weggehen gesehen?"

„Nein, gesehen nicht, aber gehört habe ich ihn. Als ich mit meinen Einkäufen heim kam und ihn unten getroffen habe, hat er mir sogar meine Einkaufstasche nach oben getragen, wissen Sie, ich muss doch für morgen einen Kuchen backen."

„Ich weiß, für Ihren kleinen Michele", fiel ihr Emilio schnell ins Wort, bevor sie wieder vom Thema abkam. „Wann haben Sie dann *Signor* Olivieri weggehen gehört?"

„Er hat mir meine Tasche noch bis in die Küche getragen und ist dann in seine Wohnung hinüber. Kurz bevor die Nachrichten im Fernsehen angefangen haben, habe ich gehört, wie seine Wohnungstür zugefallen ist und Schritte habe ich hier draußen auch gehört. Gesehen habe ich ihn aber nicht mehr, weil ich nicht mehr aus meiner Wohnung raus bin."

„Ist er abends nach der Arbeit oft gleich wieder weggegangen?", bohrte Emilio nach.

„Ja, soviel ich weiß, geht er zum Essen oft ins *Terrazza sul Mincio* hinüber. Ich höre ihn oft weggehen, so früh wie heute bricht er allerdings selten auf."

„Vielen Dank, *Signora* Cardicci, Sie haben uns sehr geholfen."

Emilio schüttelte ihr die Hand und verabschiedete sich von ihr. Schon beim Hinuntergehen beriet er sich mit Max, wie sie nun weiter vorgehen sollten.

„Wenn du zum *Terrazza sul Mincio* hinüberfährst, Emilio, dann bleibe ich noch hier vor dem Haus, um ihn abzufangen, falls er demnächst heimkommen sollte. Der *Signora* Cardicci sollte er nämlich auf keinen Fall vor uns über den Weg laufen, denn sie würde ihm doch sofort erzählen, dass wir hier waren."

„In Ordnung, dann fahre ich gleich los. Falls er im *Terrazza sul Mincio* beim Essen sitzt, rufe ich dich an, ansonsten bin ich in ein paar Minuten wieder hier."

Vor der Haustür stieg Emilio in seinen Dienstwagen, wendete und fuhr vom Hof. Max ging unterdessen auf die Straße hinaus und setzte sich auf der gegenüberliegenden Seite auf den kniehohen Sockel eines Gartenzaunes. Mittlerweile dämmerte es schon ziemlich. Nach und nach gingen in den umliegenden Häusern die Lichter an, auch in Olivieris Haus waren schon einige Fenster beleuchtet, bei seiner Wohnung im zweiten Stock allerdings blieb alles finster. Max nutzte die Wartezeit, um seine Chiara in Rosenheim anzurufen.

„*Ciao* mein Schatz, wie geht's dir?"

„Hier ist alles soweit in Ordnung, Max. Wie war dein heutiger Arbeitstag?"

„Der ist noch nicht vorbei, ich sitze in *Peschiera* auf einem Gehsteig und observiere ein Haus."

Kurz und knapp berichtete er ihr, was den ganzen Tag über am *Lago* passiert war.

„Hoffentlich musst du dir nicht die ganze Nacht um die Ohren schlagen."

„Das wird sich rausstellen. Was machen die Mädchen?"

„Von Martina habe ich heute noch nichts gehört, mit Elena habe ich vorhin telefoniert. Ich glaube, das ist etwas im Busch."

„Was meinst du?"

„Sie hat in den letzten Tagen mehrfach einen anderen Studenten erwähnt, als sie vom Studium erzählt hat und vorher war er anscheinend bei ihr im Zimmer. Als sie abgehoben hat, meinte ich im Hintergrund eine männliche Stimme zu hören, sie war auch relativ kurz angebunden, was doch für sie völlig ungewöhnlich ist. Angeblich muss sie heute noch recht viel für eine morgige Vorlesung vorbereiten, aber das habe ich ihr nicht so recht abgenommen."

„So, so, unsere Kleine. Hoffentlich hat sie mit dem mehr Glück als mit ihren bisherigen, kurzen Schwärmereien."

„Ich wünsche es ihr, irgendwie hört sich das diesmal schon so an, als könnte es etwas Ernsteres sein."

„Dann wird sie am nächsten Wochenende wohl kaum mit hierher kommen."

„Nein, aber das war doch ohnehin erst für das übernächste Wochenende geplant. Wenn, dann komme ich am Wochenende alleine zu dir."

„Auch nicht schlecht, dann sind wir wenigstens ungestört. Was hast du heute noch vor?"

„Nicht viel. Ich muss noch eine Kleinigkeit für meinen morgigen Italienischkurs in der Volkshochschule vorbereiten, dann mach ich mir einen gemütlichen Abend auf der Couch."

„Ich weiß nicht, wie lange ich heute noch unterwegs sein werde, wenn Emilio diesen Olivieri nicht in seinem Lieblings-*Ristorante* antrifft, kann es schon sein, dass wir sein Haus den ganzen Abend observieren müssen, bis er hoffentlich mal heimkommt."

„Ich drück dir die Daumen, dass dir das erspart bleibt."

„Es ist besser, wenn wir jetzt aufhören, womöglich versucht Emilio schon, mich anzurufen. Vielleicht melde ich mich später noch einmal, mein Schatz."

„*Ciao* Max."

Mittlerweile war es richtig finster und in Olivieris Haus brannte fast in jeder Wohnung das Licht, in seiner eigenen aber blieben alle Fenster dunkel. Während Max mit Chiara gesprochen hatte, war ein Hausbewohner mit dem Auto nach Hause gekommen, er war allerdings alleine und Max konnte sofort erkennen, dass es sich dabei auf keinen Fall um Olivieri handelte. Er stand auf und ging ein wenig am Gehsteig auf und ab, da sah er Emilios Auto auf sich zukommen. Emilio hielt am Straßenrand an, stellte den Motor ab und Max stieg ein.

„Er war nicht im *Terrazza sul Mincio*, der Inhaber, ein gewisser Francesco Albera, hat sich schon darüber gewundert, weil Olivieri sonst spätestens um Viertel nach acht bei ihm eintrudelt. Gestern Abend hat er sich ganz normal mit einem ‚bis morgen' verabschiedet. Auf seinem Handy habe ich es auch noch einmal probiert, das ist immer noch ausgeschaltet."

„Emilio, ich befürchte, der hat sich aus dem Staub gemacht. Wahrscheinlich hat er es, als die Spurensicherung bei der *Vicenza* aufgekreuzt ist, mit der Angst zu tun bekommen, dass wir ihm nach dem Leichenfund auf die Schliche kommen und ist abgehauen."

„Trotzdem sollten wir seine Wohnung heute Abend noch etwas im Auge behalten, falls er doch nur woanders zum Abendessen hingegangen sein sollte."

„Ich kann gerne noch hierbleiben, allerdings habe ich schön langsam richtig Hunger. Kannst du mir eine *Pizza* mit Salami vorbeibringen?"

„Mach ich. Zuerst fahre ich jetzt zum Hafen, schicke di Salvo nach Hause und hole Arturo ab. Dann bringen wir dir die *Pizza*, anschließend fahre ich mit Arturo nach *Lazise* zurück."

„Wahrscheinlich wäre es mittlerweile auch angebracht, Graziano Olivieri zur Fahndung auszuschreiben."

„Genau das habe ich vor, sobald ich hernach wieder auf dem Revier bin. Was meinst du, wie lange wir hier Wache schieben sollten?"

„Falls er tatsächlich abgehauen ist, dann ist es ohnehin vergebliche Liebesmüh, wenn ich hier herumsitze und auf ihn warte. Sollte er allerdings nicht ahnen, dass wir ihm auf den Fersen sind, dann dürfte er doch bestimmt bis spätestens Mitternacht wieder heimkommen, schließlich läuft die *Vicenza* morgen Früh um halb neun schon wieder aus. Er muss doch auch einige Zeit vorher schon an Bord gehen, um für den neuen Tag alles vorzubereiten."

„Ich denke auch, dass Mitternacht reicht. Ich muss es mit Arturo noch besprechen, wie wir deine Ablösung am besten organisieren, damit nicht du allein hier die ganze Zeit herumsitzt."

Max stieg aus und während Emilio davonfuhr, setzte er sich wieder auf den Sockel des Gartenzaunes und wartete weiter darauf, dass Graziano Olivieri nach Hause kommen würde. Zwanzig Minuten später kam Emilio mit Arturo zurück, der sofort, nachdem di Salvo nach Hause gefahren war, dessen Lebensgefährtin angerufen hatte. Sie hatte sein Alibi für den Samstagnachmittag, den Abend und die Nacht auf Sonntag bestätigt. Max bekam von seinen Kollegen die gewünschte *Pizza* sowie eine Literflasche *Acqua minerale* geliefert. Mit Heißhunger machte er sich gleich über seine *Pizza* her, während Emilio und Arturo nach *Lazise* zurückfuhren. Nach und nach kamen weitere Mitbewohner von Olivieris Haus daheim an, im Lichtschein der Lampe über der Haustür konnte Max aber jeweils erkennen, dass der Gesuchte nicht darunter war.

„Mein Bauchgefühl sagt mir, dass der heute nicht mehr nach Hause kommt", dachte sich Max, als er wieder einmal aufgestanden war und auf dem Gehsteig hin- und herging, um die Zeit totzuschlagen.

Gegen halb elf bogen dann zwei Autos hintereinander in die *Via Abruzzo* ein, Max erkannte sofort den dunkelblauen *Fiat Bravo* von Emilio, im zweiten Auto saß Arturo, der in seinem Privatwagen kam, um Max abzulösen. Emilio hielt an und ließ das Fenster auf der Fahrerseite herunter.

„Steig ein, Max, Arturo macht hier weiter. Wir haben besprochen, dass er mindestens bis Mitternacht bleibt."

Max ließ sich nicht zweimal bitten und nahm erleichtert auf dem Beifahrersitz Platz, denn der Betonsockel des Zaunes war auf Dauer doch etwas ungemütlich zum Sitzen. Bei der Rückfahrt rätselten sie weiter über ein mögliches Motiv für den Mord an Becker. Max waren verschiedene Szenarien durch den Kopf gegangen, während er in der *Via Abruzzo* Wache geschoben hatte.

„Wenn wir in Graziano Olivieri tatsächlich Beckers Mörder gefunden haben, stellt sich erst einmal die Frage, ob er von sich aus gehandelt hat, oder ob ihn jemand beauftragt hat, Becker zu ermorden."

„Du meinst, er war ein professioneller Killer?", fragte Emilio erstaunt.

„Als Killer würde ich ihn jetzt nicht gleich bezeichnen, aber es könnte doch sein, dass er bei einer bestimmten Geldsumme, die man ihm von dritter Seite geboten hat, schwach geworden ist. Erinnere dich daran, dass man ihm schon einmal zugetraut hat, aus Geldnot einen Geldboten überfallen zu haben, auch wenn man ihm diesen Überfall nie beweisen konnte."

Emilio seufzte.

„Wenn das stimmen sollte, wird es aber sicher nicht leicht, an die Hintermänner zu gelangen, wenn er nicht geständig ist. Und falls er doch ohne Auftrag gehandelt hat, was könnte dann sein Motiv gewesen sein?"

„Mir fällt da keines ein. Außer den Schifffahrten der Beckers und dem gemeinsamen Abendessen mit di Salvo am letzten Freitag sehe ich keinerlei Berührungspunkte bei den beiden. Wenn wir morgen Klarheit haben und zweifelsfrei feststehen sollte, dass Olivieri der Mörder ist, dann müssen wir damit natürlich auch Nina Becker konfrontieren. Vielleicht bekommen wir von ihrer Seite den entscheidenden Hinweis darauf, warum er zum Mörder wurde."

„Andererseits könnte sie aber auch seine Auftraggeberin gewesen sein, Max. Dann wird sie sich schön bedeckt halten und wir stehen wieder vor dem Problem, dass wir ohne ausführliches Geständnis von Olivieri nicht weiterkommen."

„Bei ihr hätten wir zwar ein Motiv, aber wie sollte sie darauf gekommen sein, ausgerechnet Olivieri als Mörder zu engagieren?"

„Du weißt doch nicht, wie oft die sich in den letzten Jahren hier getroffen haben und wie gut die sich wirklich gekannt haben."

„Stimmt, Emilio. Da wartet noch eine Menge Ermittlungsarbeit auf uns."

„Sicher, aber du hast dir jetzt erst einmal eine ruhige Nacht verdient nach diesem turbulenten Tag."

Sie hatten inzwischen *Lazise* erreicht und Emilio fuhr Max direkt bis vor das Haus, in dem seine Wohnung lag.

„Bis morgen, grüß deine Frau von mir, unbekannterweise."

„Danke, ich werde es ausrichten. In den nächsten Tagen werden wir bestimmt einmal die Gelegenheit haben, dich zu uns zum Abendessen einzuladen, Max, dann kannst du Elisabetta auch einmal kennen lernen.“

„Gerne. *Buonanotte.*“

„*Buonanotte*, bis morgen.“

Bevor er ins Bett ging, schrieb Max noch eine SMS an Chiara, dass er jetzt endlich in seiner Wohnung sei. Sie antwortete ihm sofort, dass sie auch gerade dabei war, ins Bett zu gehen und wie sehr sie ihn nach vier Tagen schon vermissen würde. Darauf musste er natürlich noch einmal etwas erwidern.

„Ich würde mir auch wünschen, dich jetzt bei mir zu haben. Hoffentlich ist bald Wochenende. Ich freu mich auf dich. Schlaf gut, mein Schatz.“

Wie er mit Emilio vereinbart hatte, schaltete Max sein Handy über Nacht nicht aus, um jederzeit erreichbar zu sein. Als er dann im Bett lag, wälzte er sich noch eine ganze Weile hin und her, zu sehr gingen ihm die Ereignisse des ganzen Tages noch im Kopf herum. Auch die Gedanken an das, was ihn am nächsten Morgen alles erwarten würde, wenn das Obduktionsergebnis vorliegen würde, beschäftigten ihn noch eine ganze Weile. Um Mitternacht hörte er noch den Glockenschlag der Kirche *Santi Zenone e Martino,* dann schlief er endlich ein.

17

Am nächsten Morgen wachte Max auf, kurz bevor um sieben der Wecker von seinem Handy zu klingeln begann. Entgegen seiner Gewohnheit blieb er nicht noch ein Weilchen liegen, sondern stand sofort auf, verschwand im Bad, war danach schnell angezogen und marschierte hinüber zur *Bar Aurora* zu seinem üblichen Frühstück.

„*Buongiorno Commissario*“, wurde er vom *Barista* freundlich begrüßt.

„*Buongiorno* Sergio.“

Max war nicht überrascht, dass ihn Sergio Cedro sofort nach dem Leichenfund fragte.

„Ich habe gestern Abend den Bericht im *TG Regione* gesehen, um acht wurde er sogar auch im *TG1*, den Hauptnachrichten, gebracht. Das war doch sicher der vermisste Deutsche, oder?“

Max konnte sich auf das noch ausstehende Ergebnis der Obduktion berufen und ging damit weiteren Fragen zu dem Vermisstenfall aus dem Weg, was ihm ganz Recht war, da sich außer ihm noch mehrere Gäste in der Bar aufhielten, die alle gleich ganz neugierig aufgeschaut hatten, als sie bei Cedros Begrüßung hörten, wer er war. Nach dem Frühstück ging er gleich weiter in Richtung Revier, wo er gegen dreiviertel acht gleichzeitig mit Emilio eintraf.

„*Buongiorno* Max. Arturo hat bis um eins in der *Via Abruzzo* ausgeharrt, aber Olivieri ist nicht nach Hause gekommen.“

„So wie ich es befürchtet habe.“

„Sein Handy ist immer noch ausgeschaltet. Die Fahndung läuft, ich werde gleich meine Mails checken, ob es wenigstens schon eine Spur von ihm gibt.“

Max ging mit in Emilios Büro hinein und wartete, bis dessen PC hochgefahren war. Schnell hatte Emilio dann seinen Posteingang kontrolliert.

„Es ist leider keine Mail bezüglich der Fahndung dabei. Hoffentlich ist uns der Kerl nicht endgültig durch die Lappen gegangen. Wenn er, so wie es uns *Signora* Cardicci geschildert hat, seine Wohnung gestern Abend kurz vor halb sieben verlassen hat, dann hätte er sich, bis die Fahndungsmeldung rausging, theoretisch schon längst ins Ausland absetzen können. In gut zwei Stunden kommt er doch über den Brenner nach Österreich."

„Aber wo sollte er denn hin, Emilio? Wenn es ein Auftragsmord gewesen sein sollte, glaubst du, er hätte dafür so viel Geld bekommen, dass er sich damit im Ausland eine neue Existenz aufbauen könnte? Ich halte das für unwahrscheinlich. Außerdem hat er doch sein Auto auf dem Stellplatz unterm Haus stehengelassen. "

„Wenn ich an den Strick um die Beine von der Leiche denke, dann war damit doch beabsichtigt, dass sie auf Dauer verschwunden bleibt. Nachdem das nun anders gekommen ist, musste Olivieri wohl Hals über Kopf abhauen, weil er befürchten musste, dass wir hinter ihm her sind. Da wird er nicht lange überlegt haben, wie es nach seiner Flucht weitergehen könnte. Was sollen wir nun unternehmen, Max?"

„Sobald wir das Obduktionsergebnis haben und es so ausfällt, wie wir erwarten, müssen wir zuerst zu Nina Becker. Falls Olivieri tatsächlich verschwunden bleibt und die Nacht nicht zufällig bei irgendeiner Frau verbracht hat, sollten wir uns in seiner Wohnung umsehen, ob wir dort einen Hinweis finden, wohin er abgehauen sein könnte. Ohne konkreten Anhaltspunkt wäre es verdammt schwierig, nach ihm zu suchen."

„*Buongiorno.*"

Max und Emilio hatten Ignazio gar nicht hereinkommen gehört. Emilio stand sofort auf und gab ihm die Hand.

„Ignazio, schön dich zu sehen. Wie geht es deiner Frau?"

„Bevor ich die Kinder in die Schule gefahren habe, haben wir mit ihr telefoniert. Sie hat heute Nacht ganz gut geschlafen und schon weniger Schmerzmittel gebraucht als gestern. Aber ein paar Tage wird sie schon noch im Krankenhaus bleiben müssen. Was hat sich hier seit gestern Mittag getan?"

Emilio brachte Ignazio im Fall Becker auf den neuesten Stand und fragte ihn dann, ob die Betreuung seiner Kinder durch seine Schwiegermutter wie geplant klappen würde.

„Sie kommt heute gegen Mittag her. Ich habe mit ihr ausgemacht, dass ich die Kinder heute noch einmal von der Schule abhole und nach Hause bringe. Für den Rest des Tages kümmert sie sich dann um die drei."

Ignazio wollte noch fragen, welche Aufgabe er nun im Fall Becker übernehmen sollte, als Emilios Telefon klingelte.

„Eine Nummer in *Verona*“, sagte er nach einem Blick auf das Display. „*Pronto.*“

Emilio drückte sofort auf die Lautsprechertaste, als er hörte, wer dran war.

„*Buongiorno* Rodolfo, so früh hätte ich noch gar nicht mit deinem Anruf gerechnet. Max und Ignazio sitzen gerade bei mir, sie können gleich mithören.“

Rodolfo begrüßte die beiden Kollegen von Emilio und erklärte ihnen, dass er seinerseits auch nicht allein am Telefon saß.

„Bei mir ist *Dottore* Tiberio Illasi, der gestern bis in den Abend hinein die Obduktion der bei *Peschiera* im See gefundenen Leiche durchgeführt hat. Er wird euch gleich ausführlich seine Ergebnisse schildern. Ich kann vorab zu meinen Untersuchungen nur so viel sagen: Das im Maschinenraum der *Vicenza* gefundene Blut entspricht, was die Blutgruppe angeht, dem Blut der Leiche. Ob es auch tatsächlich von der Leiche stammt, kann ich hundertprozentig erst sagen, wenn mir das Ergebnis der DNA-Analyse vorliegt.“

Max und Emilio nickten sich zu, da sie mit nichts anderem gerechnet hatten. Unterdessen gab Rodolfo den Hörer an den *Dottore* weiter.

„*Buongiorno Signori,* hier ist Tiberio Illasi. Wie der Kollege Vigasio bereits erwähnt hat, habe ich gestern die Obduktion der Wasserleiche durchgeführt. Zuerst das Wichtigste: Anhand der Zahnarztunterlagen, die Sie uns zur Verfügung gestellt haben, konnte die Identität des Toten eindeutig festgestellt werden, da das Gebiss der Leiche exakt mit den Untersuchungsunterlagen des Münchner Zahnarztes übereinstimmt.“

Auch wenn Max dieses Ergebnis erwartet hatte, lief es ihm doch einen Moment lang kalt den Rücken hinunter.

„Kurt Becker starb an einem Schuss direkt ins Herz, diese eine Kugel hätte schon ausgereicht, ihn zu töten, die beiden anderen haben ihn zwar auch schwer verletzt, aber an diesen Verletzungen allein wäre er nicht gestorben. Er war bereits tot, als man ihn ins Wasser geworfen hat, auch der Strick um seine Beine wurde erst angebracht, als er schon eine Weile nicht mehr gelebt hat. Der Zustand der Leiche lässt darauf schließen, dass sie mindestens zwei Tage im Wasser gelegen hat.“

„*Dottore* Illasi, hier ist *Maresciallo* Brentani“, unterbrach ihn Emilio. „Wir nehmen an, dass die Leiche mit einem Gewicht an dem Strick versenkt worden ist. Kommen Sie zu dem gleichen Ergebnis oder trieb die Leiche einfach nur mehrere Tage im Wasser.“

„Ich würde Ihre Einschätzung teilen, *Maresciallo*. Die Spuren, die der Strick an den Beinen hinterlassen hat, deuten darauf hin, dass mit großer Kraft ruckartig daran gezogen wurde, was für die Theorie mit dem Gewicht spricht. Um den Toten sofort im See zu versenken, wäre allerdings nicht einmal ein Gewicht notwendig gewesen, denn normalerweise geht ein Leichnam sofort unter, außer es sammeln sich ausreichend Luftblasen in der Kleidung, um dies zu verhindern, was ich aber im vorliegenden Fall wegen der leichten Sommerkleidung von *Signor* Becker ausschließen würde. Wenn sich dann genügend Fäulnisgase gebildet haben, taucht die Leiche wieder auf.“

„Außer sie ist mit einem Gewicht beschwert“, warf Max ein.

„Nicht unbedingt. Der Auftrieb durch die Fäulnisgase kann so stark sein, dass ein Gewicht nicht mehr ausreicht, um die Leiche unter Wasser zu halten oder dass, wie im vorliegenden Fall, die Verbindung zwischen Gewicht und Leiche dem Auftrieb nicht standhält.“

Emilio fragte nach, von was die Bildung der Fäulnisgase abhängig sei.

„In erster Linie von der Wassertemperatur. Wenn man davon ausgeht, dass die Leiche am Samstag ins Wasser geworfen wurde und schon am Montag an der Wasseroberfläche trieb, dann dürfte sie im relativ seichten und damit noch verhältnismäßig warmen Wasser versenkt worden sein. Je tiefer sie durch das Gewicht hinabgezogen wird und je kälter damit die Wassertemperatur ist, desto größer ist die Wahrscheinlichkeit, dass die Leiche auf Dauer am Seegrund bleiben könnte. Hier hat der Mörder, sei es aus Leichtsinn oder aus Unwissenheit, schon mal einen entscheidenden Fehler begangen.“

Emilio wollte noch eine Frage stellen, musste aber zu seinem klingelnden Handy greifen. *Dottore* Illasi hörte nicht nur das Klingeln, sondern auch, dass Emilio das Gespräch annahm und machte deswegen eine Pause. Emilio sagte nicht viel, sondern nickte mehrfach.

„Vielen Dank, dass Sie mich gleich informiert haben, *Signor* di Salvo", verabschiedete er sich schließlich und hängte wieder ein. „Entschuldigen Sie die Unterbrechung, *Dottore*, aber ich habe gerade eine wichtige Information erhalten. Unser Hauptverdächtiger Graziano Olivieri ist heute nicht zur Arbeit erschienen. Wir sind also anscheinend auf der richtigen Spur, er ist seit gestern Abend verschwunden und deshalb schon zur Fahndung ausgeschrieben."

„Das ist interessant, *Maresciallo*, denn zu diesem Olivieri wäre ich jetzt auch gleich gekommen."

„Wieso das denn?", fragte Emilio erstaunt.

„Ich glaube, die Rettungssanitäter haben Ihnen gestern nach der Untersuchung der Leiche bereits gesagt, dass die drei Projektile am Rücken nicht wieder ausgetreten sind."

„Richtig."

Dottore Illasi überließ Rodolfo Vigasio das Wort.

„Emilio, anhand der Projektile konnten wir eine ballistische Untersuchung durchführen, die zu einem erstaunlichen Ergebnis geführt hat. Die Kugeln wurden aus einer Waffe abgefeuert, die vor ungefähr zwei Jahren bei einem Überfall auf einen Geldboten in *Peschiera* verwendet worden ist."

„Der Überfall beim Supermarkt, der damals Graziano Olivieri zur Last gelegt wurde", rief Max.

„Genau, bei dem Überfall wurde der Geldbote in die Schulter getroffen und die Kugel konnte in einer Notoperation herausgeholt werden. Wie ich gerade gehört habe, wisst ihr über den Überfall schon Bescheid."

„Ja, wir sind darauf gestoßen, als wir uns Olivieris Vorstrafen angesehen haben. Damals hat ihm das Alibi von einem Freund, einem Fischer, aus der Patsche geholfen", erklärte Emilio.

„Wenn ihr davon ausgeht, dass Olivieri der Mörder von Becker ist und damals am Supermarktparkplatz mit derselben Waffe geschossen wurde, liegt es nahe, dass Olivieri doch der Täter war und ihm dieser Fischer Ruggiero Bargello ein falsches Alibi verschafft hat. Das Ergebnis unserer ballistischen Untersuchung war auf alle Fälle eindeutig. Diesen Bargello solltet ihr euch also auch einmal vorknöpfen, Emilio."

„Das werden wir natürlich machen, Rodolfo. Wenn er hört, dass er womöglich einen Mörder deckt, rückt er vielleicht mit der Wahrheit heraus und widerruft seine Aussage von damals."

Max sah in Bezug auf Olivieris Freund noch einen ganz anderen Aspekt.

„Bargellos Aussage war doch, dass Olivieri zur Zeit des Überfalles auf den Geldboten mit ihm auf seinem Fischerboot unterwegs war. Vielleicht spielt dieses Boot auch bei unserem aktuellen Fall eine Rolle. Wenn Beckers Leiche noch an Bord der *Vicenza* war, als das Schiff am Samstag in *Peschiera* einlief, dann dürfte sie an Bord eines anderen Schiffes oder Bootes zum Versenken wieder auf den See hinaus gefahren worden sein, denn die *Vicenza* ist am Samstag nachweislich nicht noch einmal ausgelaufen. Wenn wir Bargello vernehmen, sollten wir auch sein Boot genauer unter die Lupe nehmen. Ich könnte mir durchaus vorstellen, dass wir dort Spuren finden, die beweisen, dass Beckers Leiche mit seinem Fischerboot transportiert wurde."

Rodolfo hatte sofort verstanden, dass auf ihn und seine Kollegen von der Spurensicherung schon der nächste Einsatz wartete.

„Sagt mir Bescheid, wann wir uns das Boot von diesem Bargello vornehmen sollen."

„Danke, Rodolfo. Ich weiß natürlich nicht, zu welchen Tageszeiten er zum Fischen auf den See hinausfährt. Ich melde mich bei dir, sobald wir in etwa wissen, wann ihr auf das Boot könnt. Wir müssen uns nun zuerst um Nina Becker kümmern und dann weiter versuchen, Olivieri ausfindig zu machen. Bargello müssen wir aber nun auch dringend vernehmen, nicht nur wegen seines Bootes und dem eventuell falschen Alibi für Olivieri, vielleicht kommen wir über ihn sogar an Olivieri ran", fasste Emilio die von ihm geplante, weitere Vorgehensweise zusammen. „*Dottore*, haben Sie noch weitere Infos für uns?"

„Nein, vorläufig nicht."

„Dann habe ich nur noch eine kurze Frage. Nina Becker meinte, dass im Geldbeutel von ihrem Mann neben den Karten auch ungefähr dreihundert Euro gewesen wären. Haben Sie die irgendwo in der Kleidung des Toten gefunden?"

„Nein, *Maresciallo*, seine Hosentaschen waren leer, nur die besagte Geldbörse war drin, allerdings ohne einen Cent Bargeld."

„Vielen Dank, *Dottore*, für die ausführlichen Informationen, Sie haben uns damit sehr viel weitergeholfen. Dir und deinen

Kollegen natürlich auch vielen Dank, Rodolfo. Ich denke, wir hören und sehen uns heute noch einmal. Bis später."

Dottore Illasi und Rodolfo Vigasio verabschiedeten sich ebenfalls und Emilio hängte ein.

„Damit scheint der Fall geklärt zu sein", urteilte Ignazio etwas vorschnell und wurde von Emilio deswegen auch gleich zurückgepfiffen.

„Wir sind damit noch lange nicht fertig, Ignazio, schließlich läuft der mutmaßliche Mörder noch frei herum. Außerdem wissen wir noch nicht, ob Olivieri die Tat alleine ausgeführt hat und ob er dafür eventuell einen Auftraggeber oder eine Auftraggeberin hatte. Es gibt also noch genug offene Fragen."

„Willst du gleich zu Nina Becker fahren?", fragte Max.

„Ich werde sofort einen Durchsuchungsbeschluss für Olivieris Wohnung anfordern, dann können wir los. Ignazio, sobald das Fax aus *Verona* mit dem Durchsuchungsbeschluss da ist, könntest du nach *Peschiera* fahren und die Wohnung von Olivieri unter die Lupe nehmen."

„Wie soll ich da reinkommen? Die Tür aufbrechen?"

„Zur Not schon. Zuerst aber natürlich versuchen, den Hausmeister ausfindig zu machen, vielleicht kann dir auch seine direkte Nachbarin, eine *Signora* Cardicci, weiterhelfen, wer eventuell einen Zweitschlüssel zur Wohnung haben könnte. Nimm Arturo mit, falls er inzwischen da sein sollte."

Während Emilio dann den Antrag für den Durchsuchungsbeschluss ausfüllte, ging Max mit Ignazio in den anderen Büroraum hinüber und erklärte ihm dort etwas genauer, welche Situation er am Wohnhaus von Olivieri vorfinden würde.

„Und in der Nacht dort stundenlang herumzusitzen ist ziemlich ungemütlich", ergänzte Arturo, der plötzlich in der Tür stand, lachend. „Ich wollte deswegen heute eigentlich etwas länger im Bett bleiben, aber nachdem ich schon kurz nach sieben aufgewacht bin und nicht mehr einschlafen konnte, bin ich gegen halb acht doch schon aufgestanden."

Max schilderte Arturo sofort, was sie von dem Gerichtsmediziner *Dottore* Illasi und der Spurensicherung an interessanten Neuigkeiten bekommen hatten.

„Außerdem hat auch noch *Capitano* di Salvo angerufen, weil Olivieri heute nicht zur Arbeit erschienen ist."

„Dann ist er also tatsächlich abgehauen."

Noch während Max ihm die besprochene Arbeitsaufteilung für den Vormittag mitteilte, kam Emilio zu ihnen herüber.
„Den Antrag für den Durchsuchungsbeschluss habe ich weggeschickt. Max, wir können los."
„Gut, sobald das unterzeichnete Fax da ist, nehme ich mir mit Ignazio Olivieris Wohnung vor", erwiderte Arturo.

Im Auto unterhielten sich Emilio und Max darüber, wie schlimm es jeweils für sie war, den nächsten Angehörigen von einem Mordopfer die Todesnachricht überbringen zu müssen.
„Heute sollte es nicht ganz so schlimm werden", hoffte Max. „Nina Becker muss nach unserem gestrigen Besuch doch damit rechnen, dass ihr Mann tot ist."
„Trotzdem wird auch bei ihr noch ein Fünkchen Hoffnung da sein, dass der Tote vom See vielleicht doch nicht ihr Kurt ist."
Wegen des Markttages in *Lazise* konnten sie nicht wie üblich bis direkt zum Gartentor von Beckers Anwesens fahren, da die gesamte Uferpromenade voller Marktstände war. Sie stellten das Auto in der *Viale Roma* ab und legten das letzte Stück zu Fuß zurück. Nina Becker war gerade damit beschäftigt, in dem Blumenbeet, das entlang des Zaunes verlief, Unkraut zu jäten.
„*Buongiorno Signori.*"
Max verkniff es sich, angesichts der Nachricht, die sie zu überbringen hatten, ihr auch einen guten Morgen zu wünschen.
„*Salve Signora* Becker."
Sie öffnete den beiden das Gartentor und ließ sie hinein.
„Was haben Sie für Neuigkeiten für mich?"
Emilio wollte es ihr nicht im Stehen mitten im Garten sagen.
„Wir haben einiges mit Ihnen zu besprechen, deswegen sollten wir uns vielleicht besser setzen."
Max dachte sich, dass sie spätestens bei dieser Aufforderung davon ausgehen musste, gleich die schlimmste aller Nachrichten zu erhalten. Als sie sich gesetzt hatten, trafen Max und Emilio ihre ängstlichen, fragenden Blicke.
„*Signora* Becker, ich hatte heute schon ein längeres Telefonat mit der Spurensicherung und der Gerichtsmedizin in *Verona*. Leider ist das Ergebnis der Untersuchungen eindeutig, bei dem Toten, den wir gestern im See gefunden haben, handelte es sich um Ihren Mann."

Entgegen der Reaktion vom Vortag blieb Nina Becker diesmal erstaunlich ruhig, sie sackte auf ihrem Stuhl in sich zusammen und seufzte leise:

„Also doch."

So kurz wie möglich erzählte ihr Emilio von der tödlichen Schussverletzung, erwähnte aber den Strick und das vermeintliche Gewicht zum Versenken der Leiche im See nicht.

„Wenigstens musste er nicht lange leiden", meinte sie fast ein wenig erleichtert.

Dann ergriff Max das Wort und erwähnte bewusst nicht, dass sie dem potentiellen Mörder schon hinterherjagten.

„*Signora* Becker, es tut uns sehr leid, dass wir Ihnen keine anderen Nachrichten überbringen konnten. Wir werden natürlich alles daran setzen, den Mörder Ihres Mannes zu finden, was allerdings nicht so einfach sein wird, weil wir immer noch kein klares Motiv für einen Mord sehen."

Nina Becker hörte ihm regungslos zu.

„Wir sind immer noch dabei, zu rekonstruieren, was auf dem Schiff genau geschehen sein könnte und werden deshalb auch noch einmal mit der Besatzung sprechen. *Capitano* di Salvo kennen Sie näher."

„Ja", fiel sie ihm ins Wort. „Ihn haben wir schon vor einigen Jahren kennen gelernt und sind auch hin und wieder zusammen zum Essen gegangen."

„So wie letzten Freitag."

„Nein, da haben wir ihn nur zufällig in der *Pizzeria Da Tonio* getroffen. Außerdem war da sein Kollege Graziano dabei, der immer beim Einstieg die Fahrkarten kontrolliert."

„Den kennen Sie nicht näher?"

„Nein, nur vom Sehen, Kurt und ich haben mit dem auch noch nie länger geredet, das war am Freitag beim Essen zum ersten Mal der Fall."

„Bleibt noch der dritte, der am Samstag mit an Bord war."

„Den haben wir noch seltener gesehen als Graziano, weil der weder beim Einsteigen noch beim Aussteigen an der Tür stand und auch während der Fahrt nie nach unten gekommen ist. Ihn haben wir jeweils nur getroffen, wenn wir mal kurz bei Lorenzo auf der Brücke vorbeigeschaut haben."

Max sah keinen Sinn darin, sie noch weiter zur Schiffsbesatzung zu befragen. Er hatte nicht den Eindruck, dass sie ihn anlügen würde, deshalb hielt er es auch für unwahrscheinlich, dass sie Graziano Olivieri mit dem Mord beauftragt hatte. Doch wo sollte er bei ihr jetzt noch ein weiteres, mögliches Motiv für den Mord suchen? Er dachte an die Theorie, dass Becker vielleicht ein Verhältnis mit seiner Chefsekretärin gehabt hatte und diese sich an ihm rächen wollte, weil er sich letztlich doch für seine Ehefrau entschieden hatte. Wiggerl hatte ihm noch nicht mitgeteilt, ob die Chefsekretärin für den Samstag ein Alibi hatte, darüber hinaus sollten die Kollegen in Rosenheim nun aber auch noch überprüfen, ob irgendeine Verbindung zwischen ihr und Olivieri bestehen könnte. Grundsätzlich interessierte es ihn auch, was Nina Becker nun mit der Firma vorhatte.

„Haben Sie sich schon Gedanken gemacht, wie es mit der Batterien-Firma Ihres Mannes weitergehen könnte?"

Sie zuckte mit den Schultern.

„Ich weiß es noch nicht. Bis vor ein paar Minuten hatte ich immer noch die Hoffnung, dass Kurt vielleicht doch noch am Leben sein könnte und bald wieder alles so sein würde wie bisher."

Nun übermannten sie doch die Tränen und sie brauchte einige Zeit, bis sie weiterreden konnte.

„Im Moment bin ich hin- und hergerissen. Einerseits ist da natürlich der Gedanke, alles zu verkaufen, schließlich hätte ich mit den italienischen Geschäftspartnern von Kurt gleich einen Interessenten an der Hand. Andererseits wollte er ja gerade das nicht, weil das Lebenswerk seines Vaters im Familienbesitz bleiben sollte. Aber nachdem mir schlicht die Qualifikation fehlt, so einen großen Laden zu leiten, wäre ich darauf angewiesen, die Geschäftsführung jemandem anderen anzuvertrauen. Und da weiß ich eben nicht, ob das auf Dauer gutgeht."

„Ich finde, Sie sollten in dieser Hinsicht nichts übers Knie brechen und sich für so eine wichtige Entscheidung genügend Zeit lassen."

„Eben, ich habe dafür momentan auch keinen Kopf, schließlich muss ich mich erst einmal um Kurts Beerdigung kümmern."

Wieder kamen ihr die Tränen und während sie in ein Taschentuch hineinschniefte, kam Emilio ihrer Frage nach der Freigabe der Leiche zuvor.

„Die Obduktion an sich ist abgeschlossen, es fehlen aber noch einige Untersuchungsergebnisse. Diese sollten allerdings bis spätestens übermorgen vorliegen, dann sollte der Freigabe des Leichnams nichts mehr im Wege stehen."

Emilio hatte zwar auch nicht den Eindruck gehabt, dass Nina Becker ihnen etwas vorgespielt hätte, trotzdem verschwieg er ihr, dass sie eindeutige Spuren des Mordes im Maschinenraum der *Vicenza* gefunden hatten. Er wollte ihr gerade anbieten, wenn es dann soweit war, bei der Organisation der Überführung der Leiche behilflich zu sein, als sein Handy klingelte. Emilio sah, dass der Anruf von seinem Apparat im Revier weitergeleitet worden war, offenbar waren Arturo und Ignazio bereits mit dem unterzeichneten Durchsuchungsbeschluss auf dem Weg zu Graziano Olivieris Wohnung.

„*Pronto.*"

„Hallo? Hier ist Margherita Pesina."

„*Buongiorno Signora* Pesina. Sie sprechen mit *Maresciallo* Brentani, was kann ich für Sie tun?"

„*Maresciallo*, ich bin mit meiner Schwester soeben von *Lazise* nach *Garda* gefahren und wir haben dieses Plakat der *Carabinieri* auf dem Schiff hängen gesehen."

Emilio stand sofort auf und ging quer durch den Garten bis zum Zaun, damit man ihm von der Terrasse aus nicht mehr zuhören konnte.

„*Signora* Pesina, waren Sie am Samstag bei der fraglichen Fahrt der *Vicenza* auch an Bord?"

„Ja, meine Schwester und ich, deswegen rufe ich an. Wissen Sie, wir fahren jeden Samstag und Sonntag nach *Garda*, um unsere dritte Schwester etwas zu unterstützen. Sie hat dort ein kleines *Ristorante* und am Wochenende ist immer so viel los, dass sie unsere Hilfe in der Küche gut gebrauchen kann. Heute sind wir außer der Reihe gefahren, weil sie Geburtstag hat."

„Ist Ihnen am Samstag etwas aufgefallen, bevor die *Vicenza* stoppte und ein Stück in Richtung *Lazise* zurückfuhr?"

„Darüber haben wir die ganze Fahrt diskutiert, wir haben das Plakat nämlich gleich beim Einsteigen in *Lazise* gesehen. Eigentlich war das am Samstag eine ganz normale Fahrt, wir saßen auf dem Oberdeck relativ weit hinten. An zwei Sachen haben wir uns aber beide erinnert, je länger wir uns über den Samstag unterhalten haben. Wir waren noch nicht lange unterwegs, da ist der *Capitano* an uns vorbei zur Brücke nach vorne gegangen. Kurz darauf hörten wir von unten einen Knall, es hat sich in etwa so angehört, als würde der Wind eine Tür zuschlagen."

„Sind Sie nach unten, um nachzusehen, was passiert war?"

„Nein, wir nicht. Aber der Fahrkartenkontrolleur, der direkt hinter uns in der letzten Reihe saß. Der ist sofort nach unten gelaufen. Nachdem er ein paar Minuten später wieder nach oben kam und sich einfach wieder auf seinen Platz gesetzt hat, als wäre nichts geschehen, war die Sache für uns auch erledigt. Anscheinend war doch nur eine Tür zugefallen."

Damit waren für Emilio die letzten Zweifel beseitigt, dass Graziano Olivieri der Mörder von Kurt Becker war.

„*Signora* Pesina, vielen Dank, dass Sie mich gleich angerufen haben."

„Was bedeutet das jetzt, *Maresciallo*? Hatte das etwas mit dem Unfall des deutschen Urlaubers zu tun?"

„Einzelheiten kann ich Ihnen im Moment leider nicht nennen, *Signora* Pesina. Nur so viel, Sie und Ihre Schwester sind sehr wichtige Zeugen für uns, deshalb müsste ich Ihre Aussage auch zu Protokoll nehmen."

Er fragte sie nach ihrer Adresse in *Lazise* und bat sie, so bald wie möglich zur Erstellung des Protokolls aufs Revier zu kommen.

„Heute sind wir aber den ganzen Tag in *Garda*, wir kommen morgen Vormittag aufs Revier, *Maresciallo*."

„Gut, das reicht vollkommen. Bitte rufen Sie aber kurz vorher an, damit ich auch wirklich da bin, ich bin derzeit nämlich sehr viel unterwegs."

„Das mache ich, *Maresciallo*."

„Nochmals vielen Dank, *Signora* Pesina. Ich wünsche Ihnen einen schönen Tag in *Garda* und Ihrer Schwester natürlich *Tanti Auguri*."

„Danke *Maresciallo*, das werde ich ihr ausrichten. *Arrivederci*."

Emilio ging sofort auf die Terrasse zurück und setzte sich wieder. Max hatte sich in der Zwischenzeit von Nina Becker erzählen lassen, was sie während ihres Aufenthaltes in *Lazise* mit ihrem Mann gewöhnlich unternommen hatte, er fand dabei aber keinerlei Anhaltspunkte dafür, dass es außer den Schifffahrten irgendwelche Berührungspunkte mit Olivieri gegeben hätte. Emilio hörte zu, als sie von den regelmäßigen Opernbesuchen in der *Arena di Verona* berichtete und schaltete sich dann wieder ins Gespräch mit ein.

„*Signora* Becker, wenn Sie sich an den Samstag zurückerinnern. Haben Sie, während Sie auf der *Vicenza* in der Toilette waren, einen Knall gehört?"

„Sie meinen einen Schuss?"

„Nein, eher das Zuknallen einer Tür."

Darüber musste sie nicht lange nachdenken.

„Wie ich in die Toilette hinein wollte, hat das Schiff ganz kurz etwas mehr geschaukelt, da ist mir die Klinke aus der Hand gerutscht, die Tür ist aufgeflogen und mit voller Wucht gegen die danebenliegenden Tür geknallt. Wie kommen Sie jetzt darauf?"

„Eine Zeugin hat diesen Knall auch gehört und ich wollte nur abklären, ob es sich nicht doch um einen Schuss gehandelt haben könnte."

Emilio merkte, dass Max immer unruhiger wurde, weil er natürlich wissen wollte, welche Infos Emilio bei seinem Telefonat erhalten hatte und dies in Anwesenheit von Nina Becker nicht fragen wollte. Da Emilio im Augenblick auch keine Notwendigkeit sah, die Frau des Mordopfers noch weiter zu befragen, wollte er aufbrechen. Nina Becker hatte erwartet, noch mehr von der Zeugenaussage zu erfahren und sah Emilio deshalb ziemlich erstaunt an, was ihm selbstverständlich nicht entging.

„*Signora* Becker, wir haben heute so eine Flut an Informationen bekommen, die müssen wir erst einmal sortieren und versuchen, in einen Zusammenhang zu bringen. Wenn sich daraus ein konkretes Ermittlungsergebnis ergeben sollte, sind Sie natürlich die Erste, die wir informieren."

Damit war sie halbwegs zufriedengestellt und ließ ihre beiden Besucher gehen.

Sie waren noch nicht einmal beim Gartentor draußen, da sprudelten die Fragen nur so aus Max heraus, obwohl sie sich anschließend zwischen den vielen Besuchern des Wochenmarktes durchschlängeln mussten. Er wollte sofort wissen, um was für eine Zeugin es sich gehandelt hatte, was sie alles ausgesagt hatte und ob er bei dem Knall wirklich nicht den Schuss gemeint hatte. Kurz und knapp wiederholte Emilio die Aussage von *Signora* Pesina.

„Wenn sie uns angerufen hätte, bevor Olivieri abgehauen ist, wäre diese Aussage noch hilfreicher für uns gewesen. Aber so haben wir wenigstens die Bestätigung, dass es tatsächlich Graziano Olivieri war, der vom Oberdeck nach unten gegangen ist, um Kurt Becker zu ermorden."

„Während du mit der Zeugin telefoniert hast, habe ich Nina Becker einfach erzählen lassen, wie ihre Urlaube hier am See immer verlaufen sind. Ein Motiv für den Mord oder eine Verbindung zu Olivieri konnte ich aber dabei leider nicht heraushören."

„Wir müssen uns eben erst einmal auf die Suche nach Olivieri konzentrieren und machen da am besten gleich einmal mit der Vernehmung von seinem Freund Bargello weiter."

Als sie die vielen Marktstände hinter sich gelassen hatten und zum Auto zurückkamen, schlug Emilio direkt den Weg nach *Peschiera* ein. Max griff unterdessen zu seinem Handy und rief in Rosenheim an. Wiggerl hob sofort ab.

„Servus, Max, was gibt es Neues am Gardasee?"

„Jede Menge, Wiggerl."

Max schilderte ihm, was die Spurensicherung auf der *Vicenza* herausgefunden hatte, wie das Obduktionsergebnis ausgefallen war und dass der potentielle Mörder Olivieri verschwunden sei.

„Weißt du schon, ob die Miller für den Samstag ein Alibi hat?"

„Ja, das war ganz einfach. Im Internet habe ich gesehen, dass sie zum Vorstand eines Tennisvereins in München gehört und die haben auf ihrer Anlage am Samstag ein Turnier ausgerichtet. Ich habe mit mehreren Teilnehmer und Vereinsmitgliedern gesprochen, sie war offenbar den ganzen Samstag vor Ort."

„Das bestätigt unsere Vermutung von gestern, dass es höchst unwahrscheinlich ist, dass sie selbst auf dem Schiff gewesen sein könnte. Trotzdem haben wir sie immer noch im Visier, Wiggerl. Könntest du herausfinden, ob da was zwischen ihr und dem Becker gelaufen ist? Außerdem müssten wir noch wissen, ob es irgendeine Verbindung zwischen ihr und Olivieri geben könnte."

„Du glaubst also immer noch an einen Auftragsmord?"

„Ja, wir haben noch nichts gefunden, was dafür sprechen würde, dass Olivieri von sich aus zum Mörder geworden ist."

„Na gut, dann fahre ich mit Rocco noch einmal nach Unterhaching in Beckers Firma und knöpf mir die Miller vor. Sonst noch etwas?"

„Im Moment nicht, aber sobald uns das Obduktionsergebnis schriftlich vorliegt, schicke ich es dir per Mail, dann kannst du versuchen, ob du damit dann endlich eine Auskunft von der Schweizer Bank bekommst. Jede Info über Becker kann wichtig sein."

„Schon klar. Bei uns ist es gerade etwas ruhiger, deswegen werde ich mit Rocco gleich aufbrechen. Bis später."

„Servus, Wiggerl."

Emilio hatte natürlich nichts von dem verstanden, was Max mit Wiggerl besprochen hatte, bekam aber die Übersetzung dazu gleich nachgeliefert.

„Wo müssen wir in *Peschiera* jetzt eigentlich hin, Emilio?"

„Laut Telefonbuch wohnt Bargello ganz in der Nähe von Olivieri, aber ich würde gleich zum Hafen fahren, damit wir ihn auf alle Fälle daran hindern können, mit seinem Fischerboot noch einmal auszulaufen, bevor es die Spurensicherung untersucht hat. Von der Hafenbehörde habe ich mir schon die Nummer von seinem Liegeplatz geben lassen."

Sie hatten *Peschiera* schon fast erreicht, als über die Freisprechanlage Emilios Handy klingelte.

„Arturo, habt ihr bei der Durchsuchung von Olivieris Wohnung schon etwas Interessantes entdeckt?"

„Der Hausmeister hat uns leider ziemlich lange warten lassen, bis er endlich gekommen ist und uns aufgesperrt hat, deswegen sind wir gerade erst in die Wohnung rein."

„Also fang ihr jetzt erst an, nach Hinweisen auf Olivieris Verbleib zu suchen."

„Nein, Emilio, diese Suche hat sich erübrigt."

Arturo machte eine Pause, sodass Max schon meinte, die Verbindung sei unterbrochen worden, dann aber sprach Arturo doch weiter.

„Wir brauchen keine Hinweise mehr, wo wir nach ihm suchen sollen, weil wir ihn nämlich hier gefunden haben."

„Was willst du damit sagen?"

„Wir haben ihn in seinem Schlafzimmer gefunden."

„Im Bett?"

„Nein, daneben. Er hat sich selbst eine Kugel in den Kopf gejagt."

18

Die Nachricht vom Tod Olivieris hatte Emilio völlig unvorbereitet getroffen. Vor Schreck war er voll auf die Bremse getreten, so dass Max, der sich etwas nach vorne in Richtung Lautsprecher gebeugt hatte, vom Sicherheitsgurt in den Sitz zurückgeworfen wurde. Der Autofahrer, der hinter ihnen gefahren war, wäre ihnen beinahe ins Heck geknallt, weil er natürlich nicht damit gerechnet hatte, dass sein Vordermann mitten auf der Landstraße so unvermittelt auf die Bremse steigen würde. Nach dem plötzlichen Bremsmanöver hatte Emilio am Straßenrand angehalten.

„Arturo, wir sind kurz vor *Peschiera*, weil wir gerade zu Bargello wollten. In fünf Minuten sind wir bei euch."

„Ich rufe inzwischen in *Verona* an, damit sich Rodolfo mit seiner Truppe gleich auf den Weg hierher machen kann. Der Rettungsdienst ist schon alarmiert, die dürften auch in ein paar Minuten da sein."

„Gut, bis gleich."

Emilio hängte ein und seufzte laut.

„Das hätte ich nicht erwartet, Max."

„Ich auch nicht. Der Selbstmord kommt eigentlich schon einem Geständnis gleich."

„Hoffentlich können wir jetzt die Hintergründe des Mordes an Becker überhaupt noch aufklären."

„Etwas schwieriger wird es jetzt bestimmt, nachdem wir Olivieri nicht mehr selbst befragen können."

Die wenigen restlichen Kilometer bis *Peschiera* legten sie schweigend zurück, als sie dann die *Via Abruzzo* erreichten, war der Rettungswagen schon bei Olivieris Haus eingetroffen. Oben im zweiten Stock stand *Signora* Cardicci ganz aufgeregt vor ihrer Wohnungstür.

„*Maresciallo*, was ist denn bei *Signor* Olivieri passiert? Ihre Kollegen haben mir nichts gesagt und jetzt sind auch noch zwei Sanitäter gekommen."

„*Signora* Cardicci, ich komme hernach gleich zu Ihnen, jetzt muss ich mich aber erst einmal um einige Dinge kümmern. Bitte warten Sie einfach in Ihrer Wohnung auf mich."

Emilio machte ihre Wohnungstür ganz auf, schob die alte Dame sanft in ihre Diele hinein und zog die Tür hinter ihr zu. Dann ging er mit Max in Olivieris Wohnung hinein, wo Arturo und Ignazio im Flur standen und darauf warteten, dass die Rettungssanitäter im Schlafzimmer mit ihrer Arbeit fertig wurden. Arturo erzählte, dass sie Olivieri neben seinem Bett liegend mit einem blutenden Loch an der Schläfe gefunden hatten.

„Die Pistole mit Schalldämpfer hatte er noch in der Hand."

„Hat ihn der Hausmeister auch gesehen?", fragte Emilio.

„Nein, nein, den haben wir nicht in die Wohnung hineingelassen. Er hat im Treppenhaus gewartet und nachdem wir die Leiche gefunden hatten, habe ich ihm gesagt, dass wir ihn nicht mehr brauchen würden", antwortete ihm Ignazio.

„Hat er nicht nachgefragt, was mit Olivieri los ist?", wollte Max von ihm wissen.

„Nein, er hatte vorher auch nicht danach gefragt, warum wir in die Wohnung rein müssen. Wir hatten ihm dazu nur das Nötigste gesagt. Aber beim Öffnen der Wohnungstür hat er sich gewundert, dass sie nicht abgesperrt gewesen, sondern einfach nur ins Schloss gefallen war."

Die Rettungssanitäter waren sehr schnell mit ihren Untersuchungen fertig und kamen beide aus dem Schlafzimmer heraus.

„*Buongiorno Signori*", begrüßte sie Emilio. "Ist Ihnen bei dem Selbstmörder etwas Ungewöhnliches aufgefallen? Und wie sieht es mit dem Todeszeitpunkt aus?"

„*Buongiorno Maresciallo*", erwiderte der ältere der beiden. „Zu machen war da nichts mehr. Er ist bestimmt schon seit sechzehn bis achtzehn Stunden tot, den exakten Todeszeitpunkt kann aber erst unser Gerichtsmediziner feststellen. Besonders auffällig war hier nichts, nach einem Abschiedsbrief oder etwas ähnlichem haben wir noch nicht gesucht, das übernehmen die Kollegen von der Spurensicherung."

„Sechzehn bis achtzehn Stunden", wiederholte Emilio. „Das hieße dann aber, dass er sich bereits gestern Abend erschossen hat, obwohl *Signora* Cardicci ausgesagt hat, er wäre kurz vor halb sieben weggegangen."

Max zog aus der Information zum Todeszeitpunkt sofort wieder seine eigenen Schlüsse.

„Die *Signora* hat aber nur gehört, dass er weggegangen sei, gesehen hat sie ihn nicht. Es könnte also durchaus sein, dass zu dem Zeitpunkt jemand ganz anderes die Wohnung verlassen hat, nachdem er Olivieri erschossen hatte“, mutmaßte Max und fragte an die Rettungssanitäter gewandt, ob in ihren Augen etwas gegen Selbstmord sprechen würde.

Wieder antwortete der ältere der beiden.

„Auf den ersten Blick sieht alles nach Selbstmord aus. Wir haben die Hand, in der die Pistole lag, allerdings nicht nach Schmauchspuren untersucht, das muss die Spurensicherung machen. Können wir die Leiche schon abtransportieren und nach *Verona* bringen?“

Max kam Emilios Antwort zuvor.

„Nachdem wir noch nicht wissen, ob es tatsächlich ein Selbstmord war, sollten Sie besser warten, bis die Spurensicherung da war und das nähere Umfeld der Leiche im Schlafzimmer untersucht hat.“

Die beiden Rettungssanitäter blickten etwas mürrisch drein, weil aber Emilio die Forderung von Max sofort unterstützte, blieb ihnen nichts anderes übrig, als zu warten. Emilio bat Arturo und Ignazio, gleich damit zu beginnen, die anderen Hausbewohner zu befragen, ob einer von ihnen am Vorabend einen Fremden im Haus oder Olivieri selbst gesehen hätte.

„Zu *Signora* Cardicci hier gleich in der Nachbarwohnung gehe ich nachher aber selbst.“

Seine beiden Kollegen verließen sofort die Wohnung, um an den anderen Türen im Haus zu klingeln. Während sie weiter auf die Spurensicherung warteten, rätselten Max und Emilio, wer ein Interesse gehabt haben könnte, Olivieri zu ermorden.

„Für mich ergibt das alles keinen Sinn“, meinte Emilio. „Wenn er Kurt Becker erschossen hat, sollte ihn dann jemand aus Rache dafür auch umgebracht haben? Da fiel mir als Täterin nur Nina Becker ein, aber die weiß doch noch gar nicht, wer ihren Mann auf dem Gewissen hat.“

„Eben“, stimmte ihm Max zu. „Eigentlich dürfte nur sein Auftraggeber beziehungsweise jemand, der ihm bei der Ausführung des Mordes oder beim Beseitigen der Leiche geholfen hat, Bescheid wissen, also vermutlich sein Freund Bargello. Aber was sollten diejenigen für einen Grund gehabt haben, nun auch ihn umzubringen? Ihn als Täter zu beseitigen, damit er im Zweifelsfall nicht mehr gegen seinen Auftraggeber aussagen kann, das wäre doch das Strickmuster eines Verbrechens, das man eher in Neapel oder Palermo erwarten würde, aber nicht hier am Gardasee.“

Emilio zuckte mit den Schultern.

„Wer weiß, was hinter dem Mord an Kurt Becker noch alles steckt? Wenn wir da endlich weiterkommen würden, wäre das sicher auch hilfreich, um den Tod von Olivieri aufzuklären, falls es sich tatsächlich nicht um einen Selbstmord gehandelt haben sollte.“

Weil Rodolfo und sein Team der Spurensicherung noch auf sich warten ließen, blieb Max in Olivieris Wohnung, während Emilio zu *Signora* Cardicci hinüber ging. Sie öffnete sofort, offenbar hatte sie direkt hinter der Tür darauf gewartet, dass er bei ihr klingeln würde.

„*Maresciallo*, sagen Sie mir jetzt, was dort drüben los ist?“

Emilio ließ sie ins Wohnzimmer vorausgehen und sich in ihren Sessel setzen, bevor er ihr möglichst schonend beibrachte, dass ihr Nachbar tot sei.

„Aber das gibt es doch gar nicht, erst gestern hat er mir doch noch meine Einkäufe heraufgetragen. Wissen Sie, meine Tochter und mein Enkel kommen heute zu Besuch.“

Bevor er sich die gleiche Geschichte wie am Vorabend noch einmal anhören durfte, bremste Emilio ihren Redefluss, in dem er ihr sagte, dass es in ihrer Wohnung wunderbar nach Kuchen duften würde und dass der Kuchen dem kleinen Michele und seiner Mama bestimmt sehr gut schmecken würde.

„*Signora* Cardicci, Sie haben mir gestern gesagt, dass Sie gehört hätten, wie Ihr Nachbar kurz vor halb sieben weggegangen ist. Haben Sie ihn danach noch einmal gesehen?“

„Nein, *Maresciallo*. Wissen Sie, ich gehe immer sehr zeitig ins Bett, gestern habe ich bestimmt schon ab ungefähr neun geschlafen. Um diese Zeit war er sicher noch nicht vom Abendessen zurück.“

„Können Sie mir sagen, zum wem er hier im Haus den meisten Kontakt hatte?“

„Das weiß ich nicht, *Maresciallo*, er hat jeden freundlich gegrüßt, mir hat er immer wieder einmal die Einkäufe nach oben getragen. Mehr kann ich Ihnen leider nicht sagen.“

„Vielen Dank, Sie haben mir schon sehr viel weitergeholfen.“

Er drückte ihr seine Visitenkarte in die Hand, bat sie, ihn sofort anzurufen, wenn ihr noch etwas Wichtiges zu ihrem Nachbarn einfallen sollte und verabschiedete sich wieder.

Inzwischen waren in der Nachbarwohnung die Kollegen der Spurensicherung schon damit beschäftigt, das Schlafzimmer ganz genau unter die Lupe zu nehmen. Max konnte schon von einem ersten Untersuchungsergebnis berichten.

„Rodolfo hat sich zuallererst die vermeintliche Schusshand von Olivieri sorgfältig angeschaut, dabei ist er auf keinerlei Schmauchspuren gestoßen. Es sieht also wirklich nach einem fingierten Selbstmord aus."

„Nun haben wir den einen Mörder und dürfen gleich nach dem nächsten suchen."

„Ja, vielleicht sollten wir nun schleunigst diesen Bargello aufsuchen. Er ist womöglich in größter Gefahr, denn wenn er Olivieri beim Beseitigen von Beckers Leiche geholfen haben sollte und Olivieris Mörder das weiß, dann wird er vermutlich auch versuchen, Bargello um die Ecke zu bringen, falls der Mord an Olivieri direkt mit dessen Mord an Becker zusammenhängen sollte."

„Dann lass uns gleich losfahren, Max. Arturo und Ignazio sollen so lange hier bleiben, bis Rodolfo fertig ist und Olivieris Leiche nach *Verona* gebracht wird. Dann sollten sie zusammen mit der Spurensicherung gleich nachkommen."

Emilio steckte kurz den Kopf bei der Schlafzimmertür hinein, um Rodolfo auch darüber zu informieren.

„Wir sind hier noch ungefähr eine halbe Stunde beschäftigt, dann können wir mit dem Fischerboot von diesem Bargello wie besprochen weitermachen."

Arturo und Ignazio waren mit dem Befragen der übrigen Hausbewohner gerade fertig, als Max und Emilio das Haus verlassen wollten und ihnen im Erdgeschoss über den Weg liefen.

„Habt ihr etwas Interessantes erfahren?", fragte Emilio sofort.

„Wir haben an allen zehn Türen geklingelt, aber nur bei fünf Wohnungen war jemand zuhause", erklärte Ignazio. „Alle haben Olivieri als freundlichen Nachbarn beschrieben, der mit jedem im Haus gut auskam. Zwei haben ihn gestern Abend noch gesehen, als er *Signora* Cardicci ihre Einkäufe nach oben getragen hat. Danach ist er von niemandem mehr gesehen worden. Ein Unbekannter ist gestern keinem im Haus aufgefallen."

„Die übrigen Nachbarn werden wir wohl erst nach Feierabend zuhause antreffen", ergänzte Arturo.

Als Max und Emilio dann im Auto saßen, diskutierten sie weiter über das, was am Vorabend passiert sein könnte.

„Die Wohnungstür weist keine Einbruchsspuren auf. Entweder hat Olivieri seinen Mörder selbst in die Wohnung gelassen, nachdem er zur gleichen Zeit wie *Signora* Cardicci nach Hause gekommen war, oder der Mörder hat sich auf einem anderen Weg, zum Beispiel mit einem Zweitschlüssel, schon im Laufe des Nachmittags Zugang zur Wohnung verschafft und darauf gewartet, dass Olivieri heimkommen würde."

„Das sehe ich genauso, Max. Jetzt können wir bloß hoffen, dass wir Bargello finden, seine Aussage könnte für die Suche nach Olivieris Mörder immens wichtig sein."

„Fahren die Fischer hier am Gardasee auch vorwiegend in der Früh zum Fischen raus?"

„Ich weiß nicht, ob man das pauschal für alle so sagen kann, aber ich nehme an, bei einem Großteil wird es der Fall sein. Demnach sollte Bargello von seiner heutigen Tour schon wieder zurück sein."

Sie kamen in die Nähe des Hafens, ein Schiff der *Navigarda*-Linie war gerade in Richtung *Lazise* ausgelaufen. Emilio steuerte im Fischereihafen den Liegeplatz an, den ihm die Hafenbehörde bei seiner Frage nach Bargello genannt hatte. Am besagten Liegeplatz blieb er stehen und beide stiegen aus. Das blau angestrichene Boot, das hier festgemacht war, schaukelte sanft auf den leichten Wellen hin und her, offenbar war es leer.

„*Signor* Bargello?", rief Emilio, aber nichts rührte sich.

Noch einmal rief er nach ihm, diesmal aber schon wesentlich lauter.

„Was wollen Sie denn von Ruggiero?", fragte plötzlich jemand direkt hinter ihnen, worauf sich Max und Emilio abrupt umdrehten und in das von der Sonne gegerbte Gesicht eines etwa Vierzigjährigen blickten.

„*Buongiorno*, ich bin *Maresciallo* Brentani, und wer sind Sie?"

„Ich heiße Guido Boschetti und bin sozusagen ein Kollege von Ruggiero, mein Boot liegt hier direkt neben seinem."

„*Signor* Boschetti, wann haben Sie Ruggiero Bargello zuletzt gesehen?“

„Das war gestern am Spätnachmittag. Wieso? Ist ihm etwas passiert? Ich habe mich schon gewundert, dass er heute Früh nicht wie üblich ausgelaufen ist.“

Die Blicke von Emilio und Max trafen sich und jeder las in den Augen des anderen die Vermutung, dass dies wohl für Bargello nichts Gutes bedeuten würde. Max erholte sich als erster von dem kurzen Schreck.

„Wir wissen nicht, ob ihm etwas passiert ist, wir müssten ihn allerdings dringend sprechen, weil wir eine Zeugenaussage von ihm benötigen. Wenn er nicht hier auf seinem Boot ist, wo sollen wir dann als erstes nach ihm suchen?“

„Die meiste Zeit verbringt er schon auf seinem Boot hier im Hafen oder natürlich auf dem See draußen. Ansonsten sitzt er häufig in seiner Stammkneipe *La Barracuda*, die ist ganz in der Nähe von dem Parkplatz, der für die Fahrgäste der Linienschiffe vorgesehen ist. Wenn er da drin auch nicht sein sollte, müssten Sie ihn eigentlich zuhause antreffen.“

„Vielen Dank für diese Auskunft, *Signor* Boschetti.“

Boschetti zögerte einen Moment, weil er glaubte, noch mehr von dem *Carabiniere* zu erfahren, aber als Emilio nicht weiterredete, ließ er nur ein kaum hörbares „*Arrivederci*“ fallen und machte einen Satz auf das Boot, das rechts von dem blauen Boot von Bargello festgemacht war. Emilio drehte sich etwas zu Max herum und sprach so leise, dass Boschetti ihn nicht hören konnte.

„Das hört sich nicht gut an, Max, wenn der heute Früh nicht einmal zum Fischen rausgefahren ist. Bleib du bitte hier beim Boot, falls er wider Erwarten doch auftauchen sollte. Ich fahre schnell zu seiner Kneipe hin. Wenn er da nicht drinsitzt, ruf ich Arturo an, dass er die Spurensicherung alleine herschicken und mit Ignazio zu Bargellos Wohnung fahren soll.“

„In Ordnung, ich halte hier die Stellung.“

Emilio stieg in seinen Dienstwagen und brauste davon. Max ging zuerst eine Weile entlang der Boote auf und ab und überlegte, was sie unternehmen könnten, falls Bargello verschwunden bliebe.

„Vielleicht bin ich völlig auf dem falschen Dampfer, wenn ich glaube, dass Bargello auch in Gefahr sei“, dachte er sich dann.

„Womöglich ist er sogar der Mörder von Olivieri und schon seit gestern Abend auf der Flucht."

Einen Beweis für diese Theorie hatte er freilich nicht. Er sah auf die Uhr, es war noch zu früh, um schon wieder bei Wiggerl anzurufen, denn der war sicher mit Rocco noch in Unterhaching in Beckers Firma beschäftigt. Aber Chiara konnte zu dieser Zeit zuhause sein, deshalb ließ er sein Handy gleich ihre eingespeicherte Nummer wählen. Sie meldete sich schon nach dem zweiten Klingeln.

„Hallo Max, ist etwas passiert?", fragte sie besorgt.

„Nein, mein Schatz, ich stehe im Hafen von *Peschiera* herum und warte auf einen Verdächtigen, der wahrscheinlich gar nicht kommen wird. Da habe ich mir gedacht, ich melde mich zwischendurch einfach einmal bei dir."

Chiara war natürlich neugierig darauf, zu erfahren, was seit ihrem Telefonat vom Vorabend, als Max vor Olivieris Haus Wache geschoben hatte, passiert war.

„Der Fall wird immer verzwickter, für uns ist Olivieri immer noch der Mörder von Becker, allerdings haben wir ihn vorhin in seiner Wohnung tot aufgefunden und es spricht einiges dafür, dass er auch umgebracht worden ist."

„Ach du meine Güte", entfuhr es Chiara.

Max erklärte ihr, warum sie jetzt auf der Suche nach Bargello waren und dass sie immer noch kein wirkliches Motiv für den Mord an Becker gefunden hatten. Dann erkundigte er sich gleich danach, ob Chiara schon wieder etwas von Elena und ihrem neuen Freund gehört hatte, aber Chiara hatte in der Zwischenzeit noch nicht wieder mit ihr gesprochen.

„Da kommt Emilio zurück", rief Max, als er den dunkelblauen *Fiat Bravo* auf sich zukommen sah.

Schnell verabschiedete er sich von Chiara und versprach, sich abends noch einmal bei ihr zu melden.

Emilio hielt direkt neben Max an und ließ die Seitenscheibe herunter.

„Im *La Barracuda* war er nicht, die haben ihn dort gestern Mittag zuletzt gesehen. Mit Arturo habe ich schon telefoniert, die beiden können sich gleich auf den Weg machen, weil Rodolfo mit seiner Arbeit praktisch fertig ist. Olivieris Leiche hatten die Rettungssanitäter gerade rausgetragen, Arturo muss nur noch warten, bis er hinter Rodolfo und seinem Team die Wohnungstür abschließen und versiegeln kann."

„Hier hat sich inzwischen nichts getan. Nur Boschetti hat immer wieder mal von seinem Boot zu mir herüber geschaut. Wahrscheinlich hat er sich gewundert, dass ich immer noch hier herumgestanden bin."

Max stieg zu Emilio ins Auto und erzählte ihm von seinen Gedanken daran, dass vielleicht sogar Bargello seinen Freund Olivieri umgebracht haben könnte.

„Also das ist schon eine sehr gewagte These, Max. Wie kommst du denn darauf?"

„Ich weiß es nicht, es war einfach nur so eine Idee. Nehmen wir einmal an, Bargello hat Olivieri wirklich geholfen, Beckers Leiche verschwinden zu lassen, dann hat er das sicher nicht umsonst getan und im Zuge dessen eventuell von Olivieri erfahren, wie viel er für den Auftragsmord an Honorar erhalten hat. Es könnte doch sein, dass er das ganze Geld für sich haben wollte und ihn deswegen umgelegt hat. Er hätte auch die Wohnungstür nicht aufbrechen müssen, denn Olivieri hätte ihn doch ohne weiteres in seine Wohnung hineingelassen."

Jetzt musste Emilio einsehen, dass dieser Gedanke von Max doch nicht so ganz abwegig war. Während sie darüber diskutierten, fiel Emilios Blick in den Rückspiegel.

„Ich glaube, da kommt Rodolfo schon."

Sofort stieg er aus. Tatsächlich saßen in dem weißen *Fiat Doblo*, der sich von hinten näherte, die drei Veroneser Kollegen von der Spurensicherung. Bevor sie auf Bargellos Boot hinüberstiegen, berichtete Rodolfo von Olivieris Wohnung.

„Wir haben keine offensichtlichen Spuren für einen Mord gefunden, allerdings sind die fehlenden Schmauchspuren an seiner Hand schon ein Hinweis darauf, dass er sich nicht selbst erschossen hat. Neben der Leiche haben wir zwei Haare gefunden, die auf den ersten Blick nicht von ihm stammen. Näheres dazu kann ich aber erst nach einer DNA-Analyse sagen."

Emilio wiederholte noch einmal den Anlass für die Untersuchung von Bargellos Boot und ließ die drei Kollegen dann hinüber. Schon nach wenigen Minuten kam Rodolfo, nachdem er sich einen ersten Überblick verschafft hatte, vom Boot wieder herüber.

„Also, die Kajüte ist so gut ausgestattet, dass man auf dem Boot sicher auch eine ganze Zeit leben könnte. Das Bett ist benutzt, aber ich kann natürlich nicht sagen, ob letzte Nacht noch jemand darin geschlafen hat. Von dem benutzten Geschirr können wir zumindest die Fingerabdrücke nehmen, wenn wir Glück haben, sollten wir da auch irgendwo eine DNA-Spur von Bargello finden."

Max interessierte sich eher für Spuren von Beckers Leiche.

„Hast du irgendwo Blut entdeckt? Unsere erste Vermutung war doch, dass Olivieri mit Bargellos Hilfe die Leiche von Becker mit dem Boot auf den See hinausgefahren hat."

„Sofort gesehen habe ich keine und um weggewischte Blutspuren nachzuweisen, dazu müssen wir erst unsere bewährten Mittelchen einsetzen."

„Dann lass dich nicht aufhalten, Rodolfo", grinste Emilio.

Rodolfo nickte lachend, drehte sich um und sprang wieder aufs Boot hinüber. Max war gedanklich schon einen Schritt weiter.

„Unabhängig von dem, was bei der Untersuchung des Bootes herausgefunden wird, sollten wir uns unbedingt die Handy-Verbindungsdaten von Olivieri und Bargello besorgen."

„Stimmt, damit könnten wir vielleicht nachweisen, dass sie am Samstagabend die Leiche gemeinsam versenkt haben."

„Nicht nur das, Emilio. Ich hoffe eher darauf, dass wir dadurch auch an die Hintermänner der Tat rankommen."

Emilio konnte darauf nicht mehr antworten, weil sein Handy klingelte.

„Es ist Arturo", rief er und nahm das Gespräch an. *„Pronto."*

„Salve Emilio, wir sitzen gerade bei *Signora* Bargello."

„Hat sie euch gesagt, wo ihr Mann ist?"

„Nein, angeblich weiß sie es selbst nicht."

„Wann hat sie ihn zuletzt gesehen?"

„Gestern Nachmittag."

„Kannst du sie mir mal geben?"

„Sicher."

Emilio hörte, wie Arturo mit *Signora* Bargello sprach. Weil er momentan ganz allein mit Max bei den Booten stand, konnte er den Lautsprecher einschalten.

„Pronto."

„Signora Bargello?"

„Ja, ich bin dran."

„Sehr gut. Ich bin *Maresciallo* Brentani. Mein Kollege hat mir gerade gesagt, dass Sie Ihren Mann seit gestern Nachmittag nicht mehr gesehen haben."

„Ja, das stimmt. Ich bin gegen sechzehn Uhr vom Einkaufen nach Hause gekommen, wir haben zusammen einen *Caffè* getrunken und dann wollte er zu seinem Boot."

„Haben Sie in der Zwischenzeit nicht mit ihm telefoniert?"

„Nein, ich habe zwar heute Mittag versucht, ihn am Handy anzurufen, aber da hatte er scheinbar keinen Empfang."

„Warum haben Sie ihn noch nicht als vermisst gemeldet, wenn er über Nacht nicht zuhause war?"

„Auf diese Idee wäre ich gar nicht gekommen, *Maresciallo,* weil es nichts Ungewöhnliches ist, da er immer wieder über Nacht auf dem Boot bleibt. Er fährt oft schon um vier oder fünf Uhr morgens auf den See hinaus, wenn er auf dem Boot übernachtet, kann er selbst länger schlafen und ich bin durch sein frühes Aufstehen auch nicht gestört."

„Meine Kollegen haben Ihnen sicher schon gesagt, dass Ihr Mann für uns ein wichtiger Zeuge sein könnte."

„Ja, sie haben so etwas angedeutet, ich weiß aber noch nicht, worum es eigentlich geht."

Emilio schilderte ihr kurz die Vorfälle der letzten Tage, verschwieg aber, dass sie Olivieri für den Mörder des deutschen Urlaubers hielten und dass auch er ermordet aufgefunden worden war.

„War Ihr Mann am Samstagabend auch auf seinem Boot?"

„Ich nehme es an. Am Wochenende hatte ich Nachtdienst, ich arbeite nämlich als Altenpflegerin in einem Seniorenheim in *Sirmione*. Ruggiero wollte sich mit seinem Freund Graziano im *La Barracuda* treffen. Als ich gegen sieben Uhr in der Früh heimgekommen bin, war er nicht da und sein Bett war auch unbenutzt. Aber wie gesagt, so etwas ist bei ihm nichts Ungewöhnliches."

„*Signora* Bargello, wo könnte Ihr Mann jetzt sein? Er ist momentan weder auf seinem Boot noch im *La Barracuda*."

„Ich weiß es nicht, *Maresciallo*. Sie machen mir mit Ihrer Frage richtig Angst, hoffentlich ist ihm nichts zugestoßen."

„War denn bei ihm in den letzten Tagen irgendetwas anders als sonst?"

„Nein, er war wie immer. Am Sonntag hat er mich am Abend mit einem vorzüglichen Drei-Gänge-Menü überrascht, das macht er gerne einmal, wenn ich eine Woche Nachtdienst hinter mir habe."

Max gab Emilio mit einer Handbewegung zu verstehen, dass er sich von ihr keine großartigen Neuigkeiten mehr erwartete und auch Emilio hatte das Gefühl, bei ihr nicht mehr weiterzukommen.

„*Signora* Bargello, bitte sagen Sie Ihrem Mann, wenn er heimkommt, dass er sich unverzüglich bei uns melden soll. Lassen Sie sich von meinen Kollegen meine Handy-Nummer aufschreiben, dann können Sie mich jederzeit erreichen.

„In Ordnung, das mache ich, *Maresciallo*. *Arrivederci*."

„*Arrivederci*. Geben Sie mir bitte noch einmal meinen Kollegen."

Sie reichte das Handy wieder an Arturo zurück. Emilio bat ihn, mit Ignazio wieder nach *Lazise* zurückzufahren und sofort zu veranlassen, dass sie die Handy-Verbindungsdaten von Olivieri und Bargello bekommen würden.

„Ich denke nicht, dass wir hier allzu lange warten müssen. Sobald Rodolfo mit der Untersuchung von Bargellos Boot fertig ist, kommen wir auch wieder aufs Revier."

Nachdem Emilio das Telefonat beendet hatte, zog Max sofort sein Fazit daraus.

„Das würde alles passen, Emilio. Bargello wollte sich am Samstagabend mit Olivieri treffen, da werden sie gemeinsam Beckers Leiche versenkt haben. Seit gestern ist nun auch Bargello verschwunden, womöglich genauso ermordet wie Olivieri oder aber als sein Mörder auf der Flucht."

„Stimmt, das klingt plausibel. Jetzt brauchen wir nur noch Beweise dafür."

„Die bringt uns vielleicht gleich die Spurensicherung", erwiderte Max, der sah, dass Rodolfo auf dem Boot an die Reling herantrat.

„Emilio, könntet ihr mal herüberkommen?"

Nun gingen auch Max und Emilio zum ersten Mal auf Bargellos Boot.

„Hast du jetzt Blutspuren gefunden?", fragte Emilio sofort.

„Nicht nur das. Ich glaube, wir haben auch den Besitzer des Bootes gefunden."

„Wirklich?“, riefen Max und Emilio unisono, und Max ergänzte: „Hatte er sich unter Deck versteckt?“

„Nein, er hing unter dem Boot.“

Die schlimmen Befürchtungen von Max schienen sich also nun zu bewahrheiten.

„Wir hatten uns über ein Tau gewundert, das links vorn an der Reling befestigt war und ganz straff ins Wasser hinunter hing. Man hätte meinen können, dass daran ein Anker befestigt sein könnte, aber der ist hier unnötig, weil das Boot mit zwei Tauen an der Hafenmauer festgemacht ist. Mit einiger Mühe konnten wir das Tau nach oben ziehen und haben dabei eine männliche Leiche aus dem Wasser gezogen.“

Rodolfo führte sie auf die andere Seite des Bootes, wo der Tote neben der Reling lag. Der etwa Vierzigjährige hatte einen Knebel im Mund und war mit dem Tau, an dem er im See gehangen war, an den Händen gefesselt. Auch die Beine waren an den Knöcheln zusammengebunden, daran hing mit einem weiteren Tau ein Jutesack, der mit mehreren schweren Steinen gefüllt war. Bekleidet war der Tote mit einer Jeans, einem ausgebleichten, blauen T-Shirt und Turnschuhen. Emilio fragte, ob der Rettungsdienst bereits verständigt sei.

„Das habe ich schon gemacht“, antwortete Rodolfo. „Die werden in ein paar Minuten da sein. Wir haben die Hosentaschen des Toten durchsucht, die waren aber leer, deswegen können wir zu seiner Identität noch nichts Konkretes sagen.“

„Auch wenn wir ihn noch nicht als Ruggiero Bargello identifizieren können, die Parallele zum Mord an Olivieri ist ganz offensichtlich“, stellte Max fest. „Olivieri hat Becker erschossen und wurde offenbar mit einer Kugel aus seiner eigenen Waffe auch getötet. Bei Bargello nehmen wir an, dass er mitgeholfen hat, Beckers Leiche im See zu versenken und nun finden wir ihn hier, ebenfalls mit einem Gewicht an den Beinen ins Wasser geworfen.“

„Was schließt du daraus, Max?“

„Ich sehe meine Vermutung bestätigt, dass der Mord an Kurt Becker ein Auftragsmord war. Nachdem gestern Beckers Leiche im wahrsten Sinne des Wortes wieder aufgetaucht ist, hat man Olivieri und Bargello zum Schweigen gebracht.“

„Nur um sie als Zeugen auszuschalten? Oder siehst du noch ein anderes Motiv dafür?“

„Nein, ich glaube, dass man die Tatbeteiligten einfach eliminieren wollte, um die Spur zu den Hintermännern weiter zu verwischen. Vielleicht ist es aber auch nur darum gegangen, das Honorar, das man Olivieri gezahlt hatte, wieder zurückzubekommen. Aber das kann im Moment alles nur Spekulation sein."

Rodolfo hatte der Diskussion der beiden bisher nur zugehört, jetzt schaltete er sich auch wieder mit ein.

„Abgesehen von der Leiche haben wir auf den Bootsplanken Blutspuren entdeckt, die nur notdürftig weggewischt worden waren. Das könnte für euch also der Beweis sein, dass Beckers Leiche tatsächlich hier an Bord war."

„Wie sieht es mit Spuren an Bargellos Leiche aus?", fragte Max. „Gibt es da einen Hinweis auf den oder die Mörder?"

„Ich glaube schon, dass hier mehrere Personen am Werk waren, um ihn zu fesseln, zu knebeln und in den See zu werfen, um ihn hilflos ertrinken zu lassen. Mit Spuren von den Tätern sieht es eher schlecht aus. An der Leiche selbst haben wir keine gefunden, was nicht verwunderlich ist, schließlich lag sie vermutlich seit heute Nacht, also bestimmt einige Stunden, im Wasser. Der Teil von dem Tau, der unter Wasser war, ist auch sauber. Das restliche Stück, das aus dem See bis zur Reling hinauf reichte, hat aufs erste auch keine Spuren geliefert, wir werden das Tau aber ins Labor mitnehmen und dort das obere Stück noch einmal genauestens unter die Lupe nehmen."

Inzwischen waren die Rettungssanitäter eingetroffen, zufällig waren es die gleichen, die kurz zuvor schon zu dem erschossenen Olivieri gerufen worden und gerade von der Gerichtsmedizin in *Verona* zurückgekehrt waren.

„Ich wusste gar nicht, dass *Peschiera* so ein mörderisches Pflaster ist", scherzte der eine, während der andere eher missmutig darauf reagierte, dass sie schon wieder nur eine Leiche zu untersuchen hatten, anstatt mit ihrem Einsatz wirklich Menschenleben zu retten.

Während die beiden Sanitäter dann routinemäßig den Leichnam in Augenschein nahmen, durchsuchte die Spurensicherung weiter das ganze Boot nach persönlichen Gegenständen des Opfers, aber weder eine Geldbörse, eine Brieftasche oder ein Handy waren auffindbar. Max und Emilio waren unterdessen wieder von Bord gegangen, um die Arbeiten nicht zu behindern. Emilio war wenig begeistert darüber, schon wieder eine Todesnachricht überbringen zu müssen.

„Bei *Signora* Bargello sind wir jetzt in der gleichen Situation wie wir bei Nina Becker waren. Eigentlich können wir noch nichts Konkretes sagen, weil die Leiche noch nicht identifiziert ist, andererseits müssen wir sie aber doch informieren."

„Wenn die Sanitäter bei der Leiche den Knebel und die Fesseln entfernen, sollte es für seine Frau zumutbar sein, ihn zu identifizieren. Es wäre sicher am besten, wenn wir sie gleich hierher holen, anstatt mit ihr später nach *Verona* fahren zu müssen."

Emilio zögerte einen Moment, meinte dann aber auch, dass dies wirklich der sinnvollste und schnellste Weg wäre, die dritte Leiche zu identifizieren.

„Willst du gleich zu ihr fahren, Emilio? Dann bleibe ich solange hier."

Kaum hatte er seinen Vorschlag ausgesprochen, dachte er sich, dass dadurch leicht der Eindruck entstehen könnte, er würde sich davor drücken, die schlechte Nachricht selbst zu überbringen. Emilio äußerte sich aber diesbezüglich überhaupt nicht, sondern wollte sich, bevor er losfuhr, von den beiden Rettungssanitätern die ersten Informationen holen. Gemäß deren Untersuchung lag der Todeszeitpunkt etwa um zweiundzwanzig Uhr, äußere Verletzungen waren bis auf einen kleinen blauen Fleck an der rechten Schläfe nicht vorhanden, sodass man vom Ertrinken des Opfers ausgehen musste. Die Rettungssanitäter sicherten Emilio zu, den Leichnam innerhalb der nächsten Viertelstunde so herzurichten, dass *Signora* Bargello ihn identifizieren konnte. Dann machte sich Emilio mit einem flauen Gefühl im Magen auf den Weg zu Bargellos Wohnung, die von Olivieris Haus gesehen am anderen Ende der *Via Abruzzo* lag.

Die Wartezeit wollte Max nutzen, um nun doch von sich aus bei Wiggerl anzurufen. Sein Rosenheimer Kollege meldete sich sofort.

„Servus, Max, wir sind in Unterhaching gerade wieder auf die Autobahn gefahren."

„Ich stehe am Hafen von *Peschiera*, hier überschlagen sich die Ereignisse seit gestern, inzwischen haben wir drei Mordopfer."

So kompakt wie möglich schilderte er Wiggerl und Rocco, was am Gardasee passiert war und was sie momentan noch alles zu tun hatten.

„Wir haben noch keine Angehörigen von Graziano Olivieri informiert, weil wir nicht einmal wissen, ob er welche hatte. Das kann ich vielleicht klären, wenn die *Vicenza* nach ihrer Vormittagstour wieder hier im Hafen einlaufen wird und wir *Capitano* di Salvo über den Tod seines Mitarbeiters informieren müssen. Jetzt aber zu euch. Hat die Miller zugegeben, dass sie etwas mit ihrem Chef hatte?"

„Nein, Max, sie hat es vehement bestritten."

„Inwieweit habt ihr deswegen auch noch mit anderen Angestellten von Beckers Firma sprechen können?"

„Zu dem Thema gar nicht, die Miller hat uns nämlich gebeten, sie diesbezüglich bei den Kollegen nicht hinzuhängen."

„Was meinte sie damit?"

„Sie hatte nie etwas mit ihrem Chef, weil sie sich generell nichts aus Männern macht. Ihre Kollegen wissen aber nicht, dass sie ausschließlich auf Frauen steht, deswegen wollte sie das ganze möglichst vertraulich behandelt wissen."

„Wenn das stimmt, dann ist auch ein Auftragsmord von ihrer Seite aus ziemlich unwahrscheinlich."

„Eben. Wir haben auch nicht feststellen können, dass es eine Verbindung zwischen ihr und Olivieri oder einem anderen Italiener geben würde. Natürlich werde ich noch versuchen, einen stichhaltigen Beweis für ihre Aussagen zu finden."

„Das heißt aber für uns, dass wir wieder ohne Motiv und ohne Verdächtige dastehen."

„Dann streng dich halt mal ein bisserl an, Max", lachte Wiggerl.

„Depp", schoss Max sofort zurück. „Wie soll ich den vorwärts kommen, wenn von dir nur heiße Luft kommt?"

Schnell wurde der Ton aber wieder ernster und Max äußerte die Hoffnung, über die Handydaten von Olivieri und Bargello weiter zu kommen.

„Da ist wahrscheinlich die einzige Möglichkeit, wenn du keine Zeugen für die Morde hast."

„Zeugen könnten wir vielleicht noch unter Olivieris Nachbarn finden, da müssen wir aber bis heute Abend warten, bis die alle daheim sind. Was den Mord an Bargello angeht, bin ich weniger zuversichtlich, denn wenn gestern am späten Abend jemand beobachtet hätte, was auf Bargellos Boot vor sich ging, dann wären wir doch sicher längst darüber informiert worden."

„Sieht so aus, als könnten wir euch von hier aus aktuell nicht mehr weiterhelfen."

„Ja, leider. Aber falls wir noch etwas zu Becker oder seiner Firma brauchen, melde ich mich wieder bei euch. Servus Wiggerl, *ciao* Rocco."

Nachdem er eingehängt hatte, musste Max nicht lange darauf warten, bis Rodolfo mit seinen beiden Kollegen Bargellos Boot verließ.

„Wir haben keine weiteren Spuren oder Hinweise gefunden, seine persönlichen Wertsachen haben seine Mörder offenbar mitgehen lassen. Den Knebel und die Taue, mit denen er gefesselt war, nehmen wir zur Analyse mit. Ich glaube, die Sanitäter sind auch gleich mit ihrer Arbeit fertig, sie haben die Leiche schon auf eine Bahre gelegt und mit einem weißen Tuch zugedeckt."

„Bis wann können wir mit einem Ergebnis von euch rechnen?"

„Ich werde die Beweisstücke gleich selbst unter die Lupe nehmen, sobald wir in *Verona* sind, deshalb müsste ich schon im Laufe des Nachmittags wissen, ob es da noch verwertbare Spuren gibt. Eine mögliche DNA-Analyse dauert wie immer natürlich länger."

„Ich hoffe, dass das jetzt hier am *Lago* der letzte Tatort war, zu dem wir euch rufen mussten."

„Es ist zwar unsere Arbeit, aber du hast schon Recht, Max. Drei Morde in so kurzer Zeit sind wirklich mehr als genug."

Die drei Veroneser machten sich auf ihre Rückfahrt, Max blieb an der Hafenmauer stehen und schon wenig später sah er, wie Emilio sich in seinem Dienstwagen näherte. Die junge Frau auf dem Beifahrersitz starrte ins Leere und hatte sich von der schlimmen Nachricht, die ihr Emilio überbringen musste, noch lange nicht erholt. Max trat sofort neben das Auto und öffnete die Beifahrertür.

„*Signora* Bargello, bitte bleiben Sie noch einen Moment sitzen, ich sehe sofort nach, ob die Rettungssanitäter schon so weit sind, dass Sie an Bord gehen können."

Als er mit einem großen Schritt aufs Boot sprang, kam ihm einer der Rettungssanitäter bereits entgegen, weil er gesehen hatte, dass Emilio zurückgekommen war.

„Wir haben alles soweit hergerichtet, dass Sie die *Signora* holen können."

„In Ordnung."

Max machte sofort kehrt und gab Emilio einen Wink, den auch *Signora* Bargello gesehen hatte, denn sie stieg sofort aus und war mit wenigen Schritten an der Hafenmauer. Dann kostete es sie aber doch einiges an Überwindung, das Boot ihres Mannes zu betreten. Von Max und Emilio flankiert ging sie nach vorne, wo zwischen Reling und Kajüte der abgedeckte Leichnam lag. Als sie am Kopfende der Bahre stand, griff sie nach Emilios Arm.

„*Signora* Bargello, es tut mir leid, dass wir Ihnen das hier nicht ersparen können."

„Bringen wir es hinter uns, *Maresciallo*", fiel sie ihm ins Wort.

Einer der Rettungssanitäter blickte sie an und als sie ihm zunickte, beugte er sich nach unten und schlug das weiße Laken zurück.

Livia Bargello schluckte, ließ Emilios Arm los, machte einen Schritt nach vorne und sank auf die Knie. Sie zögerte noch einen Moment, dann streichelte sie dem Toten über die Wange und den Kopf.

„Mein armer Ruggiero, was haben sie nur mit dir gemacht?"

Nun schossen ihr die Tränen in die Augen, kurz wurde sie von einem heftigen Weinkrampf geschüttelt. Als sie sich wieder etwas beruhigt hatte, gab sie ihrem Mann einen Kuss auf die Wange und auf die Stirn und flüsterte leise:

„*Addio Tesoro.*"

Max half ihr auf und fragte sie, ob sie in der Lage sei, noch einige Fragen zu beantworten.

„Ja, aber bitte nicht hier."

Sie gingen mit ihr in die Kajüte hinein und ließen sie so hinsetzen, dass sie nicht sah, wie in ihrem Rücken die Rettungssanitäter die Bahre mit Ruggiero Bargellos Leichnam vom

Boot in den Rettungswagen trugen und zur Gerichtsmedizin in *Verona* fuhren.

„*Signora* Bargello", begann Emilio. „Nach Lage der Dinge müssen wir davon ausgehen, dass Ihr Mann ermordet wurde. Gab es in der letzten Zeit mit irgendjemandem Streit oder hat er, vielleicht nur beiläufig, etwas erwähnt, was mit diesem Verbrechen an ihm in Verbindung stehen könnte?"

Wieder kullerten ihr die Tränen übers Gesicht und sie schüttelte mit dem Kopf.

„Dazu fällt mir nichts ein. Wie ich Ihnen vorhin am Telefon schon gesagt habe, *Maresciallo*, war Ruggiero in den letzten Tagen wie immer."

„Haben Sie seinen Freund Graziano Olivieri auch öfter gesehen?"

„Nein, dem bin ich aus dem Weg gegangen, so gut es ging."

„Warum?"

„Graziano war mir von Anfang an irgendwie suspekt, nicht erst seit er unter Verdacht stand, einen Geldboten überfallen zu haben."

„Sie meinen den Überfall beim Supermarkt? Was wissen Sie darüber?"

„Zum Überfall selbst kann ich natürlich nichts sagen, da weiß ich nur, was damals in der Zeitung stand oder im *Tele-Giornale* berichtet wurde. Ich konnte seinerzeit das Alibi, das Ruggiero Graziano gegeben hatte, nicht bestätigen, weil ich zur fraglichen Zeit in der Arbeit war. Ich fand die Tageszeit, zu der er bei Ruggiero auf dem Boot gewesen sein sollte, schon etwas ungewöhnlich. Aber nachdem mir mein Mann mehrfach versichert hatte, dass Graziano tatsächlich mit ihm auf dem See unterwegs gewesen sei, war die Angelegenheit für mich erledigt."

„Aber Sie hätten Olivieri den Überfall zugetraut?"

„Auf alle Fälle."

„Haben Sie in der Zeit danach bemerkt, dass Ihr Mann plötzlich etwas mehr Geld zur Verfügung hatte?", fragte nun Max.

„Nein, das wäre mir schon aufgefallen. Aber warum fragen Sie die ganze Zeit nach Graziano, hat er etwas mit dem Tod von meinem Mann zu tun?"

Max überließ wieder Emilio die Antwort.

„Das wissen wir noch nicht."

„Dann sollten Sie ihn so schnell wie möglich verhören."
„Das geht leider nicht mehr, er ist nämlich auch tot."
Livia Bargello war völlig sprachlos. Emilio erklärte ihr, warum die *Carabinieri* glaubten, dass zwischen beiden Verbrechen ein Zusammenhang bestehen könnte, aber auch vor diesem Hintergrund konnte sie ihnen keinen Beweis oder wenigstens einen Anhaltspunkt liefern, dass diese These richtig sei.
„Ich habe immer vermutet, dass Graziano einen sehr schlechten Einfluss auf Ruggiero hat, offenbar lag ich mit dieser Einschätzung richtig."

Durch das Fenster der Kajüte hatte Max gesehen, dass ein Schiff der *Navigarda*-Linie in den Hafen eingelaufen war. Das musste die *Vicenza* sein. Am liebsten wäre er sofort aufgestanden und hinübergelaufen, wollte Emilio aber nicht so abrupt allein lassen. Trotzdem stand er auf, trat ans Fenster und blickte zur Mole hinüber. Dann drehte er sich um und sah, dass ihn Emilio und Livia Bargello erwartungsvoll anblickten.
„Ich habe nur noch eine Frage, *Signora* Bargello. Wer beerbt denn Ihren Mann jetzt?"
Mit dieser Frage hatte sie offenbar genauso wenig gerechnet wie Emilio, deswegen stutzte sie ein bisschen und meinte dann:
„Ich weiß nicht, ob Ruggiero ein Testament geschrieben hat, großartige Reichtümer gibt es bei uns sowieso nicht zu holen."
„Sind Sie sicher, dass Sie über das gesamte Vermögen Ihres Mannes richtig informiert sind? Wenn er vor zwei Jahren seinem Freund Graziano tatsächlich ein falsches Alibi verschafft haben sollte, hat er von ihm sicher einen Teil der Beute als Belohnung kassiert. Nachdem er für Sie danach nicht auffallend mehr Geld hatte, könnte die Prämie von damals noch irgendwo versteckt sein oder sogar auf irgendeinem Sparkonto liegen."
„Um unsere spärlichen Finanzen hat sich immer nur mein Mann gekümmert und ehrlich gesagt ist Geld das letzte, woran ich im Moment denke. Ich weiß gerade mal seit einer Viertelstunde, dass mein Mann tot ist."
„Das ist schon klar. Ich wollte Sie damit eigentlich nur vorwarnen, dass wir uns eventuell die finanziellen Verhältnisse

Ihres Mannes noch etwas genauer ansehen müssen, wenn wir neben den Mordfällen auch den Überfall auf den Geldboten aufklären wollen."

Max ließ ihr keine Zeit, darauf noch einmal zu antworten, sondern wandte sich an Emilio.

„Fährst du jetzt *Signora* Bargello wieder nach Hause? Drüben ist wahrscheinlich gerade die *Vicenza* eingelaufen, ich würde gerne sofort hinübergehen und mit *Capitano* di Salvo sprechen, bevor er in ein *Ristorante* zum Mittagessen verschwindet."

Emilio nickte.

„*Signora* Bargello, im Moment habe ich auch keine weiteren Fragen an Sie. Können wir aktuell noch etwas für Sie tun?"

Sie schüttelte mit dem Kopf.

„Nein, ich will einfach nur heim."

Als sie im Hinausgehen ihren Blick durch die Kajüte wandern ließ, berichtete ihr Emilio, dass seine Kollegen von der Spurensicherung keinerlei Wertgegenstände auf dem Boot gefunden hatten. Nachdem sie dann in seinen Dienstwagen eingestiegen war, verabredete er mit Max, dass er so schnell wie möglich wieder an den Hafen zurückkommen würde, um auch noch bei dem neuerlichen Gespräch mit di Salvo dabei zu sein.

„Den dritten der Besatzung, diesen Cascina, nehmen wir am besten auch gleich noch mit dazu. Wenn ich sie noch auf der *Vicenza* antreffe, bleibe ich mit ihnen dort, bist du dazu kommst, Emilio."

„Gut, bis gleich."

Emilio stieg ein, wendete seinen *Fiat* und brauste mit *Signora* Bargello davon, während Max im Laufschritt zur Mole hinübereilte, um die Kollegen von Graziano Olivieri noch auf ihrem Schiff anzutreffen.

19

Max erreichte die Mole, an der die *Navigarda*-Schiffe anlegen und abfahren und war ziemlich außer Atem.

„Ich muss einfach wieder mehr Sport treiben", dachte er sich und nahm sich vor, sobald der aktuelle Fall geklärt sei, in der Früh noch vor dem Frühstück eine Runde joggen zu gehen.

Die Passagiere der *Vicenza* waren allesamt bereits ausgestiegen, nur *Capitano* di Salvo und sein Kollege Maurizio Cascina waren noch an Bord, als Max das Schiff erreichte. Cascina fegte mit einem Besen das Oberdeck, während di Salvo auf der Brücke damit beschäftigt war, etwas im Bordbuch zu notieren.

„*Buongiorno Signori*", begrüßte Max die beiden.

Cascina stellte seinen Besen beiseite und auch di Salvo kam Max sofort entgegen, als er ihn gehört hatte.

„Was bringen Sie uns für Neuigkeiten?", fragte der *Capitano* und es war herauszuhören, dass er schlechte Nachrichten erwartete.

„Unser Verdacht von gestern Nachmittag hat sich durch das Obduktionsergebnis noch erhärtet, wir müssen also davon ausgehen, dass Graziano Olivieri, wahrscheinlich hier unten im Maschinenraum, Kurt Becker erschossen hat."

„War er es also tatsächlich", seufzte di Salvo. „Kein Wunder, dass er dann heute nicht mehr zur Arbeit erschienen ist. Ist er noch auf der Flucht oder haben Sie ihn schon erwischt?"

„Weder noch. Wir haben ihn heute Vormittag in seiner Wohnung tot aufgefunden."

Di Salvo blickte sprachlos zwischen Max und seinem Kollegen hin und her, Cascina schlug buchstäblich die Hände über dem Kopf zusammen.

„Das kann doch nicht sein. Hat er sich etwa wegen dem Mord umgebracht?", fragte er.

„Auf den ersten Blick sah es so aus, aber mittlerweile sind wir überzeugt davon, dass es nur so aussehen sollte wie ein Selbstmord. Tatsächlich wurde er auch ermordet."

„Entschuldigung, ich brauche einen Schluck Wasser", stammelte Cascina, drehte sich um und verschwand in Richtung Brücke.

Der *Capitano* musste sich erst einmal setzen.

„Ich weiß, dass sind ein bisschen viele schlechte Nachrichten auf einmal", meinte Max entschuldigend. „Können Sie mir trotzdem noch einige Fragen beantworten?"

„Natürlich."

„Wir haben keine Informationen über die nächsten Angehörigen von Olivieri. Wissen Sie, wen wir wegen seines Todes zuerst verständigen müssten?"

„Graziano war ein Einzelkind, sein Vater kam bei einem Unfall ums Leben, als er noch ein Kind war, seine Mutter ist vor ungefähr vier Jahren gestorben. Der einzige direkte Verwandte, von dem ich weiß, ist ein Cousin. Der Bruder von Grazianos Vater ist mit seiner Familie in die USA ausgewandert, er und seine Frau leben aber auch nicht mehr, nur eben deren Sohn, der in der Nähe von Boston wohnt. Eine Adresse von dem kann ich Ihnen aber leider nicht nennen. Sonst fällt mir nur Grazianos Ex-Frau ein, zu der hatte er aber seit der Scheidung offenbar überhaupt keinen Kontakt mehr. Die wohnt drüben in *Sirmione*."

Maurizio Cascina kam zurück, reichte Max und di Salvo einen Plastikbecher *Acqua minerale* und setzte sich neben dem *Capitano* hin.

„Was ist denn überhaupt passiert?", fragte er. „Wissen Sie schon, wer ihn umgebracht hat und vor allem warum?"

Max umriss kurz, dass die *Carabinieri* von einem Auftragsmord an Becker ausgingen und vermuteten, dass Olivieri nach dem Fund von Beckers Leiche aus dem Weg geräumt werden sollte, um die Spur zu den Hintermännern des Auftragsmordes zu verwischen. Dass sie mittlerweile noch ein drittes Mordopfer gefunden hatten, gab er noch nicht preis.

„*Signor* di Salvo, wir haben am Sonntag schon darüber gesprochen, dass Sie am Freitagabend zusammen mit Graziano Olivieri beim *Pizza*-Essen waren und eine Weile mit Nina und Kurt Becker an einem Tisch gesessen sind. Von wem ging es aus, dass Sie sich zusammengesetzt haben?"

Der *Capitano* trank seinen Becher leer, bevor er antwortete.

„Graziano hatte mich am Freitag, als wir von der Nachmittagstour zurückgekommen waren, gefragt, ob wir wieder einmal zum *Pizza*-Essen gehen und hat auch gleich das *Da Tonio* vorgeschlagen. Ich bin von hier aus zuerst einmal nach Hause, wir haben uns dann direkt vor der *Pizzeria* getroffen. Nina und Kurt saßen bereits beim Essen, als wir hineinkamen. Wir hatten einen Platz zwei Tische von ihnen entfernt, erst als wir auch unsere *Pizza* gegessen hatten, sind wir zu ihrem Tisch hinüber und haben zusammen eine Flasche Wein getrunken."

Er machte eine Pause.

„Eigentlich ging es von Graziano aus, dass wir uns hinübergesetzt haben. Wir hatten uns vorher schon einmal zugeprostet, nach dem Essen kam dann von ihm der Vorschlag, uns zu den beiden zu setzen."

„Sie haben mir auch schon erzählt, dass Sie über die Pläne für die zweite Urlaubswoche der Beckers sowie die für Samstag geplante Fahrt auf Ihrem Schiff gesprochen haben. Vor dem Hintergrund der Ereignisse der letzten Tage, kommt Ihnen da nichts in den Sinn, über das Sie gesprochen haben und das irgendwie mit den Morden zu tun haben könnte?"

„Darüber habe ich schon die ganze Zeit nachgedacht, seit Sie mir gestern Abend von Ihrem Verdacht gegen Graziano erzählt haben, aber soweit ich mich erinnere, haben weder Kurt noch Graziano etwas erwähnt, was irgendwie mit dem Verbrechen in Verbindung stehen könnte."

„Und hier auf dem Schiff hat Graziano auch keinen Kommentar oder ähnliches losgelassen, das auf seine Tat hindeuten könnte?"

Cascina schüttelte mit dem Kopf und di Salvo meinte, dass Graziano während der letzten Tage wie immer gewesen sei.

„Ich hätte nicht im Traum daran gedacht, dass er mit dem Verschwinden von Kurt etwas zu tun haben könnte."

Sie hörten, wie unten an der Mole ein Auto vorfuhr. Max machte einen Schritt in Richtung Reling und sah, dass Emilio zurückgekommen war.

„Da kommt *Maresciallo* Brentani, um mich abzuholen, wir sind hier auch gleich fertig. Abschließend würde mich noch interessieren, ob Sie den Freund von Olivieri, einen Fischer namens Ruggiero Bargello, auch kennen."

„Natürlich kennen wir den", antwortete di Salvo sofort. „Die beiden Kumpel sind doch oft wie die Kletten aneinander gehangen."

„Auch in den letzten Tagen?"

Diesmal antwortete Cascina.

„Ich habe Bargello zuletzt am Samstag gesehen. Als wir von unserer Unglücksfahrt zurückgekommen sind, stand er hier unten auf der Mole. Zuerst habe ich mich gewundert, dass er zu einer Zeit, zu der wir normalerweise von unserer Vormittagstour noch nicht zurück sind, auf Graziano gewartet hat. Dann habe ich mir aber gedacht, dass ihn Graziano sicher von unterwegs angerufen hat und er deshalb schon von unserer verfrühten Rückkehr wusste. Graziano ist zu ihm hinunter, sie haben kurz miteinander gesprochen und dann ist er zurück an Bord gekommen."

Inzwischen war Emilio die Treppe heraufgekommen, hatte di Salvo und Cascina begrüßt und sich neben sie hingesetzt. Max nickte ihm zu und setzte seine Befragung fort.

„Wie Sie uns schon erzählt haben, waren Sie danach noch gemeinsam beim Mittagessen. Hätte jeder von Ihnen die Möglichkeit gehabt, später noch einmal auf die *Vicenza* zurückzukehren? Oder ist das Ihnen vorbehalten, *Capitano*?"

„Nein, nein, wir haben schon alle drei einen Schlüssel für den Zustieg unten."

„Haben Sie später am Samstag Olivieri und Bargello noch einmal zusammen gesehen?"

Di Salvo und Cascina schüttelten den Kopf und beide wunderten sich, dass Max immer wieder Grazianos Freund ins Spiel brachte. Deshalb fragte ihn der *Capitano*, was es damit auf sich hatte.

„Wir nehmen an, dass die beiden zusammen Beckers Leiche am Samstagabend aus dem Maschinenraum geholt haben, anschließend mit Bargellos Boot auf den See hinausgefahren sind und dort den Leichnam versenkt haben. Ruggiero Bargello können wir dazu leider auch nicht mehr befragen, weil auch er ermordet worden ist."

„Nein", schrie di Salvo förmlich auf. „Wer bringt denn hier reihenweise die Leute um?"

„Wie bei Olivieri gehen wir davon aus, dass mit dem Mord ein Mittäter und Mitwisser ausgeschaltet werden sollte, bevor er vielleicht die Hintergründe des Mordes an Kurt Becker preisgeben könnte."

Die beiden Kollegen von Olivieri schüttelten nur noch sprachlos vor Entsetzen den Kopf. Max warf Emilio einen fragenden Blick zu, aber er hatte offenbar keine weiteren Fragen, auch Max wollte es vorerst dabei bewenden lassen."

„*Signori*, bitte informieren Sie uns sofort, wenn Ihnen noch etwas einfallen sollte, was mit den Morden in Zusammenhang stehen könnte."

„Selbstverständlich."

Max und Emilio ließen die beiden auf ihrem Schiff zurück und machten sich auf die Rückfahrt nach *Lazise*.

„Was hat *Signora* Bargello noch gesagt?"

„Nicht viel, nur, dass Graziano froh sein soll, bereits tot zu sein, denn sonst hätte sie ihm eigenhändig die Augen ausgekratzt, weil er Ruggiero in seine schmutzigen Geschäfte hineingezogen hat."

Max fasste für Emilio die Aussagen von di Salvo und Cascina zusammen.

„Außer der Erkenntnis, dass Olivieri seinen Freund wohl schon vom Schiff aus über den Mord an Becker informiert hat, habe ich keine wichtigen Neuigkeiten erfahren."

Als sie das Revier in *Lazise* erreichten, war Arturo allein, weil Ignazio bereits unterwegs war, um seine Kinder von der Schule abzuholen und nach Hause zu fahren.

„Die Handy-Daten der beiden sollten wir noch im Laufe des Nachmittags bekommen. Außerdem habe ich auch mit Olivieris Bank gesprochen, die schicken uns auch so schnell wie möglich eine Übersicht über seine Vermögensverhältnisse sowie die Kontoumsätze der letzten zwei Jahre."

„Sehr gut, Arturo", lobte ihn sein Chef. „Ich finde, wir haben uns jetzt ein ordentliches Mittagessen verdient."

„Genau", stimmte Max sofort zu und Emilio und Arturo mussten laut loslachen.

„Ich habe mich schon gewundert, dass du vorhin im Auto noch nicht gejammert hast, noch kein Mittagessen bekommen zu haben", scherzte Emilio, doch Max ließ sich nicht ärgern.

Arturo hinterließ Ignazio eine Nachricht, wo sie zu finden wären, dann machten sie sich gemeinsam auf den kurzen Fußweg zur *Trattoria La Barca*. Dort hatte sich Sara in der Küche wieder einmal selbst übertroffen. Alle drei hatten von der Tageskarte die *Tortellini di Valeggio* und den *Strudel di verdure e trota* gewählt und ließen von ihren Portionen nicht eine Gabel voll übrig. In Abwandlung des Originalrezeptes hatte Sara die *Tortellini* nicht mit einer Mischung aus Kalb-, Schweine- und Hühnerfleisch gefüllt, sondern mit Kaninchenfleisch und Fenchel, was hervorragend zusammenpasste. Da die *Trattoria* ziemlich voll war und die Tische sehr eng beieinander standen, konnten sie sich nicht über ihre Ermittlungsarbeit unterhalten. Auch als Nino beim Servieren der *Tortellini* fragte, ob der Fall bereits geklärt sei, antwortete ihm Emilio nur kurz, dass sie vorankämen. Nach dem mit Gemüse und Forellenfilets gefüllten Strudel hatte keiner mehr Platz für einen Nachtisch, lediglich einen *Espresso* bestellten sie sich als Abschluss des ausgezeichneten Mittagessens. Als sie dann zum Revier zurückkehrten, wurden sie von Ignazio bereits erwartet.

„Warum bist du nicht nachgekommen, Ignazio?", wollte Arturo wissen.

„Meine Schwiegermutter hatte schon eine große Reine mit *Lasagne* vorbereitet, da musste ich natürlich zum Mittagessen zuhause bleiben."

„Ist das Fax mit den Handy-Daten schon da?"

„Nein, Arturo, auch die Bankunterlagen von Olivieri sind noch nicht gekommen."

Um die Wartezeit sinnvoll zu nutzen, machte sich Ignazio an verschiedene Aufgaben, die nichts mit dem Fall Becker zu tun hatten, Emilio zog sich in sein Büro zurück, während Max und Arturo sich an ihre Computer setzten, um über Bargello zu recherchieren. Arturo durchforstete die Archive der *Carabinieri*, Max suchte danach, was im Internet möglicherweise über ihn zu finden war. Der *Carabiniere* wurde sofort fündig, stieß aber nur auf die Zeugenaussage von Bargello im Zusammenhang mit dem Überfall auf den Geldboten. Die Suche von Max war auch nicht viel ergiebiger. Er fand lediglich einen sechs Monate alten Zeitungsartikel über die Kooperative der Fischer von *Peschiera*, in dem erwähnt wurde, dass Bargello für die nächsten zwei Jahre das Amt des stellvertretenden Vorsitzenden übernommen hatte.

„So kommen wir nicht weiter", seufzte er, als er Arturo von seinem spärlichen Suchergebnis berichtete.

„Eben, wenn die Archive nichts hergeben, bleiben uns wahrscheinlich nur die Handy-Daten, um an die Hintermänner des Becker-Mordes zu kommen."

„Dann kannst du dich gleich einmal an die Arbeit machen", tönte es plötzlich aus dem Hintergrund.

Emilio stand mit einem mehrseitigen Fax in der Hand in der Tür und hatte gerade noch Arturos letzten Satz gehört.

„Haben wir nur die Daten von Bargello oder auch schon die von Olivieri?"

„Es sind schon beide da, vielleicht könnt ihr euch die Durchsicht aufteilen."

Er gab den kompletten Stapel an Arturo, der sich die Daten von Bargello behielt und die Verbindungsnachweise von Olivieri an Max weiterreichte. Zehn Minuten später setzten sie sich zusammen, um ihre Erkenntnisse auszutauschen. Max machte den Anfang.

„Olivieri und Bargello haben praktisch täglich miteinander telefoniert, deshalb sind die gemeinsamen Telefonate in den letzten Tagen auf den ersten Blick nichts Besonderes. Wenn ich mir aber die Uhrzeiten der Gespräche seit Freitag in Kombination mit Olivieris anderen Telefonaten ansehe, gibt es schon einige Auffälligkeiten."

„Mit wem hat er denn sonst noch häufiger telefoniert?"

„Das weiß ich nicht, weil die Nummer von einem nicht registrierten Handy stammt. Von dem kam letzten Mittwoch gegen zwei Uhr nachmittags der erste Anruf, der ungefähr fünf Minuten dauerte. Olivieri hat diese Nummer am gleichen Tag abends angerufen, da bestand die Verbindung aber nur eine Minute. Unmittelbar danach hat er mit Bargello telefoniert. Das gleiche passierte am Freitagabend noch einmal, Olivieri ruft das anonyme Handy an, telefoniert nur ganz kurz und gleich darauf spricht er auch noch kurz mit seinem Freund."

„Was schließt du daraus, Max?"

„Das nicht registrierte Handy könnte dem Auftraggeber des Mordes an Becker gehören. Was den Hintergrund der Anrufe am Mittwoch angeht, könnte es natürlich nur ein Zufall sein, dass Becker an diesem Tag zu seinem geschäftlichen Termin in *Verona* war. Ob da ein Zusammenhang bestehen könnte, müssen wir noch herauszufinden versuchen. Am Freitagabend hat Olivieri beim *Pizza*-Essen erfahren, dass Becker am Samstag auf seinem Schiff unterwegs sein wird, vermutlich hat er genau das an den anonymen Anrufer weitergegeben und mit seinem zweiten Telefonat sofort danach seinen Freund Ruggiero darauf vorbereitet, dass er am Samstagabend seine Hilfe benötigen würde."

Arturo nickte.

„Das hört sich plausibel an. Das nächste Mal haben sie dann am Samstagmittag telefoniert."

„Von dem Anruf wusste ich bereits, Arturo, denn Maurizio Cascina hat uns vorhin berichtet, dass Bargello schon an der Mole gewartet hat, als sie mit der *Vicenza* zurückgekommen sind. Ich nehme an, Olivieri hatte ihn schon informiert, dass er den Mord ausgeführt hat."

„Und abends hat er Bargello angerufen, um den Startschuss zu geben, die Leiche zu versenken."

„Genau, anders würde ich das Telefonat der beiden abends um neun auch nicht deuten. Was den Mord an Olivieri angeht, sehe ich die Telefonate gestern als Entlastung für Bargello an. Sie haben abends kurz vor sechs noch einmal miteinander gesprochen, kurz danach kam Olivieri nach Hause, wo er vermutlich schon auf seinen Mörder traf. Nach halb sieben hat Bargello mehrfach bei Olivieri angerufen, da ging er aber nicht mehr ans Handy, weil er nach allem, was wir wissen, zu dem Zeitpunkt schon tot in seinem Schlafzimmer lag. Hast du noch etwas Interessantes in Bargellos Daten gefunden, Arturo?"

„Die Gespräche mit Olivieri haben wir schon abgehandelt, sonst hat Bargello praktisch nur mit seiner Frau telefoniert. Darüber hinaus gab es nur einen Anruf von einem nicht registrierten Handy, genau wie bei Olivieri."

Sie verglichen die beiden Handy-Nummern, sie stimmten überein.

„Wann wurde Bargello angerufen?"

„Gestern Abend gegen neun. Was sagt uns das, Max?"

Darüber musste Max nicht lange nachdenken.

„Das kann eigentlich nur bedeuten, dass der Auftraggeber für den Becker-Mord Bargello um ein Treffen gebeten hat oder einfach nur wissen wollte, ob er gerade auf seinem Boot sei. Wenn Bargello da verraten hat, wo er ist, hat der damit wohl sein eigenes Todesurteil gefällt."

„Dann müssen wir also jetzt nur noch herausfinden, wem das anonyme Handy gehört, um zu wissen, wer hier drei Männer auf dem Gewissen hat."

„Das wird nicht einfach werden."

Ignazio war, während sie die Verbindungsdaten durchgesehen hatten, zu Emilio in dessen Büro gegangen und war bisher nicht zurückgekommen. Deshalb schlug Max vor, auch hinüberzugehen, um beiden gemeinsam ihre Erkenntnisse aus den Handy-Daten mitzuteilen und die weitere Vorgehensweise zu besprechen.

„Bevor du loslegst, Max, haben wir auch noch neue Infos für euch", meinte Emilio, nachdem sie an seinem kleinen Konferenztisch Platz genommen hatten. „Wir haben vorhin die Kontounterlagen von Olivieri bekommen, Ignazio und ich haben sie bis eben durchgesehen."

„Hat er mal eine größere Summe eingezahlt, die aus dem Geldboten-Überfall stammen könnte?", preschte Max vor.

„Nein, das nicht, aber er hat seit zwei Jahren keinen Cent mehr in bar abgehoben. Auf sein Konto fließt monatlich sein Gehalt, dann werden die Miete und die üblichen Nebenkosten abgebucht und jeden Monat überweist er seiner Ex-Frau ihren Unterhalt. Das war's aber auch schon."

„Dann hat er seine Lebenshaltungskosten für Essen, Kleidung, Auto et cetera also aus einer anderen Quelle bezahlt, sprich aus der Beute von dem Überfall", resümierte Max.

„Das klingt plausibel, aber bei unseren Mordfällen hilft uns das nicht weiter", meinte Arturo enttäuscht.

„Eben", stimmte ihm Ignazio zu. „Da wäre natürlich eine größere Bareinzahlung in den letzten Tagen ein schöner Beweis gewesen. Ich frage mich allerdings, wo dann die restliche Beute von dem Überfall sowie sein Honorar für den Mord versteckt sein könnten. Die Spurensicherung hat doch in der Wohnung nichts gefunden, oder?"

„Nein, die haben gestern Abend die ganze Wohnung durchsucht, ohne dass dabei eine größere Geldsumme aufgetaucht wäre. Ich wüsste auch nicht, wo wir danach suchen sollten."

Im Gegensatz zu Emilio hatte Max gleich zwei Ideen zum Verbleib der Beute und des Mord-Honorars.

„Wir haben übersehen, auch Olivieris Auto unter die Lupe zu nehmen, das sollten wir schleunigst nachholen. Wenn dort nichts zu finden ist, bleibt eigentlich nur die *Vicenza* übrig. Auf dem Schiff wird doch jeder der Besatzung einen kleinen Spind oder ähnliches haben, vielleicht findet sich das Geld dort noch."

„Damit könntest du Recht haben, Max“, pflichtete ihm Emilio bei. „Aber unser Hauptaugenmerk sollten wir eigentlich darauf legen, den oder die Mörder zu fassen. Der Mord an Becker war schon schlimm genug, aber danach noch zwei weitere Morde zu begehen, um die Hintergründe des ersten zu vertuschen, zeugt von reichlich krimineller Energie. Wie du schon gesagt hast, Max, würde man so ein brutales Vorgehen eher in Süditalien erwarten, bloß wüsste ich nicht, dass jemand aus *Palermo* oder Neapel in unseren Fall involviert wäre.“

„Doch“, widersprach Max sofort zur Überraschung aller. „Der Finanzvorstand von Spontini Pile ist Neapolitaner. Wenn der etwas mit dem Mord zu tun haben sollte, würde das auch zu unseren Vermutungen passen, die wir aufgrund von Olivieris Handy-Daten angestellt haben.“

Max legte Emilio und Ignazio dar, welche Telefonate er und Arturo als Beweis für ihre bisherigen Theorien zum Ablauf der Morde ansahen und endete dann mit der Erkenntnis, dass der anonyme Anrufer bei Spontini Pile sitzen könnte.

„Becker war am Mittwoch am späten Vormittag in *Verona*, wo er neue Verträge abgeschlossen hat, aber auch zum wiederholten Mal ein Übernahmeangebot der Spontini Pile SpA abgelehnt hat. Vielleicht haben die Vorstände oder auch der Neapolitaner allein, deswegen beschlossen, ihn umzubringen.“

„Nur weil er ihnen seine Firma nicht verkaufen wollte? Das ist mir aber schon ein bisschen zu weit hergeholt“, widersprach Ignazio der Überlegung von Max.

„Wieso denn nicht, Ignazio? Im Rahmen der geplanten Übernahme haben die sich doch sicher eingehend mit Beckers Batterien-Firma beschäftigt und wussten, dass er der alleinige Eigentümer der GmbH ist. Weil er sich standhaft weigerte, die Firma zu verkaufen, mussten sie sich eben einen anderen Weg suchen. Wie wir wissen, wird Nina Becker alles erben, uns gegenüber hat sie sich schon so geäußert, dass sie nicht weiß, ob sie den ganzen Laden behalten soll oder nicht. Also, wenn sie verkaufen würde, dann hätten die ihr Ziel erreicht, denn warum sollte sie sich erst mühsam einen Interessenten suchen, wenn schon einer Gewehr bei Fuß steht?“

Die drei *Carabinieri* schwiegen, jeder ließ sich die Theorien von Max erst einmal in Ruhe durch den Kopf gehen. Dann ergriff Emilio das Wort.

„Max, das klingt nachvollziehbar, doch wie willst du das dem Vorstand beweisen? Nur aufgrund der Tatsachen, dass Olivieri ausgerechnet am Mittwoch einen Anruf von einem nicht registrierten Handy bekam und einer der Vorstände aus Neapel stammt, wird mir kein Richter einen Durchsuchungsbeschluss ausstellen und einen Haftbefehl schon gleich gar nicht."

„Das ist mir schon klar, wir müssen eben versuchen, einen stichhaltigen Beweis dafür zu finden."

Arturo rätselte über die Vorgehensweise bei dem Mord.

„Wenn die Kurt Becker ermorden wollten, warum haben sie es so kompliziert auf dem Schiff gemacht? Die hätten doch bloß an der Tür von seinem Bungalow klingeln und ihn abknallen brauchen. Dann hätten sie es sich auch sparen können, die Leiche im See zu versenken."

Auch darauf hatte Max eine Antwort parat.

„Ich glaube, die haben ganz bewusst eine Zermürbungstaktik für Nina Becker gewählt. Natürlich hätten sie ihn ganz unkompliziert zuhause erschießen können, dann hätte sie aber sofort gewusst, dass sie einen Nachfolger für ihn in der Firma braucht oder den Laden verkaufen muss. Die Entscheidung hätte sie aber in der Situation nicht übers Knie brechen müssen."

„Das muss sie doch jetzt auch nicht", merkte Emilio an.

„Richtig, weil die Tat doch etwas anders abgelaufen ist wie geplant. Wie wir von *Dottore* Illasi bei seinem Obduktionsbericht gehört haben, war es eher Zufall, dass Beckers Leiche so schnell wieder aufgetaucht ist, weil sie von seinem Mörder in zu seichtem Wasser versenkt worden war. Wäre sie womöglich wochenlang verschwunden geblieben, wäre auch Nina Becker über Wochen handlungsunfähig gewesen, was die Firma angeht, weil sie natürlich nicht verkaufen kann, solange sein Tod nicht hundertprozentig feststeht. Wer weiß, wie es dann in der Firma zugegangen wäre, weil Beckers engste Mitarbeiter auf Geschäftsleitungsebene ebenso über Wochen in der Luft gehangen wären, wenn sie nicht wissen, ob der Chef überhaupt noch einmal zurückkommt oder nicht? Stellt euch doch mal diese Nervenbelastung vor, insbesondere bei Nina Becker, wenn man über Wochen nicht weiß, ob der Vermisste noch am Leben ist. So wollten sie sie vielleicht einfach mürbe machen, damit sie, sobald sie über die Firma entscheiden kann, sofort handelt. In der Zwischenzeit hätte sie sich bestimmt auch erkundigt, mit welcher Erbschaftssteuer sie im Zweifelsfall rechnen müsste, womöglich bliebe ihr dann ohnehin nur ein Verkauf der Firma, um die Steuerschuld begleichen zu können. Eventuell wären die Spontini-Leute bis dann auch längst an sie herangetreten, um ihr in der schwierigen Situation ihre Unterstützung anzubieten, so dass sie auch auf der Schiene in Richtung eines Verkaufs an Spontini Pile hätte geführt werden sollen. Und wenn sie dann soweit gewesen wäre, dass für sie ein Verkauf beschlossene Sache gewesen wäre, dann hätten die Auftraggeber des Mordes die Leiche wieder auftauchen lassen, der Verbleib von Becker wäre geklärt gewesen, Nina Becker hätte die Firma geerbt, sofort an Spontini Pile verkauft und die Auftraggeber des Mordes hätten ihr Ziel erreicht gehabt."

„Donnerwetter, Max, man könnte meinen, du hast mitgeholfen, das scheinbar perfekte Verbrechen mit zu planen. Man merkt, dass du schon reichlich Erfahrung mit derart komplizierten Mordfällen hast."

„Danke, Emilio. Ich weiß natürlich nicht, inwieweit das auch alles zutrifft, was ich mir jetzt zusammengereimt habe. Außerdem habe ich keinen blassen Schimmer, wie ich es beweisen könnte. Spontan würde ich sagen, ich fahre jetzt zu Nina Becker, informiere sie über unsere bisherigen Ermittlungsergebnisse und frage, ob in den letzten Tagen oder speziell seit gestern Abend etwas passiert ist, was meine Theorie stützen könnte. Oder hat einer von euch eine bessere Idee?"

Zuerst herrschte Schweigen, bis Arturo ganz lapidar meinte:

„Warum rufen wir nicht einfach diese anonyme Handy-Nummer an und hören, wer abhebt?"

„Genau, wir rufen an und fragen, ob da der Mörder von Graziano Olivieri dran ist", lachte Ignazio hämisch.

„Ich habe das ernst gemeint", reagierte Arturo beleidigt. „Wir müssen uns natürlich eine gute Begründung für den Anruf überlegen und die Nummer unterdrücken, von der aus wir anrufen. Also, wenn tatsächlich jemand abhebt, haben wir vielleicht eine kleine Hilfestellung, in welche Richtung wir weiter ermitteln sollten."

„Die Idee ist gar nicht mal so schlecht", kam Max Arturo zu Hilfe, worauf der sich ein triumphierendes Grinsen in Richtung Ignazio nicht verkneifen konnte. „Aber ich würde, bevor wir das mit dem Anruf probieren, erst noch versuchen, ob das Handy geortet werden kann. Unter Umständen können wir daraus schon nützliche Rückschlüsse ziehen und dem Auftraggeber des Mordes einen Schritt voraus sein. Denn wenn wir die anonyme Handy-Nummer anrufen und das Handy nur für die Vorbereitung des Becker-Mordes angeschafft wurde, müssen wir damit rechnen, dass wir ihn mit unserem Anruf darauf aufmerksam machen, ihm auf der Spur zu sein."

Emilio wollte sofort die Kollegen der Kriminaltechnik in *Verona* anrufen. Max schlug vor, dass für den Rest des Tages und mindestens bis zum nächsten Abend, wenn möglich, eine Art Bewegungsprofil erstellt werden sollte.

„Ich gebe das sofort so weiter, Max. Anschließend könnten wir zu Nina Becker fahren."

„Meinst du, wir können die beiden alleine lassen?", fragte er mit einem schelmischen Grinsen und zeigte mit beiden Zeigefingern auf Arturo und Ignazio.

„Die bekommen gleich noch Arbeit von mir, dann sind sie beschäftigt und kommen nicht auf dumme Gedanken", antwortete er mit einem Augenzwinkern.

Bevor einer der beiden etwas erwidern konnte, drehte sich Emilio um und griff an seinem Schreibtisch zum Telefonhörer, um in *Verona* anzurufen. Schnell war der Auftrag zur Handy-Ortung erledigt und Emilio setzte sich wieder zu den anderen.

„So, wir können jetzt zu Nina Becker fahren. Für euch beide ist es noch zu früh, um aufzubrechen. Ihr könntet später nach *Peschiera* fahren, den Autoschlüssel aus Olivieris Wohnung holen und euch seinen *Fiat Punto* mal genauer anschauen. Anschließend fahrt ihr zum Hafen. Wenn die *Vicenza* von der Nachmittagstour zurückkommt, geht ihr an Bord und fragt den *Capitano* nach den persönlichen Sachen von Olivieri, die noch auf dem Schiff sind."

Max hatte auch noch eine Idee dazu.

„Wenn ihr das Geld nicht finden solltet, könntet ihr euch deswegen auch noch im Maschinenraum umsehen."

„Aber den hat doch Rodolfo schon unter die Lupe genommen", widersprach Arturo.

„Richtig, doch er war nur auf der Suche nach Blutspuren. Wenn ihr speziell nach einem Versteck sucht, könntet ihr vielleicht doch noch fündig werden."

Zehn Minuten später standen Max und Emilio zum wiederholten Mal vor dem Bungalow am Seeufer. Die Marktstände vom Vormittag waren mittlerweile abgebaut, so dass sie wieder mit dem Auto direkt bis zum Gartentor fahren konnten. Nina Becker lag auf einem Liegestuhl auf der Terrasse und telefonierte, hatte die beiden aber sofort gesehen und kam ihnen entgegen.

„*Ciao* Mama, ich melde mich heute Abend noch einmal."

Sie steckte das Handy in die Tasche ihrer Shorts und begrüßte ihre Besucher.

„Meine Mama hilft mir soweit sie kann bei der Vorbereitung der Beerdigung von meinem Mann. Ist sein Leichnam inzwischen freigegeben?"

Emilio ärgerte sich, weil er vergessen hatte, deswegen vorab in *Verona* nachzufragen, aber Max kam ihm zu Hilfe.

„Wir warten noch auf weitere Untersuchungsergebnisse von der Gerichtsmedizin in *Verona*, die wir aber bis heute Abend bekommen sollten. Ich denke, dann dürfte einer Freigabe nichts mehr im Wege stehen."

„Was wird denn an Kurt immer noch untersucht?"

Eher als geplant musste Max sie mit den weiteren Leichenfunden konfrontieren und ihr berichten, dass der mutmaßliche Mörder ihres Mannes sowie dessen Helfer nun ebenfalls in der Gerichtsmedizin in *Verona* lagen. Nina Becker war sichtlich geschockt, als sie hörte, wer ihren Mann vermutlich umgebracht hatte und dass er nicht mehr zur Rechenschaft gezogen werden konnte, weil er ebenfalls ermordet worden war.

„Graziano hat auf mich immer einen etwas unheimlichen Eindruck gemacht, ich wusste aber nie warum, trotzdem hätte ich ihm einen Mord nie zugetraut, nachdem ich ihn letzte Woche etwas näher kennen gelernt habe."

Inzwischen hatten sie auf der Terrasse Platz genommen.

„*Signora* Becker, wenn Sie die letzten Tage vor dem Samstag, insbesondere das *Pizza*-Essen am Freitagabend, nun noch einmal Revue passieren lassen, fällt ihnen dann etwas ein, was mit dem Mord an Ihrem Mann in Zusammenhang stehen könnte?"

Sie lehnte sich auf ihrem Stuhl zurück und ließ sich mit ihrer Antwort Zeit. Plötzlich nickte sie.

„Ja, es war hauptsächlich Graziano, der nach dem Essen immer wieder danach gefragt hat, was wir am Wochenende vorhaben oder was wir für unsere zweite Urlaubswoche noch geplant hätten. Aber wer ihn letztlich dazu beauftragt haben könnte, war an dem Abend nicht herauszuhören. Am Samstag auf dem Schiff hat er sich völlig unauffällig verhalten, außer bei der Fahrkartenkontrolle hatten wir nichts mit ihm zu tun. Nachdem Kurt dann verschwunden war, hat er uns allen aber, wie sich nun herausstellt, gehörig etwas vorgespielt. Insgesamt kann ich mich an nichts erinnern, was darauf hindeuten könnte, wann und von wem Graziano den Auftrag bekam, Kurt zu ermorden."

„Sie stehen sicher in Kontakt mit den Führungskräften Ihrer Firma. Wie ist dort die aktuelle Situation ohne Ihren Mann?"

„Die stehen natürlich alle auch noch unter Schock, dass Kurt nicht mehr zurückkommt. Die Geschäfte laufen im Moment ohne Probleme weiter, diese Woche wäre mein Mann ohnehin noch hier in Urlaub gewesen."

„Was werden Sie mit der Firma machen?"

„Weiß ich noch nicht, ich möchte jetzt erst einmal die Beerdigung hinter mich bringen, dann werde ich mich mit Herrn Schaller und seinen engsten Mitarbeitern zusammensetzen, um gemeinsam zu beratschlagen, wie es ohne Kurt weitergehen könnte."

„Ein Übernahmeangebot würde Ihnen doch vorliegen."

„Sie meinen Kurts Geschäftspartner in *Verona*? Damit habe ich mich noch nicht befasst. Kurt hat diese Angebote doch immer kategorisch abgelehnt, ich wüsste momentan auch nicht, wie das neueste vom letzten Mittwoch ausgesehen hätte."

„Hat sich von denen inzwischen noch keiner bei Ihnen gemeldet?"

„Nein, woher sollten die auch wissen, dass Kurt tot ist?"

Bisher hatte sie sich tapfer gehalten, nun aber übermannten sie doch wieder einmal die Tränen. Sie musste sich mehrfach die Nase putzen und die Tränen aus dem Gesicht wischen.

„Mir wird ganz schlecht, wenn ich daran denke, was da noch alles auf mich zukommen wird."

Max sah vorläufig alle seine Fragen beantwortet. Emilio quittierte seinen fragenden Blick mit einem Nicken, worauf sie beide aufstanden, ihr versicherten, sich wegen der Freigabe der Leiche so schnell wie möglich bei ihr zu melden und sich dann von ihr verabschiedeten.

„Das hat jetzt nicht sehr viel gebracht“, stellte Emilio fest, als sie wieder in seinem Auto saßen. „Glaubst du jetzt immer noch, dass die Hintermänner bei Spontini Pile sitzen?“

„Warum nicht? Nur weil sich bisher von denen noch keiner bei ihr gemeldet hat? Das beweist gar nichts.“

Emilio fuhr los und wollte gerade vom *Lungolago Marconi* in die *Viale Roma* abbiegen, als er für Max völlig unvermittelt auf die Bremse trat.

„Jetzt kriegt sie Besuch.“

Er hatte im Rückspiegel gesehen, dass vor dem Bungalow eine schwarze Limousine vorgefahren war. Sofort drehte sich Max um und sah nach hinten. Der Fahrer des schwarzen Mercedes war ausgestiegen und öffnete die hintere Tür.

„Da hast du deinen Neapolitaner, Emilio“, rief er sofort, als er sah, wem der Fahrer, der eher wie ein Bodyguard als ein Chauffeur aussah, die Tür aufgehalten hatte. „Das ist Casotti.“

„Casotti?“

„Ja, Franco Casotti, Finanzvorstand der Spontini Pile SpA und gebürtiger Neapolitaner.“

Der Fahrer holte einen großen Blumenstrauß aus dem Kofferraum und öffnete Casotti das Gartentor.

„Emilio, ich glaube, heute Nachmittag muss ich noch einmal mit Nina Becker telefonieren. Ich bin gespannt, ob der nur kommt, um ihr zu kondolieren oder ob er gleich mit der Tür ins Haus fällt und das Übernahmeangebot erneuert.“

„Das kann natürlich jetzt purer Zufall sein, dass der hier aufkreuzt, oder aber du hast mit deiner Theorie doch ins Schwarze getroffen. Dann finde ich es aber schon ziemlich dreist, hier so aufzumarschieren. Damit macht er sich doch mehr als verdächtigt.“

„Nicht unbedingt. Er könnte sich immer noch damit herausreden, dass einer von Spontini Pile mit der Firma in Unterhaching wegen der laufenden Geschäfte Kontakt hatte und dabei erfahren hat, was passiert ist.“

Sie warteten, bis Casotti auf dem Grundstück verschwunden war. Der Chauffeur ging zurück zur Limousine, lehnte sich daran und zündete sich erst einmal eine Zigarette an.

„Willst du so lange bleiben, bis er wieder herauskommt?“

„Nein, Emilio, hier zu warten bringt uns wahrscheinlich nicht weiter.“

Sie kamen gerade rechtzeitig aufs Revier zurück, so dass Emilio einen Anruf von *Dottore* Illasi selbst entgegennehmen konnte. Arturo und Ignazio, die bereits im Begriff waren, Richtung *Peschiera* aufzubrechen, blieben bei dem Anruf dann aber doch noch in Emilios Büro, um die Einzelheiten von Olivieris Obduktion aus erster Hand zu hören.

„Wie der Kollege Vigasio schon vor Ort festgestellt hatte, sind an den Händen und Armen von Graziano Olivieri keinerlei Schmauchspuren vorhanden gewesen. Außerdem wurde der Schuss allem Anschein nach nicht aus nächster Nähe abgefeuert, was ebenfalls gegen einen Selbstmord spricht. Darüber hinaus habe ich keine weiteren Verletzungen feststellen können, einen Kampf vor dem tödlichen Schuss kann ich also auch ausschließen. Die ballistische Untersuchung des Projektils, das noch in seinem Kopf steckte, hat eindeutig ergeben, dass er mit der Waffe erschossen wurde, die beim Überfall auf den Geldboten und beim Mord an Kurt Becker verwendet wurde. Im Weiteren habe ich leider nichts gefunden, was Ihnen noch weiterhelfen könnte. Er hätte ein paar Kilo weniger vertragen, aber auch so hatte er eine sehr gute Konstitution und hätte bestimmt noch lange leben können."

„Vielen Dank, *Dottore*, das waren schon einmal ganz nützliche Infos. Bis wann bekommen wir ein Ergebnis von der Bargello-Obduktion?"

„Ich kann Ihnen nicht versprechen, dass ich damit heute noch fertig werde, aber ich melde mich natürlich so schnell es geht bei Ihnen."

„Haben Sie von der Spurensicherung etwas gehört, ob an dem Strick, an dem Bargello im Wasser hing, brauchbare Spuren waren?"

„Ja, Vigasio hat dort winzige Hautpartikel gefunden, die aber auch von Bargello selbst stammen könnten, denn es ist anzunehmen, dass der Strick schon vorher auf seinem Boot vorhanden war. Das Ergebnis der DNA-Analyse der Hautpartikel und der bei Olivieri gefundenen Haare gibt es aber auf keinen Fall noch heute, das wird sich sicher noch bis morgen Vormittag hinziehen."

„*Dottore*, nochmals vielen Dank für Ihre Unterstützung. Wir hören uns dann spätestens morgen wieder."

„*Arrivederci.*"

Emilio legte auf und seufzte wieder einmal.

„Im Grunde hat er uns nur das bestätigt, was wir ohnehin schon wussten. Ein handfester Beweis wäre mir lieber gewesen."

„Dann müssen wir danach eben weiter suchen und fangen damit gleich in *Peschiera* an. Komm, Ignazio, lass uns losfahren, vielleicht finden wir in Olivieris Auto oder auf der *Vicenza* nicht nur seine versteckte Beute, sondern auch irgendeinen Hinweis darauf, wer den Mord an Becker beauftragt hat."

Kaum waren Arturo und Ignazio bei der Tür draußen, klingelte Emilios Telefon schon wieder.

„*Pronto.*"

„*Maresciallo* Brentani? Hier ist Livia Bargello."

„*Signora* Bargello, was kann ich für Sie tun?"

„*Maresciallo*, nachdem Sie mich vorhin nach Hause gebracht hatten, habe ich zuerst Ruggieros Eltern über seinen Tod informiert. Dann habe ich mich sofort daran gemacht, die Unterlagen von unserer *Cassa di Risparmio* einmal genauer anzusehen. Mir hat das natürlich keine Ruhe gelassen, was Sie mir über Ruggieros anscheinend falsches Alibi für Graziano und seine Beteiligung an dem Mord an dem deutschen Urlauber erzählt hatten. Neben unserem Gemeinschaftskonto, auf das auch mein Gehalt überwiesen wird und von dem ich immer abhebe, habe ich noch ein weiteres Konto gefunden, von dem ich bisher noch nichts wusste. Das Konto besteht seit zwei Jahren, bei der Eröffnung hat Ruggiero darauf zehntausend Euro eingezahlt, abgehoben hat er nie etwas. Am Montagvormittag muss er auch in der *Cassa di Risparmio* gewesen sein, denn ich habe eine Quittung gefunden, dass er auf dieses Konto noch einmal fünftausend Euro eingezahlt hat."

Max streckte den Daumen nach oben, weil sie mit ihren Vermutungen, auch was Bargello betraf, richtig gelegen hatten.

„*Signora* Bargello, vielen Dank, dass Sie mich sofort angerufen haben."

„Ich werde das Geld nicht anrühren, *Maresciallo*, auch wenn ich es jetzt, wo ich auf mich allein gestellt bin, gut gebrauchen könnte. Aber da klebt Blut dran, damit will ich nichts zu tun haben."

„Wir werden versuchen, genau zu klären, was es mit dem Geld auf sich hat, *Signora* Bargello. Aber ich muss Ihnen Recht geben, es sieht schon sehr danach aus, dass Ihr Mann die zehntausend Euro für das falsche Alibi und die fünftausend für die Hilfe beim Beseitigen der Leiche des deutschen Urlaubers kassiert hat."

„Ich habe damit nichts zu tun..."

Sie konnte nicht mehr weitersprechen, weil sie laut schluchzend zu weinen begann. Emilio versuchte, sie zu beruhigen, was ihm aber erst nach einiger Zeit gelang. Er redete auf sie ein, dass sie sich wegen des Geldes keine Sorgen machen sollte und dass niemand auf die Idee käme, sie wäre an den Verbrechen ihres Mannes beteiligt gewesen.

„Entschuldigen Sie, *Maresciallo*, aber das war heute alles ein bisschen zu viel für mich", verabschiedete sie sich schließlich und hängte ein.

„Wieder ein Puzzleteil, das in unsere Theorie passt", stellte Max fest.

„Richtig, aber auf der Suche nach den letztlich Verantwortlichen bringt es uns wieder nicht weiter."

„Geduld, Emilio, Geduld. Es steht doch noch einiges aus, du wirst sehen, bis morgen Vormittag haben wir so viele Informationen, dass wir damit sicher den entscheidenden Schritt weiterkommen werden."

„Dein Wort in Gottes Ohr. Was willst du in der Zwischenzeit machen?"

„Ich werde mich an den PC setzen und noch einmal im Internet gezielt nach Franco Casotti suchen. Das habe ich zwar gestern schon gemacht, aber jetzt kann ich mir noch mehr Zeit dafür nehmen und noch mehr in die Tiefe gehen. Vielleicht finde ich doch noch irgendeine Kleinigkeit, die wir bisher übersehen haben und die uns weiterhelfen kann."

Max ließ Emilio in dessen Büro allein zurück, setzte sich an seinem Schreibtisch an den PC und begann, die sprichwörtliche Stecknadel im Heuhaufen zu suchen.

20

Nach einer Dreiviertelstunde Suche im Internet war Max in Emilios Büro zurück und hatte ihn gefragt, ob sie auf dem Revier einen Zugangscode für das italienische Handelsregister hätten.

„Den haben wir schon lange nicht mehr gebraucht, ich hoffe, der funktioniert noch", hatte er ihm geantwortet und ein kleines Kärtchen mit dem Code mitgegeben.

Die nächste Dreiviertelstunde war von Max wieder nichts zu hören, dann schrie er plötzlich laut auf.

„Emilio! Komm mal schnell rüber, das musst du dir ansehen."

Sofort kam Emilio gelaufen und blieb schräg hinter Max stehen, damit er ihm über die Schulter schauen konnte.

„Was hast du gefunden?"

Max deutete auf den Bildschirm.

„Schau dir mal das Foto genau an. Kennst du da jemanden?"

Emilio beugte sich nach vorne, um es sich besser ansehen zu können.

„Der Dicke da, der schaut aus wie Giorgio Monticelli, der Nachbar von den Beckers."

„Der sieht nicht nur so aus, er ist es wirklich. Und rechts von ihm steht Franco Casotti, der Spontini Pile-Finanzvorstand."

„Was haben die beiden denn miteinander zu tun?"

„Der Blick ins Handelsregister war sehr aufschlussreich. Die Spontini Pile SpA ist, wie der Name schon sagt, eine Aktiengesellschaft. Der Vorstandssprecher Davide Comotto hält eine Sperrminorität von fünfundzwanzig Prozent plus einer Aktie. Ein großes Aktienpaket von über fünfzig Prozent wurde vor ungefähr zehn Jahren von einer Holding, der Concorso Veneto SpA, aufgekauft. Mehrheitsaktionär der Holding ist Giorgio Monticelli."

„Da schau her, hat der Dicke doch irgendwie seine Finger mit im Spiel."

„Wahrscheinlich. Ohne dass er auf den ersten Blick nach außen in Erscheinung tritt, hat Monticelli als Mehrheitsaktionär der Holding trotz der Sperrminorität von Comotto also einen wesentlichen Einfluss auf Spontini Pile."

„Diese Verbindung von Monticelli über Spontini Pile zu Becker kann doch kein Zufall sein, oder?“

„Nein, bestimmt nicht. Ich glaube sowieso nicht an Zufälle. Plötzlich haben wir also wieder zwei Motive. Zum einen die geplante Übernahme der BBA GmbH, zum anderen die von Monticelli erst letzten Freitag ausgesprochene Drohung, er werde schon dafür sorgen, endlich ordentliche Nachbarn in *Lazise* zu bekommen, weil er sich einfach dafür rächen will, dass Becker vor acht Jahren den Zuschlag zum Kauf des Bungalows bekam und nicht er selbst.“

„Soweit, so gut, Max, aber ich kann nur wieder dieselbe Platte auflegen. Ohne Beweise keine Klärung des Falles und schon gar keine Haftbefehle. Wie willst du jetzt an Casotti und Monticelli rankommen?“

Max zuckte mit den Schultern.

„Die beiden haben sich bestimmt nicht selbst die Hände schmutzig gemacht, als es darum ging, Olivieri und Bargello zu eliminieren.“

Bevor Emilio darauf antworten konnte, musste er ans Telefon gehen. In seinem Büro klingelte es, er griff zu dem Apparat, der auf dem Schreibtisch von Max stand, übernahm den Anruf und freute sich, seinen Kollegen Calogero Fornetto zu hören, der in *Verona* für die technische Ausstattung der *Carabinieri* zuständig war und mit dem er wegen der Ortung des anonymen Handys telefoniert hatte.

„*Salve* Calogero, hast du schon erste Ergebnisse?“

„Ja, es ist zwar noch nicht viel, aber vielleicht könnt ihr damit schon etwas anfangen. Der Besitzer des Handys war heute Nachmittag viel unterwegs. Nachdem du mich angerufen hattest, habe ich sofort versucht, das Handy zu orten und habe es in *Verona* im Bereich des *Corso Venezia* auch gefunden. Nur etwa eine halbe Stunde später kam dann ein Signal von einem Sendemast bei euch in *Lazise*. Die nächste Einwahl erfolgte später über einen Sendemast, der in der Nähe des Flughafens *Valerio Catullo di Verona Villafranca* steht und mittlerweile kann ich es wieder hier am Ausgangspunkt um den *Corso Venezia* orten.“

„Super, Calogero, das hilft uns wirklich schon sehr viel. Trotzdem wäre es gut, wenn du es weiter unter Beobachtung halten könntest.“

„Klar, mach ich. Falls sich noch einmal so eine markante Bewegung ergibt, melde ich mich sofort, ansonsten dann morgen Früh."

„Vielen Dank. *Ciao.*"

Emilio hatte Max über den Lautsprecher gleich mithören lassen, noch während des Gesprächs hatte er sich ein triumphierendes Grinsen nicht verkneifen können.

„*Verona, Lazise, Verona,* das passt exakt auf Casotti. Langsam zieht sich die Schlinge zu, Emilio. Ich werde jetzt sofort bei *Signora* Becker anrufen."

Die Auskunft von Nina Becker über den nachmittäglichen Besuch bei ihr fiel allerdings anders aus als erwartet. Franco Casotti hatte das Übernahmeangebot bei seiner kurzen Stippvisite mit keiner Silbe erwähnt, er war tatsächlich nur gekommen, um ihr sein Beileid auszudrücken und im Namen seines Unternehmens den Blumenstrauß zu überreichen. Außerdem wollte er danach nicht direkt nach *Verona* zurück, sondern musste sich gleich zum Flughafen bringen lassen, weil er in Neapel einige familiäre Dinge zu klären hatte. Am nächsten Tag wollte er allerdings gegen Mittag schon wieder in *Verona* zurück sein.

„Mist", schimpfte Max. „Wenn der nach Neapel geflogen ist, kann das anonyme Handy nicht von ihm sein."

„Außer er hat es in seiner Limousine liegen gelassen."

„Es wurde aber doch von *Verona* aus später noch telefoniert, sein Fahrer wird wohl kaum..."

Max stoppte mitten im Satz und schlug sich mit der flachen Hand an die Stirn.

„Mensch, dass ich da nicht schon draufgekommen bin, wie ich gesagt habe, Casotti wird sich nicht selbst die Finger schmutzig gemacht haben. Der hat seinen Chauffeur engagiert, damit er die Drecksarbeit für ihn erledigt. Du hast vorhin gesehen, mit was für einer Schlägervisage der daherkommt. Man sollte zwar einen Menschen nicht allein nach seinem Aussehen beurteilen, wenn man ihn sonst überhaupt nicht kennt, aber mit den Infos, die wir jetzt haben, traue ich mich fast wetten, dass er es war, der Olivieri und Bargello ermordet hat."

Emilio rätselte, wie sie an den Namen des Fahrers kommen könnten.

„Direkt bei Spontini Pile anrufen können wir wohl nicht, sonst würden wir ihn nur warnen, wenn er erfahren sollte, dass sich die *Carabinieri* nach ihm erkundigt haben."

„Richtig, Emilio, so geht das nicht. Wir bräuchten jemanden, bei dem es völlig unauffällig ist, wenn er dort anruft und nach Casottis Fahrer frägt."

Max überlegte eine Weile, dann sprang er plötzlich auf und sagte nur:

„Nina Becker."

Emilio wollte selbstverständlich sofort wissen, wie Max es anstellen wollte, dass sie über Nina Becker an den Chauffeur herankommen sollten, aber Max gab seine Idee nicht preis.

„Lass mich nur machen. Fährst du mit zu ihr?"

„Wenn du mich nicht unbedingt brauchst, dann bleibe ich hier."

„In Ordnung, du wirst sehen, ich bin in einer halben Stunde wieder da und zwar mit dem Namen von Casottis Fahrer."

Nina Becker wunderte sich natürlich, dass Max so kurz nachdem er bei ihr angerufen hatte, nun auch noch einmal persönlich bei ihr vorbei kam. Sie rang mit der Fassung, als sie hörte, wer offenbar hinter dem Mord an ihrem Mann stecken würde und war sofort bereit, Max zu helfen. Er instruierte sie genau, was sie sagen sollte, wenn sie bei Spontini Pile anrufen und sich nach dem Namen des Chauffeurs erkundigen sollte. Sie spielten einen möglichen Verlauf ihres Anrufes zweimal durch, dann war sie bereit für ihren Einsatz. Max wählte für sie die Nummer des Hauptsitzes der Spontini Pile SpA in der Nähe des *Corso Venezia* in *Verona*, drückte beim ersten Freizeichen auf die Lautsprechertaste und reichte ihr den Hörer.

„Bleiben Sie ganz ruhig, Frau Becker, Sie schaffen das schon", munterte er sie auf, weil er merkte, wie nervös sie war.

„*Pronto.*"

„*Buonasera*, bin ich jetzt bei Spontini Pile?"

„Richtig, Sie sind hier in der Telefonzentrale. Wie kann ich Ihnen helfen."

„Mein Name ist Nina Becker, mein Mann war ein Geschäftspartner Ihrer Firma. Ihr Vorstand, *Signor* Casotti, war heute Nachmittag bei mir in *Lazise*, um mir im Namen des Vorstandes die Anteilnahme zum plötzlichen Tod meines Mannes auszusprechen. Als ich nun zum Einkaufen gehen wollte, habe ich vor meinem Gartentor ein ziemlich wertvoll aussehendes Feuerzeug gefunden. Es könnte sein, dass das der Fahrer von *Signor* Casotti verloren hat, ihn habe ich nämlich draußen auf der Straße neben dem Mercedes von *Signor* Casotti rauchen gesehen."

„Sie meinen *Signor* Trocchia?"

Max reckte den linken Daumen in die Höhe und deutete ihr mit der rechten Hand an, weiter zu fragen.

„Trocchia könnte passen. Wie heißt er denn mit Vornamen?"

„Bruno."

„Nein, dann kann es nicht von ihm sein. Hier sind nämlich als Initialen ein großes R und ein großes T eingraviert. Vielleicht hat es dann heute Vormittag während des Marktes jemand verloren, die Marktstände reichen nämlich direkt bis an unser Grundstück heran. Ich werde es zum Fundbüro bringen, damit es sich der Eigentümer dort abholen kann. Entschuldigen Sie bitte die Störung. *Arrivederci.*"

„Keine Ursache, *Signora* Becker. *Arrivederci.*"

Sie knallte vor Erleichterung den Hörer auf die Gabel und schnaufte einmal tief durch.

„Sie waren großartig, Frau Becker. Nach diesem Gespräch wird die Telefonistin nie und nimmer auf den Gedanken kommen, dass wir nur etwas ausspionieren wollten."

„Wie geht es jetzt weiter?"

„Wir werden bei den *Carabinieri* sofort überprüfen, ob dieser Trocchia schon etwas auf dem Kerbholz hat. Dann werden wir uns natürlich einen Plan zurechtlegen, wie wir ihn endgültig überführen können. Die Fakten, die wir in den letzten Tagen gesammelt haben, ergeben zwar mittlerweile ein ziemlich eindeutiges Bild, aber wir müssen uns sicher sein können, dass ihn der Haftrichter nicht gleich wieder laufen lässt, deshalb müssen wir schon einen sehr stichhaltigen Beweis für unsere Anschuldigung liefern."

„Hoffentlich ist dieser Albtraum bald zu Ende."

„Bestimmt. Dank Ihrer Hilfe sind wir wieder ein ganzes Stück weitergekommen. Selbstverständlich werden wir Sie sofort informieren, wenn es zu einer Festnahme gekommen ist. Auf Wiedersehen."

„Wiedersehen, Herr Hartinger."

Emilio schaute demonstrativ auf die Uhr, als Max wieder zum Revier zurückkam.

„Einunddreißig Minuten. Du wolltest doch nach einer halben Stunde wieder da sein."

„Dann besorg du dir einen schnelleren Dienstwagen, dann schaffe ich es beim nächsten Mal in achtundzwanzig Minuten."

Beide lachten laut los und weil Emilio nichts erwiderte, fuhr Max fort.

„Die einunddreißig Minuten haben sich aber gelohnt, denn mein Plan hat einwandfrei funktioniert. Casottis Fahrer heißt Bruno Trocchia."

Während Emilio bereits den Namen eintippte, um in den Archiven der Kriminalbehörden nach eventuellen Vorstrafen von Trocchia zu suchen, schilderte ihm Max kurz, wie er mit Nina Beckers Hilfe vorgegangen war.

„Da haben wir ihn ja schon. Bruno Trocchia, geboren am vierten September 1980 in Neapel. Seit 2010 verheiratet mit Estefania Trocchia, geborene Monticelli."

„Wie bitte? Der ist nicht nur Casottis Fahrer, sondern auch Monticellis Schwiegersohn?"

„Das lässt sich hier nicht rauslesen, wer ihr Vater ist, aber anzunehmen ist es schon, dass es unser dicker Monticelli ist."

„Klar, ich habe dir vorhin schon einmal gesagt, dass ich nicht an Zufälle glaube. Was steht da noch?"

„Er hat bis vor vier Jahren in Neapel gelebt und kam dann nach *Verona*. Wohl der Liebe wegen", spekulierte Emilio.

„Oder wegen Casotti. Der ist nämlich auch seit vier Jahren im Vorstand von Spontini Pile und hat bis dahin in Neapel gearbeitet. Sieht eher so aus, als hätte er seinen Fahrer aus der Heimat mitgebracht."

„Stimmt, vielleicht hat Trocchia Monticellis Tochter erst in *Verona* kennen gelernt. Bei ihm finden sich einige Einträge. Er hat etliche Vorstrafen wegen Körperverletzung, allerdings ist der letzte diesbezügliche Eintrag schon über fünf Jahre alt. Kurz danach wurde er verdächtigt, bei einer Entführung beteiligt gewesen zu sein. Das Verfahren hat sich ewig hingezogen, der Prozess fand erst vor zweieinhalb Jahren in Neapel statt. In der Zwischenzeit musste er sich wöchentlich auf der *Questura* der *Polizia* in *Verona* melden, weil man ihn natürlich irgendwann aus der Untersuchungshaft entlassen musste."

„Ja, ja, die Mühlen der italienischen Justiz mahlen langsam."

„Wem sagst du das, Max? Ich mag gar nicht darüber nachdenken, wie viele Verbrecher frei herumlaufen, bloß weil unsere Justiz reihenweise irgendwelche Verjährungsfristen verstreichen lässt. Aber zurück zu Trocchia. Er wurde in dem Verfahren schließlich aus Mangel an Beweisen freigesprochen. Seine persönlichen Daten sind zuletzt wegen des Prozesses aktualisiert worden, da kam dann eben die Information dazu, dass er vor drei Jahren in *Verona* geheiratet hat. Nach dem Freispruch in dem Entführungsfall ist er nirgends mehr auffällig geworden."

„Trotzdem ist er unser Mann."

„Wie willst du ihn denn überführen? Mit Arturos Idee, das anonyme Handy anzurufen?"

„Diesen Joker will ich jetzt noch nicht ziehen. Wenn wir ihn auf dem Handy anrufen, sollte zumindest einer von uns in der Nähe sein, um ihn sozusagen *in flagranti* zu erwischen. Vorher brauchen wir aber noch einen wirklich fundierten Beweis."

Während sie darüber diskutierten, was nach Bargellos Obduktionsbericht oder den Ergebnissen der DNA-Analyse noch als Beweis in Frage kommen könnte, kamen Arturo und Ignazio aus *Peschiera* zurück. Arturo hatte zwei braune Kuverts unter dem Arm, die er vor Emilio auf den Schreibtisch legte.

„Deine Ideen waren nicht schlecht, Max. Das eine Kuvert haben wir unter dem Fahrersitz von Olivieris *Fiat Punto* gefunden, das zweite hatte er unter anderen persönlichen Dingen in einem kleinen Schrankfach auf der *Vicenza* versteckt. Im Maschinenraum des Schiffes dagegen sind wir nicht fündig geworden."

Emilio nahm die Kuverts in die Hand.

„Habt ihr schon reingeschaut?"

„Ja, es sind nur Fünfziger und Hunderter drin, im Auto waren es neunhundert Euro, auf dem Schiff tausendzweihundert."

„Mehr nicht?", war Emilio enttäuscht. „Wenn Bargello allein für die Hilfe beim Versenken der Leiche fünftausend Euro bekommen hat, muss Olivieri doch für den Mord an Becker viel, viel mehr kassiert haben."

„Nur hat er davon nichts mehr gehabt", stellte Max nüchtern fest. „Für mich stammt dieses Geld noch aus dem Überfall auf den Geldboten. Wenn er das Honorar für den Mord zuhause aufbewahrt hat, dann hat es womöglich Trocchia mitgehen lassen, nachdem er ihn ermordet hat."

„Trocchia?", fragten Arturo und Ignazio gleichzeitig.

Emilio erklärte ihnen, wie Max auf den Namen von Casottis Chauffeur gekommen war und was sie von Calogero über die Verwendung des nicht registrierten Handys erfahren hatten."

„Mit weiteren Hinweisen aus *Peschiera* können wir leider nicht dienen", meinte Ignazio. „Wenn es dir Recht ist, Emilio, dann würde ich jetzt nach Hause fahren, damit meine Schwiegermutter nicht gleich am ersten Tag zu lange mit meinen Kindern alleine ist."

„Kein Problem, fahr nur. Hast du tagsüber noch einmal etwas von Eleonora gehört?"

„Ja, ich habe vorhin bei der Rückfahrt von *Peschiera* kurz mit ihr gesprochen. Sobald die Wirkung der Medikamente nachlässt, hat sie schon noch starke Schmerzen, aber das ist nur zwei Tage nach ihrem Unfall und der OP auch nicht anders zu erwarten."

„Sag ihr beim nächsten Mal viele Grüße und gute Besserung von uns allen."

„Mach ich. *Ciao*, bis morgen."

„*Ciao* Ignazio."

Nachdem er gegangen war, bot Emilio auch Max an, dass er Feierabend machen könne.

„Ich glaube nicht, dass heute noch etwas Gravierendes passieren wird."

Max wollte aber noch gar nicht gehen, sondern lieber im Internet nach weiteren Infos über Bruno Trocchia suchen.

„Ich kann mich doch nicht schon kurz vor sechs auf die faule Haut legen, wenn wir kurz davor sind, diesen spektakulären Fall zu lösen."

Emilio wollte ihn in seinem Eifer natürlich nicht bremsen. Bevor auch Arturo wieder in sein Büro hinüber ging, fragte er ihn, ob *Capitano* di Salvo noch eine Aussage zu den Vorgängen auf seinem Schiff gemacht hatte.

„Er ist nicht nur fassungslos wegen der brutalen Tat, sondern auch richtig sauer auf Olivieri, weil er den guten Ruf der *Navigarda* derart beschmutzt hat. Zur Tat an sich konnte er uns aber nichts Neues sagen."

Max war enttäuscht, dass im Internet kaum etwas über Bruno Trocchia zu finden war. Er stieß lediglich auf einen Link zu einem Box-Verein in Neapel, bei dem Trocchia offenbar länger Mitglied gewesen war. Sein Name tauchte in verschiedenen Ergebnislisten von Amateur-Boxkämpfen auf, darüber hinaus fanden sich nur Links zu anderen Personen, die ebenfalls Trocchia hießen, aber einen anderen Vornamen hatten."

„Das war nicht sehr ergiebig", sagte er zu Arturo, der auch noch immer an seinem Schreibtisch saß.

Max stand auf und wollte nun doch nach Hause gehen, als er das Telefon in Emilios Büro klingeln hörte. Neugierig streckte er den Kopf bei der Bürotür hinein, Emilio winkte ihn sofort zu sich und schaltete den Lautsprecher ein. Am anderen Ende der Leitung war *Dottore* Illasi, der nun doch schon das Obduktionsergebnis von Bargellos Leiche hatte.

„Ruggiero Bargello ist auf ziemlich grausame Weise ums Leben gekommen. Er hatte eine Verletzung an der rechten Schläfe, es ist anzunehmen, dass er mit einem kräftigen Hieb gegen den Kopf bewusstlos geschlagen und dann in diesem Zustand gefesselt und geknebelt wurde. Er hat auf alle Fälle noch gelebt, als man ihn in den See geworfen hat. Wahrscheinlich ist er spätestens im Wasser wieder zu Bewusstsein gekommen, denn die Spuren der Fesseln um die Handgelenke weisen darauf hin, dass er verzweifelt um sein Leben gekämpft haben muss, die Haut war bis aufs Fleisch aufgeschürft. Mehrere Hämatome am Rücken könnten davon herrühren, dass er in seinem Todeskampf mehrfach gegen den Bootsrumpf geprallt ist, bis er ertrank. Todeszeitpunkt dürfte gestern am späten Abend gewesen sein. Wenn ich die im Internet veröffentlichte Wassertemperatur von gestern zugrunde lege, errechnet sich der Zeitpunkt auf zweiundzwanzig Uhr. Je nach Temperaturabweichung im Hafenbecken von *Peschiera* könnte der exakte Todeszeitpunkt also auch etwas früher oder später liegen."

„Zweiundzwanzig Uhr könnte schon stimmen, denn gegen einundzwanzig Uhr hat er den letzten Anruf auf seinem Handy erhalten, wahrscheinlich von seinem mutmaßlichen Mörder. Meinen Sie, dass der Mord von einem Einzeltäter ausgeführt worden sein könnte?"

„Hm", überlegte Illasi ein wenig. „Wenn Bargello wie vermutet bewusstlos war, als man ihn gefesselt und geknebelt hat, dann könnte das schon von einem allein bewerkstelligt worden sein. Der müsste aber eine sehr kräftige Statur gehabt haben, denn einen erwachsenen Mann mit dem Gewicht Bargellos wirft man auch nicht so einfach über die Reling."

„Trocchia", flüsterte Max, als Illasi von der sehr kräftigen Statur sprach.

„Haben Sie sonst noch etwas gefunden, was uns weiterhelfen könnte, *Dottore*?"

„Nein, die weiteren medizinischen Erkenntnisse sind für Sie wahrscheinlich belanglos. So wie seine Lunge ausgesehen hat, muss er ein sehr starker Raucher gewesen sein. Wahrscheinlich war das Rauchen auch die Ursache dafür, dass seine Herzkranzgefäße schon stark verengt waren, über kurz oder lang wäre bei ihm ein Herzinfarkt fast unausweichlich gewesen. Mehr kann ich Ihnen im Moment leider nicht liefern. Die DNA-Analyse der in der Wohnung von Olivieri gefundenen Haare läuft, dauert aber mindestens noch bis morgen Vormittag. Die Analyse der Hautpartikel von Bargellos Todesseil werden wir wahrscheinlich erst übermorgen abschließen können."

„Vielen Dank, *Dottore*, dann hören wir uns morgen wieder. *Arrivederci.*"

„*Arrivederci.*"

Nach dem Telefonat mit dem Gerichtsmediziner berichtete Max Emilio noch kurz über die spärliche Ausbeute seiner Internetrecherche, dann verabschiedete er sich auch in den Feierabend. Er marschierte die *Strada Provinciale* entlang, bog dann aber nicht zu seiner Wohnung ab, sondern ging geradeaus bis zur *Via Gardesana*, überquerte sie seitlich vom Kreisverkehr und steuerte auf einen kleinen *Alimentari*-Laden zu. Dort ließ er sich drei *Panini* mit Schinken, Salami und Käse belegen, nahm sich auf Empfehlung des Verkäufers aus dem Rotwein-Regal eine Flasche *Bardolino* und ließ sich auch noch zwei Literflaschen *Acqua minerale* geben. Mit seinen Einkäufen in zwei Plastiktüten schlenderte er zurück zu seiner Wohnung, öffnete sich den Rotwein, setzte sich auf seinen kleinen Balkon und verspeiste dort genüsslich seine *Panini*. Aber anstatt die schöne Aussicht in Richtung Gardasee zu genießen, schwirrte ihm ständig Bruno Trocchia im Kopf herum. Wie sollten sie es anstellen, ihn zu überführen und festzunehmen, ohne dass die vermeintlichen Hintermänner Casotti und Monticelli ungeschoren davonkamen? Würden sie überhaupt einen eindeutigen Beweis gegen Trocchia finden oder müssten sie die Verhaftung allein auf das nicht registrierte Handy abstellen? Im Nachdenken hatte er alle drei *Panini* verputzt und auch schon mehr als die Hälfte des Rotweins ausgetrunken, da riss ihn der Klingelton von seinem Handy aus seinen Gedanken.

„Servus, Max, bist du noch in der Arbeit."

„*Ciao* mein Schatz, nein, ich bin schon in meiner Wohnung und sitze auf dem Balkon. Du bist mir jetzt zuvorgekommen, ich wollte mich gleich bei dir melden, nachdem ich etwas gegen den kleinen Hunger zwischendurch gegessen habe."

Chiara prustete los vor Lachen.

„Ich kann mir vorstellen, dass die Portion für jemand anderen ein komplettes Abendessen gewesen wäre. Hoffentlich ist der Balkon stabil genug."

Max wollte sofort zurückschießen, musste aber über ihre letzte Bemerkung selbst so lachen, dass er ihr keine ernste Antwort mehr geben konnte. Chiara wechselte schnell das Thema, fragte ihn nach den Ermittlungsergebnissen vom Nachmittag und war ziemlich entsetzt darüber, dass es nun schon drei Tote gab. Andererseits konnte sie es sich auch nicht verkneifen, eine neue Breitseite gegen Max loszulassen.

„Ich höre schon deine Rosenheimer Kollegen lästern, weil es wieder einmal genau so gekommen ist, wie sie es von dir gewohnt sind. Überall wo du auftauchst, toben sich die Verbrecher gleich einmal so richtig aus, weil du anscheinend das Verbrechen geradezu magisch anziehst."

„Jetzt fang du auch noch damit an", wollte er in einem ernsten Tonfall sagen, musste dann aber darüber schmunzeln.

Trotzdem startete er noch einen Versuch zu seiner Verteidigung.

„So wie es aussieht, wurde das Verbrechen aber schon eingefädelt, als ich noch gar nicht hier war, also hat das mit mir üüüüüberhaupt nichts zu tun."

„Ja, ja, um eine Ausrede warst du noch nie verlegen."

Nun versuchte Max, endlich ein anderes Thema ins Spiel zu bringen und wollte von ihr wieder wissen, ob sie Neuigkeiten von Elena gehört hätte.

„Wir haben vorhin telefoniert. Sie hat es zwar nicht eindeutig gesagt, aber sie hat eine Andeutung gemacht, dass sie übers Wochenende eventuell in Fürstenfeldbruck bleiben wird."

„Das hat sie doch noch nie gemacht, ohne dass sie kurz vor einer Prüfung stand", echauffierte sich Max.

„Ach, der eifersüchtige Papa", lachte ihn Chiara aus. „Sie ist doch alt genug, um ihre Wochenenden selbst zu verplanen."

„Hoffentlich verrennt sie sich nicht viel zu schnell in etwas und ist dann wieder enttäuscht, wenn der Kerl es doch nicht ernst meint."

„Die Erfahrung muss sie leider alleine machen, Max. Ich will mich übrigens am Freitag schon am frühen Nachmittag ins Auto setzen, damit ich spätestens, wenn du Feierabend hast, in *Lazise* bin. Also sieh zu, dass du deinen Fall bis dahin gelöst hast, ich will nicht alleine am See herumliegen."

„Ich verspreche dir, dass ich am Wochenende nicht an die Arbeit denken werde und nur für dich da bin."

„Die Versprechen kenn ich seit fast sechsundzwanzig Jahren", erwiderte sie und konnte sich erneut ein Lachen nicht verkneifen.

Noch eine ganze Weile zogen sie sich gegenseitig auf, bevor sie sich noch einen schönen Abend wünschten und auflegten. Max wählte danach sofort die Handy-Nummer von Elena, es meldete sich allerdings nur die Mailbox, auf der er ihr einen kurzen Gruß hinterließ. Ursprünglich hatte Max vorgehabt, noch einen Spaziergang zu machen, aber er saß so gemütlich auf seinem Balkon, dass er zu faul war, noch einmal aufzustehen. Als er die Flasche *Bardolino* ganz ausgetrunken hatte, raffte er sich auf, verschwand kurz im Bad und ließ sich dann müde und etwas angeheitert ins Bett fallen. Der Wein tat seine Wirkung, ohne sich wieder einmal von den Gedanken rund um seinen aktuellen Fall den Schlaf rauben zu lassen, schlummerte er zufrieden ein.

21

Max Hartinger wachte am nächsten Morgen mit einem ziemlichen Brummschädel auf, weil er es nicht gewohnt war, eine ganze Flasche Wein alleine auszutrinken. In seiner Frühstücksbar ließ er sich deshalb vom *Barista* neben seinem üblichen *Cappuccino* auch ein Glas Wasser und eine Aspirin geben. Sergio, dem er den Grund für seine Kopfschmerzen nicht genannt hatte, bedauerte ihn und verzichtete an diesem Tag darauf, ihn mit Fragen zum Fortschritt der Ermittlungen zu löchern. Nachdem Max sein gefülltes *Cornetto* verspeist hatte, griff er zum *Corriere del Veneto*, der in der Bar auflag, und blätterte ihn vollständig durch, fand jedoch weder einen Artikel zum Mord an Becker, noch irgendetwas über die beiden weiteren Leichenfunde. Als er dann wenig später auf dem Revier eintraf, saßen die drei *Carabinieri* bereits an ihren Schreibtischen. Er blieb an Emilios offener Bürotür stehen.

„*Buongiorno*, gibt es Neuigkeiten seit gestern Abend?"

„Nein, nur *Signora* Pesina hat vorhin angerufen und gefragt, ob sie gleich mit ihrer Schwester vorbeikommen kann, damit wir ihre Aussage zu Protokoll nehmen können."

„Ist das überhaupt noch notwendig? Die anderen Spuren, die wir haben, reichen doch aus, um nachzuweisen, dass Kurt Becker von Graziano Olivieri ermordet worden ist."

„Ja, eigentlich schon. Aber wenn wir schon zwei Zeuginnen zu den Vorgängen auf der *Vicenza* haben, sollten wir deren Aussagen auch schriftlich festhalten. Außerdem können wir momentan ohnehin nur darauf warten, neue Untersuchungsergebnisse aus *Verona* zu bekommen. Eine Neuigkeit habe ich aber doch noch. Arturo ist gestern Abend noch in *Peschiera* gewesen und hat die Mitbewohner in Olivieris Haus befragt. Wir haben nun mit Ausnahme von einem mit allen Nachbarn gesprochen, aber leider keine einzige Zeugenaussage zum Mord an Olivieri bekommen."

„Das verstehe ich nicht. Wenn mir Trocchia im Treppenhaus über den Weg gelaufen wäre, dann würde ich mich später sicher noch daran erinnern, auch wenn ich ihn überhaupt nicht kenne und vorher auch noch nie gesehen hätte."

„Er wird schon vorsichtig genug gewesen sein, um niemandem im Treppenhaus oder vor dem Haus zu begegnen."

„Mir ist gestern Abend noch so viel durch den Kopf gegangen. Wenn wir Trocchia festnehmen können, sollten wir gleichzeitig die Büros und Wohnungen von Casotti und Monticelli durchsuchen, damit die keine Beweise verschwinden lassen, sobald sie von der Festnahme erfahren. Meinst du, wir bekommen für die beiden einen Durchsuchungsbeschluss?"

„Einfach wird das nicht, der Richter müsste schon eine nachvollziehbare Verbindung zwischen Trocchia und den beiden sehen."

„Abgesehen von der beruflichen Beziehung zu Casotti und der Verwandtschaft zu Monticelli haben wir doch gewichtige Argumente. Warum sollte Trocchia, ein einfacher Chauffeur, einen Geschäftsmann wie Becker umbringen lassen und anschließend dessen Mörder eliminieren? Trocchia und Becker hatten nie etwas miteinander zu tun, Nina Becker kannte seinen Namen auf alle Fälle nicht. Dazu kommt, dass die beiden jeweils ein Motiv hätten, Casotti wegen der Firmenübernahme, Monticelli deswegen indirekt natürlich auch, aber zusätzlich auch noch wegen der Geschichte mit dem Bungalow. Das sollte doch wirklich für einen Durchsuchungsbeschluss ausreichen."

„Probieren werde ich es jedenfalls, wenn es soweit ist."

In nächsten Augenblick klingelte es. Emilio sah auf den kleinen Bildschirm neben seinem PC, auf dem er kontrollieren konnte, wer an der Eingangstür im Sichtbereich der dort installierten Kamera stand.

„Zwei ältere Damen, das müssen *Signora* Pesina und ihre Schwester sein."

Er drückte auf den elektrischen Türöffner und bat Max, Arturo zu ihm herüber zu schicken, damit er mit ihm das Protokoll zur Aussage der beiden Damen aufnehmen könne. Als Max dann allein mit Ignazio im Büro saß, erkundigte er sich zuerst nach Eleonora, der es aber, wie Ignazio erzählte, an diesem Morgen schon bedeutend besser ging. Auch die Unterstützung durch Eleonoras Mutter schien ziemlich reibungslos zu funktionieren, so dass Ignazio hoffte, ab sofort wieder wie gewohnt auf dem Revier präsent zu sein. Emilio hatte an seinem Telefon die Weiterleitungstaste gedrückt, um bei dem

Gespräch mit den beiden älteren Damen ungestört zu sein, deshalb kam ein Anruf für ihn direkt zu Ignazio. Calogero Fornetto wollte den *Carabinieri* weitere Standorte des nicht registrierten Handys durchgeben. Ignazio rief Max dazu und schaltete den Lautsprecher ein.

„Das Handy war gestern bis zum Spätnachmittag in *Verona* im Bereich des *Corso Venezia* immer wieder im Netz. Danach wählte es sich über einen Sendemast im *Borgo Roma*, einem Stadtteil im Süden von *Verona*, ein, was bis heute Morgen immer wieder der Fall war. Der Besitzer scheint also im *Borgo Roma* zu wohnen und sich seit gestern Abend dort nicht sonderlich wegbewegt zu haben."

Max bat ihn, die Überwachung des Handys weiter aufrecht zu erhalten, weil sie hofften, den Besitzer noch am selben Tag als Mörder überführen zu können und dann, wenn der Zugriff erfolgen sollte, idealerweise wissen würden, wo sich der Verdächtige befand. Nach dem Telefonat bat Max Ignazio, aus dem Archiv mit den Straftätern Trocchias aktuelle Adresse herauszusuchen.

„*Verona, Via Polveriera Vecchia* steht hier. Der Eintrag ist aber schon zweieinhalb Jahre alt, muss also nicht mehr unbedingt stimmen."

Trotzdem rief sich Max übers Internet sofort einen Stadtplan von *Verona* auf und fand die *Via Polveriera Vecchia* tatsächlich im *Borgo Roma*, dort wo sich laut Calogero das anonyme Handy seit dem Vorabend befand.

„Der nächste Hinweis, dass das Handy eigentlich nur im Besitz von Trocchia sein kann. Aber ich weiß nicht, ob das einem Richter letztlich schon für einen Haftbefehl ausreichen würde. Der entscheidende Beweis fehlt uns immer noch."

Auf diesen Beweis musste Max allerdings keine Viertelstunde mehr warten. Dann wurde nämlich der nächste Anruf von Emilios Apparat automatisch an Ignazio weitergeleitet, diesmal war *Dottore* Illasi, der Gerichtsmediziner, am anderen Ende der Leitung.

„Ich habe vorhin das Ergebnis der DNA-Analyse erhalten, bei der die in Olivieris Wohnung gefundenen Haare untersucht wurden. Der Abgleich mit den in unseren Archiven gespeicherten Analysedaten hat ein eindeutiges Ergebnis gebracht."

Max hielt instinktiv die Luft an.

„Die Haare stammen von einem gewissen Bruno Trocchia."

„Jaaa", schrie Max förmlich und ballte die Faust. „Das ist das Mosaiksteinchen, das uns noch gefehlt hat."

Dottore Illasi war völlig überrascht von dieser emotionalen Reaktion, er machte eine kurze Pause, aber weil Max nichts weiter dazu sagte, fuhr er fort.

„Das Ergebnis habe ich auch mit Rodolfo Vigasio von der Spurensicherung besprochen, dabei sind wir darauf aufmerksam geworden, dass den Kollegen am Wochenende ein Fehler unterlaufen ist. Beim Einlesen der Fingerabdrücke, die nach dem Diebstahl des Autos von *Signor* Becker am Samstagabend am Gartentor gesichert werden konnten, ist etwas schief gelaufen, deshalb wurde beim Abgleich mit den Abdrücken in unseren Archiven keine Übereinstimmung festgestellt. Bei einer Wiederholung der Prozedur sind wir zu dem Ergebnis gekommen, dass auch die Fingerabdrücke eindeutig von diesem Trocchia stammen."

„Das wird ja immer besser, wobei der für den Mord an Olivieri sowieso lebenslang in den Bau wandert, da macht so ein Autodiebstahl das Kraut auch nicht mehr fett."

Ignazio, der bis dahin nur zugehört hatte, hakte noch nach, wie es mit den Analyseergebnissen der Hautpartikel aussehen würde, die auf dem Seil von Bargello gefunden wurden.

„Da muss ich Sie leider auf morgen vertrösten. Eine Nachricht hätte ich noch für Sie oder eher für *Signora* Becker, der Leichnam ihres Mannes ist mittlerweile freigegeben."

Max bat ihn darum, ihnen das Ergebnis der Haaruntersuchung umgehend zu schicken, damit sie die weiteren Schritte zur Verhaftung von Trocchia in die Wege leiten könnten.

„Bis morgen, *Dottore*, und vielen Dank für Ihre großartige Hilfe."

Max wartete gar nicht ab, bis Ignazio eingehängt hatte, sondern sprang sofort auf und lief zu Emilios Büro hinüber.

„Entschuldigen Sie, *Signore*", meinte er zu *Signora* Pesina und ihrer Schwester. „Ich muss Ihnen unseren *Maresciallo* ganz kurz entführen."

Emilio stand auf, bat Arturo, kurz allein weiter zu machen und ging zu Max auf den Flur hinaus.

„Was ist denn passiert, Max? Du bist ja ganz aufgeregt."

Max gab die wichtigsten Infos aus dem Telefonat mit *Dottore* Illasi wieder und drängte darauf, dass sich Emilio gleich um einen Haftbefehl für Trocchia sowie die Durchsuchungsbeschlüsse für die Büros und Wohnungen von Casotti und Monticelli kümmern solle.

„Wir sind in fünf Minuten fertig mit den beiden Damen, dann setzen wir uns gleich zusammen, damit wir alles gut vorbereitet dem Richter zuleiten können. Ignazio könnte schon einmal vorarbeiten und über die Stadtverwaltung von *Verona* die Adressen der beiden besorgen."

„Und ich erkundige mich, wann gegen Mittag ein Flug aus Neapel in *Verona* landet, dann wissen wir, wann Trocchia Richtung Flughafen unterwegs sein wird und zusammen mit Casotti vermutlich zum Hauptsitz der Firma zurückfahren wird."

„Gut, Max. Jetzt muss ich aber wieder rein."

Bis die Damen kurz darauf das Revier wieder verließen, hatten Ignazio und Max die notwendigen Daten parat und alle vier konnten sich in Emilios Büro zusammensetzen, um ihre Strategie für die kommenden Stunden festzulegen. Auch das Fax mit den Analyseergebnissen von *Dottore* Illasi lag bereits vor. Max ergriff als erster das Wort.

„Mit den Ergebnissen der Haar-Analyse dürfte Trocchia eindeutig als Mörder von Olivieri überführt sein, trotzdem würde ich den Anruf auf dem nicht registrierten Handy noch machen, damit wir uns diesen Beweis gegen ihn auch sichern."

Emilio nickte zustimmend.

„Wo und wann möchtest du das ausprobieren, Max?"

„Die Maschine aus Neapel landet um elf. Wenn Trocchia seinen Chef vom Flughafen abgeholt hat und hoffentlich zum Hauptsitz von Spontini Pile bringt, dann sollten wir uns dort positioniert haben. Ich würde ihn dann anrufen, mich vielleicht als ein nur wenige Worte italienisch sprechender Deutscher ausgeben und ihn so etwas hinhalten. Die Zeit sollte ausreichen, dass einer oder zwei von euch ihn erwischen, wie er mit dem gesuchten Handy telefoniert."

Arturo freute sich, dass seine Idee mit dem Anruf doch noch umgesetzt würde und plädierte dafür, beim Richter gleich drei Haftbefehle zu beantragen, wurde aber in seiner Euphorie von Emilio gebremst.

„Nicht so schnell, Arturo, wir müssen froh sein, wenn wir für Casotti und Monticelli überhaupt einen Durchsuchungsbeschluss bekommen. Wenn wir den in der Tasche haben und zum Beispiel in den Büros der beiden eindeutige Hinweise finden, dann können wir sie doch auch ohne Haftbefehl wegen Flucht- und Verdunkelungsgefahr festnehmen."

„Nahe beieinander dürften Casotti und Monticelli ohnehin sein", warf Ignazio ein. „Die Concorso Veneto SpA, also die Holding, hat nämlich dieselbe Adresse wie Spontini Pile. Auch die Wohnhäuser der beiden liegen relativ nah zusammen, beide wohnen in *Santa Croce*, in der *Via Alessandro Scarlatti*."

„Trotzdem brauchen wir für die ganze Aktion reichlich Verstärkung von den Kollegen aus *Verona*. Jeweils mindestens zwei für jedes Wohnhaus, jeweils zwei für die Büros von Casotti und Monticelli und dann vielleicht noch zwei, die sich möglichst bald an die Fersen von Trocchia heften und ihn nicht mehr aus den Augen lassen, bis wir ihn verhaften. Das sind also schon einmal mindestens zehn", rechnet Max zusammen.

„Ein Problem könnten wir aber bekommen, wenn wir bei Casotti und Monticelli keinerlei Beweise finden. Was wollt ihr dann machen?"

„Ignazio, denk nicht gleich immer so negativ", erwiderte Emilio. „Immerhin haben wir einen überführten Mörder, den man im Verhör ordentlich unter Druck setzen kann, damit er seine Auftraggeber preisgeben wird. Wenn der damit konfrontiert wird, lebenslang hinter Gitter zu wandern, für etwas, das ihm wahrscheinlich andere nur aufgetragen haben, dann könnte ich mir schon vorstellen, dass er die Schuld dafür nicht allein auf sich nehmen wird und die anderen hinhängt. Aber so weit sind wir noch nicht. Ich werde jetzt sofort mit dem Richter telefonieren. Wenn wir den Haftbefehl und die Durchsuchungsbeschlüsse in der Tasche haben, dann kann ich auch ohne Probleme zehn Mann Verstärkung in *Verona* anfordern."

Max zog sich mit Arturo und Ignazio in den anderen Büroraum zurück, damit Emilio in Ruhe telefonieren konnte. Unterdessen präparierte Max sein Handy so, dass seine Rufnummer beim Angerufenen nicht mehr angezeigt wurde.

„Es funktioniert", bestätigte ihm Arturo, dessen Handy-Nummer er anschließend gewählt hatte.

Schneller als erwartet hatte Emilio seine Telefonate erledigt. Der Richter hatte aufgrund des Ergebnisses der Haar-Analyse dem Haftbefehl für Trocchia sofort zugestimmt und konnte Emilios Argument, dass er sicher nicht alleine gehandelt hatte, nachvollziehen. Wie vermutet war ihm aber die Beweislage zu dürftig, um gleich auch noch für Casotti und Monticelli Haftbefehle auszustellen.

„Ich habe kurz mit Calogero gesprochen, das anonyme Handy befindet sich immer noch im *Borgo Roma*, Trocchia dürfte also noch zuhause sein. Ich nehme an, er wird gleich von dort aus zum Flughafen fahren. Zwei Kollegen in Zivil sind bereits unterwegs, um ihn ab sofort nicht mehr aus den Augen zu lassen, damit er uns nicht mehr entwischt. Die anderen acht warten nur noch auf unseren Startschuss. Max, ihr ward doch am Montag schon einmal auf dem Firmengelände in *Verona*, wie müssen wir uns die Lage vor Ort vorstellen?"

„Das Gelände liegt in einer Seitenstraße vom *Corso Venezia*, zur Straße hin ist es mit einer halbhohen Mauer begrenzt, auf der ein bestimmt drei Meter hoher Eisenzaun steht. Am einzigen Tor steht ein kleines Pförtnerhäuschen, auf dem Vorplatz des Verwaltungsgebäudes haben ungefähr zehn Autos Platz. Als wir in dem Sitzungsraum des Vorstandes waren, haben wir auf die andere Seite des Gebäudes hinausgesehen, dort waren mehrere Hallen, in denen schätzungsweise ein Teil der Produktion liegt. Dort muss es also auch noch eine Zufahrt zu dem Gelände geben, deswegen sollten wir diese Seite auch absichern, damit uns Trocchia nicht durch den Hinterausgang abhauen kann. Ich schlage vor, dass die beiden Kollegen in Zivil, die Trocchia jetzt folgen, den Hinterausgang übernehmen, sobald er vorne mit Casotti aufs Gelände gefahren ist. Wir vier müssen dann schon am Haupteingang positioniert sein, am besten stehen wir mit mindestens einem Auto auf dem Parkplatz im Innenhof, damit wir im Zweifelsfall das Tor blockieren können. Wenn Casotti ausgestiegen ist, rufe ich Trocchia an, versuche, ihn in ein Gespräch zu verwickeln, solange bis zwei von euch direkt bei ihm sind."

Emilio und Ignazio nickten, nur Arturo hatte noch einen Einwand.

„Was machen wir mit dem Pförtner? Bei dem müssen wir uns ausweisen, wenn wir auf den Hof fahren wollen. Meinst du nicht, dass der misstrauisch wird, Max, wenn wir dann einfach im Auto sitzen bleiben?"

Max ließ sich die Situation kurz durch den Kopf gehen und hatte dann eine Lösung parat.

„Wir müssen schon im Innenhof stehen, wenn Trocchia ankommt. Alles andere würde vermutlich zu lange dauern. Wenn wir von den Kollegen, die an Trocchia dranhängen, hören, dass sie in der Nähe der Firma sind, fahren wir vor, einer steigt aus und zeigt dem Pförtner den Dienstausweis, damit er das Auto passieren lässt. Auch wenn es dann nur noch wenige Minuten bis zum Eintreffen von Trocchia sein dürften, sollten wir den Pförtner in der Zeit nicht alleine lassen, denn wir dürfen nicht riskieren, dass er irgendjemandem in der Firma unsere Anwesenheit mitteilt. Nachdem wir dann Trocchia festgenommen haben, können sofort die anderen vier Kollegen, die die Büros von Casotti und Monticelli durchsuchen sollen, vorfahren."

Arturo hatte noch einen weiteren Einwand.

„Wir sind jetzt immer davon ausgegangen, dass Trocchia an das nicht registrierte Handy geht, wenn Max anruft. Was passiert, wenn er bei dem Anruf nicht hingeht?"

„Falls er sich nicht selbst meldet und mein Anruf zum Beispiel auf der Mailbox landet, dann müssen wir den Zugriff eben ohne diesen Beweis starten, sonst gefährden wir unseren Plan komplett."

„Sehr gut, Max, so müsste die ganze Aktion funktionieren. Dann werde ich jetzt noch einmal in *Verona* anrufen und unseren Schlachtplan durchgeben."

Emilio stand auf, bevor er aber selbst aktiv werden konnte, klingelte sein Telefon. Es war einer der beiden Zivilfahnder, die im *Borgo Roma* schon im Einsatz waren.

„Trocchia hat seine Wohnung in der *Via Polveriera Vecchia* gerade verlassen und ist mit einem schwarzen Mercedes weggefahren. So wie es aussieht, hat er den Weg zum Flughafen eingeschlagen. Wir folgen ihm in sicherem Abstand."

Emilio erklärte den beiden, was sie zu tun hatten, wenn sie später am Firmensitz von Spontini Pile ankommen würden.

„Alles klar, sobald er vorne reinfährt, sichern wir den Hinterausgang ab."

„So, die zwei sind schon einmal informiert", meinte Emilio zufrieden. Anschließend erledigte er dann den geplanten Anruf im *Comando Provinciale* der *Carabinieri* in *Verona*. Die betroffenen Kollegen hörten alle mit, stellten einige Frage und waren dann für ihren Einsatz bereit.

„Wir machen uns jetzt auch sofort auf den Weg", erklärte Emilio abschließend. „Bis später."

„Mit wie vielen Autos willst du nun fahren?", fragte Max, nachdem Emilio eingehängt hatte.

„Die Dienstautos müssen wir natürlich stehen lassen, sonst wäre das viel zu auffällig. In meinem eigenen *Alfa* hätten wir zwar alle Platz, aber ich würde es besser finden, wenn wir getrennt fahren", entgegnete ihm Emilio.

Außer ihm war in der Früh nur Ignazio mit seinem Privatwagen zum Revier gekommen.

„Für eine Verfolgungsjagd würde sich meine alte Kiste aber nicht unbedingt eignen."

„Mal den Teufel nicht an die Wand, Ignazio. Soweit dürfen wir es erst gar nicht kommen lassen. Max, du fährst am besten bei mir mit. Arturo, du kannst bei Ignazio einsteigen. Ich muss nur noch schnell die Uniform ausziehen, dann können wir los."

Arturo und Ignazio waren in der Früh gleich in Zivil auf dem Revier erschienen, deswegen brauchten sie vor ihrem Einsatz die Kleidung nicht mehr zu wechseln. Max hatte seine Dienstpistole in Rosenheim gelassen und hatte auch nicht vor, während seiner vier Wochen in *Lazise* zur Waffe zu greifen. Die drei *Carabinieri* dagegen nahmen ihre Pistolen sicherheitshalber mit. So ausgerüstet machten sie sich auf den Weg nach *Verona*, um sich für den hoffentlich letzten Akt im Mordfall Kurt Becker in Stellung zu bringen.

Zur gleichen Zeit, als am Flughafen die Maschine aus Neapel landete, fuhren zwei Zivilfahrzeuge der *Carabinieri* in *Verona* langsam durch die *Via Alessandro Scarlatti*. An deren Ende hielten sie nebeneinander an, die Insassen besprachen sich kurz, fuhren dann wieder zurück und hielten jeweils gegenüber der Häuser, in denen Franco Casotti und Giorgio Monticelli wohnten. Vor beiden Häusern standen jeweils zwei Autos, anscheinend war also überall jemand anwesend. Die vier *Carabinieri* lehnten sich in ihren Autos zurück, beobachteten die zwei Häuser, die sie bald durchsuchen sollten und warteten, dass sie von Emilio Brentani den Startschuss dazu bekämen.

Der *Alitalia*-Flug aus Neapel war pünktlich angekommen. Da Casotti nur mit Handgepäck gereist war, verließ er schon wenige Minuten nach der Landung das Flughafen-Gebäude. Trocchia sprang sofort aus dem Wagen, hielt die hintere, rechte Tür auf und ließ Casotti einsteigen. Bei der Rückfahrt Richtung Zentrum von *Verona* folgte dem Mercedes wieder der silberne *Fiat Bravo* mit den beiden Zivilfahndern, ohne dass der Chauffeur oder der Finanzvorstand etwas davon bemerkten.

„Wir dürften in ungefähr zehn Minuten am Ziel sein", bekam Emilio eine kurze Meldung vom Beifahrer des *Fiat Bravo*.

Er selbst stand mit seinem *Alfa Romeo* schon ganz nahe beim Firmengelände von Spontini Pile. Hinter ihm hatte Ignazio mit seinem alten Passat angehalten, auf der anderen Straßenseite parkten die zwei Zivilfahrzeuge mit den Kollegen, die die Durchsuchungsbeschlüsse für die Büros von Casotti und Monticelli in der Tasche hatten. In allen vier Autos herrschte gespannte Erwartung. Max ging in Gedanken immer wieder seinen Anruf bei Trocchia durch und versuchte, sich mögliche Antworten von ihm auszumalen. Als dann Emilios Handy klingelte, wusste er, dass sein Einsatz unmittelbar bevorstand.

„Laut Navigationssystem haben wir nur noch einen Kilometer zu fahren."

Damit gab der Zivilfahnder den Startschuss für die wartenden Kollegen. Emilio gab Ignazio das Zeichen, auf das er gewartet hatte. Er fuhr mit seinem Auto voraus, bis an die Schranke beim Pförtnerhäuschen von Spontini Pile. Arturo, der drei Tage zuvor zusammen mit Max schon einmal dagewesen war, stieg aus und hielt dem Pförtner seinen Dienstausweis unter die Nase, worauf er sofort die Schranke öffnete und sowohl den Passat als auch den *Alfa* in den Innenhof fahren ließ. Wie besprochen blieb Arturo beim Pförtner stehen und verwickelte ihn in eine Diskussion, in deren Verlauf er zu ihm ins Pförtnerhäuschen hineinging, schließlich hatte Casotti ihn schon einmal gesehen und sollte in wenigen Minuten lieber völlig unvorbereitet mit dem Durchsuchungsbeschluss konfrontiert werden.

„Es geht los! Da kommt der schwarze Mercedes", rief Emilio, als er die Limousine an der Schranke erblickte.

Max hatte sein Handy griffbereit und holte einmal tief Luft.

„Jetzt wird es ernst".

Der schwarze Mercedes rollte an ihnen vorbei bis zu einem Parkplatz direkt neben dem Haupteingang des Verwaltungsgebäudes. Trocchia sprang regelrecht heraus, eilte ums Auto herum und öffnete Casotti die Autotür und, sobald er ausgestiegen war, auch noch die doppelflügelige Tür des Gebäudes. Als er sich umdrehte, klingelte das Handy in seiner Hosentasche.

„Perfektes Timing", dachte sich Emilio, der bereits neben seinem Auto stand und genauso wie Ignazio bereit war, Bruno Trocchia *in flagranti* zu ertappen.

„*Pronto.*"

„*Bu-on-gior-no*", antwortete Max langsam. „Kann ich mit *Signorina* Elena sprechen?"

„Elena? Hier gibt es keine Elena."

Trocchia war mit dem Handy am Ohr zur Fahrertür zurückgegangen und war im Begriff, einzusteigen. Emilio und Ignazio hatten sich leise von hinten an ihn herangepirscht, beide mit ihrer Waffe im Anschlag. In dem Moment war sich Max sicher, dass ihnen Trocchia nicht entkommen würde. Spontan änderte er seinen Plan für den weiteren Verlauf des Telefonats.

„Keine Elena? Macht nichts. Dann hätte ich eine Nachricht für Sie: Schöne Grüße aus dem Jenseits von Graziano Olivieri."

„Was?", schrie Trocchia, zu mehr kam er nicht mehr.

Er wurde von dem doppelten Angriff von hinten völlig überrumpelt. Emilio drückte ihm seine Pistole in den Nacken und packte ihn am linken Arm. Gleichzeitig griff Ignazio nach dem Handy und riss es ihm aus der Hand.

„Hey, was soll das?"

Trotz der kalten Pistole im Genick wirbelte Trocchia herum und holte mit seiner rechten Hand zu einem Schlag aus. Emilio und Ignazio rissen sofort ihre Waffen nach oben. Als Trocchia in die beiden Pistolenläufe sah, wollte er einen Schritt zurück machen, konnte aber auf diesem Weg nicht entkommen, da er direkt in der offenen Fahrertür der Limousine stand. Ignazio hatte immer noch das Handy in der Hand.

„Max, bist du noch dran?"

Max stand mittlerweile direkt hinter ihm.

„Du kannst einhängen, Ignazio. Den Beweis, dass es das nicht registrierte Handy ist, von dem aus mehrfach bei Olivieri und auch bei Bargello angerufen wurde, haben wir jetzt."

Der Chauffeur wusste gar nicht, wie ihm geschah. Er hatte immer noch zwei Waffen auf sich gerichtet und ahnte, dass er aus dieser misslichen Lage nicht mehr herauskommen würde.

„Bruno Trocchia, ich verhafte Sie wegen des Mordes an Graziano Olivieri, wegen des Mordes an Ruggiero Bargello und wegen Beihilfe zum Mord an Kurt Becker", erklärte Emilio mit ernster Miene.

Dann griff er in seine Hosentasche, zog ein paar Handschellen heraus und gab sie Max.

„Hier, die darfst du ihm anlegen."

Während die Handschellen zuschnappten, sorgte Arturo am Pförtnerhäuschen dafür, dass ihre vier Kollegen ebenfalls die Schranke passieren konnten und der Pförtner weiterhin nicht zum Telefonhörer greifen konnte. Er forderte ihn sogar auf, seinen Kollegen zu zeigen, wo sich die Büros von Casotti und Monticelli befinden würden. Arturo begleitete die fünf zu den Vorstandsbüros im dritten Stock, während unten im Innenhof Bruno Trocchia auf den Rücksitz des *Alfa* verfrachtet wurde. Seit er von Emilio mit dem Mordvorwurf konfrontiert worden war, hatte er kein Wort mehr gesagt. Max und Emilio liefen den anderen nach, sobald Trocchia im Auto saß und Emilio den Kollegen in der *Via Alessandro Scarlatti* das Okay für den Beginn der Durchsuchung in den Wohnhäusern gegeben hatte. Ignazio blieb als Aufpasser neben dem *Alfa* stehen und informierte die Kollegen, die sich am Hinterausgang positioniert hatten, dass die Festnahme reibungslos geklappt hatte und ihre Hilfe nicht mehr notwendig sei.

Im dritten Stock lagen die Büros von Casotti und Monticelli direkt nebeneinander.

„Was fällt Ihnen ein, hier ungebeten so hereinzuplatzen?", entrüstete sich Franco Casotti, der nach seiner Ankunft noch nicht einmal seinen PC eingeschaltet hatte.

Allerdings wurde er sofort etwas kleinlaut, als er den Durchsuchungsbeschluss sah, versuchte dann aber, den *Carabinieri* klar zu machen, dass sie völlig umsonst gekommen seien, da in seinem Büro nichts zu finden sei, was als Beweismittel in einem Kriminalfall dienen könnte.

„Was als Beweismaterial taugt und was nicht, überlassen Sie lieber uns", meinte einer der Zivilfahnder trocken.

Inzwischen waren Max und Emilio auch bei den Büros angekommen. Da Casotti nur Max kannte, ging er zur Durchsuchung beim Finanzvorstand, während Emilio ins Büro von Monticelli hinüberging. Dort tobte der dicke Veroneser immer noch über die Unverschämtheit, die sich die *Carabinieri* in seinen Augen erlaubten. Er wollte sofort seinen Anwalt anrufen, was ihm natürlich nicht verwehrt werden durfte. Mit seiner Meinung, dass er damit die Durchsuchung stoppen könnte, war er allerdings auf dem Holzweg.

„Den Durchsuchungsbeschluss kann auch Ihr Anwalt nicht außer Kraft setzen", erklärte ihm Emilio.

Unbeeindruckt von dem polternden Dicken nahmen die *Carabinieri* ihre Arbeit auf. Ordner für Ordner wurde angesehen, die meisten enthielten Unmengen an Zahlenmaterial zur wirtschaftlichen Entwicklung der Holding oder Kopien von Geschäftsbriefen. Ein Hinweis auf Kurt Becker fand sich aber nirgends. Monticellis anfängliche Wut wich mehr und mehr einer scheinbaren Selbstsicherheit, je länger sein Büro vergeblich durchsucht wurde. Den nächsten Tobsuchtsanfall bekam er allerdings, als die beiden Zivilfahnder begannen, die Kabel aus seinem PC zu ziehen, um ihn leichter abtransportieren zu können und ihm dann sogar sein Handy abnahmen.

„Das lass ich mir nicht bieten, mein Anwalt wird sich an Ihre Vorgesetzten wenden mit einer Beschwerde, die sich gewaschen hat."

Zu Beginn der Untersuchung hatte man ihm zwar erklärt, warum es diesen Durchsuchungsbeschluss für sein Büro gab, mehr hatte man ihm aber zum Fall Becker nicht gesagt. Max und Emilio hatten vorher besprochen, dass sie Casotti und Monticelli, wenn es möglich war, erst im Verlauf der Durchsuchung über die Festnahme Trocchias informieren wollten. Der PC wurde gerade auf den Flur hinausgetragen, da schaute Max auch einmal in Monticellis Büro herüber. Der Dicke warf ihm einen bösen Blick zu, als er hereinkam. Max verständigte sich kurz mit Emilio, sie waren sich einig, dass sie nun mit der weiteren Neuigkeit lange genug gewartet hätten und Max die Katze aus dem Sack lassen sollte.

„Im Übrigen, *Signor* Monticelli, sollten Sie noch wissen, dass wir Ihren Schwiegersohn Bruno vorhin wegen des Mordes an Olivieri verhaftet haben."

„Sind Sie wahnsinnig?“, schrie Monticelli und sprang von seinem breiten, mit dickem Leder überzogenen Bürostuhl auf. „Der hat doch damit nichts zu tun.“

Plötzlich stutzte er, weil ihm bewusst wurde, dass er wahrscheinlich gerade einen großen Fehler begangen hatte. Schnell fand er aber seine Überheblichkeit wieder und ergänzte:

„Diesen Oleandro oder so ähnlich kennen wir gar nicht, also kann Bruno damit auch gar nichts zu tun haben, was immer auch mit dem passiert sein sollte. Lassen Sie ihn gefälligst sofort wieder frei.“

Max wollte ihn noch mehr reizen.

„Es tut mir sehr leid für Ihre Tochter, dass sie schon nach drei Jahren Ehe wieder auf ihren Mann verzichten muss, aber bei dem, was wir ihm alles nachweisen können – zwei Morde und die Beihilfe zu einem dritten Mord – wird er sicher lebenslänglich kriegen.“

Monticelli ließ sich auf seinen weichen Stuhl fallen und schnappte nach Luft.

„Sie sind doch völlig verrückt geworden, Bruno und drei Morde, nie und nimmer. Der kann doch keiner Fliege etwas zuleide tun.“

„Da spricht aber sein Vorstrafenregister eine ganz andere Sprache. Nun aber mal zu Ihnen. Was wissen Sie über den Mord an Olivieri? Immerhin wollen Sie uns hier weismachen, dass ihr Schwiegersohn in den Mordfall nicht verwickelt sei. Wie kommen Sie darauf?“

Monticelli wusste, dass er sich mittlerweile auf einem ganz gefährlichen Terrain bewegte und dass nun jedes Wort wohlüberlegt sein musste.

„Ich kenne meinen Schwiegersohn gut genug, um zu wissen, dass er niemanden umgebracht haben kann. Außerdem habe ich Ihnen schon gesagt, dass wir diesen Oleandro überhaupt nicht kennen.“

„Olivieri hieß er, Graziano Olivieri. Reichen Ihnen zwei Haare von Bruno Trocchia, die wir im Schlafzimmer von Olivieri direkt neben seiner Leiche gefunden haben, aus, um Sie davon zu überzeugen, dass Ihr Schwiegersohn nicht unschuldig ist?“

Monticelli wurde blasser und blasser und musste erst einmal ein Glas Wasser trinken, bevor er darauf antworten konnte. Schnell hatte er dabei seine arrogante Art wiedergefunden.

„Selbst wenn Bruno da in irgendetwas hineingezogen worden sein sollte, was hat das mit mir zu tun? Das gibt Ihnen noch lange kein Recht dazu, hier alles auf den Kopf zu stellen und mein Büro lahmzulegen. Wie soll ich denn ohne PC arbeiten?"

Max war ganz froh um die Pause, die ihm durch Emilios klingelndes Handy gewährt wurde. Als Emilio die Nummer auf dem Display sah, gab er Max gleich ein Zeichen, um mit ihm auf den Flur hinauszugehen. Dort fragte er den Anrufer sofort:

„Habt ihr schon etwas gefunden?"

Einer der beiden, die Monticellis Haus durchsuchten, war bereits erfolgreich gewesen.

„In seinem Arbeitszimmer habe ich im Schreibtisch einen Lageplan von seinem Haus in *Lazise* gefunden."

„Was soll uns der bringen?"

„Nicht so ungeduldig, Emilio, lass mich doch ausreden. Bei dem Lageplan lag eine handgefertigte Kopie von Monticellis Grundstück, daneben war auch das Grundstück der Beckers samt Bungalow eingezeichnet. In einer anderen Farbe ist angedeutet, wie die Gebäude anscheinend mit einem Zwischenbau verbunden werden könnten."

„Becker hat das Haus vor acht Jahren gekauft. Uns ist bekannt, dass Monticelli das damals auch haben und mit seinem eigenen daneben verbinden wollte. Der Plan könnte also schon aus dieser Zeit stammen."

„Theoretisch schon, aber nicht, wenn er auf einem karierten Block gezeichnet wurde, der rechts oben das Logo der Solarexpo *Verona* 2012 trägt."

Bei der Solarexpo handelte es sich um die größte Solarmesse Italiens.

„Dann ist der Plan also relativ neu. Das kann nur bedeuten, dass Monticelli nach dem Mord an Becker darauf gesetzt hat, dass Nina Becker das Anwesen verkaufen wird und er dann, wenn auch mit acht Jahren Verspätung, seine Baupläne verwirklichen kann. Das ist schon einmal ein sehr guter Fund, ich bin gespannt, was er uns dazu zu sagen hat. Viel Erfolg noch bei der weiteren Suche."

Emilio erklärte Max kurz die neuen Fakten, dann gingen sie gemeinsam in Monticellis Büro zurück.

„Jetzt darfst du aber mal mit dem Dicken reden", flüsterte Max so leise, dass es Monticelli nicht hören konnte.

„*Signor* Monticelli, wie Ihnen meine Kollegen anfangs erklärt haben, steht diese Durchsuchung im Zusammenhang mit dem Mord an Kurt Becker, der in *Lazise* Ihr Nachbar war. Was haben Sie uns zu diesem Mordfall zu sagen?"

„Nichts, absolut gar nichts kann ich dazu sagen. Sie waren doch selbst am Sonntag bei mir und haben sich auch von meiner Frau bestätigen lassen, dass ich am Samstag nicht auf dem Schiff war, auf dem der Mord passiert ist."

Max und Emilio sahen sich an und zwinkerten sich zu, denn in den Pressemitteilungen und Fernsehberichten nach dem Fund von Kurt Beckers Leiche war weder erwähnt worden, dass er ermordet worden war, noch dass dies auf dem Schiff passiert war. Emilio ging aber auf diesen neuerlichen Fehler von Monticelli vorerst überhaupt nicht ein.

„Haben Sie in der letzten Zeit mit Ihrem Nachbarn darüber verhandelt, ihm seinen Bungalow abzukaufen?"

„Nein, der hätte doch sowieso nicht verkauft."

„Dann finde ich es sehr erstaunlich, dass Sie zuhause in Ihrem Schreibtisch Pläne liegen haben, wie Ihr Haus mit dem Bungalow verbunden werden könnte."

„Sie waren bei mir zuhause?", schrie Monticelli und sprang wieder auf. „Das lasse ich mir nicht bieten. Was glauben Sie denn, wer Sie sind? Ich kenne den Bürgermeister höchstpersönlich, der wird dafür sorgen, dass Ihre Karriere bei den *Carabinieri* ganz schnell beendet sein wird."

„Ich habe Sie nicht danach gefragt, ob Sie den Bürgermeister kennen, sondern was es mit Ihren Bauplänen auf sich hat."

„Die sind doch uralt. Wenn Sie schon so schlau sind, wie Sie hier tun, dann wüssten Sie, dass ich den Bungalow kaufen wollte und sicher auch bekommen hätte, wenn dieser deutsche Halunke nicht aufgetaucht wäre."

„Die Pläne sind also acht Jahre alt?"

„Ja, so lange ist das ungefähr her."

„Wie erklären Sie mir dann, dass das Papier, auf dem die Pläne skizziert wurden, gerade einmal ein Jahr alt ist? Das Papier trägt den Aufdruck Solarexpo *Verona* 2012."

Monticelli starrte Emilio an und ließ sich abermals auf seinen dick gepolsterten Stuhl fallen.

„Ohne meinen Anwalt sage ich jetzt nichts mehr. Ich weiß gar nicht, wo der so lange bleibt, er müsste längst da sein."

„Eigentlich hätten Sie ihn gleich zum *Comando Provinciale* der *Carabinieri* bestellen können, *Signor* Monticelli, ich nehme Sie nämlich hiermit fest unter dem Verdacht der Anstiftung zu dreifachem Mord."

„Sie elender Dreckskerl, das werden Sie noch bereuen."

Emilio zog ein weiteres Paar Handschellen aus der Hosentasche und gab sie wieder an Max, der voller Genugtuung Giorgio Monticelli damit fesselte.

„Passt schön auf ihn auf", riet Emilio seinen beiden Kollegen, die damit beschäftigt waren, die Aktenordner, die sie bereits durchsucht hatten, wieder in die Regale zurückzustellen. „Wenn ihr hier fertig seid, könnt ihr ihn mit nach unten zu den Autos nehmen. Wir sind inzwischen mal nebenan."

„Ihr kommt genau richtig, ich wollte euch gerade holen."

Arturo hatte zwei Ordner unterm Arm. Casotti, der nach seiner anfänglichen Schimpftirade während der gesamten Durchsuchungsaktion ruhig dagesessen hatte und sowohl den Abtransport seines PCs als auch das Konfiszieren seines Handys widerspruchslos hingenommen hatte, blieb auch jetzt weiter völlig ruhig sitzen. Er schien sich seiner Sache sehr sicher zu sein und hatte im Gegensatz zu Monticelli auch darauf verzichtet, einen Anwalt hinzuzuziehen. Arturo nahm Max und Emilio mit auf den Flur hinaus, wo er die beiden Ordner auf dem Fensterbrett ablegte.

„Also, wir haben bisher zwei interessante Sachen gefunden."

Er deutete auf den dickeren der beiden Ordner.

„Hier drin sind zahlreiche Unterlagen zur BBA GmbH: Bilanzen, Gewinn- und Verlustrechnungen, Kostenkalkulationen und so weiter."

„Die Zahlen mussten sie sich natürlich genau ansehen, wenn sie die Firma übernehmen wollten. Das bring uns nicht weiter."

„Moment, Emilio, was den Mordfall angeht, sind diese Zahlen vielleicht nicht relevant. Es waren aber auch Skizzen der von Becker entwickelten Schnellladestation drin. Da stell ich mir schon die Frage, wie Casotti an so detaillierte Informationen gekommen ist. Das riecht schon sehr nach Industriespionage. Für unseren Fall interessant ist vor allem aber das, was in dem Ordner ganz hinten in einer Klarsichtfolie steckte."

Er legte auf dem Fensterbrett mehrere Fotos nebeneinander. Sie zeigten Beckers Bungalow von mehreren Seiten, den davor geparkten Audi aus verschiedenen Blickwinkeln und in Großaufnahme hinter dem Gartentor, ein mehrstöckiges Gebäude mit dem Logo der BBA GmbH an der Fassade sowie eine Villa im Landhausstil, vor der ebenfalls der Audi von Kurt Becker sowie noch ein zweites Auto mit Münchner Kennzeichen stand. Die Buchstabenkombination M-NB deutete auf Nina Becker als Eigentümerin hin. Zusätzlich waren auch noch mehrere Fotos von Becker selbst und von seiner Frau dabei.

„Haben die einen Detektiv auf Becker angesetzt?", fragte sich Max. „Zur Vorbereitung einer Firmenübernahme gehen diese Fotos eindeutig zu weit."

Emilio bezweifelte aber trotzdem, dass das alleine ausreichen würde, um einen Haftbefehl gegen Casotti zu erwirken. Arturo hatte aber noch weiteres interessantes Material, er zog mehrere Blätter aus dem zweiten Ordner heraus.

„Wir sind noch nicht fertig, Emilio. Vielleicht hilft uns das hier weiter."

Er hatte die Auszüge eines Firmenkontos in der Hand.

„Das Konto trägt den Zusatz ‚*Compartimento* Casotti', scheint also direkt dem Vorstandsbereich von Casotti zugeordnet zu sein. Am Freitag wurden davon zwanzigtausend Euro in bar abgehoben, am Dienstag dann noch einmal dreißigtausend Euro ebenfalls in bar."

„Das könnte das Honorar für die Morde gewesen sein", kombinierte Max sofort. „Bargello hat für seine Hilfe vermutlich die fünftausend Euro erhalten, die er selbst am Montag noch bei seiner Bank eingezahlt hat. Dann blieben also von der Abhebung vom Freitag fünfzehntausend Euro als Anteil für Olivieri für seine Ermordung von Becker. Und für die Liquidierung der beiden, also Olivieri und Bargello, wurden dann am Dienstag die dreißigtausend abgehoben, also wieder fünfzehntausend für jeden Mord. Über die Bank dürfte leicht herauszufinden sein, wer die Summe jeweils am Schalter abgeholt hat."

Arturo hatte in den Kontoauszügen ein ganzes Jahr zurückgeblättert, aber keine einzige andere Barabhebung gefunden. Emilio war immer noch skeptisch, dass diese Erkenntnisse einem Richter ausreichen würden, um einen Haftbefehl auszustellen.

„Die Fotos von Becker, seinem Auto und seinen Häusern beweisen gar nichts, zudem könnte das Bargeld für alles Mögliche abgehoben worden sein, da kann sich Casotti doch sehr leicht herausreden."

„Festnehmen würde ich ihn aber trotzdem vorübergehend, mir wäre aktuell die Fluchtgefahr bei ihm viel zu groß. Zumindest solange wir Trocchia noch nicht eingehend verhört haben, sollten wir ihn in Gewahrsam nehmen."

Arturo stimmte Max sofort zu und letztlich sah auch Emilio ein, dass es kein Fehler war, Casotti festzunehmen. Bevor Max und Emilio in Casottis Büro hineingingen, bat Max Arturo, so schnell wie möglich herauszufinden, ob es Casotti selbst gewesen war, der die Barabhebungen getätigt hatte. Im Büro überließ es Emilio wieder Max, das Verhör zu führen.

„*Signor* Casotti, als Finanzvorstand wissen Sie sicher darüber Bescheid, wenn von den Konten Ihrer Firma größere Beträge verfügt werden."

Max legte die beiden Kontoauszüge vor Casotti auf den Schreibtisch.

„Können Sie uns erklären, was es mit diesen Barabhebungen auf sich hat?"

Casotti schüttelte den Kopf.

„Tut mir leid, da müsste ich erst in unserer Buchhaltung nachfragen."

„Wer ist denn für dieses Konto zeichnungsberechtigt?"

„Auch das kann ich Ihnen leider nicht sagen, um solchen Kleinkram kümmere ich mich nicht."

„Kleinkram? Da werden fünfzigtausend Euro in bar abgehoben von einem Konto, das laut Rubrum-Zeile direkt Ihnen zugeordnet ist und Sie wollen davon nichts wissen? Haben Sie Ihren Laden so schlecht im Griff?"

„Hören Sie, wir setzen hier jedes Jahr Millionen um, wie soll ich da über jede Kontobewegung Bescheid wissen?"

„Dann sind Barabhebungen in dieser Größenordnung also ein völlig normaler Vorgang für Sie?"

„Ja."

„Wie erklären Sie uns dann, dass es im letzten Jahr keine einzige andere Barabhebung von diesem Konto gegeben hat? Anscheinend waren die beiden Verfügungen am Freitag und am Dienstag doch nicht so normal."

„Wie gesagt, da müsste ich erst nachfragen."

„Das Nachfragen, wer das Geld abgehoben hat, werden wir gerne für Sie übernehmen, aber nicht in Ihrer Buchhaltung, sondern bei Ihrer Bank."

Zum ersten Mal zuckte Casotti richtig zusammen, versuchte aber sofort, wieder gefasst zu wirken.

„Ich habe aber noch eine weitere Frage an Sie, *Signor* Casotti. Vielleicht können und wollen Sie mir die beantworten. Als ich am Montag mit meinem Kollegen hier war, haben wir uns über Ihr Übernahmeangebot für die Firma von Kurt Becker unterhalten. Dass Sie sich über die wirtschaftliche Lage dieser Firma vorher informieren müssen, ist logisch. Aber was hat das hier mit der Übernahme zu tun? Beckers Haus in München, seine Frau, sein Bungalow in *Lazise*, sein Auto, nochmal sein Bungalow, noch viermal sein Auto."

Während seiner Aufzählung legte Max ein Foto nach dem anderen auf Casottis Schreibtisch.

„Es ist doch völlig normal, dass wir uns in diesem Fall auch über die Integrität von Kurt Becker ein Bild machen wollten, schließlich sollte er auch nach der Übernahme Geschäftsführer der BBA bleiben."

„Was haben denn fünf Fotos von seinem Auto mit seiner Integrität zu tun?"

Casotti schwieg.

„Wer hat denn die Fotos gemacht? Ihr Fahrer Bruno Trocchia vielleicht?"

„Nein", antwortete Casotti sofort. „Der war das nicht."

„Tja, schade, das war jetzt wohl ein klassisches Eigentor, jedenfalls aus der Sicht von Trocchia. Wissen Sie, wenn Sie mir jetzt gesagt hätten, dass er die Fotos geschossen hat, hätte ich daraus schließen können, er wäre in *Lazise* beim Fotografieren so nahe an das Auto herangegangen, dass er dabei seine Fingerabdrücke oben am Gartentor hinterlassen hat. Aber wenn er nicht zum Fotografieren dort war, dann können die Fingerabdrücke nur vom Samstagabend stammen, als er dort war, um Beckers Audi zu klauen."

„Wie bitte? Bruno soll ein Auto gestohlen haben? Warum sollte er denn so etwas tun?"

„Das sollten Sie doch eigentlich viel besser wissen, schließlich ist er Ihr Angestellter."

„Ich kann mich aber nicht um die Privatangelegenheiten von jedem x-beliebigen Angestellten kümmern."

Schön langsam war es mit der Ruhe und Gelassenheit von Casotti auch vorbei.

„Ich glaube nicht, dass Bruno Trocchia ein x-beliebiger Angestellter ist, schließlich ist er Ihnen vor vier Jahren von Neapel hierher gefolgt. Hat er dort auch schon für Sie die Drecksarbeit erledigt?"

„Was fällt Ihnen ein? Hier gibt es keine Drecksarbeiten. Bruno ist einfach ein sehr loyaler Mitarbeiter, der gerne für mich weiterarbeiten wollte, obwohl damit ein Umzug von Neapel hierher notwendig war. Was soll daran schlimm sein?"

„Gar nichts. Mich würde nur interessieren, wie es nun mit Ihrer Loyalität zu ihm aussieht, schließlich haben wir ihn vorhin, unmittelbar nachdem er Sie unten abgesetzt hat, wegen Mordes verhaftet."

„Jetzt reicht's aber."

Krachend landete sein Faust auf seinem Schreibtisch.

„Was reimen Sie sich nun schon wieder zusammen? Am Samstag war er bis zum Spätnachmittag mit mir unterwegs, er kann also Kurt Becker gar nicht ermordet haben."

„Hab ich gesagt, dass wir ihn wegen des Mordes an Becker verhaftet haben?"

„Über was reden wir denn hier sonst die ganze Zeit? Sie müssen sich schon ein bisschen klarer ausdrücken."

„Und Sie sollten es uns überlassen, aus dem, was Sie uns hier erzählen, die richtigen Schlüsse zu ziehen."

Max hatte nicht gehört, dass Arturo hinter ihm hereingekommen war. Er bemerkte ihn erst, als Arturo ihm auf die Schulter tippte und ihm einen kleinen Zettel reichte.

„Casotti hat das Geld selbst abgehoben. Nur er ist bei dem Konto zeichnungsberechtigt", stand darauf.

Max konnte sich nur mühsam ein Grinsen verkneifen, hatte nun aber natürlich freie Bahn, um Casotti selbst frontal anzugreifen.

„Sie sind also davon ausgegangen, dass wir nur über den Mord an Kurt Becker reden? Das ist schon erstaunlich, denn Sie müssten doch am besten wissen, dass es neben dem Mord an Becker noch zwei weitere Morde gegeben hat, schließlich haben Sie Bruno Trocchia dafür ordentlich bezahlt."

Nun explodierte auch Casotti. Er sprang auf und wäre Max wohl an die Gurgel gegangen, wenn ihn die beiden *Carabinieri* aus *Verona*, die die ganze Zeit nur stumm zugehört hatten, nicht zurückgehalten hätten.

„Das ist eine bodenlose Verleumdung, die Sie hier betreiben", brüllte er Max an. „Ich werde jetzt doch meinen Anwalt anrufen, der wird Ihrem elenden Treiben schon ein Ende bereiten."

„Wenn Sie ihn anrufen, dann können Sie ihm gleich berichten, dass Sie wegen Anstiftung zum dreifachen Mord vorläufig festgenommen sind."

Casotti ließ den Telefonhörer wieder auf die Gabel fallen und setzte sich. Plötzlich war er völlig ruhig.

„Können Sie mir erklären, wie Sie auf so einen Schwachsinn kommen?"

„Schauen Sie, die Sache ist doch ganz einfach. Sie wollten Beckers Firma übernehmen, er weigerte sich standhaft, deshalb mussten Sie Mittel und Wege finden, doch noch an die BBA GmbH zu kommen. Die Beweisfotos für die Suche nach diesem Weg haben Sie uns freundlicherweise in diesem Ordner aufgehoben. Schließlich kamen Sie mit Ihrem Kollegen Monticelli überein, dass Becker aus dem Weg geräumt werden musste, was Ihnen nicht nur die Möglichkeit geben sollte, günstig an seine Firma zu kommen, gleichzeitig hätte für Monticelli auch die Aussicht bestanden, endlich das Nachbarhaus in *Lazise* kaufen zu können. Mit dem Bargeld, das Sie selbst, wie ich inzwischen weiß, abgehoben haben, wurden einerseits Graziano Olivieri für den Mord an Becker sowie Ruggiero Bargello für seine Hilfe beim Versenken der Leiche im See bezahlt. Andererseits haben Sie mit dem Teil, den Sie erst am Dienstag abgehoben haben, Ihren Chauffeur Bruno Trocchia dafür bezahlt, dass er sowohl Olivieri als auch Bargello ins Jenseits befördert hat, weil die beiden in Ihren Augen einen großen Fehler begangen hatten. Eigentlich sollte Beckers Leiche erst sehr viel später auf der Bildfläche, oder besser gesagt, auf der Wasseroberfläche des Gardasees erscheinen. Weil sie Ihnen diese Tour vermasselt haben, mussten Sie beide sterben. Trocchia ist als Mörder eindeutig überführt, Monticelli haben wir aufgrund der Beweislage vorhin auch festgenommen und was wir hier bei Ihnen alles gefunden haben, reicht auch locker aus, um Sie vorläufig in Gewahrsam zu nehmen."

Casotti, dem während der Zusammenfassung von Max die Farbe mehr und mehr aus dem Gesicht gewichen war, griff wortlos zum Telefonhörer, drückte auf eine der Kurzwahltasten und musste nur wenige Sekunden warten, bis sich am anderen Ende der Leitung jemand meldete.

„*Avvocato* Zevio, ich brauche Ihre Hilfe."

Max ließ es sich nicht nehmen, auch Casotti Handschellen anzulegen, dann begleitete er ihn nach unten, wo Monticelli inzwischen in Ignazios altem Passat saß und weiterhin tobte. Trocchia dagegen saß immer noch sprachlos in Emilios *Alfa* und wartete darauf, zum *Comando Provinciale* der *Carabinieri* gebracht zu werden. Da die Durchsuchung in Monticellis Büro bereits abgeschlossen war, ließen sie Casotti in das Zivilfahrzeug einsteigen, in das die beiden *Carabinieri* gerade Monticellis PC einluden, einer der beiden setzte sich hinten zu ihm, Max gab dem Pförtner ein Zeichen, der öffnete die Schranke und schon brauste das erste Auto mit einem der Festgenommenen davon. Arturo war es lieber, sich neben den ruhigen Trocchia zu setzen und nahm deswegen das Angebot von Max gerne an, dass er zu dem tobenden Monticelli einsteigen würde. Hintereinander fuhren sie vom Hof, erst da sah Max, dass an vielen Fenstern des Verwaltungsgebäudes Mitarbeiter der Spontini Pile SpA standen und verfolgten, was mit ihren Chefs passierte. Die Fahrt zur etwa vier Kilometer entfernten *Via Salvo D'Acquisto* dauerte nur wenige Minuten, in dem riesigen Komplex des *Comando Provinciale* wurden die drei Verhafteten in getrennte Räume gebracht, wo sie noch einmal eingehend verhört werden sollten. Die beiden PCs und Handys von Casotti und Monticelli wurden dem Techniker Calogero Fornetto übergeben, damit er darauf auch noch nach Spuren der Mordfälle suchen konnte. Während Max und Emilio in *Verona* blieben, fuhren Arturo und Ignazio bereits nach *Lazise* zurück.

Max und Emilio waren sich einig, dass sie das Verhör mit Bruno Trocchia beginnen wollten, weil bei ihm die Beweislage am eindeutigsten war. In sich zusammengesunken saß er in dem Vernehmungsraum und schaute kaum auf, als Max und Emilio zusammen mit einem Kollegen hereinkamen, der einen

Laptop bei sich trug, um das Verhör sofort zu protokollieren. Der bewaffnete *Carabiniere*, der die ganze Zeit bei Trocchia gestanden hatte, machte drei Schritte zur Seite und postierte sich neben der Tür. Diesmal überließ Max Emilio das Feld.

„Sie sind Bruno Trocchia, geboren am vierten September 1980 in Neapel?"

„Ja", antwortete er kaum hörbar.

„Seit 2010 verheiratet mit Estefania Trocchia, geborene Monticelli?"

„Richtig."

„Giorgio Monticelli ist also Ihr Schwiegervater?"

Diesmal nickte er nur stumm.

„Haben Sie Kinder?"

„Nein, aber meine Frau ist im fünften Monat schwanger."

„Auch das noch", dachte sich Max.

„Sie haben bei Ihrer Verhaftung gehört, was Ihnen zur Last gelegt wird. Dann erzählen Sie mal."

Trocchia schwieg und starrte ins Leere. Emilio wartete mehrere Minuten, ohne dass sich Trocchia rührte.

„Schweigen bei einem Verhör war noch nie eine gute Lösung. Sie brauchen übrigens keine Angst zu haben. Wie Sie im Hof Ihrer Firma gesehen haben, wurden Ihr Chef und Ihr Schwiegervater ebenfalls verhaftet. Alles, was Sie gegen die beiden aussagen, könnte sich für Sie strafmildernd auswirken."

Trocchia starrte weiter ins Leere.

„Denken Sie doch an Ihr Kind. Soll es ohne Vater aufwachsen, weil Sie lebenslang im Gefängnis sitzen?"

Der letzte Satz wirkte.

„Ich habe doch nur das gemacht, was man mir angeschafft hat", sagte er leise und wischte sich eine Träne aus dem Gesicht.

Von dem stämmigen, großgewachsenen Schlägertypen war nur noch ein Häufchen Elend übrig.

„Wer hat Ihnen was angeschafft?"

„Zuerst sollte ich nur der Kontaktmann zu Graziano Olivieri sein, dann verlangten Sie von mir, ich sollte diesem Deutschen auch noch das Auto aus dem Garten stehlen."

„Hat man Sie unter Druck gesetzt?"

Er nickte.

„Wie denn?"

„Mein Schwiegervater hält mich sowieso für einen Nichtsnutz, weil ich nur als Fahrer arbeite. Er war damals auch dagegen, dass ich seine Tochter heiraten würde, aber Estefania ließ sich da von ihm zum Glück nicht dreinreden. Casotti hat mir gedroht, dass er ganz schnell einen anderen Chauffeur hätte, wenn ich ihm nicht helfen würde."

„Deshalb haben Sie also Graziano Olivieri für den Mord an Kurt Becker angeheuert und am Samstagabend auch noch Beckers Auto gestohlen."

„Ja."

„Wo ist der Wagen jetzt?"

„Soviel ich weiß, wurde er nach *Bari* gebracht und von dort nach Griechenland verschifft. Ich bin damit nur von *Lazise* bis *Verona* gefahren, wo ich das Auto an der *Stazione Porta Nuova* abstellen und den Schlüssel stecken lassen sollte. So habe ich das auch gemacht und bin zu Fuß nach Hause gegangen. Damit war die ganze Sache für mich eigentlich erledigt."

„Aber nicht für Ihren Chef und Ihren Schwiegervater."

„Die sind völlig ausgerastet, als am Dienstag plötzlich die Meldung kam, dass der Deutsche im See gefunden worden sei. Wir waren gerade im Auto unterwegs, als mein Schwiegervater angerufen hat, er hat so laut ins Telefon gebrüllt, dass ich jedes Wort verstanden habe. Casotti ließ mich ihn dann sofort zur Bank fahren. Am Spätnachmittag rief er mich zu sich in sein Büro, hat mir ein Kuvert mit dreißigtausend Euro in die Hand gedrückt und mir genaue Anweisungen gegeben, wo ich Olivieri und Bargello finden würde und was ich tun sollte. Mein Schwiegervater kam dazu und drohte mir, ich solle es nicht so vermasseln wie die beiden und endlich einmal zeigen, dass ich zu mehr taugen würde, als nur zum Autofahren."

„Wo ist das Geld jetzt?"

„Das liegt bei mir zuhause in meinem Nachtkästchen."

„Nur die dreißigtausend oder noch mehr?"

„Mehr. Casotti hat mir dafür, dass ich Olivieri angeheuert und Beckers Auto gestohlen habe, zweitausend Euro gezahlt und dann...", er machte eine kurze Pause. „Dann sind da auch noch die fünfzehntausend, die ich ursprünglich Olivieri übergeben hatte."

„Die haben Sie mitgehen lassen, nachdem Sie ihn ermordet hatten."

Er nickte.

„Ich hatte nicht vor, danach zu suchen. Aber ich wusste doch, wie das Kuvert ausgesehen hatte und sah es zufällig in seinem Schlafzimmer unter dem Kopfkissen hervorschauen. Da habe ich es einfach mitgenommen."

„Wie sind Sie denn an Olivieris Waffe gekommen?"

„Schon als ich das erste Mal mit ihm wegen Becker gesprochen habe, musste ich ihn fragen, ob er selbst eine Waffe mit Schalldämpfer hätte. Nachdem er mir das bejaht hatte, habe ich ihn gefragt, ob er sie generell auf dem Schiff dabei hätte, worauf er mir geantwortet hat, dass er sie in der Regel in seiner Wohnung aufbewahrt. Als ich das relativ einfache Schloss an der Wohnungstür ohne Einbruchsspuren geknackt hatte, habe ich natürlich sofort im Schlafzimmer, im Nachtkästchen, nach der Waffe gesucht, wo ich sie auch gefunden habe, sogar der Schalldämpfer war noch draufgeschraubt."

„Weshalb auch niemand von den Nachbarn gehört hat, was später in Olivieris Wohnung passiert ist."

„Ja", antwortete Trocchia leise.

Damit hatte Emilio genug gehört und nachdem auch Max keine Fragen mehr hatte, wollten sie das Verhör an dieser Stelle beenden. Der Kollege, der alles mitgeschrieben hatte, eilte mit seinem Laptop in sein Büro, um das Protokoll sofort auszudrucken und gleich von Trocchia unterschreiben zu lassen.

„Wie geht es denn jetzt weiter?", fragte er ängstlich, nachdem er seine Unterschrift unter das Protokoll gesetzt hatte.

„Sie werden entweder noch heute Nachmittag oder morgen Früh dem Haftrichter vorgeführt, der über die Untersuchungshaft zu entscheiden hat. Wenn Sie selbst keinen Anwalt engagieren, bekommen Sie einen Pflichtverteidiger gestellt, aber bis Ihnen der Prozess gemacht wird, werden erfahrungsgemäß noch viele Wochen vergehen", erklärte ihm Emilio.

Ohne darauf noch einmal einzugehen ließ sich Bruno Trocchia abführen.

„Das war einfacher, als ich befürchtet habe", stellte Emilio erleichtert fest. „Ich hätte nicht gedacht, dass er so auskunftsfreudig sein wird."

„Zum Glück war er so redselig, das erleichtert uns das weitere Vorgehen gegen Casotti und Monticelli ungemein."

Bevor sie mit den beiden anderen Festgenommenen weitermachten, gingen sie ins Büro von *Colonello* Mambrotta, bei dem als Leiter des *Comando Provinciale* sämtliche Informationen über die Aktion dieses Vormittags zusammenliefen. Die vier *Carabinieri*, die die Häuser von Casotti und Monticelli durchsucht hatten, waren inzwischen auch zurückgekehrt, hatten aber mit Ausnahme der Planzeichnung von Beckers Grundstück in *Lazise* keine weiteren verwendbaren Spuren oder Beweise gefunden. Auch in Casottis Büro bei Spontini Pile wurden keine anderen Beweise mehr aufgespürt. Emilio gab dem *Colonello* sofort das Aussageprotokoll von Trocchia zu lesen.

„Respekt, *Maresciallo*, da haben Sie wirklich hervorragende Arbeit geleistet", lobte er ihn und gab ihm das Protokoll zurück.

„Vielen Dank, *Colonello*, ich gebe das gerne an meine Mannschaft weiter, denn alleine hätte ich das natürlich nicht geschafft. In besonderer Weise gilt das für unsere Unterstützung aus Rosenheim."

Er legte Max seine Hand auf die Schulter.

„Ohne die Hilfe von Max, ohne seine Ideen und seine Erfahrung, wäre es uns sicher nicht gelungen, den Fall so schnell aufzuklären."

Max war so eine Lobhudelei gar nicht Recht, aber er bedankte sich natürlich dafür und bezog auch noch zwei weitere Kollegen mit ein.

„Eine wertvolle Hilfe hatten wir auch durch meinen Rosenheimer Kollegen Ludwig Maler sowie durch Rocco Picedo, der im Austausch mit mir für vier Wochen in Rosenheim tätig ist."

„Ich werde das gerne an höherer Stelle anbringen, dass sich dieser Personalaustausch sehr fruchtbar gestaltet hat."

„Eigentlich ganz nett, der *Colonello*", dachte sich Max. „Auch wenn er ein bisschen geschwollen daherredet."

Vom Büro des *Colonello* gingen sie zurück zu den Vernehmungsräumen. Neben *Avvocato* Zevio war inzwischen auch *Avvocato* Novarini, der Anwalt von Giorgio Monticelli eingetroffen. Beide rieten ihren Mandanten, zu den gegen sie erhobenen Vorwürfen keine Stellung zu beziehen und forderten die sofortige Freilassung der beiden. Da sie ohnehin nicht aussagen wollten, ließ sie Emilio der Einfachheit halber zusammen mit den Anwälten in einen Vernehmungsraum bringen. Monticelli beschwerte sich sofort wieder lautstark über die in seinen Augen unmögliche Behandlung, nicht einmal sein Anwalt konnte ihn bremsen. Emilio wartete, bis er ein wenig Dampf abgelassen hatte.

„Meine Herren, wie wir Ihnen bei Ihrer Festnahme erklärt haben, liegen uns Unterlagen vor, die den Schluss zulassen, dass Sie die Morde an Kurt Becker, Graziano Olivieri und Ruggiero Bargello in Auftrag gegeben haben."

„Alles Humbug, eine handschriftliche Bauplanskizze ist doch kein Beweis für einen Mord", schimpfte Monticelli.

Monticellis Anwalt wurde immer unruhiger, weil er befürchtete, sein Mandant würde sich um Kopf und Kragen reden. Emilio dagegen ging auf die Schimpftirade überhaupt nicht ein.

„Außerdem haben Sie beide vorher in Ihren Büros Aussagen getroffen, aus denen man heraushören konnte, dass Sie wussten, wann und wo Kurt Becker ermordet wurde, obwohl wir darüber noch keine Informationen an die Presse oder das Fernsehen gegeben hatten. Sie, *Signor* Monticelli, meinten, dass uns Ihre Frau bestätigt hätte, Sie wären am Samstag nicht auf dem Schiff gewesen, auf dem der Mord passiert ist. Und Sie, *Signor* Casotti, behaupteten, Ihr Fahrer Bruno Trocchia könnte Kurt Becker gar nicht ermordet haben, weil er am Samstag bis zum Spätnachmittag mit Ihnen unterwegs war. Woher sollten Sie Ort und Zeit des Mordes an Becker wissen, wenn nicht dadurch, dass Sie den Mord selbst in Auftrag gegeben hatten?"

„Das ist aber schon alles ein bisschen dünn für einen Mordvorwurf, finden Sie nicht?", griff *Avvocato* Novarini ein.

„Moment, *Avvocato*, das ist noch nicht alles."

Emilio nahm das Protokoll mit der Aussage von Bruno Trocchia zur Hand und las einige Passagen daraus vor. Casotti blieb bei der Vorgabe seines Anwaltes, sich nicht zu äußern, Monticelli aber polterte sofort wieder los, dass das alles ein Schwindel sei und warf Emilio vor, ihn mit einer gefälschten Aussage von Trocchia zu einem Geständnis drängen zu wollen. Max sah Emilio an und schüttelte leicht mit dem Kopf. Emilio sah sich darin in seiner Meinung bestätigt, dass es keinen Sinn machte, die Vernehmung noch weiter fortzuführen. Wie bei

Trocchia kündigte er den beiden Festgenommenen an, dass sie spätestens am nächsten Tag in der Früh dem Haftrichter vorgeführt würden und ließ sie beide abführen. Als sie in jeweils zweifacher, bewaffneter Begleitung den Vernehmungsraum verlassen hatten, steckten die beiden Anwälte die Köpfe zusammen, waren aber nicht sehr optimistisch, was die Zukunft ihrer Mandanten anging. Angesichts dieser drückenden Beweislast sahen sie kaum eine Möglichkeit, den Haftrichter davon überzeugen zu können, die beiden wenigstens auf Kaution auf freien Fuß zu setzen.

Bevor Max und Emilio aufbrachen, schauten sie noch im Büro von Calogero Fornetto vorbei. Er war immer noch damit beschäftigt, die Festplatten der PCs von Monticelli und Casotti zu durchforsten, hatte aber bisher noch keine Hinweise auf die Mordfälle gefunden.

„Ich melde mich bei dir, Emilio, falls mir doch noch etwas auffallen sollte."

„Danke für deine Hilfe, Calogero, insbesondere die Handy-Ortung hat uns ein großes Stück weitergebracht."

Auf der Heimfahrt hielt Emilio an der nächstbesten *Pizzeria* an, da sich Max im Auto sofort beschwert hatte, dass er seit dem Frühstück nichts mehr zu essen bekommen hätte.

„Immerhin ist es jetzt schon nach drei."

„Du hast doch genug Reserven, von denen du lange zehren kannst", lachte Emilio.

„Wie meine Frau", schoss Max zurück.

Nach der hervorragenden *Pizza* genehmigte sich Max noch einen großen Eisbecher, während es Emilio bei einem *Espresso* beließ. Anschließend fuhren sie schließlich nach *Lazise* zurück.

22

In *Lazise* fuhr Emilio direkt zum See, weil er Nina Becker sofort mitteilen wollte, dass die Verantwortlichen für den Tod ihres Mannes verhaftet waren und dass der Leichnam mittlerweile freigegeben war. Als sie auf ihr Klingeln nicht reagierte, wollten Max und Emilio schon wieder ins Auto steigen, als Max sie in einer Entfernung von ungefähr zweihundert Metern auf einer Bank direkt am Seeufer sitzen sah. Sie marschierten zu ihr und setzten sich links und rechts von ihr auf die Bank. Sie blickte nur kurz auf, um zu sehen, wer zu ihr gekommen war, sagte aber eine ganze Weile gar nichts.

„Hier sind wir oft gesessen", begann sie dann leise. „Besonders am Abend, wenn es schön langsam finster geworden ist und man bei klarer Sicht immer mehr Lichter drüben am anderen Ufer, rund um *Manerba*, gesehen hat. ‚Lass die anderen doch in die Karibik oder sonst wohin ans andere Ende der Welt fliegen, ich möchte diesen Platz hier mit keinem von ihnen eintauschen' hat Kurt immer wieder einmal gesagt. Das einzige, was er außer dem Urlaub hier einmal machen wollte, war eine Kreuzfahrt."

Max sah, wie ihr langsam die Tränen in die Augen stiegen.

„Wären wir doch diesmal nur in die Karibik oder ans andere Ende der Welt geflogen, dann wäre er noch bei mir."

Die Tränen liefen ihr übers Gesicht und sie war dankbar dafür, dass ihr Max ein Taschentuch reichte. Emilio wartete ein bisschen, bis er ihr erzählte, warum sie gekommen waren.

„Ich weiß, es ist nur ein schwacher Trost für Sie und bringt Ihnen Ihren Kurt nicht mehr zurück, aber wir haben heute diejenigen, die für seinen Tod verantwortlich sind, verhaftet."

„Die von Spontini?"

„Ja, es war nicht nur der Finanzvorstand Franco Casotti, sondern auch Ihr Nachbar, Giorgio Monticelli, der im Hintergrund der Miteigentümer von Spontini Pile ist. Sie haben den Chauffeur von Casotti mehr oder weniger gezwungen, Graziano Olivieri anzuheuern, damit er Ihren Mann ermordet."

„Monticelli hängt bei der Firma auch mit drin?", rief sie entsetzt. „Das darf doch nicht wahr sein. Wenn Kurt das gewusst hätte, dann hätte er die Geschäftsbeziehung zu Spontini Pile sicher sofort abgebrochen."

„Dass er der Inhaber einer Holding ist, der über fünfzig Prozent von Spontini Pile gehören, haben wir auch erst gestern Nachmittag herausgefunden", ergänzte Max. „Eine Nachricht aus der Gerichtsmedizin haben wir auch noch für Sie. Der Leichnam von Ihrem Mann ist nun freigegeben, der Überführung und Beerdigung steht also nichts mehr im Weg."

„Dann werde ich so schnell wie möglich abreisen. Was muss ich wegen der Überführung unternehmen?"

„Gar nichts. Wenn es Ihnen Recht ist, werde ich einen örtlichen Bestatter beauftragen, die Überführung zu organisieren", bot ihr Emilio an. „Ich bräuchte nur die Adresse eines Münchner Bestattungsunternehmens, wohin Ihr Mann gebracht werden soll."

Nina Becker nannte ihm den Bestatter in München, der bereits über den Todesfall informiert war. Dann bedankte sie sich bei Emilio und Max für Ihre Unterstützung und insbesondere für die Aufklärung des Mordes.

„Auch wenn mir das meinen Kurt nicht mehr zurückbringt, bin ich doch froh, dass die Verantwortlichen nicht davonkommen, sondern zur Rechenschaft gezogen werden."

Weil sie noch sitzen bleiben wollte, gingen Max und Emilio alleine zum Auto zurück.

Auf dem Revier mussten sie Arturo und Ignazio erst einmal von den Verhören berichten. Anschließend rief Max in Rosenheim an, um auch Wiggerl und Rocco über die Klärung des Falles zu informieren.

„Jetzt bist du mir zuvorgekommen, Max. Ich hätte dich heute Nachmittag auch noch angerufen, weil wir heute Mittag nämlich eine Auskunft von der Bank in *Lugano* erhalten haben. Einziger Verfügungsberechtigter des Kontos, auf das die zwei Millionen und einhundertzwanzigtausend Euro geflossen sind, ist Kurt Becker. Der Überweisungseingang war bisher auch die einzige Kontobewegung."

„Darum kann sich jetzt das Münchner Finanzamt kümmern, Wiggerl, mit unserem Fall haben die Millionen nichts zu tun. Sag Rocco auch einen Gruß und vielen Dank für seine Unterstützung."

„Mach ich. Bis bald, Max."
„Servus, Wiggerl."

Nach seinem Telefonat besprach Max mit Emilio, ob sie Livia Bargello auch noch einmal persönlich aufsuchen sollten, letztlich waren sie aber beide der Meinung, dass sie ihr den Ermittlungserfolg auch telefonisch mitteilen konnten.

„Was willst du ihr zu dem geheimen Konto von ihrem Mann sagen, Emilio?"

„Die fünftausend Euro, die er am Montag eingezahlt hat, kommen nachweislich von einem Konto von Spontini Pile, ich schätze, die werden von denen auch zurückgefordert werden, weil die Firma nicht für die persönlichen Verbrechen ihres Vorstandes verantwortlich gemacht werden kann. Anders dürfte es bei den zehntausend aussehen, die er schon vor zwei Jahren eingezahlt hat. Wie sollte man da jetzt noch nachweisen, woher er das Geld hatte? Er selbst ist tot und Olivieri, von dem er es vermutlich bekommen hat, auch. Und der Supermarkt, dessen Einnahmen damals gestohlen wurden, hat die Summe sicher längst von seiner Versicherung ersetzt bekommen. Glaubst du, dass die heute deswegen noch Ansprüche stellen?"

Max konnte sich das nicht vorstellen und insgeheim gönnte er Livia Bargello das Geld sogar, auch wenn es wahrscheinlich das Honorar für das falsche Alibi war, dass ihr Mann Graziano Olivieri offenbar gegeben hatte. Max wollte bei Emilios Telefonat gerne mithören, musste dann aber selbst einen Anruf auf seinem Handy entgegennehmen. Völlig unerwartet für Max rief ihn der Rosenheimer Polizeipräsident an.

„Hallo, Herr Hartinger, hier ist Ringelberger."

„Herr Ringelberger! Grüß Gott. Das ist aber eine Überraschung."

„Ich wollte mich in den letzten Tagen schon einmal bei Ihnen erkundigen, wie es in unserer Partnerstadt läuft, aber irgendwie ist mir immer wieder etwas dazwischen gekommen."

„Das macht doch nichts."

„Vorhin habe ich allerdings einen Anruf von *Colonello* Mambrotta aus *Verona* erhalten, der Ihre Arbeit in den höchsten Tönen gelobt hat."

„Ich habe hier nur versucht, meinen Job genauso gut wie in Rosenheim zu machen und konnte mich dabei auch auf die tatkräftige Unterstützung aller Kollegen verlassen."

Auch seinem Chef gegenüber erwähnte er die große Hilfe durch Rocco Picedo.

„Trotzdem, wenn der ranghöchste *Carabiniere* von *Verona* hier anruft, dann heißt das schon etwas. Er wird heute noch eine Pressekonferenz zu den spektakulären Festnahmen geben und hat vor, das Austauschprogramm und Sie persönlich dort auch zu erwähnen. Machen Sie weiter so, Hartinger, und genießen Sie die Abende und Wochenenden am See."

„Vielen Dank, Herr Ringelberger."

Max war zum Telefonieren auf den Flur hinausgegangen, um Emilio nicht zu stören, und wartete dann an der Tür, bis auch er aufgelegt hatte.

„Wie geht es ihr?"

„Sie ist natürlich auch erleichtert, dass der Mörder ihres Mannes nicht ungeschoren davonkommt. Außerdem macht sie sich Vorwürfe, dass sie gegen die in ihren Augen viel zu enge Freundschaft von ihrem Mann zu Graziano Olivieri nichts unternommen hat, obwohl sie doch immer ahnte, dass er einen schlechten Einfluss auf ihren Ruggiero hat."

„Hinterher ist man natürlich immer schlauer. Was hat sie wegen den zehntausend Euro gesagt?"

„Sie hat ihre Aussage von gestern wiederholt, dass sie nichts davon haben will. Ich habe ihr dann schon deutlich gesagt, dass wahrscheinlich niemand Anspruch auf die zehntausend Euro erheben wird und wir deshalb davon ausgehen, dass sie das Geld behalten kann. Schließlich hat sie gemeint, sie könnte es als Notgroschen fürs Alter aufbewahren, denn wenn in zwanzig Jahren immer noch niemand danach gefragt hätte, würde dann bestimmt auch niemand mehr zu ihr kommen."

Während des letzten Satzes von Emilio klingelte sein Telefon.

„Das ist eine Nummer aus *Lazise*", stellte er fest und hob ab.

„*Maresciallo* Brentani, hier ist Luigi Donzella von der *Bar Monte Baldo*. Stellen Sie sich vor, der diebische *Vespa*-Fahrer hat wieder zugeschlagen, genau mit derselben Masche wie am Montagnachmittag."

„Ist wieder jemand verletzt?"

„Nein, diesmal hat die betroffene Urlauberin ihre Handtasche rechtzeitig losgelassen und wurde deswegen nicht mitgerissen. Der Kerl ist oben am Kreisverkehr wieder Richtung *Bardolino* abgehauen."

„Danke, dass Sie uns sofort informiert haben, ich schicke meine Männer los."

Emilio warf den Hörer auf die Gabel und rief Ignazio und Arturo zu sich. Kurz und knapp schilderte er ihnen, was passiert war.

„Fahrt doch zuallererst die *Gardesana* in Richtung *Bardolino*. Wer weiß, wie weit der auf der Hauptstraße bleibt. Vielleicht habt ihr doch eine Chance, ihn zu erwischen."

Arturo und Ignazio spurteten los, kurz darauf war schon das heulende Signalhorn ihres Dienstwagens zu hören.

„So, und was soll ich nun anstellen, Emilio. Hast du noch eine Arbeit für mich?"

„Du kannst für heute gerne Feierabend machen, Max. Du hast ohnehin so viel Zeit von deinem ersten Wochenende hier geopfert."

Dieses Angebot nahm Max gerne an.

„Das trifft sich gut, ich sollte nämlich heute Abend meine Wohnung schon noch etwas auf Vordermann bringen, schließlich kommt meine Chiara morgen hierher."

Zehn Minuten später war er schon in seiner Wohnung, wusch das wenige Geschirr, das er seit seiner Ankunft benutzt hatte, putzte ein bisschen im Bad und in der Küche und marschierte dann zum nächstgelegenen Supermarkt, wo er einige Kerzen und frische Blumen kaufte. Zuhause stellte er die Blumen ins Wasser, räumte die Kerzen in den Wohnzimmerschrank und ging noch einmal durch jedes Zimmer, ob auch alles für Chiara schön genug hergerichtet war. Dann spazierte er auf direktem Weg zum See, wo er eine Zeit lang am Ufer entlang ging, sich dann auf eine Bank setzte und die langsam untergehende Sonne beobachtete. Als das Ehepaar, das neben ihm gesessen war, aufstand und ging, konnte er endlich in Ruhe telefonieren. Sofort rief er Chiara an, um ihr vom erfolgreichen Abschluss des Falles zu berichten und um sich zu vergewissern, dass sie am nächsten Tag auch wirklich kommen würde.

„Natürlich komme ich, Max, ich halte es doch keinen Tag mehr länger ohne dich aus."

Nach seiner schon obligatorischen Frage nach Elenas neuer Liebe, die ihm Chiara auch diesmal nicht ausreichend beantworten konnte, verabschiedete er sich mit der Bitte an sie, am nächsten Tag schön vorsichtig zu fahren. Ursprünglich hatte Max vorgehabt, am Abend ins *Da Tonio* zum *Pizza*-Essen zu gehen, obwohl er erst am Nachmittag in *Verona* eine gegessen hatte. Dann entschied er sich aber dazu, im *L'Angolo del Pescatore* zu essen, wo er am Samstag zusammen mit Emilio beim Mittagessen gewesen war. Er wollte dort auch gleich für Freitagabend einen Tisch reservieren, weil er natürlich Chiara an ihrem ersten Abend in *Lazise* zum Essen ausführen wollte. Nach einem gemischten Vorspeisenteller, einer großen Portion *Tagliatelle agli asparagi* und einem *Brasato di manzo* tat ihm der Heimweg als Verdauungsspaziergang richtig gut. Satt und zufrieden fiel er in seiner Wohnung ins Bett und schlief sofort ein.

Als er am Freitag aufwachte, erinnerte sich Max an seinen Vorsatz, nach Klärung des Falles wieder etwas mehr auf seine Gesundheit zu achten. Nach einigem Zögern konnte er sich aufraffen, zog sich seine Sportsachen und seine Laufschuhe an und joggte los. Bereits als er den See erreichte, war er schon außer Atem und musste eine Pause einlegen. Am See entlang fiel ihm das Laufen dann schon leichter, nur das letzte Stück zurück zu seiner Wohnung, das er auch noch bergauf laufen musste, kostete ihn seine letzten Reserven. Umso mehr genoss er die anschließende Dusche, dann spazierte er gemütlich in die *Bar Aurora*, wo er vom *Barista* schon erwartet wurde.

„Heute bist du aber spät dran, *Commissario*. Aber nach so einem großartigen Erfolg hat man sich ein wenig Ausschlafen schon verdient."

Sergio reichte ihm den aufgeschlagenen *Corriere del Veneto* und deutete auf den Artikel zur Pressekonferenz von *Colonello* Mambrotta. Während ihm Sergio seinen *Cappuccino* herrichtete und dann zusammen mit einem *Cornetto* auf die Theke stellte, überflog Max den Zeitungsbericht, in dem nicht nur die hervorragende Arbeit der örtlichen *Carabinieri*, sondern auch das erfolgreiche Austauschprogramm zwischen der bayerischen Polizei und den *Carabinieri* in den höchsten Tönen gelobt wurde. Zur Feier des Tages spendierte Sergio seinem neuen Stammgast sein Frühstück und Max versprach, in den nächsten Tagen auch einmal mit seiner Frau vorbeizukommen. Anschließend ging er wie immer auf direktem Weg zu seinem Arbeitsplatz. Auch wenn während der Anspannung der letzten Tage keine schlechte Stimmung geherrscht hatte, so war an diesem Morgen auf dem Revier doch eine deutlich gelöstere Atmosphäre. Zusätzlich zu den aufgeklärten Mordfällen hatten Arturo und Ignazio am Spätnachmittag zuvor auch noch den *Vespa* fahrenden Handtaschendieb erwischen können. Sein alter Motorroller hatte an einem Anstieg zwischen *Lazise* und *Bardolino* den Geist aufgegeben. Der Fahrer, der aus *Garda* stammte, schob sein kaputtes Gefährt die *Via Gardesana* entlang. Als er die *Carabinieri* von hinten kommen hörte, wollte er sich zwar noch in eine Seitenstraße flüchten, aber Arturo und Ignazio hatten ihn längst gesehen.

„Am Ende hat er seine *Vespa* in den Straßengraben bugsiert und wollte zu Fuß flüchten, aber er hatte nicht mit meiner Schnelligkeit gerechnet", grinste Arturo, der schon als Schüler erfolgreich Leichtathletik-Wettbewerbe bestritten hatte und immer noch mindestens dreimal die Woche trainierte.

Weil Emilio selbst telefonierte, wurde ein weiterer Anruf von seinem Apparat auf das Telefon von Ignazio weitergeleitet, der sofort den Lautsprecher einschaltete, als er hörte, dass *Dottore* Illasi dran war.

„Auch wenn Ihre Mordfälle seit gestern praktisch abgeschlossen sind, wollte ich Ihnen die Ergebnisse der letzten DNA-Analysen nicht vorenthalten. Die Blutspuren, die Vigasio mit seinem Team im Maschinenraum der *Vicenza* und auf dem Fischerboot von Ruggiero Bargello nachweisen konnte, stammen eindeutig von Kurt Becker. Die Hautpartikel, die wir an dem dicken Seil oder Tau, an dem Bargello im Wasser hing, gefunden hatten, konnten einwandfrei Bruno Trocchia zugeordnet werden."

„Vielen Dank, *Dottore*, das bestätigt unsere bisherigen Ermittlungsergebnisse und wird im Prozess gegen Trocchia und seine Auftraggeber sicher auch noch relevant sein."

Emilio hatte Max gebeten, den Bericht über die Ermittlungen der letzten Tage zu schreiben. Während Arturo und Ignazio herauszufinden versuchten, für welche Taschendiebstähle der

Vespa-Fahrer aus *Garda* eventuell noch verantwortlich sein könnte, saß Max am PC und bemühte sich, so viele Informationen wie möglich in die Schilderung des Mordfalles Becker hineinzupacken. Um eins brachen alle vier gemeinsam ins *La Barca* auf, wo sie Sara wie immer mit ihren Kochkünsten begeisterte. Nach der langen Mittagspause gab Max seinen Bericht Emilio zum Lesen, der hatte einige Anmerkungen und Ergänzungen, die Max anschließend noch einarbeitete. Kurz vor vier rief ihn Emilio zu sich.

„Ist dir noch etwas eingefallen, was in den Bericht auch noch hineingehört?"

„Nein, Max, ich habe eine Überraschung für dich."

Noch bevor er danach fragen konnte, tippte ihm jemand von hinten auf die Schulter.

„Servus, Max."

Er drehte sich um und fiel seiner Chiara um den Hals, der sofort die Freudentränen über die Wangen liefen.

„Ich hab dich so vermisst", flüsterte sie ihm ins Ohr.

Max vergaß völlig, dass er im Büro von seinem derzeitigen Chef stand, küsste Chiara leidenschaftlich und wollte sie gar nicht mehr loslassen. Erst als sich Emilio etwas lauter räusperte, wurde er sich wieder bewusst, wo er war.

„Auf den ersten Blick habe ich gedacht, Sara wäre aus dem *La Barca* herübergekommen", lachte Emilio. „Du hast nie erwähnt, dass ihr deine Frau so ähnlich sieht, Max."

Dann schwärmte er Chiara vor, wie gut und erfolgreich die Zusammenarbeit mit Max gleich in der ersten Woche geklappt hatte. Anschließend nahm Max seine Frau mit hinüber ins andere Büro, um sie auch Arturo und Ignazio vorzustellen. Die drei unterhielten sich gleich angeregt, unterdessen tippte Max schnell die letzten Zeilen des Berichtes und brachte ihn zu Emilio.

„Danke, Max, dann kann ich den heute noch nach *Verona* weiterleiten. So, und jetzt schau, dass du mit deiner Chiara hier raus kommst und das Wochenende genießt. Was habt ihr vor?"

„Morgen will ich mit ihr, wie du mir empfohlen hast, nach *San Vigilio* fahren."

„Das ist wirklich eine gute Idee. Es ist auch ganz einfach zu finden. Bleib hinter *Garda* einfach auf der *Via Gardesana* in Richtung *Torri del Benaco*, da ist es dann gut sichtbar ausgeschildert. Gleich nach der Abzweigung von der Hauptstraße ist ein großer Parkplatz, die ganze Landzunge kann man sowieso nur zu Fuß erkunden.“

Max musste nur noch seinen PC ausschalten, dann konnte er mit Chiara aufbrechen. Nicht nur Arturo und Ignazio, sondern auch Emilio rief ihnen mit einem vielsagenden Grinsen „Viel Spaß“ hinterher, als sie das Revier verließen. Draußen nahm Max Chiara gleich noch einmal ganz fest in den Arm.

„Ein paar Tage ohne dich zu sein, daran werde ich mich nie gewöhnen.“

„Und was war mit dieser Sara?“, fragte Chiara und versuchte, dabei möglichst ernst dreinzublicken.

„Die habe ich diese Woche einige Male besucht“, flachste Max. „Die hat schon ihre Qualitäten.“

„Du Lustmolch“, konterte sie und gab ihm mit der Faust einen Stoß gegen die Brust.

„Ihr Mann Nino ist übrigens von ihren Qualitäten genauso überzeugt, sonst würde er sich in ihrem gemeinsamen *Ristorante* nicht voll und ganz auf ihre Kochkünste verlassen.“

Er konnte es sich nicht verkneifen, ihr die Zunge herauszustrecken.

„So einen kurzen Weg in die Arbeit hattest du auch noch nie“, stellte Chiara kurz darauf fest, als sie schon nach zwei Minuten Autofahrt die kleine Wohnung von Max erreicht hatten. Er holte ihre Reisetasche und ihren Rucksack aus dem Kofferraum und sperrte die Haustür auf. Oben in der Wohnung warf Chiara einen kurzen Blick in jedes Zimmer, ging dann sofort auf den Balkon hinaus und freute sich über die herrliche Aussicht bis zum See. Max stellte das Gepäck ins Schlafzimmer, ging zu ihr hinaus und blieb einige Zeit wortlos neben ihr stehen. Dann nahm er sie bei der Hand und zog sie in die Wohnung hinein. Vorsorglich schloss er die Balkontür wieder, denn die Nachbarn sollten nicht unbedingt hören, was am späten Nachmittag in der Wohnung vor sich ging.

„Es war wirklich eine gute Idee von dir, so zeitig in Rosenheim loszufahren. Ich habe für halb neun einen Tisch in einem *Ristorante* direkt am See reserviert und diese Vorspeise im Bett hätte ich mir ungern entgehen lassen“, grinste Max später.

Sie blieben noch eine ganze Weile eng umschlungen liegen und als Chiara dann aufstehen und kurz unter die Dusche springen wollte, versuchte er, sie zurückzuhalten. Doch Chiara wusste sich zu helfen. Obwohl er ahnte, wie sie sich wehren würde, konnte er nichts dagegen unternehmen. Sie zwickte ihn in die Seite genau an der Stelle, an der er am kitzeligsten war, laut lachend musste er sie loslassen. Chiara sprang sofort aus dem Bett und verschwand im Bad. Danach warf sie sich für ihren Max richtig in Schale und ihm fiel sofort auf, dass sie sich ein neues Kleid gekauft hatte. Auf dem Weg zum Abendessen ließen sie das Auto stehen, schlenderten über die *Piazza Vittorio Emanuele II.* und trafen pünktlich an ihrem reservierten Platz im *L'Angolo del Pescatore* ein. Angelo, der Kellner, der auch schon Emilio und Max beim ersten gemeinsamen Essen am Samstag bedient hatte, empfahl ihnen von der Tageskarte als ersten Gang *Bigoli con le sarde* oder *Risotto con la tinca del garda*, als Hauptgericht standen eine Grillplatte mit verschiedenen Fleischsorten sowie eine gemischte Fischplatte zur Auswahl, die jeweils für zwei Personen vorgesehen waren. Max wählte die handgemachten, dicken *Spaghetti* mit in Öl eingelegten Sardinenfilets, die mit verschiedenen Kräutern sehr schmackhaft gewürzt waren. Chiara dagegen hatte sich für das *Risotto* mit der Gardasee-Schleie entschieden. Ums Hauptgericht gab es keine große Diskussion. Max hätte war insgeheim lieber das Grillfleisch genommen, aber weil er wusste, dass Chiara sowieso lieber den Fisch nehmen würde, schlug er von vornherein die Fischplatte vor. Nach dem vorzüglichen Essen suchten sie sich noch ein freies Plätzchen auf einer Bank am See. Als er die vielen Lichter am anderen Seeufer sah, musste Max an Nina Becker und an das denken, was sie über die unbeschreibliche Aussicht am See erzählt hatte. Ob sie genau eine Woche zuvor nach dem *Pizza*-Essen im *Da Tonio* mit ihrem Mann auch hier gesessen war? So gern Max seinen Beruf auch ausübte, manchmal war es schon schwer zu ertragen, mit welchen menschlichen Tragödien er immer wieder konfrontiert wurde. Gegenüber Chiara erwähnte er nichts von seinen Gedanken, weil er ihr nicht ihre gute Laune verderben wollte. Sie hatte sich keine Jacke mitgenommen, deswegen spazierten sie zur Wohnung zurück, als es ihr allmählich zu kühl wurde, und verschwanden ohne großen Umweg im Bett.

Max genoss es genauso wie Chiara, nach einer Woche endlich einmal nicht allein aufwachen zu müssen. Chiara hatte ihn schon am Abend gefragt, was sie am Samstag denn unternehmen würden, aber er hatte es ihr nicht verraten.

„Das ist eine Überraschung."

Zum Frühstücken gingen sie in die *Bar Aurora*, wo Sergio Chiara genauso herzlich begrüßte, wie er es mittlerweile bei Max täglich machte.

„Max, ich verstehe dich nicht, wie kannst du so eine hübsche Frau freiwillig allein zuhause lassen? Oder bist du ganz froh, Chiara, dass du ihn ab und zu mal los bist?", wollte er die beiden aufziehen.

Max gab ihm aber sofort Kontra.

„Du scheinst es offenbar bei deiner Frau kaum auszuhalten, oder warum stehst du hier sonst jeden Tag schon um sechs hinterm Tresen?"

Sergio konnte darauf nicht mehr antworten, weil er drei Herren bedienen musste, die gerade hereinkamen. Nach dem Frühstück holten sich Max und Chiara nur noch ihre Badesachen aus der Wohnung, setzten sich ins Auto und fuhren los. Wie an jedem Sommerwochenende war auf der *Via Gardesana* unheimlich viel Verkehr, sodass sie nur langsam vorankamen. Als Max auch in *Garda* keine Anstalten machte, anzuhalten, glaubte Chiara zu wissen, wohin er mit ihr fahren würde, sagte aber nichts, um ihm seine Überraschung nicht zu verderben.

„Emilio hat Recht gehabt, es ist wirklich nicht zu übersehen", sagte Max plötzlich, als sie an dem großen Hinweisschild nach *San Vigilio* vorbeikamen.

Er fuhr auf den Parkplatz und schlug vor, die Badesachen erst einmal im Auto zu lassen.

„Gut, schauen wir uns erst einmal um."

Hand in Hand schlenderten sie langsam die wunderbare Zypressen-Allee entlang und liefen dabei direkt auf die *Villa Brenzone* zu. Am großen Tor der *Villa* mussten sie Halt machen.

„Leider ist die *Villa* in Privatbesitz und kann deswegen genauso wie der Park drum herum nicht besichtigt werden", erklärte Max seiner Frau.

„Die Lage ist schon einzigartig."

Sie bogen nach links ab und steuerten auf einem steinigen, zwischen hohen Mauern liegenden Weg auf die *Locanda*, dem ehemaligen Gästehaus der *Villa Brenzone,* zu, in der heute ein kleines Hotel mit *Ristorante* untergebracht ist. Kurz davor verströmte ein kleiner, rechts hinter der hohen Mauer liegender Zitronenhain einen wunderbaren Duft. Nur durch ein kleines, vergittertes Gartentor konnte man einen Blick in den wegen der marmornen Venusstatue *Giardino di Venere* genannten Garten erhaschen.

„Eine *Limonaia* mit so einem intensiven Zitronenduft findest du sonst nur auf *Ischia*, an der *Costiera Amalfitana* oder auf Sizilien", schwärmte Chiara.

Sie gingen an der *Locanda* vorbei, um zu sehen, was sich hinter dem kleinen Torbogen befand, der sich direkt an die *Locanda* anschloss.

„Das ist ja ein schnuckeliger kleiner Hafen", entfuhr es Chiara sofort, als sie hinter dem Torbogen direkt an einem ovalen Hafenbecken standen, dass von zwei langgezogenen Molen begrenzt wurde.

Auf der linken Seite der Mole standen mehrere kleinere Tische, an denen die ersten Gäste bereits beim zweiten Frühstück saßen oder sich einfach nur eine kühle Erfrischung genehmigten. Im Hafen selbst waren einige kleine Boote festgebunden. Max und Chiara gingen auf der rechten Seite bis zum Ende der Mole, von wo aus sie nicht nur die See-Seite der *Locanda,* sondern auch die danebenliegende, für Besucher nicht zugängliche kleine Kirche *San Vigilio* sehen konnten. Vor dort bot sich ihnen auch ein phantastischer Ausblick auf den See. Chiara zog einen Gardasee-Reiseführer aus ihrer Handtasche.

„Schau, Max, den habe ich gestern Abend noch die ganze Zeit gesucht. Ich bin aber gar nicht mehr dazugekommen, noch ein bisschen darin zu blättern."

„Ach ja, den haben wir uns damals gekauft, als wir die eine Woche drüben in *Toscolano Maderno* waren."

Chiara klappte den Reiseführer auf und entfaltete die Landkarte, die auf der letzten Seite eingeklebt war. Dass sie linker Hand die ganze Bucht von *Garda* überblickten, wussten sie auch ohne Hilfe, aber anhand der Karte konnten sie nachvollziehen, dass sie auf der anderen Seite des Sees bis nach *Manerba* und zur Bucht von *Salò* sehen konnten.

„Abends muss es bestimmt traumhaft sein, hier zu sitzen und den Sonnenuntergang über dem See zu beobachten."

„Dann lass uns das doch heute Abend machen, Chiara. Willst du dich jetzt auch dort drüben hinsetzen oder sollen wir lieber gleich zum Baden gehen?"

„Lieber gleich an den Strand."

Max hatte keine andere Antwort erwartet. Bevor sie zum Auto zurückgingen, suchte Chiara im Reiseführer nach der Beschreibung von *San Vigilio* und las sie Max teilweise vor.

„Der nördliche Teil der Landzunge von *San Vigilio*, die als letzter Ausläufer des *Monte Baldo* in den See gilt, ist nicht bebaut, sondern bis zum See hinunter mit Olivenbäumen bepflanzt."

Auf dem Rückweg zum Auto kam ihnen am Ende der Zypressen-Allee eine große Reisegruppe entgegen, die offenbar gerade mit einem Bus angekommen war.

„Hoffentlich kommen die nicht auch noch alle in die Bucht zum Baden, sonst ist es schnell vorbei mit der idyllischen Ruhe am See."

„Ich glaube, da brauchst du dir keine Sorgen machen, Chiara. So wie die aussehen, haben die zum Baden gar keine Zeit. Die müssen heute sicher noch fünfmal rein und raus aus dem Bus, wahrscheinlich in *Bardolino, Lazise, Peschiera, Sirmione* und am Ende auch noch in *Verona*", lästerte Max über das oft übervolle Besichtigungsprogramm von Gardasee-Pauschaltouristen.

Ganz so einsam und allein, wie Chiara gehofft hatte, waren sie dann doch nicht in der idyllischen *Baia delle Sirene*, dazu wurde die Bucht zu oft in vielen Reiseführern als eine der schönsten am gesamten Gardasee beschrieben. An dem Kassenhäuschen, das am Beginn der Zypressen-Allee stand, hatte Max den nicht ganz billigen Eintritt bezahlt, dann waren sie zwischen den vielen Olivenbäumen hindurch in die Bucht hinuntergegangen. Obwohl den Badegästen sehr viele Liegestühle und Strandliegen zur Verfügung standen, hatten sie sich lieber einen schönen Liegeplatz im Gras gesucht, ihre Handtücher dort ausgebreitet und waren sofort ins Wasser gegangen. Chiara fand es herrlich erfrischend, für Max hätte es ruhig noch ein paar Grad wärmer sein können. Nach dem Schwimmen hatten sie sich umgezogen und in die Sonne gelegt. Chiara kuschelte sich eng an ihren Max.

„So möchte ich dich immer haben, Max. Weit weg von allen Verbrechern dieser Welt.“

„Leider sterben die Ganoven aber nie aus und irgendjemand muss sich doch darum kümmern, dass sie hinter Schloss und Riegel wandern. Warte mal ab, bis Elena mit ihrem Studium fertig ist, dann gibt's den doppelten Hartinger auf Verbrecherjagd.“

„Oh nein, daran mag ich jetzt noch gar nicht denken, dann muss ich mir um sie die gleichen Sorgen machen wie um dich, wenn du auch noch abends oder bis spät in die Nacht unterwegs sein musst. Nachdem du mich gestern Abend angerufen hattest, habe ich übrigens mit ihr auch noch gesprochen. Ich habe direkt durchs Telefon gemerkt, wie sie gestrahlt hat. Unsere Kleine ist über beide Ohren verliebt, Max. Sie hat sogar anklingen lassen, dass sie nächstes Wochenende gemeinsam mit ihm hierher fahren will. Bei Martina klappt es nächstes Wochenende wahrscheinlich nicht, sie plant, mit Robert in zwei Wochen herzukommen.“

Chiara hob den Kopf und stützte sich auf den Ellenbogen.

„Ich habe auch noch eine Überraschung für dich, Max. Meine Kollegin Claudia übernimmt am Montagabend meinen Kurs an der Volkshochschule, so dass ich erst am Dienstag in der Früh nach Rosenheim zurückfahren muss.“

Max reagierte völlig anders, als sie erwartet hatte.

„Du lässt doch deinen Kurs sonst nie sausen, warum ausgerechnet diesen Montag?“

Chiara starrte ihn mit offenem Mund an und wusste gar nicht, was sie sagen sollte. Max hielt nur ein paar Sekunden durch, dann prustete er los vor Lachen. Sie klatschte ihm mit der flachen Hand auf seinen Bauch.

„Du gemeiner Kerl, warum falle ich immer wieder auf dich herein?“

Max nahm sie ganz fest in den Arm und nun musste auch sie kräftig mitlachen.

„Einen Moment lang habe ich tatsächlich geglaubt, du hättest zum ersten Mal unseren Hochzeitstag vergessen.“

„Aber Chiara, wie könnte ich den wichtigsten Tag in meinem Leben jemals vergessen?“

Sie konnte nicht mehr antworten, bevor sein Mund ihren erreichte.

„Danke für vierundzwanzig wunderschöne Jahre, mein Schatz."

Chiara konnte ein paar Tränen nicht zurückhalten, die er ihr sanft aus dem Gesicht wischte.

„Ich habe gestern Abend zuhause schon mal einen Blick auf den Kalender vom nächsten Jahr geworfen. Unsere Silberhochzeit ist eineinhalb Wochen nach Pfingsten, weil das im nächsten Jahr sehr spät liegt. Ich schätze, dass meine Frühjahrskurse an der Volkshochschule deswegen alle schon vor den Pfingstferien enden werden, dann könnten wir zuerst zuhause feiern und gleich danach ein paar Tage verreisen."

„Das ist ein guter Plan. Willst du unsere Hochzeitsreise wiederholen?"

Chiaras Vater Aldo hatte ihnen zur Hochzeit eine zweiwöchige Traumreise auf die Malediven geschenkt.

„An eine so weite Reise hätte ich jetzt nicht gedacht, Max. Ich hatte eine andere Idee. Weißt du, dass wir noch nie in Venedig waren?"

„Du meinst, wir sollen das nachholen, was viele andere bereits direkt nach ihrer Hochzeit machen?"

„Ja, das würde mir gefallen. Ein paar Tage in Venedig bleiben und die Stadt vor allem am Abend kennen lernen und genießen, wenn die unzähligen Tagestouristen längst wieder abgereist sind. Was hältst du davon?"

Max antwortete ihr mit einer Gegenfrage.

„Konnte ich dir schon jemals einen Wunsch abschlagen?"

Nun war sie an der Reihe, ihn zuerst sehr ernst anzusehen.

„Ja, da fällt mir gleich so einiges ein."

Aber auch Chiara konnte sich nicht lange halten, bis sie laut loslachen musste. Als er sie deswegen in die Seite kneifen wollte, sprang sie auf und lief los. Noch vor dem Wasser hatte Max sie eingeholt. Wie zwei verliebte Teenager liefen sie Hand in Hand weiter und stürzten sich johlend in den Gardasee.

Anmerkungen des Autors

Dem erzählten Kriminalfall liegt keine wahre Begebenheit zugrunde, alle handelnden Personen sind frei erfunden. Zur Fertigstellung des Manuskriptes habe ich sämtliche Schauplätze der Handlung am Gardasee aufgesucht und fotografiert. Die Fotos sind mit einer Angabe der Seitenzahl sowie einer kurzen Beschreibung auf meiner Homepage zu finden:

www.andreasfranke-rosenheim.de

Dort sind auch einige Kochrezepte der im Text genannten Köstlichkeiten zu finden. *Buon appetito!*

Danksagung

Nach den bisherigen vier Hartinger-Kriminalromanen ENDSTATION ISCHIA, RÖMISCHES LABYRINTH, BOMBA TROPEANA und MAX VON ASSISI haben mich immer wieder Wünsche und Anregungen erreicht, wo in Italien Max Hartinger seinen nächsten Fall lösen sollte. Ich danke meinen Lesern für diese vielfältigen Aufforderungen, die Reihe von Hartingers italienischen Fällen fortzusetzen.

Mein besonderer Dank gilt auch diesmal wieder meinen beiden Lektoren Claudia Bethke, München, und Bernhard Edlmann, Raubling, die mich auch bei der Arbeit am fünften Hartinger-Fall mit vielen guten Ratschlägen und Anregungen tatkräftig unterstützt haben.

5830912R00222

Printed in Germany
by Amazon Distribution
GmbH, Leipzig